LIEFDE LEVENSLANG

Tina Ann Forkner

Liefde levenslang

redrose roman

Voor mijn ouders,
Dennis en Barbara Ann Gray

© Kok Omniboek – Kampen, 2010
Postbus 5018, 8260 GA Kampen
www.kok.nl

Originally published in English under the title *Rose House* by Tina Ann Forkner
Copyright © 2009 by Tina Ann Forkner
Published by Waterbrook Press, an imprint of The Crown Publishing Group, a division
of Random House, Inc., 12265 Oracle Boulevard, Suite 200, Colorado Springs, Colorado 80921, USA

International rights contracted trough Gospel Literature International, P.O. Box 4060,
Ontario, California 91761-1003 USA

This translation published by arrangement with Waterbrook Press, an imprint of The
Crown Publishing Group, a division of Random House, Inc.

Vertaling: Anneke Gijsbertsen
Omslagontwerp: Julie Bergen
Omslagillustratie: Olof Hedtjärn/Johner/Hollandse Hoogte
Grafische verzorging: Rem Polanski

ISBN 978 90 5977 535 0
NUR 302

Hoofdstuk
1

Het leek een huisje dat zinderde van leven, maar alleen de bloemenranken leefden, met elkaar verstrengeld en aan de stenen vastgeklampt, net als de herinneringen en de gevoelens die mensen in de loop van de tijd aan het huis gehecht hadden, en die de betekenis ervan groter maakten dan balken, stukken hout, spijkers en afbladderende verf alleen ooit zouden kunnen bewerkstelligen.

De camera zoomde uit om de doornige takken van de rozenstruiken die zich langs de overkapping boven de veranda slingerden, in beeld te krijgen. Ze kronkelden zich om de balustrade, en aan één kant van de veranda groeiden ze verder in de bloembedden ernaast. De rest van het huis kwam stukje bij beetje in zicht en vulde het plaatje met een overvloed aan rozen in allerlei tinten rood, als gordijnen omhoogklimmend langs de ramen, dan voortwoekerend over het dak, om de schoorsteen heen tot aan de randen van het huis, waar ze doornige takken leken uit te steken naar iedereen die langskwam.

Aanvankelijk ving de lens de gestalte van de vrouw niet, toen hij wegdwaalde van het huis naar beneden, naar het paadje en naar de tuin met de border vol sneeuwwitte margrieten en rode zonnehoed. Hij zoomde ongehaast in op een grote pol margrieten en ving de rimpeling van een toevallige windvlaag door de border, totdat de camera wel moest stilhouden bij een onverwachte verrassing: een voet die tevoorschijn kwam in het overigens volmaakte plaatje.

Voor de kunstenaar achter de lens was het een bijzonder delicaat gevormd voetje, met een melkwitte enkel en roze gelakte nageltjes. De lens verscherpte plotseling het beeld om het sandaaltje goed te kunnen zien, dat versierd was met roze en witte parelmoeren kraaltjes en een subtiel roze lintje dat om de enkel was gewikkeld en boven de hiel keurig was vastgestrikt. De lens van de camera gleed omhoog tot aan de zoom van een simpel wit rokje dat een beetje bewoog in de wind. Nog hoger ging de lens, over lange mouwen van wazig blauw, versierd met kleine zilveren kraaltjes kriskras over beide schouders en langs de halslijn, waar ook kraaltjes bungelden aan een roze lintje. De camera hield stil bij een zilveren hanger in de vorm van een kruis die schitterde in de ochtendzon, met een glinsterend rode steen in het midden. Terwijl hij verderging langs haar silhouet, ontdekte de lens blonde lokken die losgeraakt waren uit met kralen versierde kammen. Deze hielden het haar met de amberkleurige strepen erin naar achteren, waar het was opgestoken in een losse knot die ieder moment uit elkaar kon vallen. Opnieuw hield de lens stil, en hij bekeek aandachtig het vochtige waas op haar blozende wangen, het onregelmatige ritme waarin haar schouders omhoog gingen en weer naar beneden vielen, en hoe haar frêle lichaam een heel klein beetje inzakte, alsof ze een beroep wilde doen op de welwillendheid van het huis.

Ze strekte gealarmeerd haar rug, toen een serie klikgeluiden de stilte om Rose House verbrak. Nogal abrupt zoomde de lens uit. Ze keek recht in de camera. Nog meer klikken. Ze sperde haar rood geworden ogen wijd open terwijl ze zich onverwachts omdraaide en het pad af rende naar het hoofdgebouw van de wijngaard van Frances-DiCamillo.

De camera zoomde weer in op het wegrennende figuurtje, volgde haar een ogenblik en ving de manier waarop haar glanzende haar losraakte uit de knot en als een waterval over haar schouders viel. Na nog een paar klikken gleed de lens terug naar het huis en zoomde hij in op een smetteloze wijnrode bloem. Het was een volmaakte roos, een kunstwerk.

Klik.

Hoofdstuk

2

Lillian stopte haar camera in haar zak. Ze had gedacht dat ze alleen was, maar er was nog iemand die foto's maakte van Rose House, en van haar. Ze voelde een ijzige kou in haar nek toen ze terugdacht aan de woorden van de rechercheurs.

'Het is waarschijnlijk beter dat u niet alleen bent totdat we dit hebben uitgezocht', hadden ze gezegd. Maar ze was tegen hun advies ingegaan en had hun niet eens verteld dat ze in haar eentje naar La Rosaleda zou gaan.

Ze trok wit weg terwijl de man foto's van haar bleef nemen. *Waarom maakt hij foto's van mij?* Toen ontdekte ze nog een man. Hij was te ver weg om zijn gezicht te kunnen onderscheiden, maar ze kon zien dat hij een mobiele telefoon tegen zijn oor hield en een hoed en een jas droeg, hoewel het niet koud was deze morgen.

Haar hand schoot naar haar mond toen hij op haar afkwam. Haar hart ging tekeer als een razende, en de kou op haar armen bezorgde haar kippenvel terwijl ze zich omdraaide om weg te rennen. *Wie zijn die mannen?*

'Hier zit meer achter dan u denkt, mevrouw Hastings', had de rechercheur tegen haar gezegd. 'Uw gezin zou vermoord kunnen zijn.'

'Onmogelijk', had ze gegild, maar de reportage van haar geliefde kinderen en haar man, bedekt door met bloed bevlekte lakens, dood aan de kant van Mosquito Road, had zich voor haar geestesoog ontrold, zoals iedere dag sinds ze de beelden gezien had op de lokale televisie.

'Hebt u uw zuster nog gezien na het ongeluk, ma'am?'

Geena's gezicht op de nieuwsbeelden had hevige schrik laten zien, en schuldgevoel; ze was duidelijk helemaal over haar toeren bij het zien van haar nichtje, haar neefje en haar zwager die levenloos vlakbij lagen. Wat had haar zus daar gedaan?

Lillian struikelde bijna toen de strik van een van haar sandalen losschoot. Ze bukte en trok de sandaal van haar voet om te kunnen blijven rennen, weg van gedachten aan moordenaars en een verraderlijke zus. Omdat ze niet wist waar ze heen moest, rende ze het proeflokaal van de wijngaard van Frances-DiCamillo binnen, waar zich toeristen verzameld hadden. Ze wilde om hulp schreeuwen terwijl ze de ruimte binnenvloog, maar herwon haar zelfbeheersing toen nieuwsgierige ogen zich onderzoekend op haar richtten.

Ze draaide zich om om naar buiten te gluren, er wel voor oppassend dat ze zich niet zo ver naar buiten boog dat ze door haar achtervolgers gezien kon worden. Ze slaakte een zucht. De mannen van wie ze dacht dat ze haar in de gaten hadden gehouden, waren nergens meer te zien. Ze streek haar haar glad, trok haar rok recht en bedacht hoe paranoïde ze was geworden.

Ze ging zo in haar gedachten op dat ze, toen ze zich weer wegdraaide van de deur, de oudere vrouw niet opmerkte. Ze botsten tegen elkaar aan. Lillian zag met ontzetting dat de vrouw wankelde met de stok in haar hand en greep haar vast om haar in evenwicht te houden.

'Wat is er in vredesnaam aan de hand?', zei de vrouw. 'Waarvoor ben je op de vlucht, liefje?' De vrouw keek haar met bezorgde ogen indringend aan.

'Het spijt me heel erg, ma'am.' Lillian, nog steeds met de ene sandaal in haar hand, gaf een klopje op de arm van de vrouw. 'Het spijt me verschrikkelijk.'

'Het is al goed.' De blik van de vrouw gleed naar Lillians voeten. 'Wat is er met je schoen gebeurd? Kom, ga zitten en trek hem weer aan. Zucht eens diep en vertel Kitty dan wat er aan de hand is.'

Lillians ogen werden groot toen ze nog eens beter naar de vrouw keek. Iedereen in de hele streek wist wie Kitty was, en Lillian herinnerde zich dat ze haar gezicht onlangs in een televisieprogramma had gezien. Leunend op haar stok nam de vrouw Lillian mee dwars door het proeflokaal naar haar kantoor.

'Bent u Kitty? Mevrouw DiCamillo?'

'Technisch gesproken ben ik Kitty Birkirt, maar probeer dat maar eens te vertellen aan wie dan ook behalve mijn man en mij. Ik denk dat de mensen zich mij zullen herinneren als een DiCamillo tot op de dag van mijn dood.'

Lillian probeerde niet te laten merken hoe verrast ze was. Dit was Kitty DiCamillo in levenden lijve, eigenares van de wijngaard van Frances-DiCamillo. Tientallen jaren geleden had ze in Rose House gewoond, dat door haar man, Blake, voor haar gebouwd was. Lillian herinnerde zich het verhaal. Blake en Kitty hadden decennia daarvoor ruzie gehad. Gedurende de periode van hun vervreemding van elkaar had Blake voor de wijngaard gezorgd. Kitty was zo lang weg geweest dat, tijdens haar afwezigheid, de rozen die Blake rondom hun huisje had geplant, het huis hadden overwoekerd, waardoor het zijn bijnaam had gekregen, Rose House.

Kitty, haar lichtbruine huid mooi afgetekend tegen de wijde rode hawaï-jurk, glimlachte naar Lillian. 'Gaat het wel helemaal goed met je, liefje? Het was alsof je ergens bang voor was toen je naar binnen kwam stormen.'

'Het spijt me. Ik dacht alleen dat een paar mannen …' Ze wachtte en schudde haar hoofd. 'Het is moeilijk uit te leggen, maar ik dacht dat iemand me volgde.'

'Je volgde?' Kitty keek verschrikt. 'Een ogenblik, liefje.' Ze liep steunend op haar stok naar een jongeman toe. Lillian zag door de deuropening dat Kitty in het Spaans iets tegen hem zei. Hij knikte naar Kitty en liep naar buiten.

Toen Kitty terugkwam, ging ze zitten. Ze gaf een klopje op Lillians hand. 'Ik heb de beveiliging gevraagd rond te kijken. Heb je trek in een kopje thee?'

Lillian waagde een glimlach. 'Hoe vriendelijk dat ook klinkt, mevrouw ...'

'Gewoon Kitty.' Ze knikte.

'Dank je voor het aanbod, Kitty, maar ik moet echt terug naar huis.'

'En waar is dat?'

'In Sacramento.'

'Ach. Een leuke stad. Ben je hier met je man? Even eruit?' Ze wierp een blik op Lillians trouwring.

Lillians glimlach vervaagde, en ze wendde haar blik af.

Kitty begon zich te verontschuldigen.

Lillian schudde opnieuw haar hoofd. 'Het is al goed. Iedereen zou denken dat ik getrouwd ben, omdat ik deze nog steeds draag.' Ze stak haar hand op om haar trouwring te laten zien. 'Ik ben weduwe.'

Kitty knikte en bewonderde de ring.

Lillian lachte in een poging haar tranen binnen te houden.

Begrip tekende zich af op Kitty's gezicht terwijl ze Lillians hand pakte. 'Nog niet zo lang, zie ik. Het spijt me dat ik zulke nieuwsgierige vragen stelde, liefje. En het was niet mijn bedoeling zo opvallend naar je ring te kijken. Maar hij is zo verbluffend mooi.' Ze klopte op Lillians hand. 'Hij moet heel veel van je gehouden hebben, schat.'

De woorden sneden Lillian door de ziel, maar ze hield haar gezicht in de plooi.

Kitty ging verder met vragen. 'En van je kinderen ... Heb je kinderen?'

'Mijn kinderen ook. Ze zijn niet hier, want ...' Lillian keek naar haar voeten. 'Ze zijn ...'

Kitty begreep haar zonder de rest van de zin te hoeven horen. Ze kneep in Lillians hand.

'Ik zou willen dat je even bleef voor een kopje thee, kind.'

Lillian zou dat ook graag gewild hebben, maar ze kon niet uitleggen waarom ze zo nodig zo snel mogelijk terug moest naar Sacramento. Ze wilde de plek waar haar man en kinderen begraven lagen, mooier maken door er bloemen te planten.

Nog een paar minuten bleef ze bij Kitty zitten, en ze praatten over de tuinen op het terrein van de wijngaard en over Rose House, totdat een man van middelbare leeftijd in een zwarte broek en een wit overhemd binnenkwam. Hij zag Lillian door de open deur zitten en liep naar haar toe.

'Mevrouw Hastings, bent u zover?'

Ze knikte naar haar chauffeur en wendde zich toen tot Kitty. 'Het spijt me dat ik je bijna omvergelopen heb. Het was dwaas van me. Er was vast niemand die me volgde.' Haar hart bonsde bij de herinnering aan de mannen, maar ze wilde Kitty niet met haar problemen opzadelen.

Lillian stond op om te vertrekken, maar bleef plotseling staan voor een schilderij van Rose House. Ze stond er pal voor, als aan de grond genageld, doordat de geschilderde vormen vanaf het doek naar haar toe leken te komen. De rozen die weelderig over het dak groeiden, sleurden haar mee in hun kleurenpracht. Onwillekeurig reikte ze met haar vingertoppen naar de rozen omdat de verfijnde details haar ertoe verleidden ze aan te raken. Haar hand bleef zo even hangen, maar toen trok ze hem weg. Ze wilde het schilderij niet beschadigen, maar de rozen zagen er zo echt uit dat ze het gevoel had dat ze overgestraald was. Het was net alsof ze, gefascineerd, voor het echte Rose House stond.

'Prachtig, vind je niet?', zei Kitty.

'Ja, het is verbluffend mooi. Het is bijna alsof het huis leeft. Het heeft een persoonlijkheid.'

'Welke dan ook', zei Kitty.

'Een hoopvolle.'

'Ik heb gemerkt', zei Kitty, 'dat mensen Rose House dikwijls beschrijven met het gevoel dat op dat moment in hen leeft. Droevig, vrolijk, gevoelig, en zelfs hoopvol, zoals jij.' Ze glimlachte wijs. 'Ik heb de kunstenaar eens gevraagd wat hij voelde toen hij het schilderde, maar hij wilde het me niet vertellen.'

Lillian boog naar voren om de signatuur van de kunstenaar te lezen, maar de letters waren te klein om ze te kunnen onderscheiden. 'Hoe heet hij?'

'Truman Clark, de beroemdheid van ons stadje. Hij schildert rozen.'

'Ik zou de rest van zijn werk ook graag zien.'

Kitty glimlachte. 'Je zou die in Sacramento moeten kunnen vinden. Ik weet zeker dat zijn schilderijen tentoongesteld worden in de galerie van de universiteit. Ken je die?'

'Jazeker. Ik zal erheen gaan', zei Lillian.

'Als je zijn werk niet kunt vinden, laat me dat dan weten. Dan zal ik uitzoeken waar bij jou in de buurt een expositie van hem is.' Kitty gaf Lillian haar telefoonnummer. 'Bel maar als je ooit wilt praten over schilderen of wat dan ook. Ik kan goed luisteren. We zouden samen thee kunnen drinken.' Ze kneep in Lillians hand. 'Ik betwijfel of verdriet ooit overgaat, liefje, maar als de Heer het wil, zal het mettertijd wel minder schrijnend worden. Bij mij is dat ook gebeurd.'

Kitty's glimlach was zo welgemeend dat Lillian zich erdoor voelde aangetrokken, maar haar verdriet was nog zo vers en lag nog zo dicht onder de oppervlakte dat ze zweeg. Haar ogen glansden bij het vriendelijke aanbod van Kitty, maar ze had haar adoptiemoeder om mee te praten. Tante Bren woonde natuurlijk wel ver weg, in Oklahoma, en haar zus leek van de aardbodem verdwenen te zijn. Dus in feite was ze alleen.

Ze gaf Kitty een glimlach terug. 'Misschien doe ik dat wel een keer.' Ze zei gedag en stak haar hand uit, maar Kitty duwde de hand opzij, boog zich naar voren en omhelsde Lillian warm.

Tijdens de rit terug naar Sacramento riep het vertrouwde heuvellandschap met de wijngaarden herinneringen op aan de tijd dat Robert en zij het wijngebied hadden bezocht. Ze hadden het beiden heel mooi gevonden, maar om eerlijk te zijn had ze met Geena samen meer tijd doorgebracht in Sonoma Valley en in Napa Valley dan ze met Robert had gedaan. *Geena zou Rose House prachtig gevonden hebben*, mijmerde Lillian, en haar hart voelde zwaar aan in haar borst.

Lillian was toevallig terechtgekomen bij die bekende plek toen ze aangekomen was in La Rosaleda, waar ze probeerde de leegte te ontvluchten van het stille huis, dat ze nog maar twaalf dagen geleden had gedeeld met haar gezin.

Terwijl ze naar de bomen keek toen ze door een dicht bebost deel van het dal reden, dacht ze aan de mannen die ze tegengekomen was bij Rose House. Ze had spijt dat ze haar chauffeur had gevraagd haar alleen te laten bij de wijngaard, maar de waarschuwing van de rechercheur had toen nog overdreven geleken. Ze overwoog het incident nu aan Jake te melden, maar besloot dat het niet nodig was hem ongerust te maken.

Jake was al heel lang haar lievelingschauffeur, maar ze mocht hem niet lastigvallen met haar problemen. Het was voldoende dat hij vriendelijk tegen haar was, dat hij haar zwijgen accepteerde en nooit persoonlijke vragen stelde. Hij had een vrije dag opgegeven om haar te begeleiden op haar hoogst noodzakelijke tochtje, weg van Sacramento, waar haar niets anders wachtte dan eenzaamheid en verdriet.

Ze had niet verwacht dat ze zo veel schoonheid zou vinden op deze morgen, zo kort nadat Sheyenne en Lee, met hun zwarte krullenbollen en hun glanzend blauwe ogen, zo wreed uit haar leven weggerukt waren. Net als hun engelachtige glimlach hadden de lijnen van het huisje zich in haar geest geëtst. Het was alsof de schoonheid van het huisje, verscholen tussen de doornige ranken en verzacht door scheve bogen van weelderig woekerende rode rozen, vriendelijke woorden gesproken had tegen haar vermoeide geest. Tenminste, totdat die mannen opgedoken waren.

'Wilt u nog ergens stoppen voordat we de snelweg op gaan, mevrouw Hastings?' Jakes stem drong door tot de achterbank en verraste haar. Ze glimlachte naar hem in de achteruitkijkspiegel en schudde haar hoofd.

'Nee hoor. Dank je.'

Ze keek uit het raam naar de wijngaarden die zich kilometers lang uitstrekten, en streelde de fluwelige bloemblaadjes die ze bij Rose House had opgeraapt. Ze beeldde zich in dat haar kinderen helemaal niet weg waren en dat haar man naast haar zat in de auto. De tweeling zou Rose House fantastisch gevonden hebben, en ze kon zich voorstellen dat ze om het huis heen renden en wegdoken achter de struiken bij het verstoppertje spelen.

Een warm gevoel vervulde haar, net als op de ochtend van het ongeluk. Het leek nog maar zo kort geleden dat ze hun gezichtjes kuste voordat ze hen in hun vaders auto zette, en hem ook, en hen wegstuurde om naar school te gaan. Een golf van verdriet welde op en greep haar bij de keel.

Ze negeerde de bedroefde ogen die af en toe in de achteruitkijkspiegel een blik op haar wierpen en streelde met de rozenblaadjes in cirkeltjes over haar wang, een liefkozend gebaar om wat er van haar leven geworden was. Ze ging ermee naar haar mond en voelde de fluwelige zachtheid tegen haar lippen. Ze beeldde zich in dat ze Sheyenne en Lee nog één keer zou vasthouden, hun zachte kusjes warm tegen haar wang. Haperend haalde ze adem, en ze liet de rozenblaadjes op haar schoot vallen. Haar schouders schokten toen ze werd overweldigd door haar verdriet, en ze probeerde de blaadjes weg te vegen, totdat ze verfrommeld en geplet op de vloer van de auto lagen, net als haar dromen.

Jakes gezicht in de spiegel betrok, maar hij zei niets. Hij had haar sinds de begrafenis iedere dag naar het kerkhof gereden en wist dat het enige wat ze wilde, rust was.

Twee uur later reed hij de parkeerplaats bij het kerkhof op, zonder dat dat hem gevraagd was. Hij liep niet snel genoeg om het portier voor haar te kunnen opendoen. Ze was de auto al uit en strompelde in de richting van de grafstenen.

Hoofdstuk
3

Geena zette haar glas op de salontafel. Het tomatensap had haar maag enigszins tot bedaren gebracht, maar de rokerige lucht van de goedkope kaarsen bracht duistere gedachten naar boven die ze liever vergat. Ze drukte haar hand tegen haar slaap, waar het nog bonsde van het feestje van de vorige avond. Ze blies de kaars uit, viel neer op de haveloze bank en stak een sigaret op. De geïnhaleerde rook brandde achter in haar keel, die droog was door de kater die ze had. Ze liet de rook langzaam ontsnappen en probeerde de herinnering te verdringen aan die andere keer dat de rook in haar keel gebrand had.

Zij had haar het eerst gemerkt, de bijtende droogte in haar keel van de rook die op de wind naar binnen dreef en bleef hangen om het bed waarin ze die nacht sliep, samen met haar zus, Lillian. Hoeveel jaren er ook voorbijgegaan waren, Geena was die geur nooit vergeten.

De rook was neergedaald rondom oma's huis, waar ze hadden gelogeerd. Spottend sijpelde hij door de horren voor de ramen, en hij kringelde om Geena en Lillian heen, die in hun ondergoed lagen te baden in het zweet. Daarna hadden ze de sirene van de brandweerwagen gehoord, en het geluid van knerpend grind onder autobanden die langs oma's huis de weg af scheurden. De meisjes wisten waar de auto's naartoe gingen. Er stond maar één huis aan het einde van de weg.

Hun huis lag zo dicht bij dat van oma dat Geena en Lillian het geschreeuw konden horen van de mannen die het vuur te lijf gingen. Daarna hoorden ze oma's blote voeten over de vloer schuifelen en hoorden ze haar een nummer kiezen. De stilte woog met iedere minuut zwaarder terwijl oma wachtte totdat papa opnam.

Er nam niemand meer op.

Geena sloeg haar armen over elkaar. Tot Mosquito Road was dit het afschuwelijkste geweest wat ze had meegemaakt in haar leven. De herinnering aan Sheyenne en Lee overschaduwde haar gedachten. Ze was op een of andere manier verantwoordelijk. Niet direct, maar ze had er wel een aandeel in.

Ze kon de gedachte dat het haar schuld was, niet van zich af zetten. En nog erger dan het schuldgevoel was het gemis van haar neefje en nichtje. Ze hunkerde naar hun knuffels, naar de onschuld waarmee ze haar verhalen over elfjes in de tuin hadden geloofd en hun grote ogen wanneer ze hun vertelde dat er 's nachts engelen in hun kast sliepen. Ze miste Lillian ook. Het voelde soms net alsof ze ook haar zus had verloren bij het ongeluk, ook al was Lillian er niet eens bij geweest.

Ze gooide een haveloos kussen op de vloer en nestelde zich dieper in de bank. Geena zou willen dat ze Lillian er nooit toe had overgehaald van Oklahoma naar Californië te verhuizen. Als ze daar waren gebleven, zouden haar zus en zij misschien nog samen geweest zijn, het dynamische duo, zoals papa hen had genoemd.

Ze hadden allebei gedacht dat ze door Oklahoma te verlaten konden ontsnappen aan de pijn van alles in Wild Hollow wat hen herinnerde aan het verlies dat ze geleden hadden. Ze hadden de vuurzee willen vergeten die hun huis in krap een uur van hen had afgenomen, en daarmee hun ouders en hun twee oudere broers. Ze hadden nooit kunnen bedenken dat hun gedeelde droom van avontuur en een nieuw begin in Californië zou veranderen in de nachtmerrie op Mosquito Road, een nog groter verlies dan door de brand.

Sheyenne en Lee zijn in ieder geval in de hemel, dacht Geena, terwijl ze met een roodgelakte teennagel langs de rand van de tafel ging. Het was heel goed mogelijk dat ze hun mammie en tante Geena niet eens misten terwijl ze met de andere engelen speelden. Zo stelde ze zich hen in ieder geval voor, als engeltjes.

Wat Robert betrof, wist Geena niet wat ze moest voelen. Ze wilde zich hem voorstellen samen met zijn kinderen in de hemel, bijvoorbeeld aan de thee op een gouden deken, maar ze wist dat hij het waarschijnlijk net zomin verdiende daar met hen te zijn als zij het verdiend zou hebben als ze samen met hen was omgekomen bij het ongeluk. Robert geloofde niet in God, en voor Geena was het geloof altijd een worsteling geweest, ook al was ze opgegroeid bij de dominee en tante Bren.

Het lachen van spelende kinderen ergens buiten drong door haar gedachten heen, en ze stond op om het raam dicht te smijten.

'Rotkinderen', bromde ze, maar ze kon zich niet afsluiten voor de geluiden die haar aan Sheyenne en Lee deden denken.

Ze ging terug naar de bank en begroef haar gezicht in haar handen. Ze werd altijd wanhopig van katers. Ze vroeg zich af welke nachtmerries erger waren, die welke haar bezochten in haar slaap of die welke haar overdag achtervolgden.

In haar dromen maakte ze zich zorgen om Lillian en zag ze Roberts vijanden haar achternazitten. Lillian had tante Bren verteld dat ze dacht dat ze in de gaten werd gehouden, en dus was het eerste wat tante Bren deed, Geena vragen haar zus in de gaten te houden.

Geena had tante Bren gevraagd haar te beloven dat ze niet aan Lillian zou vertellen dat ze contact hadden. Tante Bren had alleen gezegd: 'Lieverd, ik weet niet waarover dit gaat, maar ze is je zus. Je moet met haar gaan praten.'

'Ik heb haar een keer gebeld, tante Bren. Ze hing op.'

'Hm. Dat is niet wat ze mij heeft verteld. Ze zei dat jij belde en geen woord zei. Uiteindelijk heeft ze opgehangen omdat ze dacht dat ze jou niet aan de lijn had.'

'Het is niet goed, tante Bren. Als ze de waarheid wist, zou ze me nog meer haten dan nu al het geval is.'

'Ze haat je niet, lieverd.'

'Weet u dat zeker, tante Bren?'

Tante Bren had er verscheidene ogenblikken het zwijgen toe gedaan. 'Vrij zeker, ja.'

'Laat het me dan maar weten als iemand haar weer volgt, tante Bren.'

'Word jij ook gevolgd, lieverd?'

Geena had geen antwoord gegeven. Tante Bren had een zucht geslaakt en gezegd: 'Vertel me de waarheid, Geena. Moet ik de politie bellen?'

'Nee, geen politie bellen. Ik wil alleen zo nu en dan horen dat het goed met haar gaat. Wilt u me dat laten weten?'

Geena trok haar neus op bij de wegtrekkende geur van de kaars. Ze herinnerde zich dat Robert haar kaarsen met allerlei luchtjes had gegeven. Die waren van de dure soort geweest, walmden niet, en hadden heerlijke geuren gehad die herinneringen hadden opgeroepen aan hun tijd aan het strand. Ze glimlachte bij de herinnering.

Iedere keer wanneer Robert een medisch congres had in San Francisco, hadden Geena en hij elkaar in het geheim ontmoet aan de North Shore. Soms spraken ze af in zijn hippe strandhuis; andere keren vonden ze elkaar in een hutje aan de rand van de baai, waar ze stukjes brood gooiden naar de meeuwen die boven de kust zweefden.

De kaarsjes die naar de zee roken had ze lang geleden al gebruikt, de lonten zo ver opgebrand dat ze geen licht meer gaven, maar de gevoelens die ze voor Robert had gehad, waren sinds zijn dood niet minder geworden. Zowel haar liefde voor hem als haar bittere verdriet was nog net zo levend als op hun laatste dag samen, toen ze met elkaar gefluisterd hadden, zodat Sheyenne en Lee hen niet konden horen.

Robert was haar komen halen terwijl de kinderen naar school waren. Ze waren naar een afgelegen gedeelte van een park gegaan, maar omdat ze de tijd vergeten waren, had ze met hem mee gemoeten om de kinderen te gaan halen. Ze waren nog aan het bedenken wat ze de kinderen als reden zouden geven voor de aanwezigheid van tante Geena, toen Robert in zijn achteruitkijkspiegel een auto had opgemerkt die hen volgde.

De beelden van Mosquito Road speelden zich constant af in Geena's hoofd. Op dit soort momenten kon het zomaar gebeuren dat ze in een neerwaartse spiraal terechtkwam. Haar schuldgevoel over haar verhouding met Robert had haar dwarsgezeten toen hij nog leefde, maar nu werd ze erdoor gekweld.

Het was onmogelijk aan Robert te denken zonder dat er gedachten aan Lillian werden opgeroepen. Hoewel haar relatie met haar zus onherroepelijk verbroken leek te zijn, verlangde ze ernaar weer te voelen dat haar tien jaar oude zusje haar tegen zich aan trok om haar te troosten bij de angstaanjagende geluiden buiten.

'Wat gebeurt er?', had Geena fluisterend aan Lillian gevraagd in de nacht van de brand.

'Ik denk dat ons huis in brand staat', had Lillian geantwoord.

'Dat van oma?'

'Nee, niet dat van oma. *Ons huis.*'

Het geluid van hun gejaagde ademhaling had de stille kamer gevuld, en Geena kon Lillians hart voelen bonzen tegen haar rug.

'Mammie', had Geena met schorre stem geklaagd.

'Het komt wel goed', had Lillian gefluisterd.

'Ik wil mammie en pappie.'

'Ik ook.'

'Het is zo heet.' Geena schopte het dekbed verder weg, alsof ze zich zou branden door het alleen maar aan te raken.

Lillian ging op het bed staan en klikte de plafondventilator aan.

Daarna lagen ze stilletjes naast elkaar, de ogen wijd open in het halfdonker, omhoogkijkend naar de draaiende bladen.

'Het komt wel goed', zei Lillian nog een keer. Hun vingers strengelden zich in elkaar.

Met een schok kwam Geena terug in het heden. Ze stond op en liep naar het raam, waar ze bleef staan kijken naar de kinderen van de buren die in haar tuin aan het spelen waren. Een meisje lachte om iets wat haar broer zei, en Geena voelde haar boze bui wegtrekken. Ze wilde hen niet meer van het grasveld wegjagen en was eigenlijk teleurgesteld toen hun vader hen terugstuurde naar hun eigen tuin.

'Lillian,' fluisterde ze tegen het glas, 'het spijt me zo dat ik hen van je weggenomen heb.' Ze zuchtte. 'En dat ik hem van je afgenomen heb toen je even niet keek.'

Hoofdstuk

4

'Meneer, ongetwijfeld wil de kunstenaar ervoor betaald worden', zei de curator. 'En wie mag die kunstenaar zijn?'

Ze was geslepen, maar hij had er bijna vier jaar aan gewerkt, aan zijn meesterwerk, en steeds weer verbeteringen en verfijningen aangebracht op het schilderij. Zijn werk genoot bekendheid in de regio, en hij kon er behoorlijk wat voor krijgen in een grotere galerie, maar hij had dit niet voor het geld geschilderd. Hij wilde dat het hier bleef. Als Kitty die dag had moeten werken, zou het minder gecompliceerd geweest zijn het schilderij anoniem te schenken. Hij vroeg zich af wie deze onbekende vrouw was die scheen te denken dat zij het voor het zeggen had.

'Ik wil graag het verhaal kennen achter ieder schilderij dat ik accepteer voor de galerie, zoals wie het geschilderd heeft en waarom. Wat de inspiratiebron was.'

Waarom, dacht hij. Hij wist niet precies waarom hij het geschilderd had, behalve dat het onderwerp heel lieftallig was en zijn geest uren achtereen in beslag had genomen. Hij had zich afgevraagd wat haar verhaal geweest was. Er was in haar gezicht en in haar houding iets geweest wat hem had aangetrokken. Haar verdriet – en hij wist zelf het een en ander van verdriet – was zelfs zichtbaar geweest in de manier waarop ze daar stond.

'De kunstenaar wenst anoniem te blijven, mevrouw ...'

'*Juffrouw* Louise Roy.'

Hij herkende de naam. Hij had gehoord van een curator en kunstcriticus die Louise Roy heette, maar hij dacht dat ze in Sacramento woonde. Hij was verrast dat ze in een galerie in een stadje als La Rosaleda zou werken, maar hij nam niet de tijd om haar ernaar te vragen. Het was in zijn voordeel dat ze nog niet wist wie hij was. Op een bepaald moment zouden ze officieel aan elkaar voorgesteld worden, of ze zou te weten komen wie hij was door te praten met Kitty, die de eigenares was van de galerie. Ze zouden een en ander combineren, en Kitty zou het natuurlijk doorhebben. Ze zou het waarschijnlijk al weten zodra ze het schilderij zag, maar tegen die tijd zou al bekend zijn wat zijn wensen waren en zouden ze daar overeenstemming over hebben bereikt. Kitty zou er zeker voor zorgen dat het schilderij in haar galerie bleef en dat de schilder onbekend zou blijven.

'Neem me niet kwalijk, juffrouw Roy. Dit is een anonieme schenking van een naamloze kunstenaar.'

'Laat me dan op z'n minst hem ...'

'Of haar ...' Hij plaagde haar nu.

Ze kneep haar ogen samen. 'Of haar', herhaalde ze, 'een ontvangstbewijs geven.'

Ze streek een stuk papier glad op de mahoniehouten balie en zocht naar een pen. 'Kara?'

Een jongere vrouw kwam tevoorschijn uit de opslagruimte.

'Zijn er geen pennen meer?', vroeg Louise, met haar vingers trommelend op de balie.

Het meisje glimlachte tegen de kunstenaar die voor haar stond. Ze wist precies wie hij was, maar liet niets merken toen hij haar een knipoog gaf. Ze liep naar een kast, pakte een nieuwe doos pennen, die ze aan de andere vrouw gaf, en ging terug naar de opslagruimte.

'Wilt u hier tekenen?'

Hij trok het papier voorzichtig onder haar hand vandaan en stopte het in zijn broekzak. De pen liet hij op de balie liggen.

'Goedendag, *juffrouw* Roy.' Hij knikte en wendde zich af.

'Maar meneer!'

Hij hield even in. 'Ja, ma'am?'

'Waarom heeft de kunstenaar het *Beauty and the Beast Within* genoemd?' Ze trok haar wenkbrauwen op.

Truman keek naar het schilderij. Hij herinnerde zich bijna iedere penseelstreek. Hij had vele eentonige uren doorgebracht met het werken aan het huis en aan de rozen, om een volmaakt resultaat te bereiken. Met ieder schilderij dat hij van Rose House gemaakt had, had hij geprobeerd de rozenblaadjes zachter en de doorns scherper te maken, en de ranken zo te laten klimmen en slingeren dat ze echt leken. Bij dit schilderij had hij het meisje – liever gezegd: de vrouw – toegevoegd. Hij schilderde zelden mensen, heel af en toe een of twee dieren, maar deze vrouw vroeg erom geschilderd te worden. Niet hardop, natuurlijk, maar haar gelaatsuitdrukking had zijn gedachten in beslag genomen en ervoor gezorgd dat hij haar per se op het doek wilde hebben.

'Kijk eens beter', zei Truman.

Louise tuurde nog scherper naar het schilderij.

Op de afbeelding vormde het gezicht van de vrouw een masker van broze schoonheid, dat bijna brak. De doornige takken van de rozenstruiken strekten zich naar haar uit, maar werden verzacht door de overvloed aan rozen, zodat ze de doorns niet eens zag.

'De vrouw is niet het beest', hielp hij. 'Het gaat om datgene waarvan ze haar hart probeert te ontlasten.'

Hij draaide zich om voor een snelle aftocht, maar toen hij de deur openduwde, kwam hij oog in oog te staan met pure schoonheid.

De vrouw glimlachte, en haar ogen lichtten even op voordat ze ze neersloeg en richtte op de gewreven houten vloer.

Hij hapte naar adem terwijl hij haar blik volgde naar de plek waar haar in sandalen gestoken voeten de grond raakten. Het was een wonder. Als in slow motion stapte hij achteruit om de deur voor haar open te houden, zodat ze door kon lopen.

Ze leek precies op de vrouw op zijn schilderij. 'Dank u', zei ze, en ze bekeek hem met een eigenaardige blik.

Ineens gleed haar geborduurde satijnen tasje uit haar handen.

Het viel op de vloer tussen hen in. Toen de sluiting het hout raakte, klonk er een klik door de stille galerie.

Hij bukte zich om het tasje op te rapen, waarbij haar arm langs de zijne streek. Als hij de warmte van haar handen niet tegen de zijne had gevoeld, had hij niet geloofd dat ze echt was. Maar toen ze allebei weer overeind gingen staan, reageerde zijn polsslag op haar toevallige aanraking. Hun handen strengelden zich ineen rond het tasje, de hare keurig verzorgd en zacht, de zijne vol verfvlekken. Een ogenblik lang stond hij verstijfd, niet in staat zich te bewegen of te ademen, maar toen haar ogen in de zijne keken, en hij de blos zag opkomen op haar wangen, probeerde hij zich los te maken.

Onhandig friemelde hij met zijn vingers om ze los te krijgen en met zijn voet hield hij de deur open. Hij gebaarde alsof hij zeggen wilde: 'Dames gaan voor.' Hij voelde een brok in zijn keel terwijl hij zichzelf toestond haar profiel in zich op te nemen. Het roze kleurtje op haar wangen zorgde voor een zachte achtergrond voor de blonde lokken die waren ontsnapt uit de losse knot boven op haar hoofd. Hij was stomverbaasd. Ze leek op zijn muze, maar dan van vlees en bloed.

Ze bleef voor de balie staan, waar zijn schilderij inmiddels was neergezet op een koperen ezel. Hij zag hoe haar schouders zich spanden toen ze snel een stap dichter naar het schilderij toe zette. Haar rok bleef nog even om haar heen wapperen, de zoom wervelend om haar kuiten, door het onverwachte inhouden van haar pas. Zijn ogen volgden het profiel van haar gezicht en richtten zich toen op de schittering van haar ketting die naar voren viel.

Hij zag dat haar schouders zich weer ontspanden. Ze zuchtte zacht, maar het was toch nog hoorbaar waar hij stond. Een poosje bleef ze intens naar het schilderij kijken, en toen boog ze zich er langzaam vandaan, alsof het doek zou afgeven. Truman hield zijn adem in toen ze zich omdraaide, even wachtte en haar blik door de galerie liet gaan. Truman stapte opzij, en haar ogen gleden langs hem heen. Ze wendde zich weer terug, sloeg een hand voor haar mond en boog zich naar het schilderij. Nu kon hij haar gezicht goed zien en haar van dichterbij bewonderen.

Plotseling ging ze weer rechtop staan. Ze sloeg een arm om haar middel en pakte de hanger tegen haar hals met één hand vast. Hij keek als betoverd toe terwijl ze hem naar haar lippen bracht. Het glinsterende zilveren kruis was een exacte kopie van dat wat zijn figuur, Beauty, op het schilderij droeg. Zijn hart sloeg als een razende terwijl hij probeerde te bedenken wat hij moest doen.

Ze liet de hanger los en wendde zich een beetje naar hem toe, met een geschokte en ongeruste uitdrukking op haar gezicht. De rode steen midden op het kruis leek het licht net genoeg te breken om zijn blik te vangen, maar de schittering leek hem te verblinden, en hij ging zich steeds meer een indringer voelen.

Wat had hij zich in het hoofd gehaald? Ze leek diepbedroefd, net als op de dag waarop hij haar in haar verdriet ongezien had gadegeslagen bij Rose House.

Truman schuifelde achter een plank met aardewerk, zodat hij tussen de kleurige voorwerpen door kon gluren zonder dat ze hem zag. Haar schoonheid trof hem nog meer dan vier jaar geleden, toen hij haar voor Rose House had zien staan. Hij ging met zijn hand over zijn gladde schedel en masseerde zijn nek.

Hij zag dat ze over haar armen wreef, alsof ze het koud had. Als hij al zo geschokt was, wat moest zij dan wel niet voelen? Er lag iets zwaars op zijn borst, en hij besefte ineens dat het spijt was. Hij had niet langer het gevoel dat het zijn meesterwerk was. Geen enkel doek kon ooit de schoonheid bevatten die hij nu voor zich zag. En vond zij het mooi? Was ze teleurgesteld over wat ze zag? De manier waarop haar ogen glinsterden van ongeschreide tranen, wekte de indruk dat het schilderij haar verdrietig stemde. Erger nog: bang. Onmiddellijk voelde hij zich schuldig over de schok die hij haar bezorgd moest hebben, maar niet over het feit dat hij haar geschilderd had. Nu wilde hij alleen maar dat hij het schilderij weer kon meenemen om het nog meer te vervolmaken om te laten zien hoe mooi ze in werkelijkheid was.

Truman keek om zich heen voor een verklaring, alsof hij ergens in geluisd werd. Hij wierp nog een blik op de vrouw. Ze stond het schilderij intens te bestuderen, haar hoofd een klein beetje schuin. Ze had één vinger tegen haar lippen gelegd, en met de andere hand verfrommelde ze de stof van haar rok. Dit moment was even privé als het moment waarop hij haar vier jaar geleden onopzettelijk bespied had, bedacht hij. Hij zou niet verder in haar leven moeten binnendringen dan hij al gedaan had, vond hij. Truman draaide zich om om weg te gaan, maar het was net alsof hij was vastgegroeid aan de vloer. Hij wilde haar reactie zien, ieder antwoord van haar lichaam, de bijzondere manier waarop ze naar het doek reikte, en het snelle op en neer gaan van haar borst op het ritme van haar ademhaling.

Hij wist zeker dat ze zichzelf herkend had op het schilderij. Zijn ogen bleven gefixeerd op haar profiel, terwijl hij moeite moest doen om stil te blijven staan. Hij wist haar naam niet eens, maar hij had haar wel geschilderd. Angstige bezorgdheid kroop langs zijn ruggengraat omhoog. Hij zou willen dat hij wist wat ze ervan dacht, nu ze zag dat ze was geportretteerd in een duidelijk intiem ogenblik, toen ze dacht dat niemand haar zag.

Hij schudde die gedachten van zich af, en redeneerde met zichzelf dat kunstenaars dat altijd deden. Er was niets verkeerds aan mensen te schilderen zoals je ze gezien had. Hij zocht spijkers op laag water. Aandachtig kijkend vanaf de andere kant van de ruimte viel hem op hoe haar warme, zachte uitstraling zich spiegelde in de mengeling van verf op het doek, en hij was verbaasd hoe dicht hij haar wezen benaderd had, als ze het inderdaad was.

Terwijl hij keek hoe ze reageerde, besefte hij dat hij wilde dat ze het schilderij mooi vond. Toen hij haar ogen heel even zag oplichten, net zoals toen ze binnenkwam, vroeg hij zich onwillekeurig af wat ze dacht. Zijn behoefte het te weten, met haar in contact te komen, misschien zelfs zich te verontschuldigen als dat moest, dreef hem naar voren. Hij kwam achter de planken vandaan en liep naar haar toe. Zo graag wilde hij met haar praten. Maar toen hij de kleur zag wegtrekken uit haar gezicht, verstijfde hij, niet wetend wat hij moest doen. Hij liep snel terug naar de deur en pakte voorzichtig de deurknop, in de hoop dat hij stilletjes naar buiten kon glippen, maar toen hij de deur opentrok, begon er boven zijn hoofd luid een bel te klingelen.

Vliegensvlug draaide ze zich om. Hij werd gevangen in de verwilderde blik in haar ogen, was opnieuw getuige van een privé-moment. Hij knikte kort en haastte zich de deur uit. Het voelde alsof hij iets belangrijks was kwijtgeraakt. Boos op zichzelf liep hij snel naar zijn auto.

Toen hij *Beauty and the Beast Within* maakte, had hij er nooit over nagedacht hoe het voor Beauty moest zijn zichzelf op het schilderij te zien. Het was niet eens in hem opgekomen. Waarom zou het ook? Maar toen hij in de galerie de blik in haar ogen gezien had, was zijn enige gedachte geweest te maken dat hij wegkwam voordat hij nog verder binnendrong in haar leven.

Nijdig plantte hij zijn hoed op zijn hoofd, en hij ramde het sleuteltje in het contact. De motor kwam brommend tot leven, en hij spoot het plein af, want hij wilde zo veel mogelijk afstand tussen zichzelf en de galerie. In stilte bad hij dat ze eraan zou twijfelen of het een schilderij van haar was en dat ze eenvoudigweg zou doorgaan met haar leven. Maar hij had haar reactie gezien, en hij vermoedde dat ze wel zeker wist dat ze het zelf was.

Nooit eerder had hij zich bij nader inzien afgevraagd of hij iets wel had moeten schilderen, maar in korte tijd was alles veranderd. Hij zou op z'n minst willen dat hij het schilderij voor zichzelf had gehouden. Misschien, dacht hij, had hij haar helemaal niet moeten schilderen, maar hij had het niet *niet* kunnen doen ... Op het moment dat hij haar had zien staan bij Rose House, had hij de inspiratie in zich voelen stromen. Sinds die dag had hij dat ogenblik met zich meegedragen, en het was niet alleen haar verschijning, maar ook de stroom gevoelens die om haar heen wervelde. Misschien had hij het zich maar verbeeld, maar er was in de manier waarop ze daar stond, in de tranen op haar gezicht en in de pijn in haar ogen iets geweest wat hij herkende van zichzelf.

Hij had gezien dat ze bedroefd was om een verschrikkelijk iets, misschien nog wel erger dan wat hij zelf had meegemaakt. Hij had de herinneringen aan het gezin dat hij bijna had gehad, verdrongen. Hij wist zeker dat haar pijn groter was dan de zijne. Hij wilde haar verhaal zo graag kennen dat hij haar geschilderd had.

Daardoor had hij zijn eigen verlies opnieuw beleefd, en op een bepaalde manier had dat hem geholpen. Maar nu hij haar gezien had en getuige was geweest van haar gemengde reacties, besefte hij dat hij het schilderij in ieder geval in zijn atelier had moeten houden, waar het alleen voor hemzelf te zien was.

De motor loeide toen Truman het gaspedaal nog verder intrapte. Hij reed La Rosaleda uit in de richting van zijn boerenwoning op het platteland, iedere meter rijdend als de idioot die hij wist dat hij was.

Hoofdstuk

5

Lillian haalde de foto van Rose House van het prikbord voor medewerkers en plofte op de enorme bank om hem te bekijken. Het was een vreemd weekendje uit geweest. Ze had tijdens haar korte reisje niet de kans gehad om naar Rose House te gaan en ook niet om contact te zoeken met Kitty, de vriendelijke vrouw die haar gerustgesteld had toen ze dacht dat ze gevolgd werd. Dat eerste bezoek aan Rose House was al vier jaar geleden. Ze was nooit het sprankje hoop vergeten dat ze daar gevoeld had, en ze was teruggegaan om het terug te vinden. Jammer genoeg was ze nog niet bij Rose House geweest toen ze in een opwelling naar de galerie aan het plein in La Rosaleda was gegaan. Nu was ze terug op haar werk, en het enige wat ze had, was het fotootje van vier jaar geleden.

Lillian wierp een blik op haar horloge. Ze had nog een paar minuten om tante Bren even te spreken voordat haar dienst begon. Misschien zou het luisterend oor van haar adoptiemoeder haar helpen de dingen op een rijtje te zetten.

'Hallo?', klonk zangerig de stem van tante Bren met haar vrolijke Oklahoma-accent door haar mobieltje.

'Hé, tante Bren, met mij.'

'Lillian? O, liefje, wat fijn iets van je te horen.' Het laatste

woord kwam eruit met een lange uithaal, wat Lillian deed glimlachen. 'Maar lieverd, waarom heb je niet teruggebeld? Ik probeer
het al weken.'

'Ik weet het. Het spijt me.'

'Ach, laat maar. Vertel me hoe het met je is, liefje. Hoe gaat het
met het restaurant? Ben je al chef?'

Lillian glimlachte. 'Nee.'

'Nou, dat zou anders wel moeten.'

'Zeg dat maar tegen chef George, tante Bren.'

'Hij klinkt mij in de oren als iemand die zichzelf een beetje te
serieus neemt, liefje. Een getrouwde man die kookt voor zijn
geld? Dat verklaart vast waarom hij zo'n zenuwpees is.'

Lillian moest lachen om tante Brens grapje. Ze wist dat haar
tante, als ze iets van Georges eten kon proeven, er waarschijnlijk
anders over zou denken.

'Kom op, Lil, wat is er aan de hand?'

'Ik heb helemaal niet gezegd dat er iets aan de hand is.'

Het bleef stil aan de andere kant van de telefoon. Toen hoorde ze water stromen, iets met een tik neerkomen op het aanrecht
en de klik van een knopje. Tante Bren was koffie aan het zetten.
Lillian verlangde ernaar bij haar te zijn en samen met haar koffie
te drinken.

'Oké, er is iets. Weet u nog dat ik vier jaar geleden naar La Rosaleda ben geweest?'

'Jazeker. Dat was kort na het ongeluk. Te kort, als je het mij
vraagt, maar je hebt het mij natuurlijk niet gevraagd. Je bent toen
die rare mannen tegengekomen van wie je dacht dat ze je volgden.'

'Dat weet ik, tante Bren. Ik had u moeten vertellen waar ik
mee bezig was, maar daar bel ik niet voor. Ik wilde u vertellen
over iets vreemds dat afgelopen zaterdag is gebeurd, toen ik weer
in La Rosaleda was. Herinnert u zich dat mooie met rozen begroeide huis waarvan ik u een foto heb gestuurd?'

'O ja, liefje. Die foto heb ik nog. Ik heb hem op de koelkast
geplakt. Het is zo'n aardig plaatje.'

'Die bedoel ik', zei Lillian. 'Nou, voordat ik ertoe kwam Rose
House te bezoeken, ben ik naar een kleine galerie in La Rosaleda

gegaan en … U denkt vast dat ik een klap van de molen heb gekregen, tante Bren.'

'Lieverd, we zijn allemaal een beetje gestoord. Gooi het er maar uit.'

'Nou, er was een schilderij van Rose House in die galerie. Het was verbluffend mooi. Zo gedetailleerd en … bijna alsof het leefde. Het deed me denken aan die dag vier jaar geleden toen ik Rose House heb bezocht. Weet u nog?'

'Bedoel je dat het *dat* Rose House was op het schilderij?'

'Ja, inderdaad, maar dat is niet waardoor ik zo verbijsterd was.'

'Wat was het dan? Waardoor was je zo verbijsterd?'

'Ik stond erop afgebeeld.'

'Wat?'

'Ik. Of een vrouw die heel veel op me lijkt. Ik weet het niet. Misschien verbeeld ik het me, tante Bren, maar ze leek precies op mij. Ik – de vrouw op het schilderij – droeg zelfs mijn hanger.'

'Die met die rode steen?'

'Ja', zei Lillian. 'Het schilderij heette *Beauty and the Beast Within.*'

'Wel heb je ooit. Denk je dat jij die Beauty bent op dat schilderij? Hoe kan dat nou?'

'Dat dacht ik ook. Ik had een heel apart gevoel toen ik het zag. Ik moet gek geweest zijn te denken dat ik het was. Misschien was ik het helemaal niet, maar ik leek er wel heel erg op.' Lillians hart ging sneller slaan toen ze eraan terugdacht hoe verbonden met het schilderij ze zich had gevoeld, maar ze was ook in verwarring geweest. Ze kon zich niet voorstellen dat iemand – wie in vredesnaam? – haar gevoelens op dat moment zo intens op het doek had kunnen overbrengen, zonder dat zij het wist.

'Je moet je inderdaad wel heel vreemd gevoeld hebben', zei tante Bren. 'Wie heeft het geschilderd? Zou je dat in die winkel niet kunnen vragen?'

'Dat is het volgende wat zo vreemd is, tante Bren.' Lillian ging zachter praten. 'Het is niet gesigneerd. Zowel de naam van de kunstenaar als die van degene die het schilderij aan de galerie ter beschikking heeft gesteld, wordt geheimgehouden. Zelfs de galeriehoudster weet ze niet, hoewel ze zei dat ze er misschien wel achter kon komen.'

'Dat is raar. Als het zo mooi is, waarom zou je dat dan allemaal geheimhouden?'

'Geen idee', zei Lillian. Het schilderij was meer dan alleen maar mooi. Het was intiem, en vol emoties. Toen ze het zag, had ze het gevoel gehad dat ze naakt was. Hoe had iemand haar op zo'n intiem moment kunnen betrappen?

'Misschien is de kunstenaar mensenschuw?', dacht tante Bren.

'U zou het moeten zien, tante Bren. Het maakte me zo verdrietig. Al die vreselijke herinneringen aan Mosquito Road kwamen terug. Ik was er helemaal niet op voorbereid, en ik barstte daar vlak voor die vrouw van de galerie bijna in tranen uit.'

'Och, Lillian toch', moederde tante Bren. 'Liefje, laat het maar rusten. Je moet al die oude emoties niet meer naar boven halen.'

Lillian wilde zeggen dat het voor haar geen oude emoties waren. Ze had ze net ver genoeg op afstand kunnen houden om te kunnen functioneren, maar er was maar weinig nodig om ze weer op te roepen. En dat was precies wat er gebeurd was toen ze het schilderij had gezien.

'Tante Bren, het is niet alleen dat het me verdrietig maakte. Het intrigeerde me en ...' Lillian ging wat verder naar voren zitten en gebaarde met haar hand, ook al kon tante Bren haar frustratie niet zien. 'Hoe kan iemand nou het lef hebben om iemand te schilderen zonder toestemming?'

'Je bent een heel mooie vrouw. Waarom vind je het vreemd dat iemand je wil schilderen? En misschien ben je die vrouw op het schilderij niet eens.'

'Dat heb ik ook al bedacht. Misschien hebt u gelijk, maar als ik het nou wel ben? Als iemand mij geschilderd heeft zonder dat ik dat wist? Denkt u dat ze daar naar me hebben staan kijken, al die jaren geleden?' Ze probeerde zich de mannen te herinneren van wie ze had gedacht dat ze haar volgden, maar geen van beiden had eruitgezien als een kunstenaar. De een was verborgen geweest achter een camera, de ander had in een mobieltje staan praten. Misschien was de man met de camera de kunstenaar geweest.

'Misschien vond die schilder je gewoon mooi en besloot hij je te schilderen. Je bent tenslotte Miss Wild Hollow, weet je nog?'

Lillians ongerustheid week voor even, terwijl ze een grijns verbeet. Ze was Miss Wild Hollow geweest in een historische optocht in haar geboorteplaats. Tante Bren deed nog steeds alsof dat haar tot iemand van koninklijken bloede gemaakt had, hoewel maar vier meisjes naar die titel gedongen hadden, en de anderen alle drie de tweede prijs gekregen hadden. Het jaar erop had Geena gewonnen, en Lillian had de kroon aan haar eigen zus moeten overdragen. De tijden waren veranderd, peinsde Lillian, en er waren geen tiara's meer in haar leven.

'Zelfs al is dat zo, tante Bren, wie heeft dan het recht dat te doen? Iemand schilderen ... op een van haar meest intieme, meest droevige momenten? Het is ... aanranding. Afschuwelijk, als je er zo naar kijkt.'

Lillian hoorde haar tante diep zuchten. 'Daar gaat het dus om, hè, lieverd? Iemand heeft stiekem naar je staan kijken en al je verdriet op het doek geslingerd. En dat grijpt jou zo aan.'

'Nou, geslingerd is het woord niet,' zei Lillian, 'maar is dat dan niet genoeg om ondersteboven van te zijn? Op een of andere manier herinnert het me aan hoe ik me voelde toen de beelden van het ongeluk voortdurend op de televisie werden uitgezonden.'

'Waarom koop je dat schilderij niet gewoon? Dan kun je het verborgen houden voor andermans ogen. Als ik je een beetje ken, is dat wat je het meeste dwarszit. Het verlies van je privacy.'

Lillian wist dat tante Bren haar emoties had begrepen toen het ongeluk een sensatie had veroorzaakt in Sacramento. Het was alsof de verslaggevers hongerig waren naar nieuws, en ze had zich op een hinderlijke manier achtervolgd gevoeld. Niet alleen beelden van het ongeluk, maar ook beelden van haar persoonlijke verdriet waren uitgebreid op de televisie vertoond.

'Dat heb ik geprobeerd, maar ze zeiden dat het niet te koop was.'

'Ik zie geen reden voor ongerustheid, liefje, maar als je je er zorgen om maakt vanwege de gebeurtenissen na Roberts dood, bel dan die rechercheurs.' De opgewekte klank in de stem van tante Bren verdween, en Lillian hoorde haar bezorgdheid. 'Zal ik hen voor je bellen?'

Lillian overwoog het voorstel. 'Nee', antwoordde ze ten slotte. 'Laat me er eerst maar een poosje over nadenken.'

'Probeer je er niet al te druk over te maken, lieverd.'

'U ook niet', herinnerde Lillian haar.

Het was even stil op de lijn. 'Lillian, je kunt ieder moment naar huis komen. Dat weet je, hè? Misschien zou het je goeddoen weer eens in de kerk te zijn en je vriendinnen in de buurt te hebben. We houden hier in Wild Hollow allemaal van je.'

Lillian glimlachte. Ze zou het graag doen, maar ze was nog niet in staat zo ver weg te gaan van waar haar kinderen begraven lagen.

'Ik weet het, tante Bren. Nu moet ik ophangen. Ze wachten op me in de keuken.'

'O, en Lillian?'

'Ja, tante Bren, wat is er?'

'Spreek je Geena weleens?'

Een boze opmerking over haar zus bleef in haar keel steken. 'Nee, het spijt me. We hebben elkaar nog niet gesproken.'

'Oké, lieverd. Ik vroeg het me alleen maar af. Dag.'

Lillian hing de foto weer op het prikbord en schudde haar frustratie van zich af. Ze had belangrijker dingen aan haar hoofd dan haar manipulatieve, leugenachtige zus. Ze zou willen dat tante Bren haar mond erover gehouden had, maar ze wist dat ze dat niet kon. Ze was zoals ze was. Het enige wat ze wilde, was dat iedereen goed met elkaar was.

Lillian greep haar schort van de haak en keerde in gedachten terug naar de vreemde gebeurtenissen die zich vlak na het ongeluk hadden voorgedaan.

Ze had erbij gezeten toen de rechercheurs het er met elkaar over hadden of het gewoon rare toevalligheden waren of dat ze verband hielden met de mogelijke moord op Robert. 'Maar die vreemde brieven dan die onder haar deur door geschoven waren?', hadden ze gespeculeerd. 'Hoe verklaar je het feit dat iemand de banden van haar auto heeft laten leeglopen? Toeval?

Niet als het vier keer gebeurt. Haar zus? Die is al tijden uit beeld, maar ze wordt tot nu toe nergens van verdacht.'

Lillian had een rilling over haar rug voelen gaan toen het over Geena ging. Hoezeer ze ook een hekel had aan haar zus, ze geloofde niet dat Geena zou proberen haar angst aan te jagen.

'Zij heeft informatie over haar zus die niemand anders heeft.'

'Nee. Zij is het niet', had Lillian tegengeworpen. 'Misschien werd hij helemaal niet gevolgd. Misschien was het gewoon een afschuwelijk ongeluk.'

Er was nooit echt bewijs van gevonden dat iemand haar volgde, niet iets wat steek hield.

Wat het schilderij in de galerie betrof, was er ook iets wat niet klopte, maar net als tante Bren betwijfelde ze of haar ontdekking verband hield met haar achtervolgers, als die er al geweest waren.

Ze liet haar gedachten weer over het schilderij gaan, en haar nieuwsgierigheid was geprikkeld. Ze kon niet ontkennen dat het een prachtig plaatje was, adembenemend mooi. Wie het ook geschilderd had, had haar pijn gezien als niemand anders. Maar waarom had de kunstenaar het tentoongesteld voor iedereen die die galerie binnenkwam?

Hoofdstuk
6

'Waarom bel je je zus niet gewoon?'

Geena dronk haar glas leeg en schoof het over de bar naar de serveerster, Edna. Ze blies een volmaakt rookkringetje en wuifde het weer weg.

'Houd daarmee op.' Edna schudde haar hoofd en wapperde de rook weg, die bleef hangen. 'Maak hem uit. Je mag hier niet roken.'

Geena drukte de sigaret uit en mompelde: 'Stomme regeltjes. Dit is een bar, nota bene.'

'Stom of niet, ik vind het geweldig. Mijn pubers zitten niet te wachten op een moeder met longkanker.' Edna veegde met een doek over de bar. 'Vertel nou maar eens, Geena, waarom zit je hier iedere vrijdag voordat je moet werken? En iedereen vertelt me over treurig verlopende liefdesperikelen, maar jij hebt alleen maar een zielig verhaal over een zus die je niet wilt bellen.'

'Dat is ook een treurig liefdesverhaal. Mijn zus wil helemaal niets van me horen.' Geena haalde nog een sigaret uit haar tas, maar Edna schudde haar hoofd. Geena rolde met haar ogen en boog zich naar Edna toe. Ze probeerde haar neus niet op te trekken bij de geur van het bloemetjesparfum van de oudere vrouw.

'Er zit een liefdesverhaal in', ging Geena verder. 'Een smerig verhaal, om precies te zijn.'

Ze schudde haar lange kastanjebruine haar naar achteren en draaide haar slungelige benen weg van de man die zich op de barkruk naast haar had gehesen. Ze praatte nu al weken tegen Edna. Ze wist best dat Edna niets wilde missen van deze nieuwe ontwikkeling die veel meer drama beloofde dan haar geliefde soapseries.

'Hm. Wat is er dan met je zus, de kokkin? Wat heb je gedaan …? Haar man …?' Ze gniffelde om haar eigen stomme grap.

Geena keek Edna vuil aan. 'Moet je echt zo lullig doen? Het gaat wel over mijn zus.'

'Het is waar, hè?'

Geena fronste haar wenkbrauwen en schudde de vraag van zich af. 'Kijk niet zo naar me. Jij hebt het zeker allemaal al bedacht?'

Edna hief haar handen op als teken van overgave. 'Ik heb er geen oordeel over, meid.'

'Nou,' mompelde Geena, 'het is niet gegaan zoals jij denkt.'

'O?' Edna steunde met haar ellebogen op de bar en negeerde de man die haar aandacht probeerde te trekken.

Geena schudde haar hoofd en streek een sliert haar achter haar oor. 'Er waren drugs in het spel. Drugs en alcohol, eigenlijk.'

'Bedoel je dat het per ongeluk ging? Dat zeggen ze altijd, Geena. Ik zie het iedere vrijdagavond gebeuren. Weet je wat het is? Ze weten altijd dat het zo zal gaan. Daarom brengen ze zichzelf onder invloed voordat ze het doen.'

'Wij waren het niet van plan.'

'Is het dan maar één keer gebeurd?'

'Nee, dat niet. Maar de eerste keer was wel per ongeluk.'

'Wauw, meid. Jij hebt je behoorlijk in de nesten gewerkt.'

Geena boog haar hoofd. Het was gebeurd, en daar kon ze niets meer aan veranderen.

Edna zweeg, met een meelevende uitdrukking op haar gezicht.

Geena kneep met haar vingertoppen in de brug van haar neus om de tranen tegen te houden die dreigden te ontsnappen.

Edna stak haar hand uit en legde die op Geena's schouder. 'Het spijt me voor je, meid. Ik ken de omstandigheden niet. Maar ik zou zo zeggen: bel je zus op. Niet nu meteen, natuurlijk. De baas kan ieder moment verschijnen.'

Geena nam een grote slok uit het flesje water dat Edna voor haar had neergezet, en wenste dat het iets sterkers was. *Tijd om aan de slag te gaan*, dacht ze.

'Mevrouw', riep een man vanuit een hoekje.

Geena keerde zich naar hem om. 'Niet zo brutaal, jongens.' Ze grinnikte, pakte een blad op en liep op haar gemak naar het groepje glibberige figuren dat al tien jaar aan dat hoektafeltje zat. Ze zuchtte en bedacht moedig dat er soms ook leuke mannen binnenkwamen. Ze probeerde weleens oogcontact met hen te maken, maar ze keken altijd dwars door haar heen. Ze was maar een serveerster.

Ze glimlachte naar de meest acceptabele man in de groep. Hij bestelde een biertje en draaide zich om om naar een sportwedstrijd op de televisie te kijken, immuun voor haar charmes, totaal niet in haar geïnteresseerd.

Terwijl ze zijn drankje voor hem neerzette, vroeg ze zich af wat hij zou denken als hij wist dat ze een poos op het hoger beroepsonderwijs had gezeten. Ze had de koksopleiding geprobeerd, samen met Lillian, en met succes, maar ze had besloten dat koken niet haar toekomst was, en was aan een opleiding voor schoonheidsspecialiste begonnen. Geena wist dat ze niet dom was, maar ze vermoedde dat deze mannen zo wel over haar dachten. Hoewel ze haar vergunning had laten verlopen, bleef ze tegen zichzelf zeggen dat het slechts een kwestie van tijd was voordat ze dat weer in orde zou maken en weg zou kunnen uit dit uitzichtloze baantje.

Ze bracht het blad terug naar de bar voor een nieuwe lading en glimlachte tegen de klanten terwijl ze kalmpjes langs hen heen liep. Ze zag er nog steeds goed uit, wat hoge fooien opleverde. Soms vroeg een dronken man haar of ze model was.

Daarop reageerde ze altijd vinnig: 'Reken maar, schat. Dat doe ik overdag.'

Dat was een grapje, maar ze had echt modellenwerk gedaan in San Francisco. Het waren nooit fantastische opdrachten, zoals in

New York, maar ze waren legaal en hielpen haar in haar levens-onderhoud. Toch hield ze zichzelf voor de gek, wat haar vooruit-zichten betrof. Ze was bijna dertig, en het zou steeds moeilijker worden opdrachten te krijgen. Het was dus maar goed dat ze kon terugvallen op het serveren van drankjes.

Toen ze zich over iemand heen boog om zijn bestelling voor hem op het tafeltje neer te zetten, voelde ze zijn hand op een plek waar ze die onderhand niet meer wilde voelen. Haar glimlach be-vroor op haar gezicht.

'Hier is je drankje, schat.' Haar liefste serveerstersstemmetje.

De man was verbijsterd toen het hele blad met bestellingen op zijn schoot belandde. Glas viel kapot op de grond om hem heen. Geena goot het bier uit het glas in haar hand over zijn hoofd en zette het glas met een klap op het tafeltje. Hij sprong overeind met een woeste blik naar Geena.

Ze beefde toen ze het kwaad in zijn boze ogen zag. In films namen mannen nooit wraak op een serveerster die hen op die manier in hun hemd zette. Gelukkig waren er nog anderen in de bar die meer verstand hadden. Verscheidenen van hen stonden op en keken de boze man aan.

'Wat in vredesnaam …?', zei er een.

'Ben je gek geworden?', vroeg een ander.

De in bier gedrenkte klant keek hem met een waarschuwen-de blik in zijn ogen aan en liep naar buiten.

Ineens stond Edna pal voor haar. Geena had geen spijt van haar spontane aanval op de engerd, maar ze was bang dat Edna er pro-blemen mee zou krijgen. Ze keek om zich heen om te zien of de baas al gearriveerd was.

'Hij is er nog niet, meid, maar je kunt beter gaan voordat hij opduikt.'

'Oké', zei Geena. 'Het spijt me.'

Edna's gezicht werd vriendelijker, en ze legde een hand op Geena's schouder. 'Kom maar niet meer terug. Je kunt wel iets beters krijgen.'

Geena grinnikte om de bijval die ze kreeg van de mannen in de bar.

'Dag, jongens', antwoordde ze. Ze beloonden haar door hun hand op hun hart te leggen, alsof ze verpletterd werden door het verdriet om haar vertrek.

Ze omhelsde Edna. 'Ik kom wel terug.'

'Doe nou maar niet.'

'Ik mag toch nog wel komen werken, hè?'

'Natuurlijk, meid, maar je wilt toch niet eindigen zoals ik?'

'Zo slecht ben je niet, Edna.' Geena klopte haar op de rug, pakte haar tas en haastte zich de deur uit.

Buiten, op de zwak verlichte parkeerplaats, zocht Geena in haar tas naar haar sleutels. Ze hoorde ze helemaal onderin rammelen, bedolven door lippenstiften, proppen tissue, een met glitter versierd flaconnetje en een hele stapel servetjes met telefoonnummers erop.

'Stomme sleutels', mopperde ze, onderweg naar haar groene Pinto. Een krachtterm ontsnapte aan haar lippen. 'Eindelijk', riep ze hardop toen ze de sleutels bevrijd had uit haar tas. Ze keek op en verstijfde ter plekke. De man die ze in bier gedoopt had, stond tegen haar auto geleund.

Haar hart begon sneller te slaan. Koude rillingen liepen over haar rug toen hij de voorkant van haar blouse beetpakte en openscheurde. Hij draaide haar om, en haar gezicht klapte tegen de motorkap van de auto. Ze hapte naar adem toen haar sleutels over de parkeerplaats schoven. Ze opende haar mond om te gillen, maar de pijn onder in haar rug maakte haar stil. De motorkap van de auto drukte tegen haar wang. Ze rolde met haar ogen toen een gloeiende hitte langs haar ruggengraat omhoogschoot. Haar aanvaller greep haar bij haar haar en wrong haar hoofd de andere kant op. Opnieuw sloeg hij haar gezicht tegen de motorkap. Ze proefde bloed.

Geena probeerde overeind te komen van de auto, maar hij greep haar achter in haar nek en hield haar neergedrukt. Een schreeuw bleef steken in haar keel.

Ze pijnigde haar hersens om een uitweg te vinden. Ze hoorde de stem van tante Bren. '*Bidden.*'

'*Bidden.*'

Geena zou gelachen hebben om de ironie, maar opnieuw ramde de man haar hoofd tegen de motorkap. Op dat moment voelde ze de deur van haar hart openbreken en steeg er een woordeloos gebed op naar de hemel.

Geena voelde zich plotseling lichter worden toen het gewicht van haar aanvaller verdween. Ze hoorde een bons tegen de auto, maar deze keer was het niet haar lichaam. Grommen en vloeken klonken op van ergens achter haar. Ze ging rechtop staan en wilde wegrennen, maar toen ze zich omdraaide, zag ze een man in een flanellen overhemd die haar aanvaller met zijn vuisten bewerkte.

Edna dook naast haar op. Ze riep iets naar een van de mannen die zich verzameld hadden op de parkeerplaats.

Geena voelde dat ze snel werd teruggebracht naar de bar. 'Dank je wel', fluisterde ze.

'De ziekenauto en de politie zijn onderweg', verzekerde Edna haar.

'Er is niets mis met me', stamelde Geena, maar haar lichaam trilde hevig.

Edna legde haar handen om Geena's gezicht, terwijl de tranen over haar wangen stroomden. 'Niet bang meer zijn, lieverd. De jongens ontfermen zich wel over hem totdat de politie komt.'

Ook al deed haar lichaam aan alle kanten pijn, toch moest Geena lachen om 'de jongens' die zich over de man ontfermden. In stilte vroeg ze zich af wat tante Bren zou vinden van het antwoord op haar gebed. '*God kan iedereen gebruiken.*' De woorden echoden in haar hoofd. Lillian had die woorden ook gebruikt. Ze was toen in haar tuin met Sheyenne en Lee, die helemaal in de ban waren van een griezelig insect dat langs Lillians been omhoogkroop. Lillian had het weggeslagen.

'Tante Bren zegt dat God iedereen en alles kan gebruiken', had ze tegen Lee gezegd. 'Zelfs enge torren.' Ze had omhooggekeken naar de veranda waar Geena zat. 'Ja toch, tante Geena?'

'Dat zegt tante Bren altijd', had Geena spottend gezegd, terwijl ze haar glas hief voor een toast. 'God kan iedereen gebruiken.'

'Ook een insect?', vroeg Sheyenne ongelovig lachend.

'Ook een insect', had ze gezegd, haar gedrag aanpassend aan de kinderen.

De herinnering deed Geena pijn. Ze wist niet zo zeker of Lillian gelijk had gehad. Zij was God alleen tegengekomen wanneer ze in de problemen zat, en niet als een duidelijke manifestatie van de Geest, zoals de dominee en tante Bren altijd zeiden. Hun religieuze overtuigingen werden vaak uitgedrukt in irritante clichés, zoals *God zegene je* of *God kan iedereen gebruiken*, maar of ze het wilde toegeven of niet, hun geloof had ook diep wortel geschoten bij haar.

'Stil maar. Het komt wel goed.' Edna's stem bracht haar terug in het heden, en ze voelde een koude doek tegen haar wang.

Hoofdstuk
7

Lillian maakte haar schort vast. De foto's van andere gezinnen op het prikbord maakten haar verdrietig, maar het zien van de foto van Rose House herinnerde haar eraan dat er hoop gloorde als ze besloot uit haar diepste verdriet omhoog te klimmen en houvast te zoeken. Het feit dat iemand haar voor Rose House geschilderd had, was net zo verbazingwekkend voor haar als alle andere dingen. Als ze niet zo ondersteboven geweest was toen ze het schilderij zag, had ze het vast als een teken gezien.

Lillian ging de klapdeuren door de keuken in en liep langs een luidruchtig draaiende mixer. Ze haastte zich naar haar werkplek en hoopte maar dat chef George niet in de gaten had dat ze een paar minuten te laat was.

'Lillian, daar ben je. Wil jij even snel naar de winkel gaan om vijf trezen eieren te halen? Onze nieuwe stagiaire heeft vanmorgen de hele stapel laten vallen.' Zijn blik gleed naar de andere kant van de keuken, naar een meisje dat zichtbaar rood werd, ondanks haar olijfkleurige huid.

Lillian glimlachte verontschuldigend naar de stagiaire en keerde zich naar George. 'Natuurlijk, maar voor het geval dat je het vergeten was, ze willen ze ook wel komen brengen.'

Een ijzige glimlach was haar deel. 'Maar ik wil dat jij ze gaat

halen.' Ze keek van hem weg om de boze blos die ze voelde opkomen, voor hem te verbergen.

Toen ze terugkwam van haar boodschap, sneed Lillian de
groenten voor de kippensoep met rozemarijn. De klanten waren
er dol op.

Lillian vond het fijn als ze het druk had en klaagde niet langer
over de klusjes onder haar niveau die haar baas haar vaak opdroeg,
maar toen hij tegen haar schreeuwde dat ze moest stoppen met
wat ze aan het doen was en de telefoon moest opnemen die in
het kantoortje stond te rinkelen, deed ze geen moeite om de
zucht die haar ontsnapte, te verhullen.

Toen ze door de koffiehoek liep, ging haar blik langs de foto
van Rose House op het prikbord. Ze verbaasde zich opnieuw
over het schilderij dat nu voortdurend in haar gedachten was.
Waar was het vandaan gekomen? Was het echt een afbeelding van
haar op het doek? Iedere keer dat ze eraan dacht, voelde ze een
kriebel in haar buik, en was het alsof ze erdoor aangetrokken
werd. Ze wilde het nog eens zien, en ook de rozen die zich leken
uit te strekken naar haar beeltenis op het schilderij.

Ze moest eigenlijk teruggaan, bedacht ze. Misschien kon ze
vakantie nemen, terugrijden naar La Rosaleda en de galerie-
houdster ertoe overhalen dat ze het schilderij aan haar verkocht.
Ze bleef staan om serieus over het idee na te denken en negeerde de rinkelende telefoon. Waarom had ze hier niet eerder
aan gedacht?

Ze zag chef George in de keuken zijn orders blaffen en besloot
dat ze hard aan vakantie toe was. Ze keek tevreden naar de telefoon toen die stopte met rinkelen, en het antwoordapparaat het
overnam.

'Lillian', brulde George. Hij keek haar achterdochtig aan toen
ze de keuken weer kwam binnensloffen. 'Wie was dat?'

'Geen idee.' Ze keek naar haar handen. 'Ik heb hem niet op-
gepakt.'

George kneep zijn ogen tot spleetjes. Hij was in de vijftig en
een knappe man. Lillian kon wel zien waarom zijn vrouw voor
hem gevallen was. Maar aan zijn onbehouwen gedrag in de keu-

ken had ze een hekel. Hij intimideerde mensen en hij leek dat nog leuk te vinden ook.

'Het spijt me', mompelde ze, friemelend aan de banden van haar schort. 'Ik ben ... overspannen, denk ik. Ik ben het zat telefoontjes aan te nemen en worteltjes te schrappen.'

De grijns op zijn gezicht had ze niet voorzien. Ze deed een stap achteruit en wachtte op de sarcastische opmerking die ongetwijfeld zou komen.

'Waarom heb je dat niet gezegd?', vroeg hij. 'Ik kan je best iets laten doen wat je leuker vindt.'

'Wat?' Ze knipperde met haar ogen en vroeg zich af of hij de spot met haar dreef.

'Ik dacht dat je er nog niet aan toe was, Lil, omdat je de laatste jaren zo veel hebt meegemaakt.' Hij draaide zich weer om naar het werkblad en greep met zijn hand in een zak bloem. 'Ik zou het fijn vinden als je meer zou doen.'

Ze bloosde, maar ze vertrouwde hem nog niet. Zijn stemming kon zomaar omslaan. 'Goed,' zei ze, 'daar houd ik je aan, maar ik denk echt dat ik er even uit moet. Met vakantie.' Ze aarzelde. 'Twee weken vrij zou me goeddoen.'

De geluiden in de keuken verstomden doordat de andere koks meeluisterden. Ze sloeg haar ogen neer, en haar mond werd droog.

De geur van gist hing om hen heen. George richtte zijn aandacht op het kneden van de klomp deeg in zijn handen, en hij maakte er een zacht glanzend brood van. Hij ging ermee door terwijl hij opkeek van zijn werk. 'Goed, Lil. Je ziet er een beetje afgetobd uit de laatste tijd. Maar je krijgt maar één week.'

Ze begon al te protesteren, maar hield haar mond toen ze zijn ernstige gezicht zag.

'Ik kan je geen twee weken missen met dat galadiner dat eraan komt. Dus haal het niet in je hoofd meer dan een week te vragen.'

Ze vroeg zich af wat dat galadiner met haar van doen had. Wilde hij haar echt meer verantwoordelijkheid geven, of had hij alleen een extra serveerster nodig? Misschien kon ze hem later nog zover krijgen dat hij haar langer vrij gaf.

'Bedankt.'

Hij knikte.

Ze ging terug naar haar werkplek en begon selderij te snijden. De telefoon ging weer. Ze negeerde het, en concentreerde zich op het fabriceren van perfect gelijke halvemaantjes. Na nog een paar keer rinkelen droeg George de stagiaire op het telefoontje te beantwoorden.

Toen haar dienst erop zat, hield Lillian weer stil om te kijken naar de foto van Rose House. Ze vroeg zich af of ze hem eigenlijk niet weg moest halen, of het niet gek stond tussen al die familiefoto's. De vrolijke gezichten keken naar haar, lachend en gelukkig. Ze zuchtte toen ze haar hand uitstak en de foto gladstreek. De hoekjes begonnen om te krullen doordat hij maar aan één kant vastzat.

Ze deed een stap achteruit en stelde zich Rose House voor als middelpunt van alle gezichten eromheen. Iedere foto op dat prikbord vertegenwoordigde iemands droom: een huwelijk, een pasgeboren baby, een jubileum, hoop en verwachting. Ze besloot de foto te laten waar hij was.

Misschien, dacht ze terwijl ze zich omdraaide naar de deur, *misschien past die foto van Rose House toch wel bij al die andere plaatjes van dromen en hoop.*

Hoofdstuk

8

De zwarte sedan reed over de snelweg door Sonoma Valley. Lillian kon zich heel goed verbeelden dat ze zich in een ander land bevond. De golvende heuvels, de knoestige bomen die hun takken over de weg naar elkaar uitstrekten, de rijen wijnstokken en de rozen kalmeerden haar warrige hoofd. Maar tegelijk met de rust kwam ook een bekende bitterzoete pijn op.

Jake was rustig als altijd en concentreerde zich op de weg. Ze had hem lang niet gevraagd haar te rijden, maar omdat ze tijdens haar verblijf in La Rosaleda niet echt een auto nodig had, had ze gedacht dat het een goed idee was zich door hem te laten brengen en weer te laten halen wanneer haar vakantie voorbij was.

Toen ze in La Rosaleda aankwamen, vroeg ze Jake een rondje over het stadsplein te maken. Ze hield van de rozen om de fontein, de eenden, de bloeiende bomen en de gerenoveerde huizen uit 1800 die nu in gebruik waren als aparte winkeltjes en eethuisjes. Lillian wilde stoppen om olijven en boerenkaas te kopen, maar een blik op haar horloge vertelde haar dat ze zich beter eerst kon melden in het pension.

Haar belangrijkste doel in deze vakantie was een bezoek aan Rose House. Tijdens haar laatste bezoek aan La Rosaleda was ze zo geschrokken van het schilderij *Beauty and the Beast Within* dat ze onmiddellijk was teruggekeerd naar Sacramento zonder Rose House te bezoeken. Ze wilde zo verschrikkelijk graag weer dat sprankje hoop ervaren dat ze daar vier jaar geleden gevoeld had.

Ze fleurde op toen ze de oprit van het pension op reden. Het was een prachtig gerestaureerd victoriaans herenhuis dat maar een paar blokken verwijderd was van het plein. Het torende hoog op tussen twee oude magnoliabomen. Ingewikkelde versieringen aan de gevel en geschulpte daklijsten gaven het de uitstraling van een huis uit een sprookjesboek. Het deed Lillian denken aan het poppenhuis dat ze voor Sheyenne en Lee aan het maken was voor het ongeluk.

Een meneer stond op de veranda die om het hele huis heen liep, en zwaaide toen Jake het portier aan Lillians kant opendeed. Lillian stapte uit de auto en zwaaide terug. Ze liet haar blik over het landschap gaan. Treurwilgen sierden de grens van het terrein, hun takken wuivend in het aangename windje. Een geheimzinnig paadje kronkelde ertussendoor als een uitnodiging aan bezoekers om zich te wagen in een wonderland van uitbottende bomen en weelderig groen.

Jake haalde haar bagage uit de kofferbak terwijl zij de levendige kleuren rood, paars en roze van de vlijtige liesjes bewonderde die langs de rand van de veranda groeiden. Ze zag zichzelf al zitten op de veranda met een glas koude limonade en een boek in haar handen. De man kwam naar hen toe en liep langs petunia's, ranonkels en Oost-Indische kers die rijkelijk bloeiden en over de randen van wijnvaten en andere bakken hingen.

'Mevrouw Diamon?'

Ze knikte, en er ging een rilling door haar heen bij het horen van haar meisjesnaam. Ze had ervoor gekozen haar meisjesnaam weer aan te nemen nadat er details over Roberts dood in de openbaarheid waren gekomen, maar ze wist niet hoelang het nog zou duren voor ze er weer aan gewend was.

'Ja.' Lillian glimlachte en stak haar hand uit. 'Ik ben Lillian Diamon.'

'Net als *diamant*?'

'Ja, maar met een o en zonder t.'

Hij knikte. 'Dan heb ik het goed gespeld. Ik ben Mark Tenney. Fijn u te ontmoeten.'

'Ik bel je wel wanneer ik zover ben, Jake', zei Lillian. 'Hartelijk bedankt.'

'Natuurlijk, ma'am.' Hij glimlachte. Een ogenblik werd ze verrast door een paar pieken grijs haar die onder zijn pet uit kwamen. Tien jaar reed hij haar al, en hij was ouder geworden zonder dat zij het in de gaten had gehad, maar zijzelf ook. Er waren dagen dat het aanvoelde alsof er meer dan tien jaren voorbijgegaan waren.

Ze zwaaide terwijl de auto wegreed, en daarna volgde ze Mark over een grindpad aan de zijkant van het huis dat naar drie kleine huisjes leidde. Ze had een huisje achter het huis uitgekozen, in de hoop dat dat haar meer privacy zou opleveren. Het terrein om het huis heen was net zo mooi als het stadsplein, met vogelbadjes en zelfs nog meer bloemen en bloeiende bomen. De huisjes zagen er gezellig uit, en er klommen jasmijnranken omhoog langs rekken die op die manier de veranda's aan de voorkant beschutting gaven. Op iedere veranda stond een schommelbank en ieder huisje was voorzien van een gekanteld wijnvat vol roze en witte petunia's en Oost-Indische kers. Haar huisje was in het trotse bezit van een hortensia in volle bloei.

'O, wat prachtig.' Ze was er verrukt van dat het er in werkelijkheid net zo charmant uitzag als op de website.

Lillian liep het trapje op en lachte bij het zien van een mandje fuchsia's dat was opgehangen aan het dak van de veranda. Ze was blij met de grote rieten stoel die voor het raam stond en uitzicht bood op de tuinen. De echt Engelse tuin deed haar denken aan de manier waarop ze haar eigen achtertuin had ingericht bij het huis waarin ze samen met haar man en kinderen gewoond had.

Het huisje was vanbinnen in de kleuren mintgroen en geel geverfd. Het zag er even aantrekkelijk uit als de buitenkant en geurde naar citroenverbena. Er was een keuken en een woonkamer met een salontafel en rieten stoelen met kussens erin.

Een groene deur leidde naar een slaapkamer in aardetinten. Aan de muur hingen ingelijste prenten van kruiden en planten.

Mark zette haar koffers neer naast een ijzeren bed, waar een behaaglijke quilt op lag. Lillian zag een witgeverfde tafel in de hoek staan met ingelijste foto's erop van het weelderig begroeide Rose House en van andere plekjes in La Rosaleda.

'Kan het ermee door?', vroeg hij terwijl ze hem volgde naar de keuken.

'Ja. Het is om verliefd op te worden. Dank u wel.'

Hij liep naar de deur. Zijn kaki broek en witte T-shirt maakten een nonchalantere indruk dan zijn scherpe trekken, olijfkleurige huid en keurig geknipte zwarte haar zouden doen vermoeden. Zijn glimlachende bruine ogen vingen onverwacht haar blik. Herinneringen aan Robert overvielen haar, en onwillekeurig keek ze of hij een ring droeg. Een gouden bandje schitterde haar tegemoet, en ze kreeg er een kleur van.

Bij de deur stond hij even stil. 'Mijn vrouw, Paige, heeft het ontbijt klaar 's morgens tussen zeven en negen. Omeletten zijn haar specialiteit. Ze kan verbazend goed koken', schepte hij op.

Lillian was opgelucht toen ze eindelijk de deur achter hem kon dichtdoen. Blij dat ze alleen was, ging ze de badkamer binnen. Ze keek in de spiegel. Haar blauwe ogen leken te groot voor haar gezicht, en de sproeten op haar neus en wangen ontnamen haar de verlokkende charme die haar blonde haar misschien beloofd had.

'Het ziet er niet uit tegenwoordig, hè?', zei ze.

Ze bloosde en voelde zich stom omdat ze een getrouwde man met bewondering bekeken had, omdat ze überhaupt oog had gehad voor een andere man. Haar huwelijk met Robert was anders gelopen dan ze verwacht had, maar feit bleef dat ze heel veel van hem gehouden had. Het voelde als verraad nu naar een andere man te kijken, hoewel ze bijna zeker wist dat Robert haar ontrouw was geweest. Roberts dood had haar laten zitten met onbeantwoorde vragen en een sterk gevoel van leegte.

Ze pakte haar koffers uit, hing haar kleren in de kast en legde haar toiletartikelen op het rieten plankje in de badkamer. Terwijl ze bezig was, dacht ze terug aan haar uitjes met Robert. Het strandhuis was zo klein dat ze hun beider spullen op het ene plankje hadden moeten leggen, haar dagcrème en lotion naast zijn scheermesje en aftershave. Het zag er niet goed uit zonder de spullen van Robert ernaast.

De zoete geur van de fruitbomen zweefde op een zacht briesje door de open ramen naar binnen. Ze ging naar de keuken en schudde de gedachten aan de aantrekkingskracht van een andere man van zich af. Ze herinnerde zichzelf eraan dat ze, de schoonheid van dit plekje ten spijt, geen personage was in een romantisch verhaal. Robert was geen prins geweest, en hij zou nooit meer terugkomen op een wit paard.

Lillian rommelde in de kasten op zoek naar vruchtenthee, maar vond alleen een doosje muntthee en een met Earl Grey, dat bijna leeg was. Ze schoof de muntthee opzij en pakte de Earl Grey. Op een briefje maakte ze een notitie dat ze de Tenneys om vruchtenthee moest vragen.

Ze wierp een blik uit het raam en overwoog naar het grote huis te gaan om kennis te maken met Paige Tenney. Als ze om thee ging vragen kon ze meteen informeren naar de galerie. La Rosaleda was maar een klein stadje, en de inwoners zouden op de hoogte zijn van bijna alles wat er gebeurde. Misschien kon Paige haar informatie verschaffen die haar kon helpen bij haar poging Louise Roy te benaderen over de aankoop van *Beauty and the Beast Within*. Of misschien wist ze iets over de geheimzinnige kunstenaar.

Ze speelde even met de gedachte dat de identiteit van de kunstenaar te koop zou kunnen zijn. De ketel floot, en ze schudde het idee van zich af. Ze klonk nu net als Robert, alsof met geld alles te koop was, zelfs een geheim.

Hoofdstuk
9

De torenkamer in het pension van de Tenneys was een inspirerende plek voor menige kunstenaar. Hij vormde een perfect uitkijkpunt om bijzondere foto's te maken van het dal. Vele daarvan hingen beneden aan de muren en in de plaatselijke galerie.

Hij richtte zijn lens door de panoramische vensters op het plein beneden, liet de camera glijden over de wijngaarden naar de historische gebouwen van het centrum van La Rosaleda en toen terug naar de tuinen rondom het pension. De tuinen waren adembenemend mooi in deze tijd van het jaar. Hij gaf de voorkeur aan rozen, omdat hun schoonheid erom smeekte gefotografeerd te worden.

Soms waren mensen ook onweerstaanbaar. Hun gezichten, vol hoop op een ontspannende vakantie, waren uitermate geschikt om te fotograferen. De Tenneys hadden hem expliciet verboden zonder toestemming foto's te maken van hun gasten, maar toen Mark Tenney met de vrouw naar haar huisje was gelopen, had hij de verleiding niet kunnen weerstaan in te zoomen om haar van dichtbij te bekijken.

'Wat doet zij nou hier?', fluisterde hij in zichzelf. Dat was vreemd. Het pension was wel de laatste plek waar hij haar verwachtte.

De fotograaf was door de lens blijven kijken terwijl ze stond te wachten totdat Mark de deur opendeed. Hij zoomde in op haar gezicht. Er speelde een flauw glimlachje om haar mond totdat ze de bloemen op de veranda zag. Op dat moment vulde het geluid van een hele serie klikjes de kamer. Haar gezicht was volmaakt, althans vanuit het gezichtspunt van een kunstenaar, een gezicht dat het waard was gefotografeerd of geschilderd te worden.

Alle regels waren vergeten, en de camera bleef klikken totdat ze uit het zicht verdwenen was.

Hoofdstuk

10

Aan het einde van de ochtend verliet Lillian het huisje, op weg naar Rose House. Het huis lag aan de westkant van het landgoed Frances-DiCamillo, wat weggedoken in een hoek waar twee hekken bij elkaar kwamen, die het heuvelachtige van de wijngaarden omgaven.

Er waren een paar mensen vlakbij aan het werk, maar ze namen geen notitie van haar. Het grind knerpte onder haar voeten toen ze de oprit op liep in de richting van het betegelde pad, dat de ene kant op naar het proeflokaal voerde, en de andere kant op naar Rose House. Ze stond even stil om het proeflokaal eens goed te bekijken, dat nog maar net open was.

Het was verbonden met het hoofdgebouw, een enorm bouwwerk in zendingsstijl met een brede voorveranda en een klokkentoren waarin de klok de hele uren sloeg. Het ontwerp van het proeflokaal was precies op het huis aangepast, met oude wijnranken die langs de muren omhoogklommen, net als bij het hoofdgebouw.

Lillian liep het pad op in de richting van Rose House. Het smaragdgroene gras bracht haar in de verleiding haar sandalen uit te trekken en het pad het pad te laten.

Toen ze dichter bij Rose House kwam, stokte de adem haar in

de keel. Instinctief keek ze om zich heen, met *Beauty and the Beast Within* in haar gedachten, maar ze was alleen. Een zenuwachtig lachje ontsnapte haar.

Het huis was nog net zoals ze het zich herinnerde, maar er waren nog veel meer rozen dan toen. Ze bloeiden nu volop. Ze hingen naar beneden vanaf het dak, stroomden over de veranda, die om heel het huis heen liep, kwamen op hun gemak langs de zijkanten naar beneden en vormden een omlijsting voor ieder raam en iedere deur. Het was alsof het huis deel uitmaakte van de rozenstruiken. Kanten gordijnen waren net zichtbaar door de ramen, en de bloemen in een border met roze en paarse petunia's dansten in de wind.

Ze stapte over de ketting heen die de afzetting vormde, en gluurde tussen de struiken door naar de veranda. Naast twee grote schommelstoelen stond er nog een voor een kind. De verf bladderde en was vervaagd, maar je kon nog zien dat hij wit geweest was, met rode en blauwe roosjes op de rug en de armleuningen. Hij was vast van Ruby geweest, het dochtertje van het echtpaar Birkirt. In alle verhalen die Lillian over Rose House gelezen had, was Ruby het middelpunt geweest.

Lillian moest denken aan die verhalen en verwonderde zich erover dat ze de matriarch, Kitty, in het echt had ontmoet, de laatste keer dat ze hier geweest was. Rose House was de representant geworden van alle wonderlijke gebeurtenissen in Kitty's leven, en het was nu een beroemde trekpleister voor toeristen. Net als Lillian waren ook vele anderen gekomen om het huis te zien, voor hen een teken van hoop voor de toekomst. Iets geweldigs had daadwerkelijk plaatsgevonden in de familie DiCamillo, die de eigenaars waren van Rose House, en dus kon iets net zo wonderlijks hun ook overkomen.

Lillian was helemaal verzonken in haar gedachten aan Rose House toen ze een man hoorde hoesten en plotseling opschrok uit haar droomwereld. Ze draaide zich snel om en zag iemand wegrennen. Ze huiverde. Waar was die ineens vandaan gekomen?

Hij had iets in zijn hand, maar ze kon niet zien wat het was. Het kon een hoed geweest zijn of zelfs een fototoestel. Haar hart bonsde, terwijl vage herinneringen aan haar vorige bezoek bovenkwamen. Het was al zo lang geleden. Ze wist het niet meer precies.

Ze haalde diep adem terwijl ze de man naar de parkeerplaats zag hollen en verdwijnen. Ze dacht aan het schilderij en kreeg er kippenvel van. Ze wreef stevig over haar armen en sprak zichzelf vermanend toe. Het was paranoïde zo te reageren.

Ze schudde de gedachte van zich af dat er iemand naar haar keek, en draaide zich om om het huis nog eens beter te bekijken. Ze had vier jaar op dit moment gewacht en wilde niet dat het door wat dan ook bedorven werd. Ze keek net zo intens naar Rose House als ze naar een schilderij in een museum zou kijken. Ze dwong zichzelf in het nu te blijven en probeerde opnieuw de belofte op te vangen die ze hier eens gevoeld had. Er leken vrolijker gedachten in haar op te komen, maar plotseling werden ze weggevaagd door een ander gezicht dat in haar herinneringen opdook.

Het onverwachte verlangen met haar zus te praten verraste haar. Ze sloot haar ogen om de gedachte van zich af te zetten, maar het beeld van Geena liet zich niet verjagen. Ze speelde met het idee alle boosheid opzij te zetten en haar te bellen. Ze wist zeker dat haar zus het verhaal van Rose House prachtig zou vinden. Ze gooide alle voorzichtigheid overboord, haalde haar mobiele telefoon tevoorschijn en vond Geena's nummer. Haar vinger zweefde boven de beltoets. Hoe zou het zijn weer met haar te praten, haar angsten te delen, haar raadgevingen te horen, net als vroeger?

Lillian klapte de telefoon dicht en stopte hem weg in haar zak. Ze was gewend geraakt aan deze vluchtige gedachten aan Geena en was gaan beseffen dat het alleen het verlangen naar vroeger was. Geena hoorde bij het verleden. Nu was het gewoon alleen Lillian.

Ze staarde naar het kleine schommelstoeltje en verbeeldde zich dat ze hoorde lachen in Rose House. Hoe zou dat kleine meisje, Ruby, geweest zijn? Herinneringen aan Sheyenne en Lee schoten door haar hoofd. Ze liet toe dat daardoor een heftig gevoel van verlies over haar kwam, alsof ze gedwongen werd tussen de rozen haar verdriet onder ogen te zien.

Een plotselinge windvlaag streek over het pad en deed de blaadjes van de rozen ritselen. Ze voelde dat haar wangen vochtig waren en pakte een zakdoekje uit haar tas om de tranen af te vegen.

Een bel achter haar maakte duidelijk dat er een fietser aankwam. Het was Kitty, de vrouw die zo vriendelijk tegen haar geweest was, de laatste keer dat ze hier was.

Kitty droeg een blauwgroene sari die geborduurd was met witte bloemen. Ze had limoenkleurige tuinklompen aan en een grote strohoed op haar hoofd, die er op geen enkele manier bij paste. Ze zat op een rode cruiser-fiets. De mand die aan het stuur hing, zat was vol versgeplukte bloemen.

'Ha, lieverd', riep ze, en ze peddelde naar Lillian toe.

'Hallo', zei Lillian terwijl Kitty van de fiets stapte en de stijl van het hek pakte om zich in evenwicht te houden.

'Ho. Ik rol om als ik van dit ding af stap. Dat komt door mijn artritis. Ik moet steeds een stok gebruiken, maar die kan ik niet meenemen op de fiets, hè?', lachte ze.

'Mevrouw DiCamillo.' Lillian stak haar hand uit. 'Wat fijn u weer te zien. Herinnert u zich mij nog?'

'Zeg maar Kitty, weet je nog wel? En jij bent Lillian, of heb ik het mis?'

Lillian glimlachte. 'Het is al een poos geleden, vind je niet?'

'Vijf jaar toch, lieverd?'

'Vier.'

Kitty propte bruine en zilveren krullen onder haar hoed en zette hem recht. 'Ik denk dat je gelijk hebt, lieverd. Mijn geheugen is niet meer zo goed als het was.' Ze gebaarde naar de mand, die gevuld was met rode en paarse zinnia's, lila cosmea, roze anjelieren en allerlei soorten andere langstelige bloemen. 'Ik was bloemen aan het plukken om een paar boeketten te maken voor de mensen in het verpleeghuis.'

'Dat zullen mooie boeketten worden', zei Lillian. 'Je boft maar met zo'n prachtige tuin zomaar voorhanden.'

Kitty grinnikte. 'Nou, zomaar voorhanden, dat zou ik zo niet zeggen. Blake en ik besteden er veel tijd aan, en we hebben personeel voor de tuin. Ook de vrijwilligers van Sunshine House komen ons helpen.'

'Sunshine House?'

'Ja, lieverd. De vrijwilligers van Sunshine House zijn volwassenen die een beetje extra liefdevolle zorg nodig hebben. En die krijgen ze hier. Bovendien hebben we nog mensen uit het bejaardentehuis. Ik weet niet waar ze meer plezier aan beleven, aan het werken met de mensen van Sunshine House of aan het werken met de bloemen.'

'Als ik hier zou wonen, zou ik ook graag komen helpen', zei Lillian.

'Met al die oude knarren zoals ik?'

'Absoluut', zei Lillian. 'En volgens mij ben je helemaal niet zo oud. In ieder geval zie je er niet oud uit.'

'Je bent een lieverd', riep Kitty. 'Dank je wel.' Ze legde haar hand op Lillians schouder. 'Hoe gaat het nu met je? Beter dan de laatste keer dat ik je zag, hoop ik.'

'Ik kom er wel.'

'Goed zo. Help me dan maar eens een paar van die rozen te plukken.' Ze scheen Lillians verbazing niet op te merken toen ze over de laaghangende ketting heen stapten. Kitty nam Lillians arm en liep licht hinkend naar Rose House toe.

Voordat ze kon protesteren, was Lillian al aangesteld om te helpen om rozen te knippen rondom Rose House. Ze kon haar geluk niet op.

Lillian pakte een snoeischaar van Kitty aan en hielp haar de mooiste exemplaren af te knippen en de verdorde bloemen te verwijderen. Een poosje werkten ze zwijgend door. Lillian ademde diep de geur in van de honderden rozen om haar heen. Ze bedacht dat Kitty wel een van de gelukkigste mensen ter wereld moest zijn. Hoe zou het zijn te wonen in het landhuis van de familie Frances-DiCamillo en iedere dag bezig te zijn met het onderhoud van Rose House?

Tegen de tijd dat ze klaar waren, was het besef tot Lillian doorgedrongen dat ze het beter naar haar zin had gehad dan in jaren het geval was geweest.

'Kitty, komen er veel kunstenaars hier?'

'O ja, lieverd. Een heleboel.' Ze zette haar benen aan weerskanten van de fiets. 'Schilders en fotografen, zowel hobbyisten als professionals. Ze mogen van mij overal komen, maar er zijn er een paar die een speciale voorliefde hebben voor dit huis.'

Lillian dacht aan het schilderij in de galerie.

'Waarom zouden ze zo aangetrokken worden door Rose House?'

'Verschillende mensen hebben verschillende redenen. Het zijn niet allemaal artistiekelingen. Ook mensen zoals jij. Sommige van hun eindeloze verhalen zijn zo doorspekt met verzinsels dat ze niet eens meer geloofwaardig zijn. Mensen houden van dramatiek en bedenken allerlei verhalen over dit huis.'

'Noem eens een voorbeeld?'

'Er zijn bijvoorbeeld mensen', zei Kitty, terwijl ze langs het huis heen uitkeek over de wijngaarden, 'die denken dat het hier spookt. Niet te geloven, toch? En er zijn er die geloven dat er wonderen gebeuren als ze naar binnen gaan en bidden. Iemand beweert zelfs dat hij contact heeft gehad met de geest van mijn overleden dochter, Ruby, en dat ze op de veranda stond.'

Lillian huiverde. Nu begreep ze wel waarom ze met die ketting een afscheiding hadden gemaakt.

Kitty schudde verdrietig haar hoofd. 'Dat ene over Ruby heeft me boos gemaakt, maar de andere verhalen, over mensen die Rose House bezoeken omdat ze hebben gehoord over de liefde, het verdriet en de hoop die mijn man erin gelegd heeft, die maken me blij.'

'Je bent een gezegend mens, Kitty.'

'Daar heb je gelijk in. Maar je kent niet het hele verhaal, lieverd. Hoop zweeft hier rond. Dat is ook wat het huis voor mij betekent. Dit is de plaats waar ik de hoop verloor, maar waar ik die ook weer terugvond. Vind je het niet kunstig hoe God dat allemaal laat gebeuren?'

'Het geeft mij ook hoop', zei Lillian. 'Daarom ben ik gekomen. Nou, gedeeltelijk dan. Het herinnert me aan de dag, vier jaar geleden, nadat mijn hele gezin was omgekomen. Heb ik je verteld dat ik maar twee weken voordat ik jou ontmoette, mijn man en twee kinderen verloren had?'

'In bedekte termen, lieverd.'

'Ik was toen heel verdrietig, maar toen ik hier stond, voelde ik de belofte van hoop. Het klinkt raar. Het is maar een huis. Maar het was het enige mooie dat tot me doordrong, die dag. Al het andere om me heen scheen me lelijk en duister toe. Het voelde alsof ik onder water getrokken werd.' Ze zuchtte. Haar stem was nog maar een gefluister. 'Toen ik hier kwam, kon ik mezelf toestaan schoonheid te ervaren en aan mijn kindjes te denken zoals ze waren toen ze nog leefden. Het duurde maar even.'

'Je klinkt nog steeds verdrietig, Lillian.' Kitty keek haar aan zoals een moeder dat kan doen. 'En dat is logisch. Je mag hier zo vaak komen als je wilt. Goed? Ik kan het ook zo regelen dat je hier na sluitingstijd kunt komen. Dan heb je meer privacy.'

Lillian fleurde op bij de gedachte helemaal in haar eentje bij Rose House te kunnen zijn. 'Dank je wel, Kitty. Je bent lief.'

'Voor mij is het ook fijn Rose House met iemand te kunnen delen. Ik ben niet verantwoordelijk voor wat sommige mensen zien als de genezende krachten van het huis. Ik ben van mening dat God het gebruikt om anderen te raken zoals Hij wil, maar ik voel me wel verplicht het toegankelijk te maken voor de mensen.'

'Is het niet moeilijk het open te stellen voor het publiek, omdat het je eigen huis is?'

'Ik woon er niet meer. Eigenlijk is het nu gewoon een huis. Bijzonder, dat wel, maar ik heb een nieuw thuis gekregen.'

Lillian keek in de richting van het hoofdgebouw. Wat grootte betrof, was het veel indrukwekkender dan Rose House. Ze begreep wel dat Kitty er de voorkeur aan gaf daar te wonen.

'In mijn leven heb ik geleerd dat een thuis meer is dan muren, of zelfs prachtige tuinen. Zonder mensen om je heen die van je houden, die je tegenkomt op de gang, die aan de keukentafel zitten voor een boterham, is een huis alleen maar een lege huls.'

'Je bedoelt een gezin?', vroeg Lillian.

'Niet speciaal een gezin, ook vrienden die op bezoek komen. Ik heb in mijn huis mensen nodig van wie ik kan houden.'

Lillian dacht aan het huis dat ze voor het ongeluk met haar gezin gedeeld had. Het was een lege huls geworden. Haar nieuwe appartement was ook leeg, beroofd van het geschreeuw en gelach van haar kinderen, van Roberts hand op haar rug wanneer hij binnenkwam.

Voor Lillian was een thuis niet iets wat blijft. Mensen in huizen gaan dood. Het gezin waarvan ze in haar kinderjaren deel had uitgemaakt, was doodgegaan, en daarna haar eigen gezin. Geena kon ook wel dood zijn.

Nee, dacht Lillian, *mijn huis is nog erger dan een lege huls. Het zit stampvol met alles wat er niet meer is.*

Hoofdstuk

11

Lillian klopte op de deur van het kantoortje van het pension. De vrouw die haar begroette, was lang en had een donkere huidskleur. Haar kortgeknipte haar stond in pieken recht overeind en werd met gel in model gehouden.

'Ik ben Lillian Diamon.'

'Lillian. Ik hoopte al dat ik je vandaag zou ontmoeten. Kom binnen.' Ze bracht haar door het kantoortje in een grote woonruimte.

Het pension was vanbinnen een mini-kunstgalerie. Er hingen schilderijen van wijngaarden, van fruit en kruiden en van landarbeiders. Sommige waren al in de negentiende eeuw geschilderd, andere waren moderner. Ze hingen langs de open trap en overal in het woongedeelte. Terwijl Paige Tenney folders voor haar opzocht, ging Lillian van lijst naar lijst, en ze vroeg zich af hoe de Tenneys aan zulke prachtige kunstwerken waren gekomen.

'Deze schilderijen zijn heel mooi', zei ze.

'Dank je. Mark en ik zijn een beetje verzamelaars. We zijn vooral geïnteresseerd in kunst die de plaatselijke geschiedenis en tradities verbeeldt. De waarde van de schilderijen is voor ons niet zo belangrijk, hoewel er voor sommige behoorlijke bedragen geboden zijn. Waarom weet ik niet precies.'

'De foto's zijn ook prachtig. Dit dal moet de droom zijn van iedere fotograaf.'

'Ja, dat is ook zo. Kijk maar naar die zwart-witte hier.' Ze bracht Lillian naar een muur naast een trap met een veelgebruikte eiken leuning. 'Dit zijn rozen, gefotografeerd door drie verschillende kunstenaars hier uit de buurt: Steiner, Smith en Stillwagon. Verbazingwekkend, vind je niet?'

Lillian bekeek de foto's nauwkeurig. De verschillende soorten rozen waren van dichtbij genomen en ze maakten een verfijnde indruk, zelfs in zwart-wit.

'En deze', nodigde Paige haar uit. 'Deze zijn allemaal genomen in de omgeving van het pension, door verschillende kunstenaars. We krijgen vaak de vraag of fotografen foto's mogen maken vanuit onze torenkamer, en we bedingen altijd dat wij een afdruk krijgen om ze hier op te hangen. Wil je de torenkamer eens zien?'

'Graag.' Lillian volgde Paige een wenteltrap op van drie verdiepingen hoog. Bovenaan kwamen ze uit in een ronde kamer met panoramische vensters. Zodra ze binnenkwamen, sprong een jongeman met een camera overeind, geschrokken van hun plotselinge verschijning.

Paige gaf hem een klopje op zijn arm. 'Het spijt me, Charles. Ik wilde je niet aan het schrikken maken.'

Hij glimlachte en raapte zijn uitrusting bij elkaar. Hij was klaar voor vandaag, zei hij. Onderweg naar de trap stelde hij zich aan Lillian voor en toen was hij verdwenen.

Paige lepelde de geschiedenis van het huis en de toren op. In 1870 had de toenmalige eigenares de torenkamer gebruikt om te lezen. Een andere bewoner was dichter geweest en had er een aantal gedichten geschreven die bewaard waren gebleven in de historische archieven van La Rosaleda. Kinderen hadden in de torenkamer hun lessen geleerd en er muziek gemaakt en geschilderd.

'Dus', besloot Paige, 'het is een inspirerende ruimte met een lange traditie van artistieke bewoners.'

Lillian liep helemaal rond en nam het uitzicht op de landerijen, het plein en het dal in zich op. 'Wat een fantastisch uitzicht.'

Ze gingen weer naar beneden langs een andere trap, die uitkwam in de keuken.

'Dit zijn de kamers die vroeger door het personeel werden gebruikt', verduidelijkte Paige. 'Normaal gesproken komt alleen onze familie hier, maar soms raken gasten verdwaald en komen ze in de keuken terecht.'

Toen ze de woonkamer binnengingen, bleef Lillian staan voor een olieverfschilderij dat *Rose House in Winter* heette. Alleen al door de scherpe lijnen en kleuren kreeg ze het koud. Er leek een kilte in de lucht te hangen, en onwillekeurig wreef ze in haar handen. Rose House was het onderwerp, maar de rozen waren teruggesnoeid, en de bruine planken waarmee de zijkant van het huis bedekt was, maakten een vermoeide indruk tussen de kronkelende takken door. Verdorde zwarte rozen aan kale takken met gemene doorns leken indringers te waarschuwen uit de buurt van het huis te blijven totdat er weer bladeren gegroeid waren en de bloemen waren uitgekomen om de scherpe lijnen van de takken te verzachten.

'Ik heb dit huis nog nooit gezien zonder bloemen eromheen', merkte Lillian op.

'Dat geldt voor de meeste mensen, want in de winter komen er geen toeristen. Daarom juist hebben we dat schilderij gekocht. Truman Clark heeft echt iets weten te vangen in dat schilderij, vind je niet?'

'Truman Clark?' Lillian probeerde te bedenken waar ze die naam eerder gehoord had.

'Hij is een van onze plaatselijke kunstenaars en schildert vooral landschappen. De laatste vier of vijf jaar is hij gefascineerd geraakt door Rose House van Frances-DiCamillo. Zijn schilderijen zijn heel anders dan de popart die je in de souvenirwinkeltjes aantreft.'

'Waarom Rose House?'

'Ik weet het niet. Hij geeft geen interviews, en dus speculeren de mensen erop los. Sommigen denken dat er een gebroken hart vanwege een verloren geliefde achter zit, en dat de geschiedenis van het huis hem troost.'

Lillian knikte. Een gebroken hart begreep ze. Ze vroeg zich af wat Truman Clarks hart gebroken had. Ze bestudeerde het schilderij nog intenser. Hij had absoluut een kant van het huis laten zien die niemand anders had getroffen. Op zijn eigen unieke manier was het huis nog steeds prachtig, maar droevig, misschien zelfs een beetje boos. Daar kon ze zich mee verbonden voelen.

Lillian keek nog beter en merkte op dat de grond nat leek, alsof er net een bui regen gevallen was. Afgesleten verf schemerde tussen de kale takken van de rozenstruiken door. De ramen waren donker, en het huis leek leeg te zijn. Geen mooie kanten gordijnen voor de ramen, geen schommelstoelen op de veranda.

'Het is een ontroerend schilderij', zei Lillian. 'Denk je dat een gebroken hart iemand tot een betere kunstenaar maakt?'

Paige haalde haar schouders op. 'Het zal er niet slechter van worden. Ik snap al die intellectuele discussies onder kunstcritici niet, maar ik weet wel wat ik mooi vind, en Trumans schilderijen vind ik mooi.'

'Heb je nog meer werk van hem?', vroeg Lillian.

'Verspreid door het huis hangen er verscheidene. De meeste zijn niet zo donker als dit. Ga gerust overal kijken. De laatste keer dat hij hier was, zei hij dat hij aan zijn meesterwerk bezig was.'

Lillian strekte haar rug. 'Je kent hem persoonlijk?'

'Jazeker, ik ken diverse plaatselijke kunstenaars. Zijn werk wordt ook tentoongesteld in een aantal studio's in de Bay Area en daaromheen. Af en toe komt hij langs, en hij brengt wel eens iets mee waarmee hij bezig is.'

'Interessant. Heeft hij zijn meesterwerk afgemaakt?'

'O, dat weet ik niet. De laatste keer dat ik het vroeg, wuifde hij het weg, alsof hij van gedachten veranderd was of er iets anders mee gedaan had. Wie zal het zeggen? Hij is nogal verlegen.'

Paige liep terug naar de keuken. 'Heb je zin in een kop thee?'

'Ik kan niet blijven', zei Lillian. 'Maar heb je soms een doosje vruchtenthee voor in mijn huisje? Ik wil ook kijken of ik ergens een fiets kan huren.'

'Natuurlijk', riep Paige uit. 'Ik zal je laten zien waar de fietsen staan. Je hoeft er geen te huren. Gasten kunnen ze lenen.' Paige nam haar mee naar buiten, een tegelpad af, naar een voorraad-schuur. Ze wees naar een rode mountainbike, en zei dat de ver-snellingen het fietsen in de heuvels gemakkelijker maakten.

'O, ik ga niet zo ver. Maar een paar kilometer. Eigenlijk wil ik graag een cruiser. Versnellingen zijn niet nodig.'

Paige betwijfelde dat, maar ze pakte een andere fiets. 'Probeer deze dan maar.' Ze reed een helderrode cruiser het gras op.

'Die is prima.' Lillian glimlachte bij het zien van het zachte zadel en legde haar handen om de handvatten. Hij zag er net zo uit als Kitty's fiets. 'Die mand is handig. Daarin kan ik een pick-nicklunch meenemen.'

'Dat is mijn afdeling', zei Paige. 'Mijn dochter Gracie en ik zullen iets voor je inpakken.'

'Dank je wel. Daar ben ik heel blij mee.' Lillian draaide zich om om weg te gaan, maar aarzelde. 'Je zei dat je een heel aantal kunstenaars in de omgeving kende. Zou je voor mij iets aan hen willen vragen?'

Paige trok een wenkbrauw op.

'Je hoeft er niet speciaal achteraan te gaan.' Lillian wapperde met haar hand in de lucht. 'Als je een van hen toevallig tegen-komt, wil je dan iets vragen over een schilderij?'

'Natuurlijk. Zoek je iemand die er een kan schilderen?'

'Nee, dat niet. Het gaat om een schilderij van een vrouw en Rose House. Het is gemaakt door een onbekende kunstenaar. Ik wil het graag kopen, en ik probeer uit te vinden wie het geschil-derd heeft.'

Als Paige al gehoord had van dat schilderij, liet ze het niet merken. 'Natuurlijk, maar ik moet je wel waarschuwen. Als een schilderij anoniem gemaakt is, beschermen ze meestal de iden-titeit van de kunstenaar.'

'Ja, dat weet ik,' zei Lillian, 'maar dit speciale schilderij is heel bijzonder voor mij, en ik wil het graag hebben, maar de galerie-houdster wil het niet verkopen.'

'Louise Roy?'

'Ja. Ze verontschuldigde zich, maar was onvermurwbaar. Daar-om probeer ik te ontdekken wie de schilder is.'

'Dat moet dan wel iets heel bijzonders zijn', peinsde Paige.

Lillian knikte, maar legde niet uit dat het een portret van haar-zelf was, van haar persoonlijke verdriet.

'Bedankt voor de fiets', zei ze.

Lillian reed de fiets naar haar huisje en klapte de standaard uit. Ze ging een paar minuten op de veranda zitten om te genieten van het terrein om haar heen en van de grandeur van het grote huis. Haar blik gleed over de weelderige begroeiing van de tuinen en ving de kanten gordijnen die uit de ramen naar buiten piep-ten. Ze liet haar ogen gaan over de muren van het huis, helemaal tot aan de toren, waar ze op de ramen plotseling tot rust kwamen toen haar blik de lens van een fototoestel ontmoette.

Ze hield op met schommelen en tuurde omhoog. Zou het Charles zijn, de man met wie ze eerder die dag had kennisge-maakt in de toren? Maar ze had hem zelf weg zien gaan. Ze sprong overeind van de schommelbank en schoot het huisje in. Met een klap gooide ze de deur achter zich dicht.

Hoofdstuk

12

Lillian gluurde van achter de kanten gordijnen door het raam om te zien of ze nog steeds in de gaten gehouden werd. De lens werd nu op een andere plek gericht. Ze liet haar schouders zakken. 'Kom op, Lillian', zei ze hardop. Het was vast alleen maar een van Paiges kunstenaars geweest.

Terwijl ze naar haar keuken liep, werd ze getroffen door een heerlijke bloemengeur. Op de salontafel stond een prachtig boeket, en ze vond tussen de bloemen een kaartje. Er stond op: *Lillian, ik wens je een fijne vakantie. Liefs, tante Bren.*

Een verrukte glimlach verscheen om haar lippen. Sinds Robert was gestorven, had ze geen bloemen meer gekregen. Hij was er goed in geweest haar bij bijzondere gelegenheden bloemen te sturen, en soms ook zomaar, zonder reden. Het was een van de dingen die ze miste nu hij er niet meer was, een van de kleine dingen waaraan ze kon merken dat hij aan haar dacht.

Ze was heel verrast dat tante Bren haar bloemen had gestuurd. Inderdaad was ze op vakantie, herinnerde ze zich. Ze moest zich ontspannen in plaats van zich zorgen te maken en voortdurend droevige herinneringen op te halen.

Doelloos drentelde ze door het huisje, haar gedachten bij wat ze die week wilde doen. In de slaapkamer streek ze met haar hand over de trouwring-quilt. Ze kon geen weerstand bieden aan de verleiding even op een hoekje te gaan zitten.

Robert zou deze kamer niet mooi gevonden hebben. De enige keer dat ze het gewaagd had een van haar eigen quilts op hun bed te leggen, had hij het vreselijk gevonden. Ze ging met haar vinger langs de lijnen op de quilt en vroeg zich dromerig af of Geena de andere quilt nog zou hebben die hun moeder had gemaakt.

De tere gordijnen waaiden een beetje de kamer in, en het gegiechel van een klein kind kwam mee. Lillians hart klopte in haar keel. Net Sheyenne en Lee.

Wat miste ze haar man en kinderen op momenten als dit, wanneer er niets was wat de rust verstoorde en haar aandacht gevangenhield. Ze legde haar hoofd op het kussen en streek met haar hand over het andere geborduurde kussensloop.

Van waar ze lag, kon ze roze bloesem zien. Die was van eenzelfde soort fruitboom als die zichtbaar was geweest door het raam van Roberts kantoor.

Wazige herinneringen trokken door haar geest, terwijl de doorzichtige gordijnen in haar richting waaiden. De vage geur van de kersenbloesem prikkelde haar neusgaten terwijl ze de hoek van het kussen verfrommelde. Robert had op dezelfde manier soms in zijn slaap de zoom van haar nachthemd vastgegrepen, alsof hij een nachtmerrie had.

Ze had nooit geweten wat hij dan droomde, maar na zijn dood was ze zich blijven afvragen wat hem in zijn slaap achtervolgd had. Ze dacht er vaak over na of hij ook het gevoel had gehad dat hij in de gaten gehouden werd, of dat hij er misschien de oorzaak van was dat zij na zijn dood gevolgd werd. Had hij met zijn drugsverslaving, zijn zo andere manier van leven dan de hare, zowel zijn eigen leven als dat van zijn kinderen in gevaar gebracht?

Ook al begreep ze nog steeds niet hoe het mogelijk geweest was, ze wist dat zijn verslaving diep ingegrepen had in hun huwelijk en dat deze verslaving een band gevormd had tussen hem en haar zus. In de loop van de jaren waren die twee steeds meer naar elkaar toe gegroeid. Ze had het wel gemerkt, maar had het willen zien als iets volkomen onschuldigs. Zelfs nu nog koos ze ervoor het bedrog niet helemaal voor waar aan te nemen zonder bevestiging van Geena zelf.

Louter en alleen de gedachte aan Roberts ontrouw aan hun huwelijk en hun gezin veroorzaakte een krampachtig gevoel om haar hart. De leegte erin werd samengeperst, als om haar opnieuw in haar greep te krijgen.

Toen ze een licht klopje op de deur hoorde, probeerde ze zich te vermannen en antwoord te geven, maar ze besloot dat het geluid deel had uitgemaakt van de beelden in haar hoofd. Ze deed haar ogen dicht om het licht dat door het raam naar binnen stroomde, buiten te sluiten en verwelkomde de slaap, die haar zo vaak ontnomen was door bezorgdheid en verdriet.

Het kloppen werd luider, gevolgd door het gerammel van de deurknop, maar het volgende briesje dat over haar heen zweefde, blies haar naar oude dromen, van toen ze nog een gezin had, van toen ze nog een man en een zus had om haar hoop mee te delen.

Het kloppen op de deur hield op, en in haar wazige toestand was het geluid van de wegstervende voetstappen op het tegelpad alleen maar een stukje van haar droom.

Hoofdstuk 13

'Wat wil je van haar, Geena?', vroeg chef George.

'Daar heb je niets mee te maken', zei Geena. 'Ze is mijn zus.'

George gebaarde naar het prikbord met de familiefoto's aan de muur. 'Zie je dat?'

'Ja, dat is een prikbord.'

'Ja. Al deze foto's zijn van gezinnen en vrienden van onze medewerkers. Lillian heeft geen gezin, en daarom heeft zij een foto van een huis opgehangen. Vind je dat niet droevig?'

Geena zuchtte. 'Luister, George, kun je me niet gewoon vertellen waar ze naartoe is, nu ze vakantie heeft?'

Hij schudde zijn hoofd. 'Nee.' Er kwam boosheid in Georges stem. 'Heb je er enig idee van wat je haar hebt aangedaan?'

Geena stak haar beide handen in de lucht. 'Luister, niet dat het je iets aangaat, maar dat spijt me. Vertel me nou maar waar ze is.'

Hij trok een wenkbrauw op. 'Nee. Ik ga jou niet helpen. Lillian praat niet met me over haar privéleven, maar ik weet genoeg om jou niet te vertrouwen. Ga nou maar weg, alsjeblieft.' Hij draaide zich om en liep het vertrek uit.

Geena veegde driftig een traan weg, pakte haar tas en haalde de foto van het huis met de rozen van het prikbord. Ze bedacht dat ze dat huis eerder had gezien, op een schilderij of een ansichtkaart. Ja, het stond op een foto die Lillian aan tante Brenda had gestuurd. Ze had hem eens bij een bezoek aan tante Bren op de deur van de koelkast zien hangen.

Het kijken naar de foto van Rose House bezorgde Geena maagpijn. Het was inderdaad droevig, en de foto leek er niet bij te horen. Ze voelde zich verantwoordelijk voor de pijn van Lillian. Dat was de reden waarom ze was weggegaan, maar nu ze dat telefoontje had gekregen, moest ze gewoon met haar zus praten.

Ze huiverde bij de herinnering aan het telefoongesprek, aan de afschuwelijke dingen die hij tegen haar had gezegd. Ze was net terug in haar appartement van een begeleidingsbijeenkomst bij *Safe Circle*, waar ze zich voor het eerst in maanden ongewoon prettig had gevoeld, toen de telefoon ging. Ze had opgenomen zonder naar het nummer te kijken, want ze dacht dat het tante Bren was. Zijn dreigende woorden waren agressief haar oren binnengedrongen, en wankelend op haar benen was ze neergezakt op de plavuizen vloer in haar keuken. Ze had niet geweten of het telefoontje nep was of echt, maar het dwong haar de verbanning die ze zichzelf had opgelegd, te beëindigen en het goed te maken met Lillian.

Geena schudde de herinnering van zich af en haalde de foto van het prikbord. Het was een prachtig plaatje. Het hele huis was omgeven door rozenstruiken. Ze kende het verhaal van het huis niet, maar ze wist dat het voor Lillian iets betekend moest hebben. Ze schoof de foto in haar tas en sloop zachtjes de achterdeur uit.

Ze gleed op de chauffeursstoel van haar Pinto terwijl de stem van de beller nog steeds weerklonk in haar hoofd en vertelde wat hij allemaal zou doen met haar en haar zus. Ze wilde het liefst de politie bellen, maar hij had haar gewaarschuwd dat niet te doen. Ze had geprobeerd zichzelf ervan te overtuigen dat het gewoon een willekeurig stuk tuig was dat probeerde haar bang te maken, maar ze bleef toch ongerust. Het beeld van de lichamen van Robert, Sheyenne en Lee die levenloos op Mosquito Road lagen, had zich in haar geheugen gegrift. Ze kon het telefoontje niet als toevallig afdoen. Hoewel de zaak nooit was opgelost en ten slotte als ongeluk was geregistreerd, wist ze dat het beslist geen ongeluk geweest was.

De woorden bleven door haar hoofd spelen. *'Heb je je zus de laatste tijd nog gezien? Ze is zo mooi.'*

Hoofdstuk

14

De kerkklokken luidden.

Kerkklokken op zaterdagmiddag? Lillian was verbaasd.

Vogels zongen in de bomen buiten, en de stem van het kleine meisje dat ze al eerder had gehoord, riep: 'Mammie, mammie, kom eens kijken.'

Ze haalde eens diep adem en probeerde bij haar positieven te komen. Rook ze nou gebakken spek en koffie? Lillian haastte zich naar het raam en zag mensen het grote huis in- en uitlopen met dampende koppen koffie en ochtendkranten. Had ze de hele nacht geslapen? Ze rende naar de keuken en vond een krant die in de brievenbus was gestopt. Er was ook een menukaart, waarop stond dat het ontbijt op zondagmorgen tussen halfacht en negen uur zou worden opgediend in de eetkamer.

Ze schoot in de lach toen ze besefte dat haar dutje de hele middag en de hele nacht had geduurd. Het was de eerste keer in jaren dat ze een hele nacht had doorgeslapen. Ze stormde de badkamer in en waste haar gezicht. Een roze gloed lag over haar wangen toen ze in de spiegel keek. Haar lach echode tegen de muren.

Terwijl ze zich haastte om snel klaar te zijn, plande ze haar dag. Ze wierp een verlangende blik op het bad met de klauwpootjes en het uitgebreide assortiment zeepjes en badschuim, maar besloot dat het bubbelbad moest wachten. In plaats daarvan koos ze een douchegel die naar lavendel rook, en ze genoot van het warme water dat uit de ouderwetse douchekop over haar lichaam stroomde.

Op de veranda stootte ze met haar voet tegen iets van rubber. Ze stak beide armen uit om in evenwicht te blijven, en herinnerde zich dat ze de vorige middag de fiets in de tuin had achtergelaten. Ze waardeerde het dat iemand de moeite had genomen hem op de veranda te zetten.

De geur van ontbijt en een rommelende maag brachten haar via het tegelpad naar de keuken. Een stuk of zes mensen zaten aan smeedijzeren tafeltjes op het grasveld te eten en te praten of de krant te lezen. In de eetkamer vond ze het spek en de koffie die haar wakker hadden gemaakt, samen met een keur aan scones, eieren, muffins en verse bosbessen, aardbeien en schijven meloen.

Paige had een wijde linnen broek aan, een wit T-shirt en een rood met wit geruit schort. Ze haastte zich van tafeltje naar tafeltje om koffie in te schenken en zich ervan te vergewissen dat de gasten alles hadden wat ze nodig hadden. Mark stond pannenkoeken om te draaien bij de buffettafel. Lillian wilde gaan zitten, maar voordat ze zover was, kwam een meisje van een jaar of vier met een elfengezichtje naar haar toe rennen. Ze hield pal voor haar stil. De lach op het gezicht van het meisje riep Lillians moedergevoelens op.

'Gracie,' riep Paige, 'laat mevrouw Diamon rustig ontbijten.'

'Bent u mevrouw Diamant?', vroeg het meisje. 'Bent u een diamantmeisje?'

'Nee, maar jij wel', grinnikte Lillian.

'Ze praat graag met de gasten', zei Paige, die aan kwam lopen. 'Ze ziet er schattig uit.'

'En jij ook vandaag', zei Paige met een hartelijke glimlach. 'Ik vroeg me af of je het ontbijt zou halen vanmorgen. Gisteren was je zo moe. Je hebt geslapen, neem ik aan?'

'Ja. Ik voel me helemaal uitgerust en ik ben van plan naar een van de wijngaarden te fietsen en daar te picknicken.'

'Dapper. Zullen wij een lunch voor je inpakken?'

'Graag.' Lillian lachte toen Gracie haar aan haar mouw trok.

'Gracie, laat mevrouw Diamon eten. Ga je gang, Lillian. Ik zal koffie voor je halen. We hebben een ontbijtbuffet, en Mark serveert pannenkoeken en omeletten als je dat wilt.'

'Verleidelijk.'

'Doe het maar', zei Paige. 'De omeletten zijn heerlijk. Luchtig als de wolken, hè, Gracie?'

Gracie knikte. 'Ja, net als de wolken.'

'Als Gracie het zegt, moet ik ze wel proberen.'

Gracie had gelijk. Tegen de tijd dat Lillian haar omelet met spinazie en paddenstoelen verorberd had, vroeg ze zich af of ze nog wel in staat was de pedalen rond te trappen.

Terwijl Lillian wachtte op haar picknickmand, pakte ze haar koffiemok en wandelde ze door de tuinen. Haar eigen tuin had ooit de bewondering gewekt van vrienden en collega's, wanneer ze op bezoek kwamen voor etentjes die ze samen met Robert organiseerde. Ze voelde zich thuis tussen de bloemen en het groen en besefte hoezeer ze het werken in de tuin miste. Ze nam zich voor meer werk te maken van een poging haar appartement van planten en bloemen te voorzien.

Toen ze even stilstond in de schaduw van een van de magnoliabomen, hoorde Lillian Gracies gegiechel. Het geluid leek heel veel op het gelach van Sheyenne en Lee in haar eigen tuin. Ze herinnerde zich dat Sheyenne dikwijls achter een struik vandaan haar tong uitstak naar Lee en dan hard wegrende. Onvermijdelijk ging Lee dan achter haar aan, schaterend van het lachen. Lillian wilde herinneringen aan hen graag toelaten in plaats van ze op afstand te houden, maar de herinneringen brachten ook bitterzoete gevoelens teweeg waarmee ze niet zo goed kon omgaan.

Het gegiechel klonk nu achter haar, en Lillian draaide zich snel om. Gracie kwam eraan met een mand in haar armen die bijna net zo groot was als zijzelf. Haar moeder liep een paar passen achter haar. Lillian herkende de mand als die van haar rode fiets.

'Hoi', zei Gracie. 'Ik heb iets voor je meegebracht, en er zit ook een verrassing in.'

'Een verrassing?', vroeg Lillian. 'Ik ben benieuwd. Dank je wel, Gracie.'

Paige hielp Gracie de mand neer te zetten op de grond en trok er een koeltasje uit, twee flessen water en een picknickkleed.

'Mag ik mee?', smeekte Gracie.

'Gracie,' zei Paige berispend, 'mevrouw Diamon wil vandaag rust hebben.'

'Wat is er dan met haar?', vroeg Gracie stomverbaasd.

Lillian verbeet een lach. 'Je moeder bedoelt dat ik tijd nodig heb om tot rust te komen', probeerde ze uit te leggen. 'Soms is dat makkelijker als je alleen bent.' Ze gaf Gracie een knipoog.

'O', zei Gracie, en ze zwaaide haar armen langs haar lijfje heen en weer.

'Maar we kunnen wel op een andere ochtend samen kletsen.'

'Oké', gilde ze.

'Kom, Gracie, we gaan.' Paige pakte de hand van haar dochter en ze draaiden zich om om weg te gaan. 'Een fijne dag, Lillian.'

'Paige', klonk een stem uit het huis. Ze zagen Mark uit het keukenraam hangen. 'Tru is er', zei hij.

Paige wendde zich weer tot Lillian en zuchtte. 'Dat moet Truman Clark zijn. Er komt geen einde aan. Ik moet aan de slag.'

'Truman? Bedoel je de schilder van die schilderijen in het huis?'

'Precies.' Paige draaide zich om om weg te lopen.

Als Truman nou de kunstenaar was die *Beauty and the Beast Within* had gemaakt? Had Paige niet gezegd dat hij de plaatselijke expert was in het schilderen van rozen? Lillian probeerde zich te herinneren waar ze zijn naam gehoord had voordat Paige hem genoemd had.

'Paige, wacht even.'

Paige draaide zich weer om. 'Wat is er, Lillian? Je kijkt alsof je een geest gezien hebt.'

Lillian wuifde met haar hand alsof ze een vlieg wegsloeg. 'O, het is niets bijzonders. Ik vroeg me alleen af of je ons aan elkaar kunt voorstellen, zodat ik hem kan vertellen hoe mooi ik zijn schilderijen vind.'

Paige lachte. 'Natuurlijk. Hij is nog niet zo beroemd, maar Louise Roy van de galerie denkt dat hij dat op een dag wel zal zijn. Kom maar mee. Hij is waarschijnlijk onderweg naar boven, naar zijn leerling in de torenkamer.'

De kleur trok weg uit Lillians gezicht toen ze zich herinnerde dat ze de vorige dag bekeken was vanuit de torenkamer. 'Ach, weet je, eigenlijk hoeft het ook niet nu meteen. Ik moet weg.'

In de war gebracht keek Paige haar aan.

'Zou je, eh ...' stamelde Lillian. 'Zou je hem alleen kunnen vragen of hij weleens gehoord heeft van een schilderij dat *Beauty and the Beast Within* heet?'

'Is dat het schilderij dat je wilt kopen?'

Lillian knikte.

'Ik heb dat schilderij gezien', zei Paige. 'Ik bezoek de galerie bijna iedere week, en soms ruil ik een van mijn schilderijen met een van hen. Maar dat schilderij wilden ze niet ruilen.'

Lillian probeerde een niet al te belangstellende indruk te maken. 'Dat is vreemd.'

'Ja, dat vind ik ook. Wil je dat ik Truman ernaar vraag?'

'Wil je hem vragen of hij weet wie het geschilderd heeft?'

'Zeker', antwoordde ze. 'Geen probleem.'

'Bedankt', zei Lillian. Ze draaide zich haastig om en liep naar haar huisje, waar de rode cruiser op haar stond te wachten. Ze wierp een blik over haar schouder naar het huis, in de hoop een glimp van Truman Clark op te vangen. Ze werd beloond toen hij de veranda op kwam om Paige te begroeten. Ze kon zijn gezicht niet goed zien, maar ze zag wel dat hij een wat haveloze hoed op zijn hoofd zette.

Toen ze een paar minuten later op haar fiets langs de veranda reed, tikte hij tegen zijn hoed. Ze zwaaide terug en reed pal tegen de brievenbus aan. Het volgende ogenblik zat ze midden op de oprit en plukte ze steengruis uit haar handpalmen. Haar lunch lag verspreid over de grond. De tranen schoten haar in de ogen, meer uit verlegenheid dan van pijn, terwijl Truman en Paige op haar toe kwamen rennen.

'Lieve help, Lillian. Gaat het?', vroeg Paige.

'Wat een kluns ben ik.'

Truman pakte haar hand en trok haar overeind.

'Dank je', zei ze. Ineens stond ze in blauwe ogen te kijken, in een gebruind gezicht onder een gladgeschoren schedel. Ze bestudeerde hem nauwgezet. *Waar heb ik hem eerder gezien?* Iets in de intensiteit van zijn blik gaf haar een ongemakkelijk gevoel.

Ze deed een poging om om zichzelf te lachen en sloeg het stof van haar kleren. 'Ik denk dat ik mijn evenwicht verloor.' Ze wankelde, maar Truman steunde haar met zijn hand. De rillingen trokken langs haar arm omhoog. Zijn ogen leken haar beeld in te drinken, en ze verstijfde en onttrok zich aan zijn aanraking.

'Gaat het?' Zijn stem klonk beleefd en vriendelijk.

Ze knikte zonder hem aan te kijken en wendde zich tot Paige, die haar een arm aanbood. Samen liepen ze naar het huis.

Binnen bracht Paige haar naar de badkamer. Ze gaf haar een flesje alcohol en een dot watten. Toen ze terugkwam, was de kamer leeg. Buiten vond ze haar fiets naast de veranda, en de picknickmand was weer ingepakt.

'Pech', zei ze bij zichzelf, half opgelucht en half teleurgesteld. Ze zou moeten wachten om Truman naar het schilderij te vragen. Voorzichtig liep ze naast de fiets naar het eind van de oprit, nog steeds met een gevoel van vernedering door haar onhandige gedoe.

Lillian stapte voorzichtig op de fiets en reed naar het centrum. Ze wilde een bezoek brengen aan de galerie, in de hoop Louise Roy te spreken te krijgen en haar duidelijk te maken waarom ze het schilderij zo graag wilde hebben. Als Louise haar herkende op het schilderij, zou ze misschien van mening veranderen en het toch aan haar verkopen. Op z'n minst hoopte ze dat Louise haar vertellen zou wie de kunstenaar was.

Na een paar rondjes om het plein zette ze haar fiets in een rek vlak bij de fontein en ze slenterde langs de etalages. Ze bedacht dat veel mensen, aangezien het zondag was, in de kerk zouden zitten, en dat de meeste winkels niet voor elf uur open zouden gaan. Het was jaren geleden dat ze in een kerk was geweest. Ze dacht er op zondagmorgen bijna niet eens meer aan. Daardoor was het ook niet bij haar opgekomen dat de winkels dicht zouden zijn.

Ze liep dwars over het plein naar de galerie en probeerde de deur. Ze was niet verbaasd dat hij niet openging. Lillian boog zich dicht naar het raam toe, legde haar hand boven haar ogen en tuurde door het glas. Ze stond op haar tenen, maar kon *Beauty and the Beast Within* nergens ontdekken tussen de andere tentoongestelde objecten.

Haar mobieltje rinkelde, en ze stond ineens stomverbaasd naar het nummer te kijken. Het was Geena, na al die tijd. Ze sloeg geen acht op de steek van verlangen naar haar zus, drukte de telefoon uit, zette hem op trillen en stak hem weer in haar zak.

In plaats van te wachten totdat de galerie open zou gaan, zou ze een eindje gaan fietsen in de omgeving. Ze wilde zichzelf wijsmaken dat Geena haar helemaal niet gebeld had, maar de telefoon trilde in haar zak. Ze drukte hem uit en liep bij de galerie vandaan.

Toen Lillian van de stoep stapte om de straat over te steken, kwam ze langs een gebutste blauwe pick-up die voor de galerie geparkeerd stond. Het raampje schoof naar beneden, en haar hart sloeg een slag over toen ze zag dat Truman Clark achter het stuur zat.

Ze schudde het gekke gevoel van opwinding van zich af en constateerde dat ze ongelooflijk veel pech had. Misschien moest ze gewoon doorlopen en doen alsof ze hem niet had gezien ...

'Pardon, mevrouw ...' zei hij.

Het zuur brandde in haar maag toen zijn blauwe ogen de hare vasthielden, waardoor het voelde alsof al haar geheimen werden onthuld. Ze schoof iets dichter naar het raampje, maar gaf geen antwoord.

Zijn blik werd minder vast. 'Mevrouw Diamon ...' Hij schraapte zijn keel. 'Dit moet u heel vreemd in de oren klinken, maar wilt u met mij lunchen?'

Ze sperde haar ogen wijd open. Hoelang was het geleden dat ze met een man geluncht had? 'Ik ken u niet, meneer Clark, en ik heb al plannen voor vandaag. Maar niettemin bedankt.'

Hij richtte zijn ogen op het stuurwiel en trok met zijn mond, alsof hij zijn volgende woorden zorgvuldig uitkoos. Een ogenblik vond ze het spijtig voor hem, maar hij liep behoorlijk hard van stapel, in aanmerking genomen dat ze nog maar net aan elkaar waren voorgesteld.

Zijn blik ontmoette de hare. Ze voelde zich draaierig worden. *Het ongelukje met de fiets moet mijn gezonde verstand hebben aangetast. Anders stond ik hier allang niet meer*, dacht ze.

'Ik begrijp het. Maar de kwestie is dat ik, toen ik u vanmorgen ontmoette, me u ergens van herinnerde. Nu zag ik u net, en ik dacht …' Zijn stem stierf weg.

'Ik ook', zei ze, en ze hield haar stem opzettelijk vaag. 'Ik herkende u ook, maar ik weet niet meer waarvan.'

'Gaat u dan toch met me lunchen?' Zijn ogen glinsterden.

Ze glimlachte. 'Voor nu heb ik andere plannen, maar misschien een andere keer. Dat wil zeggen, als ik u een vraag mag stellen.'

'Zeker', zei hij.

'Omdat u kunstenaar bent, moet u de galerie kennen. Weet u iets over een schilderij van Rose House dat *Beauty and the Beast Within* heet?'

Hij boog zijn hoofd alsof hij probeerde het zich te herinneren.

'Dit moet dwaas klinken,' zei ze, 'maar ik wil dat schilderij kopen, en de galerie werkt niet mee. Weet u misschien toevallig wie het geschilderd heeft?'

'Het kan eigenlijk iedere kunstenaar geweest zijn', zei hij zakelijk. 'Velen van ons hebben Rose House geschilderd, maar ik kan u niet zeggen wie dat speciale schilderij gemaakt heeft.'

Ze fronste haar wenkbrauwen. 'Wat jammer.'

'Waarom wilt u dat weten?'

Terwijl hij probeerde haar blik te vangen, bleef zij spelen met de hanger om haar nek. 'Ik voel me er gewoon toe aangetrokken', zei ze. 'Het is zo prachtig dat ik het heel graag zou willen bezitten. Ik dacht dat de kunstenaar me misschien zou willen helpen en de galerie ertoe zou kunnen overhalen het aan mij te verkopen.'

Hij keek naar haar alsof ze iets heel grappigs had gezegd.

'Hebt u van het schilderij gehoord?', vroeg ze.

Hij trommelde met zijn vingers op het stuurwiel. 'Beauty and the Beast Within?'

'Ja.'

'Een heel mooi schilderij, hè?'

'Heel sterk', antwoordde ze. 'De manier waarop de schilder het huis heeft neergezet, is verbazingwekkend.' Ze wilde dat ze meer van kunst wist, om beter te kunnen omschrijven wat ze voelde. 'Ik bedoel, Rose House en het landschap eromheen, het overweldigde me.'

'En Beauty? De vrouw op het schilderij?'

'Heel mooi', zei ze, en ze lette goed op dat ze haar gevoelens niet verraadde.

'Ik vind de vrouw ook heel sterk neergezet', zei hij. 'Wat ik het mooist vind aan het schilderij, is dat de schoonheid van de vrouw eigenlijk nog stralender is dan Rose House zelf. Alleen kijkt de vrouw zo bedroefd. Wanneer ik het schilderij zie, vraag ik me altijd af waaronder ze zo geleden heeft.'

Zijn ogen hielden haar vast, en ze wist even niet wat ze moest zeggen. Vroeg hij dit aan haar? 'Schilders kunnen zoiets erin leggen, denk ik', zei ze.

'Soms hoeven ze dat niet te doen, als de gevoelens van hun onderwerp op het gezicht te lezen zijn.'

'Hm, dan kan het ook iets zijn wat alleen de kunstenaar ziet.'

Hij knikte. 'Dat kan, maar misschien ziet de kunstenaar Beauty zoals ze echt is, en maakt ze daarom zo'n indruk.'

Ze keek naar de galerie en vroeg zich af of het mogelijk was dat iemand haar als een schoonheid zag. Maar wat bedoelde de kunstenaar met the Beast Within? Haar verdriet? Of was het meer?

'Het kan ook zijn', ging Truman verder, 'dat de kunstenaar de hele persoon ziet, en niet alleen het omhulsel van schoonheid.'

'Maar waarom noemde hij haar dan Beauty?' Ze haalde eens diep adem, plotseling nerveus geworden door de wending die het gesprek nam. De kunstenaar had iets te pakken gekregen wat ze niet had willen laten zien, en dat was juist de reden waarom ze zo nieuwsgierig was naar het schilderij.

Opnieuw maakte de intensiteit van zijn blik haar draaierig. Instinctief greep ze naar de deur van de pick-up om zich in evenwicht te houden. Zijn hand gleed over de hare; zijn warmte trok door haar vingers. Ze voelde dat ze bloosde.

Zijn handpalm voelde een beetje droog aan, als fijn schuurpapier. Zijn handen waren niet ruw zoals die van haar vader waren geweest door zijn werk buiten iedere dag. Ze waren ook niet zacht, zoals de doktershanden van Robert waren geweest. Blijkbaar bracht hij geen hele dagen binnen door met zijn verfkwasten, maar werkte hij ook niet de hele dag op het land om brood op de plank te krijgen.

'Gaat het wel met je?', vroeg hij. 'Je lijkt een beetje wiebelig. Misschien heeft die val van vanmorgen je meer van streek gemaakt dan je beseft.'

Ze keek naar zijn hand, die nog steeds op de hare lag. 'Niets aan de hand', zei ze, en ze besefte dat ze niet wilde dat hij hem weghaalde. En dat deed hij ook niet.

Ineens voelde ze zich er ongemakkelijk bij, en trok ze haar hand onder de zijne weg. Ze viste haar mobiel uit haar zak en deed net of ze wilde weten of ze een telefoontje gemist had. Ze zag dat Geena niet meer teruggebeld had, en toen keek ze op naar Truman. 'Even kijken of ik niets gemist heb.'

Hij knikte. 'Dus met die lunch wordt het niets, hè?'

'Ik … ik ken je helemaal niet', lachte ze.

Hij zuchtte. 'Technisch gezien zijn we aan elkaar voorgesteld.'

'Je bedoelt vanmorgen bij het pension? Moeten we dat ook meetellen?'

'Laten we dat nou niet doen', zei hij. 'Laten we dit tellen als onze eerste ontmoeting.'

Ze knikte. 'Dat klinkt veel beter.'

Hij zette zijn hoed op en tikte hem een beetje naar voren. 'Leuk je ontmoet te hebben, Lillian Diamon.'

'Dat vind ik ook, Truman Clark.' Ze stapte bij de pick-up vandaan en nam afscheid.

De motor kwam brommend tot leven.

'Toch jammer', riep hij boven het geluid van de motor uit.

'Wat?'

'Dat we elkaar nog niet kennen. Dan kon ik je wel zover krijgen dat je met me ging lunchen.' Hij knipoogde. 'Tot later.'

'Ik ben hier maar een week', zei ze.

'Ik weet waar je logeert.' Hij tikte tegen zijn hoed en schakelde.

'Misschien kunnen we samen ontbijten in het pension?' De woorden kwamen zonder waarschuwing naar buiten.

Een grote grijns brak door op zijn gezicht. 'Ik zie je morgenochtend', zei hij, en hij reed weg. Toen hij de hoek om ging, groette hij haar nog een keer.

Ze zwaaide terug en keek de auto na. 'Ik zei: misschien', riep ze hem zonder veel overtuiging achterna, maar hij was te ver weg om haar voorgewende protest te horen.

Hoofdstuk

15

Belgerinkel klonk achter haar, en nog een keer. Lillian draaide zich snel om en zag Kitty op haar fiets over de stoep aankomen.

'Goedemorgen', riep Kitty terwijl ze remde en afstapte.

Lillian merkte dat ze de zoom van haar jurk bij elkaar had gebonden, blijkbaar om te voorkomen dat hij tussen de ketting zou komen. Het zag er lachwekkend uit, maar Lillian moest toegeven dat het wel erg praktisch was.

'Ik zag dat je Truman ontmoet hebt. Aardige vent.'

'Ja, een aardige man. Maar hij komt me zo bekend voor, net alsof ik hem eerder heb gezien. En zijn naam komt me ook niet onbekend voor.'

'Je hebt met bewondering naar zijn schilderij staan kijken toen jij en ik elkaar voor het eerst ontmoet hebben, weet je nog? We waren in mijn kantoortje bij het proeflokaal, en je zei dat je in Sacramento zou gaan kijken of je nog meer van zijn schilderijen kon vinden.'

Lillian knikte heftig. Plotseling herinnerde ze zich de manier waarop het schilderij in Kitty's kantoortje haar geraakt had. 'Ja. Ik heb geen seconde meer aan hem gedacht toen ik weg was uit La Rosaleda. Ik was zo bezig met al het andere dat toen gebeurde in mijn leven.'

'Dat begrijp ik', zei Kitty. 'Maar het ziet ernaar uit dat je nu de gelegenheid krijgt om echt met hem te praten over zijn werk.'

'Misschien wel', zei Lillian, die niet wilde dat Kitty een verkeerde indruk kreeg.

'Dus we zijn vandaag allebei te laat voor de kerk?', vroeg Kitty.

Lillian hief haar hoofd op. 'Te laat voor de kerk?'

'Daar ga je toch naartoe, of niet?'

'Nou, niet dat ik niet zou willen, maar ik zou niet weten naar welke.' Ze glimlachte bij de herinnering aan de kerk waarmee ze was opgegroeid. Kon ze maar dezelfde vreugde vinden als die de dominee en tante Bren erbij voelden. 'Als ik zou gaan,' zei ze, 'zou ik, denk ik, gewoon Main Street aflopen en de kerk nemen waar het luidste gezang vandaan kwam. Zo was het in de kerk toen ik jong was.'

Kitty grinnikte. 'O, Lillian, ik ben zo blij dat je opgewekt bent. Ik hoop zo dat deze vakantie je goeddoet.'

Lillian vond het leuk met Kitty te praten. 'Heb je gisteren de bloemen weggebracht?'

'Jazeker. Je had hun gezichten moeten zien. Ben jij al in de galerie geweest?'

'Eén keer. Er hangen een paar verbazingwekkend mooie schilderijen. En de quilts vind ik prachtig, net wandkleden.'

Kitty glimlachte. 'Nou, verschil is er wel, toch?'

'Ze vertellen verhalen. Dat vind ik er juist zo leuk aan.'

'Je bent een schatje. O, ik was vergeten dat de galerie pas laat in de ochtend opengaat. Stom van me. Ik was van plan voor de kerk even bij Louise langs te gaan. Ze heeft me gebeld over een nieuw schilderij dat anoniem is aangeboden; ze denkt dat we wel kunnen raden wie het geschilderd heeft.'

Lillian trok haar wenkbrauwen op. 'Werk jij ook in de galerie?'

Kitty lachte hartelijk. Ze legde haar hand op Lillians schouder en zei: 'Ja, lieverd, hij is van mij.'

Verrast schoot ook Lillian in de lach. 'Natuurlijk. Waarom ook niet? Jij hebt zo veel gaven. Waarom zou je geen galerie-eigenaar zijn?'

Lillian wachtte even. 'Dat schilderij heb ik gezien.' Ze wachtte even, haar blik op haar sandalen gericht. '*Beauty and the Beast Within*, toch?'

'Ja. En wat vond je ervan, lieverd?'

'Ik vond het prachtig. Dat schilderij is de reden waarom ik Rose House nooit vergeten ben.' Lillian vroeg zich af of Kitty haar zou herkennen op het schilderij. Ze besloot er niets over te zeggen, niet voordat Kitty het gezien had.

'Ik kan niet wachten, maar nu moet ik eerst mijn man zoeken voor onze bijeenkomst.'

'Ik dacht dat je naar de kerk ging', zei Lillian.

'Je past zo goed bij ons dat ik even vergat dat je hier niet vandaan komt. Het is een bijeenkomst die 's zondags gehouden wordt bij ons in de wijngaarden. Het is een kerkdienst.'

'Bij Frances-DiCamillo?'

'Ja', zei Kitty. 'Toeristen, medewerkers uit de wijngaarden en mensen hier uit de streek komen gedurende de zomer naar onze openluchtdienst. Het is begonnen met de uitvoering van toneelstukken op onze grond, zoals *De getemde feeks*, en de mensen gingen picknicklunches meenemen. Toen kwam iemand op de gedachte ook kerkdiensten te houden. Mijn man vond het een prima idee. Hij is de voorganger.'

'Wat een fantastisch plan om kerkdiensten te houden op zo'n prachtige plek.'

Kitty's ogen glinsterden. 'Heb je zin om ook te komen?'

Lillian aarzelde. Hoe kon ze uitleggen aan iemand als Kitty dat ze het gevoel had dat God haar kinderen van haar had afgenomen? Ze had het sinds het ongeluk niet meer kunnen opbrengen naar de kerk te gaan.

'We zingen luid', probeerde Kitty haar te verleiden.

Lillian lachte.

'En we horen nergens bij. We ontmoeten elkaar gewoon onder het bladerdak van de bomen en zingen van Jezus.'

'Het zou kunnen,' zei Lillian aarzelend, 'maar ik was van plan vandaag in mijn eentje door te brengen.' Ze knikte in de richting van het plein. 'Ik heb een fiets geleend van de Tenneys en wilde wat rondrijden in de omgeving om van de natuur te genieten.'

'Het is helemaal niet goed te veel alleen te zijn', vond Kitty. Ze keek naar de fiets die Lillian op het plein had neergezet. 'O, je hebt een van de cruisers van de Tenneys geleend.' Ze gaf een klopje op haar eigen zadel naast haar. 'Fijne fiets. En nu we het er toch over hebben, ik kan maar beter opstappen en gaan.'

Kitty leek pijn te hebben terwijl ze opstapte, en Lillian stak een hand uit om haar te helpen. 'O, dank je wel, lieverd. Ik weet dat het eruitziet alsof ik zal vallen, maar tot nu toe is dat niet gebeurd. We drinken gauw eens samen thee. Goed?'

'Dat zou ik leuk vinden, Kitty.'

'Bel me maar. Dan spreken we iets af.'

'Fantastisch', zei Lillian. 'Ik wil heel graag weten wat je vindt van dat nieuwe schilderij.'

'Ik zal het je vertellen', zei ze. 'Maar nu moet ik echt gaan. Ik ben veel te laat voor de dienst.'

'Natuurlijk. Het spijt me dat ik je heb opgehouden.'

'Ben je mal. Het is jouw schuld niet dat ik zo'n kletskous ben. Fijne dag.'

Ze klopte Lillian nog een keer op haar arm en reed moeiteloos weg op haar fiets. Lillian legde haar hand over het warme plekje dat achterbleef. Ze probeerde zich het schilderij te herinneren dat ze vier jaar daarvoor in Kitty's kantoortje had gezien.

Wat had Paige er ook alweer over gezegd, over dat Truman zijn emoties in zijn schilderijen legde? Ze was in haar hoofd zo bezig met het schilderij dat ze niet uitkeek voordat ze de weg overstak om haar fiets te pakken. Ineens stond ze recht tegenover een aanstormende scooter. Ze gilde toen hij plotseling uitweek en met gierende remmen naast haar tot stilstand kwam.

'Mevrouw Diamon. Het spijt me.' Het was de fotograaf met wie ze in de toren van het pension had kennisgemaakt. Hij leek jonger dan ze zich herinnerde.

'Je reed me bijna ondersteboven.'

'Het spijt me', zei hij nog een keer. 'Is alles in orde met u?' Hij zette zijn scooter midden op de weg neer en volgde haar toen ze de stoep op liep. 'Is alles in orde met u?'

'Niets aan de hand. Ik wilde niet tegen je schreeuwen. Je hebt me alleen laten schrikken.'

'Ik begrijp het. Het spijt me heel erg', verontschuldigde hij zich opnieuw. Toen ging hij weer op zijn scooter zitten om weg te rijden.

'Hé, Charles.' Lillian hield hem tegen. 'Schilder jij ook, naast het fotograferen, of maak je alleen foto's?'

'Ik ben alleen fotograaf. Dat is voor mij de enige manier om mijn foto-uitrusting op peil te houden', zei hij zenuwachtig. 'Het zou moeilijk zijn al die schilderspullen mee te nemen in mijn rugzak.'

'Dat snap ik. Ken je wel fotografen die ook schilderen?'

Hij keek naar de lucht terwijl hij erover nadacht. 'Misschien wel een paar, maar ik weet het niet zeker.' Hij sloeg zijn ogen neer, terwijl zijn wangen rood werden.

'Dank je wel. Dan laat ik je nu gaan.'

'Geen probleem, mevrouw.'

'Vreemde jongen', mompelde Lillian toen hij met hoge snelheid wegreed. Ze liep naar haar fiets en leunde op het stuur; ze was ineens moe na de tweede angstaanjagende ervaring van die morgen. *Wie rijdt er nou zo hard over het plein op zondagmorgen?* Maar dan herinnerde ze zich dat ze zonder uit te kijken de straat op was gelopen. Normaal gesproken was ze geen gevaar op de weg. Dat was de afdeling van haar zus.

Vastbesloten de rest van de dag zonder ongelukken door te komen klom ze op haar fiets.

Hoofdstuk

16

Geena pakte Lillians foto van het door rozen overwoekerde huis op en keek er nauwkeurig naar. Het bed kraakte toen ze ging zitten. De lucht die uit het matras opsteeg en van de groezelige muren af kwam, prikte in haar neus. Het stonk naar een bar, zelfs nu ze het beddengoed eraf gehaald had en had vervangen door lakens die ze meegebracht had in haar koffer. Sinds ze clean was geworden dankzij *Safe Circle* had het woord 'schoon' een heel nieuwe betekenis voor haar gekregen. Er waren dagen waarop ze op haar zus leek. Ze haalde een desinfecterend doekje uit haar tas en veegde haar handen af voordat ze haar mobieltje pakte en een nummer intoetste.

Tante Bren nam op. Haar stem kwam haar zangerig tegemoet. 'Geena. Goed dat je belt, schat.'

'Hoi, tante Bren', zei Geena, en ze voelde zich ineens getroost door de lijzige manier van praten die haar zo vertrouwd in de oren klonk. Terwijl ze met elkaar spraken, telde Geena haar geld. Ze stopte het terug in de envelop. Met tweeduizend dollar zou ze niet lang doen. Ze moest een nieuw baantje zoeken. Maar eerst moest ze naar Lillian.

'De dominee en ik hebben ons zo veel zorgen gemaakt over jou. We hadden liever gehad dat je langer dan drie dagen was gebleven. We wisten dat er iets aan de hand was toen je hier was, en sinds je vertrokken bent, zijn er al vier weken voorbijgegaan zonder dat je iets hebt laten horen. Gaat het goed met je?'

'Veel beter, tante Bren. Ik heb het grootste deel van mijn energie terug.'

'Schat, is er iets wat we kunnen doen om je te helpen? Kun je ons niet vertellen wat je dwarszit?'

Geena voelde de tranen branden en streek met een vinger langs haar ogen. Ze wilde tante Bren wel vertellen dat ze was aangevallen, maar ze was bang dat tante Bren haar zou verwijten dat ze op de verkeerde tijd op de verkeerde plaats was geweest. Of dat ze werkte in een bar waar zoiets kon gebeuren.

'Maak u geen zorgen, tante Bren. Jullie hebben me al geholpen. Ik ging terug naar Wild Hollow om bij mensen te zijn die van me houden, en zo was het ook.'

'Maar drie dagen is niet lang genoeg, schat.'

Geena's hart woog zwaar in haar borst, en ze weerstond de drang om het contact te verbreken. Ze had zo veel over zichzelf geleerd in de begeleidingsbijeenkomsten bij *Safe Circle*. Een van de vaardigheden waaraan ze nog werkte, was dat ze haar geliefden niet van zich af moest duwen.

'Misschien kom ik wel gauw weer langs', zei ze tegen tante Bren, en ze glimlachte toen ze de zucht van opluchting aan de andere kant hoorde. Ze moest toegeven dat het fijn was dat iemand haar miste.

'We houden van je, schat. Jij en Lillian zullen voor altijd onze meiden zijn.'

Toen Lillians naam viel, herinnerde Geena zich de reden van haar telefoontje.

'Tante Bren, wat hebt u me ook alweer verteld over die foto op de koelkast? Weet u wel, die van dat huis met allemaal rozen eromheen?'

'O, die. Die heeft Lillian ons een paar jaar geleden gestuurd. Ze vertelde dat het Rose House genoemd werd, of zoiets. Ze zei dat ze er geweest was en dat het haar hoop gegeven had. Waarom vraag je dat?'

'Ik vroeg het me gewoon af. Waarom denkt u dat ze dat gevoel erbij gekregen had?'

'Het had iets te maken met het verhaal achter dat huis. Ze zei dat het had toebehoord aan een vrouw die dertig jaar geleden een grote vergissing had begaan. Iets over een geheim.'

'Wat was dat dan? Wat was dat geheim?'

'Ik weet het niet, schat. Lillian zei niet zo veel in die tijd, en ik heb er niet verder naar gevraagd.'

'Tante Bren, toe nou. Ik weet dat u haar spreekt.'

'Ja, dat is zo. En jullie laten me allebei beloven dat ik er niets over tegen de ander zeg. Ik ben het zat, om eerlijk te zijn.'

'Het spijt me, tante Bren, maar ik moet haar spreken.'

'O, schat, ik ben zo blij dat te horen. Ik hoop dat het weer in orde komt tussen jullie tweeën.'

'Dat is een stukje ervan, maar er spelen ook andere dingen.'

'Zoals, Geena?'

'Gewoon, dingen. Ik vertel het u later wel.'

'Nog meer geheimen?'

'Zo ligt het niet, tante Bren. Het is moeilijk uit te leggen. Ik ben naar haar appartement in Sacramento geweest, maar daar was ze niet. Toen ben ik naar het restaurant gegaan waar ze werkt. Die chagrijnige chef George vertelde me dat ze met vakantie was, maar hij wilde me niet vertellen waar ze heen was.'

'Die man is inderdaad chagrijnig, vind je niet? Ik heb me altijd al afgevraagd waarom een man in een keuken wil werken.'

'O, tante Bren,' zei Geena lachend, 'u bent zo ouderwets.'

'Daar kun je wel eens gelijk in hebben.'

'Maar het is een hork, zeker weten. Hij was grof en behandelde me alsof ik een of ander afschuwelijk mens was.'

'Zei hij dat?'

'Zo ongeveer', zei ze. 'Waarschijnlijk heeft hij een reden om dat te denken, maar toch moet ik met Lillian praten. Om een lang verhaal kort te maken, ik heb Lillians foto van Rose House van het prikbord op haar werk gehaald en vroeg me af of ze daar soms vakantie zou kunnen houden.'

'Je bedoelt in La Rosaleda?'

Geena grijnsde. 'Dank u wel, tante Bren.'

'Niets te danken, schat. Maak het maar in orde met je zus. Dan kunnen we weer samen een gezin vormen. Goed?'

'Ja,' antwoordde Geena, 'dat zou fijn zijn, hè?'

'De dominee en ik zullen voor je bidden, schat.'

'Dat kan geen kwaad.'

'Geena, zei je nou dat je die foto van het prikbord op haar werk had gehaald?'

'Ja', zei Geena.

'Dat is …' Ze hoorde haar stem stokken.

'Tante Bren, huilt u?'

'Och', snikte ze in de telefoon. 'Het is ook zo verdrietig. Dat ze daar die foto ophangt in plaats van een van haar gezin.'

'Ja.' Geena's stem klonk heel zacht. 'Het is verdrietig.'

'Ze heeft ons nodig', zei tante Bren. 'Ze heeft jou nodig.'

Geena's hand begon te beven. Ze legde de foto op het nachtkastje en verlangde naar een borrel. Er was heel veel dat tante Bren niet wist, maar ze had de griezelige gave toch veel te zien.

Hoofdstuk
17

Lillian worstelde de heuvel op met haar fiets en nam zich voor na haar vakantie haar conditie weer op peil te brengen. Ze reed doelloos rond, genietend van het landschap, toen ze hoorde zingen. Ze hield op met trappen, stopte en luisterde. Een koor van stemmen klonk over de weg.

'Lieve help, ze zingen echt hard', zei ze. De stemmen begonnen aan het refrein van *Amazing Grace*, en dat herinnerde haar aan de kerkdiensten in Wild Hollow. Een nostalgisch gevoel kwam in haar op.

Nieuwsgierig geworden reed ze de oprit van Frances-DiCamillo op. Ze had de vriendelijke uitnodiging van Kitty moeten aannemen, al was het alleen maar om aardig te zijn. Ze peddelde een van de paden af en ontdekte een kleine groep mensen die op een stuk grasveld in de schaduw onder de bomen stond.

De voorganger, een man van achter in de zestig, stond naast Kitty, en samen namen ze de gemeente mee in het volgende lied, *In the Sweet By and By*, dat haar opnieuw deed denken aan het kleine plattelandskerkje in Oklahoma.

Lillian zette haar fiets naast een boom en ging achter een groepje oudere dames staan. Ze probeerde mee te zingen, maar haar stem brak van emotie. Daarom sloot ze haar ogen maar en liet ze de woorden over zich heen stromen. De muziek bracht haar terug naar de tijd zelfs nog voordat de dominee en tante Bren haar in huis hadden genomen. Ze herinnerde zich dat ze de liederen gezongen had met haar ouders, toen Jezus nog echt geleken had voor haar, en ze met de ene hand haar moeder en met de andere Geena had vastgehouden.

Lillian fluisterde de woorden mee en voelde een deken van rust over zich heen komen. Ze concentreerde zich op de liederen, liet zich meevoeren in het moment.

Na het zingen stapte Kitty naar voren. Ze spreidde een quilt uit op het gras voor ieder die wilde gaan zitten.

'Fijn dat je gekomen bent', fluisterde ze tegen Lillian, terwijl haar man het woord richtte tot de groep.

Zijn woorden klonken oprecht, en de preek was kort. Lillian moest toegeven dat een korte preek soms evenveel kon zeggen als een lange.

Na nog een paar liederen voegde Kitty zich bij haar man op het podium en kondigde ze aan dat er koffie en thee geserveerd zouden worden. Iedereen volgde haar naar de picknicktafels in de tuin.

Hoewel ze zich niet helemaal op haar gemak voelde, deed Lillian toch haar best om de anderen te leren kennen. Ze schonk voor zichzelf kruidenthee in een porseleinen kopje en liep een paar minuten lang tussen de mensen door. Hier en daar ving ze flarden van gesprekken op terwijl ze rondliep door de tuin. Het was een betoverend plekje, en ze genoot ervan zonder veel na te denken.

Ze volgde een pad dat zich tussen het groen door kronkelde en de tuin in verschillende kamers verdeelde. De explosies van kleur trokken haar aandacht. Ze bestudeerde een heester die in de vorm van een pauw was gesnoeid, toen ze een hand op haar schouder voelde. Ze kromp in elkaar, draaide zich snel om en stond oog in oog met Truman.

Hij legde zijn hand om haar elleboog om haar wiebelende theekopje stil te houden. 'Hallo, Lillian', zei hij.

Ze duwde een lok haar achter haar oor en glimlachte, maar ze wist niet wat ze moest zeggen. Zijn hand om haar arm deed de hare trillen. Zachtjes trok ze haar elleboog los, voorzichtig, om te voorkomen dat het kopje zou vallen. Hij stak zijn hand in zijn broekzak, maar leek haar gereserveerdheid niet op te merken.

'Ik wist niet dat je vandaag hier naar de kerk zou komen.'

'Ik ook niet.' Ze haalde haar schouders op. 'Ik kwam langsfietsen en hoorde zingen.'

'En wat vond je van de dienst?'

Ze bestudeerde zijn gezicht, en haar ogen gleden over een klein litteken op zijn wang. 'Het doet me denken aan de kerk van mijn jeugd.'

'Dus een kerkdienst is niet nieuw voor je.'

'O, nee. Ik ben opgegroeid bij een dominee en zijn vrouw. Technisch gezien was ik de dochter van de dominee. En jij?'

'Voor mij is het nieuw. Tenminste, vergeleken met de meeste mensen hier', legde hij uit.

Hij zou punten scoren bij tante Bren vanwege het feit dat hij haar bij een kerkdienst tegen het lijf gelopen was, bedacht Lillian. Toen hij een stapje dichterbij kwam, rook ze zijn aftershave, iets leerachtigs, maar voordat ze de mannelijke geur goed in zich kon opnemen hoorde ze Kitty's stem roepen vanuit het midden van de tuin.

Ze draaide zich om en zag Kitty met een zakdoek zwaaien. 'Attentie! Attentie!'

Kitty deed een oproep voor vrijwilligers voor een gezamenlijke maaltijd en een om eten te bezorgen bij een alleenstaande moeder die zwanger was.

'Het is zo'n lief mens', fluisterde Lillian. 'Gisteren heb ik haar geholpen rozen te knippen bij Rose House. Eigenlijk gaf ze me opdracht dat te doen', lachte ze. 'We hebben er samen een poosje aan gewerkt, en ik heb er ontzettend van genoten.'

'Dat is helemaal Kitty, altijd proberen een manier te vinden om anderen te helpen.'

'Ik hielp haar', herinnerde Lillian hem.

'Geloof me nou maar', zei Truman rustig. 'Zij hielp jou. Je had het alleen niet in de gaten.'

Lillian schudde haar hoofd en vroeg zich af wat hij bedoelde. 'Ken je haar zo goed dan?'

'Jazeker. We kennen elkaar al heel lang. Ik heb Rose House geschilderd voordat ook maar iemand mijn werk gezien had. Je zou kunnen zeggen dat Kitty en Blake de eersten waren die me een kans gaven, toen ze mijn eerste schilderij kochten.'

'Bedoel je het schilderij dat in het kantoortje bij het proeflokaal hangt?'

'Ja, dat is het', zei hij. 'Heb je het gezien?'

Ze knikte en glimlachte bij zichzelf omdat haar wereldje zo klein leek te worden. 'Het is al even geleden, maar ik heb het gezien. Ik weet nog dat ik het prachtig vond. Verbazingwekkend mooi, eigenlijk.'

'Dank je wel', zei hij. 'Wat dacht u van een lunch, mevrouw Diamon?'

'Lunch? Ik heb toch al nee gezegd. We kennen elkaar nauwelijks.' Ze wilde dat hij ophield het haar te vragen, zodat zij kon ophouden tegen zichzelf te zeggen hoe dwaas het was iedere keer dat hij naar haar keek, te smelten als was in zijn handen. Ze moest nog wennen aan het idee dat zij, een weduwe die vaak het gevoel had dat ze nog getrouwd was, zich zo tot een man aangetrokken voelde. In het bijzonder tot Truman Clark.

Hij legde zijn hand op haar arm. Zijn stem klonk zo zacht dat ze zich naar hem toe moest buigen om hem te kunnen verstaan. 'Maar nu gaan we naar dezelfde kerk.'

Ze probeerde een lach te verbijten. 'Dit is niet echt mijn kerk. Ik ben hier alleen met vakantie.'

'De beste romances zijn in vakanties begonnen.'

'En geëindigd', zei ze wijs.

'Dan ligt er ook geen druk op. We leven bij de dag.' Hij knipoogde. 'Of bij de week. Hoelang blijf je in de stad?'

'Tot volgende week zondag', zei ze, en ze vroeg zich af waarom ze zich zo aangetrokken voelde tot Truman. Want ze kon niet ontkennen dat er iets was tussen hen.

Ze keek hem in de ogen, die oprecht waren, en hartelijk. Hij wilde haar niet meenemen om met haar te trouwen, en hij leek ook geen suggestie te doen voor een afspraakje. Hij leek net iets meer dan vriendschap aan te bieden, zonder verplichtingen.

Hoe groot de verleiding ook was, toch besloot ze het rustig aan te doen. 'We hebben al voor het ontbijt afgesproken', zei ze. 'Laten we het daar maar op houden.'

Ze zag de teleurstelling op zijn gezicht, maar hij drong niet verder aan. In plaats daarvan bood hij haar een lift aan naar het pension.

'Echt,' zei ze, 'ik wil graag fietsen.'

Hij haalde zijn schouders op. 'Laat me dan met je meelopen naar de parkeerplaats.'

'Oké.'

Nu ze een beetje aan het flirten waren geweest, vroeg ze zich af of ze het spelletje wel echt tot het einde toe wilde spelen. Het verdriet om Roberts dood en om de geheimen die hij voor haar had gehad, maakte haar gevoelens rauw en kwetsbaar.

Hij bood haar zijn arm, en ze liep met hem dwars over het grasveld naar haar fiets. Ze genoot van de warmte van zijn hand die de hare tegen zijn arm gedrukt hield. Op dat moment wist ze zeker dat God de arm van de man speciaal voor de vrouw had geschapen. Truman pakte haar fiets en reed hem naar de parkeerplaats, waar hij zijn pick-up had neergezet.

Lillian ontdekte dat ze hoopte dat hij niet de kunstenaar was die *Beauty and the Beast Within* geschilderd had. Ze wilde dat nu alles klopte. Ze had een schone lei nodig om mee te beginnen, zodat ze haar geheimen kon onthullen wanneer ze eraan toe was hem haar vertrouwen te schenken.

Hoofdstuk

18

'Ze is zo mooi', zei hij tegen zichzelf, terwijl hij in het rode licht van de donkere kamer zijn foto's ontwikkelde. Zijn leraar zou trots op hem zijn. Hij dacht aan de regel over het maken van foto's van gasten zonder hun toestemming. Hier moesten ze maar een uitzondering voor maken.

Met zijn tang bewoog hij een vel papier van 18 bij 24 heen en weer in de vloeistof totdat de foto verscheen, en de zeldzame glimlach, die hij maar een paar keer gezien had, duidelijk tevoorschijn kwam. Hij haalde het vel uit het bad en hing het op om te drogen. Op de hele foto stond ze naast een treurwilg en boog ze zich voorover om met een klein meisje te praten. Hij had de foto in tweeën geknipt. Op de ene helft stond alleen de vrouw, zodat iedereen die de foto zag, zich zou afvragen wie de gelukkige was die zo'n glimlach in ontvangst mocht nemen. Van de andere helft had hij alleen het meisje gehouden. Ze heette Gracie, en zij was ook mooi. Hij zou de beide foto's naast elkaar inlijsten.

Toen hij de tweede foto ophing, probeerde hij zich voor te stellen wat zijn leraar zou denken wanneer hij ze zag. Misschien waren dit wel de foto's die hem zouden onderscheiden van de andere fotografen in de omgeving van La Rosaleda.

Vluchtig vroeg hij zich af wat de vrouw zou denken als hij

haar de foto zou laten zien. Hij wilde niet dat iemand anders hem zag, alleen zij.

Hij probeerde een manier te bedenken om haar alleen te spreken te krijgen om haar zijn kostbare foto's te laten zien. Ze zou ze vast en zeker prachtig vinden. Het waren zijn beste foto's tot nu toe. Misschien kon Gracie hem helpen. Hij glimlachte. Dat was een goed idee.

Hoofdstuk

19

Toen Lillian aankwam bij het pension, stalde ze de fiets op haar veranda en volgde ze haar neus naar de keuken, waar ze een grote plaat met verse havermoutkoekjes ontdekte. Paige zat aan een van de tafeltjes en dronk thee.

'Thee?', vroeg Paige. De geur van munt mengde zich met die van de koekjes.

Lillian knikte. 'Heb je ook Earl Grey of kruidenthee?'

'Natuurlijk.' Paige stond op en maakte thee voor Lillian. Toen ze terugkwam, keek ze Lillian verlegen aan en ze zei: 'Ik wilde je iets vragen, Lillian.'

'Mij?'

'Ja, maar niet lachen. Beloofd?'

'Natuurlijk niet.'

'Het is zo stom, maar ik moet het weten', zei Paige.

'Vraag maar op.'

'Nou, ik ben vandaag naar de galerie geweest en ik heb het schilderij gezien waarover je me verteld hebt.'

'Dat schilderij dat ik wil kopen?' Lillian probeerde te verbergen hoe opgewonden ze was.

'Het is fascinerend, hè?'

'Ja', zei Lillian effen. 'Daarom wil ik het ook kopen.'

'Die vrouw op dat schilderij zou je tweelingzus wel kunnen zijn', zei Paige. 'Heb jij ervoor geposeerd?'

'Nee, dat heb ik niet.'

'Maar hoe … Ik bedoel, wie …' stamelde Paige.

'Het is een lang verhaal. Ik weet niet wie het geschilderd heeft, en zelfs niet hoe iemand iets geweten kan hebben van die dag.' Lillian vertelde haar dat ze het schilderij voor het eerst gezien had in de galerie. Daarna aarzelde ze even, maar ze ging dan door met de verkorte versie van het verhaal over haar bezoek aan Rose House kort nadat ze weduwe was geworden en haar kinderen had verloren.

'Tot nu toe wist ik niet zeker of ik het was op dat schilderij. Ik dacht van wel, maar dat ik het nu ook van een ander hoor, bevestigt het.'

'Je hebt veel meegemaakt, Lillian, en toch lijk je zo vol zelfvertrouwen. Ik had er geen idee van.'

Lillian zuchtte. 'Het gaat nu beter, maar de ontdekking van het schilderij heeft me wel geschokt. Het leek een inbreuk op mijn privacy, alsof iemand me bespioneerd had.'

'Dat kan ik wel begrijpen, nu je me dit verteld hebt, maar de meeste kunstenaars die ik ken, zijn intelligente, goede mensen. Ik kan me niet voorstellen dat zij iemand stiekem bespieden en die dan schilderen.'

Zou iemand die nooit in mijn schoenen heeft gestaan, me ooit echt begrijpen? Lillian vroeg het zich af.

'Maar het was een moment van mezelf', zei Lillian. 'Ik dacht dat ik alleen was.'

Paige knikte. 'Dat begrijp ik wel. Het is net alsof iemand je dagboek heeft gelezen, hè?'

'Ja. En het vervolgens in de krant heeft gezet, zodat iedereen het kan lezen.'

'Ja. Maar het is maar een plaatselijk krantje, niet de *New York Times*. En niet iedereen leest de krant', plaagde Paige haar.

Lillian schoot in de lach, en besefte dat haar onzekerheid niet zo veel om het lijf had. Tenslotte zouden alleen de mensen die haar goed kenden, haar ooit herkennen op het schilderij. 'Oké, ik begrijp wat je bedoelt, maar toch is het een inbreuk op mijn privacy.'

Paige keek haar ondeugend aan. 'Ik vind het wel romantisch.'

'Wat?'

'Romantisch', herhaalde ze. 'Dit soort dingen overkomt altijd andere mensen, nooit mij.'

'Maar jij bent getrouwd.'

'Dat weet ik wel,' zei Paige lachend, 'maar Mark en ik hebben het altijd zo druk. We hebben nooit tijd voor romantische geheimzinnigheden.'

'Je boft. Geloof me maar', zei Lillian.

'Waarom wil je weten wie het geschilderd heeft?'

'Zodat ik hem ... of haar ermee kan confronteren.'

'O, het is geen zij', zei Paige. 'Het moet een man zijn. Serieus, ik ken geen enkele vrouw hier uit de omgeving die Rose House schildert. Kom op, geef het maar toe. Jij vindt het ook wel een romantisch idee dat iemand je zo nauwkeurig heeft bestudeerd en vond dat je het waard was tot kunst verheven te worden.'

Lillian probeerde haar ernst te bewaren. Paige scheen niet te begrijpen wat het allemaal voor haar betekende. 'Ik heb er nooit een romantische gedachte bij gehad.'

Paige lachte. 'Misschien vond de kunstenaar je gewoon mooi. Ik betwijfel of hij er ooit bij nagedacht heeft dat jij het schilderij zou kunnen zien, laat staan dat je jezelf zou herkennen. Hoe groot was nou de kans dat dat zou gebeuren?'

'Dat weet ik niet, maar het is wel gebeurd.'

'Ja, het is wel gebeurd. Dat houdt dus in dat God er een bedoeling mee heeft.'

Lillian was niet zo zeker van die goddelijke bedoeling, maar in stilte moest ze zichzelf toegeven dat ze zich misschien toch wel een beetje gevleid voelde door het schilderij.

Opeens danste Gracie de keuken binnen. 'Hé, diamantmevrouw. Vond u de verrassing leuk?' Ze stak haar armen in de lucht om Lillian een knuffel te geven.

'Heb je lekker geslapen?', vroeg Paige.

'Ja, mammie. En vond mevrouw Diamon de verrassing leuk?'

'Ik vond de brownies heerlijk', vertelde Lillian haar. 'Het waren de lekkerste brownies die ik ooit geproefd heb.' Lillian pakte nog een havermoutkoekje van de bakplaat. 'De brownies waren zelfs nog lekkerder dan de koekjes die je moeder gebakken heeft.'

Gracie straalde en leunde tegen haar moeders knie.

'En Gracie,' zei Lillian, 'krijg ik de volgende keer dat ik ga picknicken, ook weer een verrassing?'

'Ja', zei Gracie, en ze fluisterde iets in haar moeders oor. Ze klapte in haar handjes toen haar moeder ja zei.

'Dit was leuk,' zei Paige, 'maar ik moet weer aan het werk.' Ze bracht Gracie naar een ander tafeltje, waar kleurpotloden en tekenpapier lagen.

'Maak je niet te druk over het schilderij, Lillian.' Ze veegde de kruimels van het tafeltje. 'Mag ik je helpen uit te zoeken wie de schilder is? Ik houd van geheimen.'

'Tuurlijk', zei Lillian. 'Waarom niet?'

'Geweldig. Dit past precies in mijn straatje. Ik heb zo het gevoel dat ik het probleem kan beperken tot een paar kunstenaars die ik ken.'

Lillians hart ging sneller slaan bij de gedachte de identiteit van de schilder aan de weet te komen, en Paiges opmerkingen over romantiek intrigeerden haar. Hoewel ze het niet eens was met de dwaze ideeën van Paige, gaven ze beslist een eigenaardig beetje extra pit aan de hele situatie.

Hoofdstuk
20

De volgende morgen werd Lillian wakker door een roffel op de deur. Ze gooide het dekbed van zich af en keek op de klok. Het was negen uur.

'Truman.' Lillian sprong uit bed en rende naar de deur. Ineens stond ze stil, want ze besefte dat ze, als het Truman was, niet wilde dat hij haar zag met haar slaperige hoofd en in haar pyjama. Ze legde haar oor tegen de deur.

'Wie is daar?'

'Paige.'

Lillian deed open. 'Zeg maar niets', zei ze. 'Truman Clark zit op me te wachten.'

'Hij wacht al een uur.'

Lillian legde beide handen tegen haar wangen. 'Het is niet te geloven', zei ze. 'Omdat ik gisteren zo vroeg wakker was, nam ik aan dat ik vandaag ook wel op tijd wakker zou worden.'

'Door de week luiden de kerkklokken niet voor twaalf uur.'

'Ik weet dat je het druk hebt, Paige, maar zou je hem willen vragen of hij nog een paar minuten kan wachten? Ik voel me er zo rot bij. Moet hij naar zijn werk?'

Paige haalde haar schouders op. 'Hij is kunstenaar. Hij bepaalt zijn werktijden zelf.'

Lillian lachte. 'Ik kom er zo aan. Bedankt dat je me wakker hebt gemaakt. Sorry dat je achter me aan moest.'

Paige glimlachte. 'Geeft niks.'

Een kwartier later ontdekte Lillian Truman aan een tafeltje met een wijnkoeler bij zijn voeten. Hij stond op om haar te begroeten, nam zijn hoed af en draaide hem nerveus rond in zijn handen. 'Hallo, slaapkop.'

Lillian hield vlak voor hem stil en hoopte dat ze eraan gedacht had op beide ogen mascara aan te brengen. 'Goedemorgen', zei ze en ze glimlachte een beetje suffig.

Hij stak zijn hand uit naar de koeler. 'Ik hoop dat je het niet erg vindt, maar aangezien we het ontbijt gemist hebben,' – hij knipoogde naar haar – 'ben ik zo vrij geweest Paige te vragen een picknicklunch voor ons klaar te maken. Wil je me de eer aandoen samen met me te lunchen?'

'Dat hangt ervan af', plaagde Lillian hem. 'Heeft Gracie er een verrassing in gedaan?'

'Beslist', verzekerde hij haar. 'Dat heeft ze me zelf verteld.'

Korte tijd later klom ze in de pick-up, al haar aarzelingen weggestopt, samen met de vragen over het schilderij. Ze keek rond in de cabine en zag dat het dashboard vol lag met stukken papier en potloden.

De motor kwam brommend tot leven, en hij reed langs het plein, sloeg links af en ging een weg op die tussen wijngaarden en wijnmakerijen door liep. Het was een warme dag, en ze hadden de raampjes naar beneden gedraaid.

Toen ze een bocht om kwamen, opende zich voor hen plotseling een vergezicht over het dal, en de met druivenranken bedekte heuvels brachten Lillian in de verleiding haar reserves te laten varen. Ze leunde naar Truman toe, haar gewicht op de arm die steunde op de bank tussen hen in.

'Zo, Lillian, wat brengt jou naar La Rosaleda?'

Lillian vertelde hem bijna over de beeltenis van haarzelf op het schilderij, maar ze besloot ermee te wachten.

'Ik moest even weg van mijn werk, en ik vind het hier zo vredig.' Ze zweeg en overwoog hoeveel ze hem zou vertellen.

'Vier jaar geleden heb ik mijn gezin verloren bij een auto-ongeluk. Daarom ben ik alleen hier.'

Ze keek naar buiten in afwachting van een uiting van medeleven. Dan wierp ze een blik op zijn profiel. Ze zag hoe zijn borst op zijn ademhaling op en neer ging. Ze bestudeerde de knoopjes van zijn overhemd terwijl ze wachtte op zijn antwoord.

'Ik wilde niet opdringerig zijn.' Hij keek even naar haar. 'Je moet een sterk iemand zijn, Lillian.'

Ze had in de afgelopen jaren vaak medelijden gezien in de ogen van andere mensen, maar nooit de deernis die ze nu in Trumans ogen zag. Het raakte haar diep en greep haar zo aan dat een snik haar ontsnapte.

Bang dat hij het gemerkt had, draaide ze haar gezicht van hem weg. Ze hield het in de wind, zodat hij de tranen die dreigden te gaan vloeien, niet zou zien. De temperatuur daalde aanmerkelijk toen ze afdaalden naar een lager gelegen gedeelte van het dal, waar bomen de wijngaarden omzoomden. Ze wist zeker dat er water in de buurt was. Beelden van vispartijen met Geena in een kreek vlak bij haar ouderlijk huis speelden door haar hoofd. Ze duwde de gedachten weg. De laatste tijd doken steeds weer herinneringen aan Geena op, en ze was er niet blij mee. Ze wendde zich weer tot Truman.

'Dat is de last die ik met me meedraag.'

Hij knikte traag, en ze kon niet ontdekken wat er door zijn hoofd ging.

Ze plukte aan een draadje aan haar broek en probeerde zich niet opgelaten te voelen.

'Oké', zei hij, en hij reed naar de kant van de weg. Hij parkeerde de auto in de schaduw van een enorme boom. 'Toch ben ik nog steeds blij dat je met me wilt lunchen.'

Ze glimlachte en keek om zich heen. 'Waar zijn we hier ergens?'

'Dit is mijn grond.'

'Het is schitterend. Ik had er geen idee van. Ik wist niet dat je de eigenaar van een wijngaard was, Truman.'

'Ik ben ook niet echt de eigenaar van een wijngaard. Dit zijn niet eens mijn druiven. Ik verhuur het land alleen aan Clyde Gray. De wijngaard en de wijnmakerij zijn van hem.'

Lillian knikte. 'Dus deze grond is allemaal van jou?'

'Ik zal het je laten zien.'

Ze klom uit de pick-up en keek om zich heen. 'Deze boom lijkt hier niet te horen. Het is de enige boom die apart staat.'

Hij klopte op de dikke stam van de boom. 'Ik zal Clyde nooit toestaan hem om te hakken. Ik ben er vele malen in geklommen toen ik nog een kind was.'

'Dit is een prachtige plek voor onze picknick', zei Lillian.

'Eerst', zei hij, 'wil ik je laten zien waar mijn grond eindigt. Het is een aardige wandeling, en je ziet eruit alsof je die wel kunt gebruiken.'

Ze nam zijn arm en ze liepen tussen een rij wijnstokken door. Ze wandelden een hele tijd, staken wijngaarden en velden over, en gingen zelfs een boomgaard door. Truman legde uit dat de druiven niet alleen gebruikt werden om er wijn van te maken, maar dat sommige soorten ook bestemd waren voor de productie van rozijnen. De druiven werden dan uitgestrooid tussen de rijen om te drogen in de zon voordat de rest van de behandeling volgde.

'Je weet heel wat over druiven voor iemand die geen wijngaard bezit.'

'Clyde is een oude vriend van me. Ik help hem in bepaalde perioden van het jaar, om iets te doen te hebben. En bovendien heb ik op het land gewerkt toen ik nog een tiener was.'

'Neemt het beheer van de grond tijd in beslag die je liever aan de kunst zou besteden?'

'Nee. Eigenlijk haalt het me naar buiten, wat ik fijn vind. Het houdt me bezig.'

Terwijl ze tussen de rijen wijnstokken door liepen, vulde de geur van de aarde Lillians neusgaten. Het was moeilijk te geloven dat al dit land in het bezit was van Truman. Ze bewonderde hem erom dat hij investeerde in natuurlijke en duurzame producten. Aan de rand van de wijngaard was de grond begroeid met bomen. Oranje wilde bloemen bloeiden in plekken zonlicht, en de stilte

werd alleen verbroken door het gekwetter van vogels en het ge-
scharrel van een enkele eekhoorn tussen de takken.

'Wauw, dit is schitterend', fluisterde ze, want ze wilde de vrede
die hen omringde, niet verstoren. Ze voelde zijn hand rusten op
het smalle gedeelte van haar rug, terwijl hij wees naar een blauwe
gaai, zijn blauwe veren zichtbaar tussen de bladeren door.

'Je bent een geluksvogel met zo'n prachtig stuk grond in de
familie.'

'Eigenlijk', zei hij, 'is de plaats waar ik opgroeide, zo'n vijfhonderd meter voorbij deze bomen. Ik woon nu verder weg op
het platteland, maar hier kom ik het liefst.'

'Wat zijn je plannen ermee?'

'Geen idee.'

'Waarom heb je het dan gekocht?', vroeg ze lachend.

Ze stonden nu in de schaduw van de bomen. Hij zette zijn
hoed af en wreef over de rand op zijn voorhoofd die de hoed had
achtergelaten. 'Ooit heb ik gedacht dat ik het voor een meisje
kocht', lachte hij. 'Het is het oudste verhaal van de wereld, hè?'

Lillian was er niet verbaasd over. 'Wat is er gebeurd?'

'O, ze wilde liever in de stad wonen. Dat kon ik haar niet
geven.' Hij zei het op een zakelijke toon, maar hij klemde zijn
kaken op elkaar terwijl hij een steen opraapte en hem tegen een
boom gooide.

'Verdrietig.'

'Maar niet zo erg als jouw verhaal, hè?'

Lillian haalde haar schouders op. 'Pijn is pijn.'

'Ze was zwanger. We waren niet getrouwd. Misschien was ze
daarom nog niet aan een kind toe. Ze wilde het niet.'

Lillian verkrampte vanbinnen en dacht aan Sheyenne en Lee.

Hij raapte een andere steen op, bekeek de vorm en smeet hem
het bos in. De tik waarmee hij een boom raakte, echode door het
bos. 'We hebben er dagen ruzie over gemaakt.' Hij stak beide handen in zijn zakken en richtte zijn ogen op een kolibrie die van de
ene bloem naar de andere schoot. 'En toen, op een dag, toen we
in de regen van San Francisco naar huis reden, werden we geraakt
door een vrachtwagen.'

Lillian hield haar adem in.

'De chauffeur was achter het stuur in slaap gevallen,' zei Truman, 'maar overleefde het ongeluk. Zowel Angela als ik was betrekkelijk ongedeerd, en Angela besloot dat ze uiteindelijk toch moeder wilde worden.'

Lillian kon er niets aan doen. Ze veegde een traan weg en liet de naam zwijgend over haar tong rollen. Ze vroeg zich af hoeveel Angela nog voor Truman zou betekenen.

'Maar die avond verloor ze de baby.'

'Wat erg, Truman.'

Hij knikte. 'Ze haalde zich in haar hoofd dat God haar strafte omdat ze een abortus had gewild. Ze blies de bruiloft af, pakte haar spullen in en verhuisde naar San Francisco.'

'Denk je dat ze ooit nog terugkomt?'

Ook al keek hij niet eens naar haar, het verdriet om hem heen was bijna tastbaar.

'Ze komt nooit meer terug.'

Lillian legde een hand op Trumans schouder. Een hele poos stonden ze zwijgend bij elkaar, en ze keken toe hoe de eekhoorns van boom naar boom sprongen.

Lillians maag rommelde hoorbaar.

Truman schoot in de lach. 'Ik heb het idee dat het tijd wordt om te gaan eten. Ik hoop dat we genoeg bij ons hebben voor jou.'

Lillian voelde zich weer warm worden toen zijn ogen over haar hele lichaam gleden, alsof hij met een enkele blik kon inschatten hoeveel voedsel ze nodig had. 'Ik denk dat er echt iets in moet voordat je wegwaait', zei hij.

Hij leidde haar terug tussen de wijnstokken door totdat de boom en de pick-up weer in zicht kwamen.

'Mijn excuses', zei hij. 'Het was niet de bedoeling commentaar te hebben op je figuur.'

'O, geen probleem', zei Lillian. 'Ik heb de laatste jaren niet al te goed op mijn gezondheid gelet.'

'Ik vond eigenlijk niet dat je er niet gezond uitziet.' Hij schraapte zijn keel. 'Maar ik ben te veel heer om je precies uit de doeken te doen hoe gezond je er op dit moment uitziet.'

Lillian werd knalrood. Ze hield haar blik naar voren gericht terwijl ze verder liepen. De aanraking van zijn vingertoppen op haar rug was geruststellend, en zijn aftershave rook heerlijk. De mannen met wie ze altijd samenwerkte, roken meestal naar oregano of naar uien, en ze werd dus niet zo vaak getrakteerd op de geur van muskus die af en toe haar neus prikkelde wanneer ze bij Truman in de buurt was.

In de schaduw van de boom spreidden ze een quilt uit, en daarop zetten ze de etenswaren neer. Er waren diverse soorten kaas, flessen water, sap en brood. Het zag er heerlijk uit. Truman zei dat de eiersalade het lekkerst zou zijn. Paige was er beroemd om.

Lillian herinnerde zich de verrassing en strekte haar arm uit naar een in cellofaan verpakt schaaltje met een geel lint eromheen. Ze maakte de strik los en er bleken verscheidene laagjes fudge in te zitten.

'Dat heeft Gracie zelf gemaakt', zei Lillian, en ze kon een glimlach niet tegenhouden bij de herinnering aan Sheyenne en Lee die haar hielpen met het bakken van chocoladecakejes. Toen ze klaar waren, hadden ze allemaal onder het beslag gezeten.

'Gracie is een schatje', zei Truman.

'Ja, dat is ze zeker, en op een of andere manier heeft ze geraden dat ik dol ben op chocola. Veel vrouwen hebben daar last van, weet je. Sommige stereotypen kloppen wel.'

Hij wilde een stukje pakken, maar Lillian sloeg zijn hand weg. 'Voor het eten?'

'Ik ben uitgehongerd', gromde hij, en Lillian lachte schaterend om zijn rare gedoe.

'Oké, eentje dan.' Ze pakte een stukje uit het schaaltje en stopte het in zijn mond.

'Mm,' gromde hij, 'ik loop vol chocoladesensaties.'

Lillian stopte ook een stukje in haar mond.

'La Rosaleda is net zo bekend om de chocola als om de wijn en de kaas.' Hij likte zijn lippen af. 'Gracie moet maar een fudgewinkeltje beginnen wanneer ze groot is.'

Lillian glimlachte instemmend, want praten kon ze niet met haar mond vol.

Hij leunde op een elleboog en zette zijn hoed af, een gebaar waaraan ze al gewend begon te raken. Ze brak een stuk brood af en gaf het hem.

Zwijgend aten ze hun middagmaal. Het windje blies hun servetten weg en bracht een golf van vermoeidheid mee die Lillian bij verrassing trof. Ze smoorde een geeuw en keek toe hoe hij in twee happen een boterham verslond.

'Er is niet genoeg voor jou', zei ze.

'Het is best zo. Het is een mythe dat je altijd uitgebreid moet eten.'

'Ben jij geen grote eter?'

'Bij het ontbijt eet ik altijd veel. Daarom ga ik vaak naar *Carlos' Diner* op het plein. Je kunt daar de hele dag door ontbijt krijgen.'

'Ik kan me niet voorstellen dat jij geen liefhebber bent van een warme maaltijd.'

'Meestal stop ik iets in de magnetron, maar als iemand toevallig goed kan koken, kan ik best van mening veranderen.'

'Echt waar?', vroeg Lillian.

'Ik kan niet goed koken, maar' – hij stak een vinger op – 'er zijn een paar gerechten waar ik goed in ben.'

Lillian had een brede grijns op haar gezicht.

'Kun jij ook niet koken?', vroeg hij.

'O jawel, ik kan wel koken.' Zorgvuldig hield ze haar gezicht neutraal.

'Waar ben je het beste in? Pannenkoeken? Lasagna?'

'Nee.'

'Tosti's?'

'Hm.'

'Boterhammen met pindakaas en jam?'

'Heb je weleens gehoord van chef George Ballenta?', vroeg ze.

'Ja, natuurlijk.'

'Ik werk in zijn restaurant.'

Zijn gezicht brak open in een verraste glimlach. 'Ben jij ook chef dan?'

Ze haalde haar schouders op. 'Dat zou ik kunnen zijn. Ik ben lang geleden al afgestudeerd aan de koksopleiding. Chef George heeft beloofd dat ik promotie zou krijgen wanneer ik terugkom. Maar ik weet niet precies wat hij daarmee bedoelt.'

Hij schudde haar de hand. 'Gefeliciteerd. De volgende keer dat ik in Sacramento ben, kom ik langs om te eten.'

'Ik kan vreselijk goed worteltjes in stukjes hakken.'

'Nu word ik bang.'

Ze zwaaide dreigend met het kaasmesje, en speels wrong hij het uit haar vingers. Toen gaf hij het terug, en hun handen raakten elkaar even. Het deed haar denken aan de dag daarvoor, op het plein, wat nu al heel lang geleden leek.

'Gisteren, op het plein …' Hij wachtte even. 'Ik hoop dat ik niet te hard van stapel liep.'

Haar pols klopte als een razende terwijl zijn vingers over haar handpalm streken, en ze klemde het plastic mesje vaster in haar hand.

'Het is maar goed dat dat mes van plastic is', plaagde hij.

Ze liet het vallen en keek naar hun handen, die stevig in elkaar geklemd waren.

Hij ging rechtop zitten en boog zich naar haar over. Tranen rolden over haar wangen toen zijn handen de hare streelden. Een ogenblik hield ze op met ademen.

Fluisterend zei ze: 'Het is net alsof ik je altijd al gekend heb, Tru.'

'Het voelt voor mij net zo. Mijn ziel heeft de jouwe al meer dan eens gekust.'

Een lachje trok om haar lippen. 'Ah, de dichter Heinrich Heine … bijna.'

Trumans handen pakten de hare vast. Hij keek haar in de ogen totdat ze zijn indringende blik niet langer kon verdragen. Ze sloot haar ogen om zich te verzetten tegen de overweldigende aandrang alles om haar heen te vergeten. Zijn handen bewogen langzaam langs haar armen naar boven, en ze sloeg ze om hem heen. Ze liet zich naar hem toe trekken, weg van de bitterzoete herinneringen aan een ander.

Hun lippen ontmoetten elkaar, eerst heel licht, onderzoekend, en dan met meer vertrouwen, alsof ze elkaar al heel lang kenden. Het duizelde Lillian. Ze streelden en kusten elkaar, intiemer dan ze voor mogelijk had gehouden. Toen ze haar hoofd afwendde, hield hij haar nog steviger vast in zijn omhelzing, en zijn lippen kusten haar gezicht en haar haren. Zo bleven ze lange tijd samen zitten.

De kussen waren vol van een verlangen dat te lang in bedwang was gehouden, van een pijn die te lang verborgen was gebleven. Liefde, helemaal opnieuw ontdekt, roerde zich.

Woorden waren niet meer nodig.

Het was donker toen Lillian terugkwam in haar huisje. Ze deed het licht op de veranda uit en ging in haar pyjama op de schommelbank zitten met een kop vruchtenthee – met de complimenten van Paige – in haar hand. Haar hoofd was vol gedachten aan Truman, en ze bedacht hoe snel de dag voorbijgegaan was terwijl ze met hem had rondgedwaald in een soort paradijs.

Ze keek of ze berichten had op haar voicemail. De eerste boodschap was van Kitty, die meldde dat ze haar zo snel mogelijk wilde spreken over het schilderij.

Het tweede bericht was van Geena. Ze luisterde het af. 'Ha, zus.' Ze klonk kortademig. 'Ik kan er over de telefoon niets over zeggen, maar ik moet je iets heel belangrijks vertellen. Blijf uit de buurt van mannen die je niet kent totdat we elkaar gesproken hebben. Goed? Bel me zodra je deze boodschap gehoord hebt.'

Hoofdstuk

21

Lillian klapte haar mobieltje dicht en vouwde haar benen onder zich op de schommelbank. Wat bedoelde Geena ermee dat ze niet met vreemde mannen moest praten? Ze wierp een blik op de toren van het pension en dacht na over de figuur met de camera die haar eerder in de gaten had gehouden. Het licht brandde er nu, en het was alsof er iemand bij het raam zat te lezen.

Lillian duwde de ongemakkelijke gedachten aan een eventuele achtervolger weg en nipte van haar thee. Het was alleen maar een fotograaf geweest die foto's maakte van de huisjes. En Geena had altijd al van alles een drama gemaakt. Haar raadselachtige boodschap was waarschijnlijk gewoon een manier om Lillian te spreken te krijgen.

Lillian had geen reden om Geena te vertrouwen.

Ze zuchtte, bande Geena uit haar gedachten en probeerde aan leukere dingen te denken, zoals aan de lippen van Truman op de hare die middag. Haar verdedigingsmechanisme had het rap begeven toen hij eenmaal dicht bij haar was, en ze was met een verward gevoel achtergebleven. Het was gemakkelijker geweest dan ze had verwacht, toe te geven aan een ervaring die ze eerder als impulsief betiteld zou hebben.

Afwezig bracht Lillian het kruisje naar haar lippen en ze kuste het. Ze probeerde alleen aan Tru te denken, maar Geena's bericht bleef steeds terugkomen in haar gedachten. Probeerde Geena haar bang te maken? Haar geest probeerde antwoorden te vinden op oude vragen en zocht tussen kwellende herinneringen aan de persoonlijke eigendommen van haar gezin die vier jaar geleden met een plof uit een bruine envelop op de keukentafel terechtgekomen waren.

Het waren dingen die gered waren uit het ongeluk, van de lichamen van haar geliefden. Sheyennes hanger, het kruisje met de rode glittersteen, had liggen schitteren voor Lillians ogen, zonder het kettinkje, en vertelde zo het verhaal van het geweld dat haar dochter was overkomen. Het favoriete speelgoedautootje van Lee was op raadselachtige wijze een band kwijtgeraakt en rolde over het tafelblad. Bijna had ze haar zelfbeheersing verloren toen ze Roberts trouwring zag, de diamanten stralend als altijd. Ze had hem later naar de begrafenisondernemer gestuurd zodat die hem weer om Roberts vinger kon doen.

Al die dingen waren haar dierbaar, behalve Roberts leren portefeuille, die ze diezelfde avond nog had verbrand in haar achtertuin.

Met een steek van pijn herinnerde ze zich dat ze de foto gevonden had, netjes weggestopt achter een knisperend biljet van honderd dollar. De beeldschone vrouw op de foto zat ingetogen in het zand, lachend, haar armen gekruist over haar borst in een schalkse poging de afwezigheid van een bikinitopje te verbergen. Op de achtergrond stond het strandhuis waar Lillian en Robert vroeger talloze romantische weekends hadden doorgebracht, voordat Sheyenne en Lee zo veel van hun tijd hadden opgeëist.

Ze had de vrouw op de foto onmiddellijk herkend. Zelfs met een zonnebril op en het roodbruine haar vastgespeld in een losse rol zou ze haar overal herkend hebben. Ze zag de figuur verbranden terwijl de vlammen likten aan de foto en aan de portefeuille, en op een of andere manier had ze zich gerehabiliteerd gevoeld.

Ze zuchtte. Ze schudde haar verdoving van zich af en keek

naar de nachtelijke hemel. Nu Tru zo gretig was haar beter te leren kennen, was het misschien een goed moment om de waarheid te aanvaarden.

Waarom hebt U hen niet tegengehouden? Het was een gebed, maar de hemel leek zo ver, steeds verder weg naarmate de jaren voorbijgingen. Ze wist niet hoe ze die kloof moest overbruggen, net zomin als ze dat wist voor de kloof tussen haar en Geena. Ze wist niet eens zeker of ze dat wel wilde. Haar zuster was schuldig; ze had haar verraden. Als Geena niet zo zelfzuchtig was geweest, was het ongeluk misschien nooit gebeurd.

De waarheid klopte aan de deur van haar hart en dwong haar te erkennen wat Robert had gedaan. Geena was niet de enige verrader geweest. Als ze die waarheid accepteerde, zou dat betekenen dat haar man niet veel om haar gegeven had.

Met Tru's kussen nog warm op haar lippen begon de waarheid zich tegen haar wil te ontvouwen, en nam die haar hart in een bitterzoete greep, die haar in de verleiding bracht haar verdriet los te laten. Ze sloeg haar armen om zich heen en zag de maan langzaam langs de hemel trekken en ten slotte verdwijnen achter een magnolia.

Lillian concludeerde dat de waarheid ingewikkeld was. Haar op afstand houden was makkelijker dan toegeven dat ze ijskoud bedrogen was door haar echtgenoot, dat hun huwelijk een schertsvertoning was geweest.

De waarheid zou misschien deuren openen die ze stevig op slot gehouden had. Als die deuren eenmaal open waren, zouden ze toegang geven aan iemand anders, Tru misschien, die haar kon bedriegen, die de verste plekken in haar hart kon bereiken.

Lillian overwoog serieus haar mobiel door de kamer te keilen. Ze was telefonisch met Kitty in gesprek geweest, toen Geena weer gebeld had. Ze had die ochtend zes keer gebeld, en had iedere keer een raadselachtig bericht achtergelaten.

Ze had schoon genoeg van Geena's spelletjes, maar ze klapte de telefoon open en toetste de cijfers in om opnieuw een voicemailbericht af te luisteren.

Geena's stem klonk hysterisch. 'Lillian, bel me, alsjeblieft. Het is mogelijk dat iemand ons volgt.'

Lillians bloed stolde in haar aderen. 'O, mijn God', zei ze, en ze toetste Geena's nummer in.

'Wat is er aan de hand?', vroeg ze nog voordat Geena hallo kon zeggen.

'Zus.'

'Geena.' Lillian probeerde rustig te klinken. 'Wat is er aan de hand?'

'Lil, ik heb een paar dagen geleden een telefoontje gehad, en sindsdien probeer ik je te bereiken.'

Lillians hart ging tekeer terwijl ze luisterde naar Geena's ademloze beschrijving van het gesprek.

'Lil, ik weet niet wie het was. Hij had een geheim nummer, maar hij zei afgrijselijke dingen over ons allebei. Hij zei dat hij me zou weten te vinden en ervoor zou zorgen dat ik hem zou vertellen waar Robert het geld gelaten had.'

'Welk geld?', vroeg Lillian, terwijl ze zich afvroeg op welke manieren Robert nog meer verraad gepleegd had aan hun huwelijk.

'Ik weet het niet', zei Geena. 'Ik weet er niet alles van, maar deze vent moet erbij betrokken zijn geweest, of met Robert of tegen hem. Het kan ook gewoon een gek zijn. Ik weet het niet.'

'Waar heb je het over, Geena?'

'Jij weet niets van Roberts' – Geena aarzelde even – 'transacties, hè?'

'Nee', zei Lillian. 'Ik vermoed wel iets, maar ik heb nooit bewijs gezien.'

'Lillian,' zei Geena, 'hij zei dat hij het Robert betaald zou zetten. Hij zei dat hij jou zou weten te vinden en ...'

Het werd Lillian koud om het hart. 'En wat?'

Terwijl Geena onder tranen beschreef wat de man gezegd had, liet Lillian zich zwaar in een stoel ploffen. Ze wilde de verbinding verbreken, maar zat als verstijfd met de telefoon aan haar oor.

'En toen', besloot Geena, 'zei hij: 'Heb je je zus de laatste tijd nog gezien? Ze is zo mooi."

Lillians hart bonkte in haar borst. 'We moeten de politie bellen', zei ze.

'Nee', zei Geena.

Lillian keek ongelovig naar de telefoon, en legde hem toen weer tegen haar oor.

'Ik bedoel, ik wil hen niet alarmeren. Als er nou niets aan de hand is?'

'Ben jij gek? Je probeert me bang te maken.'

'Niet waar.'

Lillian zweeg en vroeg toen: 'Heeft dit met het ongeluk te maken?'

Geena zei niets.

'Geena, je moet het me vertellen. Ik heb er recht op het te weten.'

'Als je het weet, haat je me nog meer.'

'Dat is niet mogelijk', snauwde Lillian.

'Zus, geloof me maar dat er een verband kan zijn. Misschien is het een grappenmaker, maar ik maak me ongerust. In ieder geval, de details wil je niet weten.'

'Die wil ik wel weten, en ik vind dat we moeten gaan praten met de rechercheurs die het onderzoek naar het ongeluk hebben gedaan.'

'Nee', zei Geena.

'Waarom dan niet?'

'Als het nou een grap is?'

'En als het nou geen grap is?', riep Lillian uit.

'Luister, ik weet ook niet alles, Lillian, alleen stukjes en beetjes, maar Robert heeft me verteld dat een paar agenten vuile handen hebben. Hij heeft hen weleens herkend en dacht niet dat ze undercover werkten voor de politie.'

Lillian hapte naar lucht. Dit kon ze niet aan. Ze begreep niet veel van de manier waarop de politie te werk ging, maar ze moest onmiddellijk denken aan al de keren dat ze geprobeerd had rechercheurs ertoe over te halen iets te doen in het onderzoek, en al de keren dat ze gezegd hadden dat er geen aanwijzingen waren.

'Weet je dat zeker?', vroeg Lillian.

'Nee', zei Geena. 'Ik weet niets zeker.'

Nou, dan zijn we met z'n tweeën, dacht Lillian.

Stilte.

'Lil, ben je daar nog?'

'Ja, ik ben er nog', zei ze. 'Ik weet alleen niet wat ik zeggen moet, Geena. Vertel me wat er bij het ongeluk gebeurd is. Ik weet dat jij ook in de auto zat.'

Geena zweeg.

'Ik heb je op het nieuws gezien. De politie ook.'

'Waarom hebben ze dan niet naar me gezocht?'

'Dat hebben ze wel, totdat ze tot de conclusie kwamen dat er geen reden was om je aan te houden.'

'Wilden ze me niet eens ondervragen?'

'Dat denk ik niet.' Lillian was in de war en herinnerde zich de vertragingen waarvan ze had aangenomen dat die bij normaal politiewerk hoorden.

'Ik heb me zorgen om je gemaakt, Lil.'

'Dat heb ik gemerkt', antwoordde Lillian droog. 'Vertel me hoe het gebeurd is.'

'Weet je het zeker?'

'Absoluut.'

'Waar ben je?'

'In La Rosaleda. En jij?'

'In La Rosaleda.'

'Wat?'

'Ik heb je gezocht.'

Er werd op de deur geklopt. Lillian legde haar hand op de deurknop. 'Wie is daar?'

'Geena.'

Lillian haalde diep adem en zwaaide de deur wijd open.

Hoofdstuk
22

De zussen stonden stijfjes tegenover elkaar. Het eerste wat Geena opmerkte, waren Lillians ogen. Zo bedroefd, en toch mooier dan ooit, in een gezicht dat magerder was dan ze zich herinnerde. Als Robert alleen op zoek geweest was naar schoonheid, zou hij nooit bij Lillian vandaan zijn gegaan.

'Hallo, Lillian.' Geena's stem was nauwelijks hoorbaar. Een ogenblik dacht Geena dat Lillian haar zou omhelzen, maar in plaats daarvan draaide ze zich abrupt van haar weg. Geena schudde de afwijzing van zich af, maar het feit dat ze zo dichtbij was en haar zus toch niet kon omarmen, herinnerde haar opnieuw aan de kloof die tussen hen ontstaan was.

Stilletjes volgde ze Lillian het huisje in en ze keek om zich heen. Ze drong de tranen van vreugde om het weerzien met haar zus terug, want ze voelde aan Lillians houding dat die vreugde nauwelijks wederzijds was.

Het huisje was gezellig, met kanten gordijnen en een frisse inrichting, precies de plek die Lillian zou kiezen. Ze gingen tegenover elkaar aan de tafel zitten. Lillian vermeed Geena's ogen en zat stijf rechtop, haar handen stevig in elkaar geklemd op het tafelblad.

Geena voelde de haat die van haar zus uitging. In een wanhopige poging de stilte te verbreken sloeg ze met beide handen op de tafel. 'Vind je het goed als ik koffie maak? Of thee?'

Lillian haalde haar schouders op, maar weigerde nog steeds haar blik te ontmoeten. Dus pakte Geena Lillians mok en kiepte ze de koude thee in de gootsteen. Ze rommelde in de kastjes en haalde een doosje muntthee tevoorschijn.

Lillians stem was koud als ijs. 'Niet die.'

'Oké', zei Geena, lichtelijk in de war. 'Deze vruchtenthee dan?'

Lillian zei niets, en Geena nam maar aan dat het goed was. Ze zette de ketel op het fornuis en deed net alsof ze er geen last van had dat het zo stil was. Het leek een eeuwigheid te duren voordat het water kookte, maar uiteindelijk zette Geena twee dampende mokken op tafel en ze ging zitten.

Toen Lillian eindelijk haar ogen opsloeg om Geena aan te kijken, biggelde er een traan langs haar wang. Zo moeilijk was het voor haar. Het verdriet in Geena's hart nam nog toe. Wist haar zus maar hoe het haar speet, maar ze kon niets bedenken om te zeggen. Ze had het hart niet haar spijt te betuigen voordat ze Lillian gegeven had wat ze vroeg: de waarheid omtrent het ongeluk.

Nog een traan rolde over Lillians wang. Geena stak haar hand uit over de kleine tafel om hem weg te vegen, maar Lillian week achteruit. Geena's hand bleef in de lucht hangen. Ze wilde haar zus dolgraag troosten, maar langzaam, verlegen met de situatie, trok ze hem terug en stopte ze hem tussen haar knieën.

Geena schraapte haar keel. 'Oké, je bent niet van plan iets tegen me zeggen. Ik begrijp het.' Ze keek naar Lillians gezicht en vroeg zich af of ze aan zou kunnen wat ze haar moest vertellen.

'Weet je zeker dat je dit wilt horen?'

Lillians knikje was nauwelijks waarneembaar.

'Oké. Maar je moet zeggen dat ik moet stoppen als je er anders over gaat denken.'

Er niet van overtuigd dat Lillian het hele verhaal zou kunnen verwerken, besloot Geena maar een deel ervan te vertellen.

Lillian sloeg haar ogen op om haar zus aan te kijken. Ze waren nu als van staal en leken zich diep in haar te boren.

Geena vestigde haar blik op Lillians ineengeklemde handen, terwijl de details van die dag in haar bovenkwamen. Mosquito Road leidde naar een meer landelijke omgeving, en daarom had het aangevoeld alsof ze kilometers ver weg was. Het had kennelijk geregend, want de weg glinsterde van het vocht, en het gras naast de weg was nat geweest onder haar blote voeten. Ze had zich afgevraagd waar haar sandalen gebleven waren, toen ze midden tussen de brokstukken stond en probeerde zich te herinneren hoe ze daar terechtgekomen was.

'De wegen waren erg nat', begon ze. 'Toen ik invoegde op de snelweg merkte ik dat een auto ons leek te volgen. Ik vond het vreemd dat Robert naar beneden dook en in de zijspiegel aan de passagierskant keek. Hij zei dat ze misschien gewoon ongeduldig waren, dat ik van rijstrook moest veranderen en moest afwachten of ze ons zouden inhalen.

Ik deed wat hij zei, maar de andere auto wisselde ook van rijstrook en kwam dichter achter ons rijden. Ik ging terug naar de rechter rijstrook, maar de auto reed bijna tegen ons aan. Ik schreeuwde naar Robert.'

Geena slikte toen ze zich herinnerde dat Robert zachtjes in haar dij geknepen had. 'Je doet het prima', had hij gezegd. 'Rijd maar gewoon door.' Hij had zijn handen door zijn haar gehaald en gezegd: 'Het komt allemaal in orde. Ik moet even nadenken.'

'Ik huilde bijna,' ging Geena verder, 'maar hij zei dat ik kalm moest blijven en de volgende afslag moest nemen. Ik vroeg hem of hij die naar Mosquito Road bedoelde.' Haar ademhaling was onregelmatig.

"Ja,' zei hij, 'en niet langzamer gaan rijden.' Ik vroeg hem wie degene was die ons volgde. Hij keek weer in de spiegel en zei dat hij dacht dat het de mensen waren aan wie hij iets schuldig was. Ik wist niet wat hij bedoelde. Toen schreeuwde hij en zei: 'O, kom op, Geena. Doe niet net of je het niet weet.' Ik wist niet wat ik ervan denken moest. Ik moest moeite doen om de auto recht te houden op het natte wegdek. Robert bleef met zijn vuist op het dashboard slaan. De andere auto ramde ons van achteren en ik begon te slingeren. Ik was nauwelijks in staat de auto op de weg te houden. De kinderen en ik huilden, en daarom zei Robert tegen Sheyenne en Lee dat ze niet bang moesten zijn, dat er niets aan de hand was en dat ze hun hoofd laag moesten houden. Lee vroeg waarom, en ik zei: 'Het is een spelletje. Hebben jullie allebei je riemen vast, als een grote jongen en een grote meid?' Sheyenne huilde: 'Pappie moest onze riemen vastmaken, en dat is hij vergeten.' Robert ging door het lint, maakte zijn gordel los en boog zich naar de achterbank om hun riemen vast te maken. Op dat moment ramde de auto ons opnieuw, en de voorruit versplinterde. Ik trapte keihard op de rem, en de auto slingerde, slipte en kwam in de greppel terecht. Het was een chaos. De kinderen gilden toen de auto keer op keer over de kop ging. We kwamen tot stilstand tegen een boom. Ik herinner me de doodse stilte, op het krassen van metaal na terwijl de auto heen en weer rolde.

Het volgende wat ik weet, is dat ik op blote voeten naast de weg stond. Ik keek naar het wrak en probeerde te bedenken hoe ik daar terechtgekomen was. De politie en een ziekenwagen arriveerden. Een ambulanceverpleegkundige vroeg hoe ik heette. Ik kon niet praten en duwde haar opzij. Ik herinner me dat ik naar de bloederige lakens gerend ben. De politie riep dat ik achteruit moest gaan, maar dat kon ik niet.'

Het volgende gedeelte van het verhaal hield Geena voor zich. Ze wist nog dat ze neergeknield was en een van de lakens had opgetild. Het was een van de tweeling, maar ze kon niet zien wie. Ze had overgegeven, en twee politiemensen hadden haar meegenomen naar een ambulance.

'De verpleegkundigen hebben mijn snijwonden verbonden en lieten me toen alleen achter in de ziekenauto, maar na een paar minuten ben ik eruit geklommen en maakte ik dat ik wegkwam. Ik ben naar de overkant van de weg gerend en ben meegelift met de eerste de beste vrachtwagen die ik zag.'

Geena veegde een traan weg toen ze zich het droevige geluid herinnerde van de knarsende versnellingsbak vlak voordat de vrachtwagen haar meenam, weg van de afgrijselijke gevolgen van wat ze had gedaan.

Hoofdstuk
23

Lillian had niet verwacht dat haar emotionele reactie op Geena's verhaal zo sterk zou zijn. Ze probeerde zich te herinneren wat de politie gezegd had: 'Er is meer aan de hand dan u denkt, mevrouw Hastings. We denken dat de leden van uw gezin misschien het slachtoffer zijn geworden van moord.' Ze dacht aan Geena's opmerking – agenten met vuile handen –, en het leek allemaal te eng om over na te denken. Ze wilde het achter zich laten, het gewoon vergeten, maar ze was nog net zo verdrietig als toen het net gebeurd was.

Toen Lillian opkeek naar Geena, die haar best deed om haar tranen in bedwang te houden, kookte ze van woede.

Het volgende uur ging voorbij in een warreling van argumenten en tegenargumenten. Lillian noemde Geena een moordenaar en een leugenaar, en ze stak een hele tirade af omdat Geena haar in de steek gelaten had. Nu de waarheid gezegd was, vond Lillian haar stem terug, en ze ging tekeer met een razernij die Geena bewonderd zou hebben als die niet tegen haar gericht was geweest.

'Ik dacht dat je me haatte', zei Geena. 'Ik kon toch niet weten dat je me naast je wilde hebben na wat ik gedaan had.'

Lillian sloeg tegen het raam. 'Ik wist niet wat je gedaan had.'

Ze schudde haar hoofd. 'Ik dacht dat je misschien in de auto zat omdat je ergens afgezet moest worden. Ik wist absoluut niet dat jij achter het stuur gezeten had. Je hebt gelogen tegen de politie.'

'Niet waar', zei Geena. 'Ik was weg voordat ze me vragen konden stellen.'

'Ik weet dat je weg was. Je liet mij alleen achter met de brokstukken. En waarom zat je in die auto? Had je een verhouding met Robert, ja of nee?', vroeg Lillian.

Geena kon tegenover Lillian niet uiten wat ze zo gemakkelijk tegen Edna in de bar had kunnen zeggen, en ze gaf geen antwoord. Het was niet iets wat ze kon toegeven zonder het uit te leggen.

Lillian zocht in de kast naar meer thee, maar het enige wat ze kon vinden, was muntthee. Waar was de vruchtenthee gebleven? Ze bromde iets en gooide het doosje muntthee in de vuilnisbak, klapte het deksel dicht en pakte een waterglas.

'Houd je niet van muntthee?', vroeg Geena.

Lillian schudde haar hoofd. 'Je bent verbijsterend, Geena. Echt waar. Hoe bestaat het dat je op dit moment zo'n stomme opmerking maakt?'

'Ik wilde alleen maar zeggen dat ik me niet kan herinneren dat je zo'n hekel had aan muntthee. Eigenlijk dacht ik dat je het leuk vond zelf munt te telen. Weet je dat niet meer? We dronken altijd muntthee, en toen ik je eens geholpen had de munt terug te snoeien in de tuin, hebben we bosjes aan het plafond gehangen om te drogen.'

'Ja,' zei Lillian, 'dat weet ik nog.'

Geena en Lillian hadden het grootste deel van de middag doorgebracht met het verwijderen van een schijnbaar eindeloos aantal uitgezaaide muntplantjes uit de bloemenborders rondom Lillians achterveranda. Ze hadden gepraat en gelachen terwijl ze met touwtjes bundeltjes van de kruiden maakten en ze met punaises aan het plafond van de keuken prikten. Ze drogen was een idee van Geena geweest.

Robert had geklaagd dat ze het plafond hadden beschadigd met de gaatjes. Toen Geena vanaf haar plaats aan tafel begon te giebelen, had Robert haar op een eigenaardige manier aangekeken, en toen waren ze allebei in de lach geschoten. Lillian had er nooit achter kunnen komen wat er toen zo leuk was.

Een paar minuten later had Geena hem een kopje muntthee aangeboden, en hij keek zo vreemd naar haar dat Lillian haar maag voelde omdraaien. Ze wist niet waarom. Ze had de bezem uit de bijkeuken gepakt en snel de dwaze gedachten weggeveegd, samen met de stukjes munt die op de plavuizen vloer gevallen waren.

'Ik herinner me de munt', zei Lillian.'En er was een grap tussen jou en mijn man die ik nooit begrepen heb.' Ze hield Geena met haar blik vast.'Is dat nog iets wat ik niet wil weten?', vroeg ze.

Geena friemelde aan de gesp van haar sandaal.'Ja', zei ze stilletjes.

Lillian pakte haar tas.'Ik heb een afspraak in de galerie. Zorg dat je weg bent wanneer ik terugkom.' Ze gooide de deur met een klap achter zich dicht.

Geena opende de vuilnisbak, haalde het doosje muntthee eruit en zette water op. Ze had meer van haar gevoelens voor Robert laten doorschemeren dan ze van plan was geweest. Ze dronk kleine slokjes van haar thee, en wenste dat het iets sterkers was. Ze probeerde het verlangen van zich af te zetten.

De munt had maanden in bosjes aan het plafond gehangen en stof verzameld. De geur werd door de tijd steeds minder, en uiteindelijk merkten Robert noch Lillian de bosjes nog op. Ze werden onzichtbaar, totdat Robert stierf en Lillian het huis klaarmaakte voor de verkoop. Toen ze de bosjes eraf haalde, leek het plafond met de gaatjes te wijzen op hun huwelijk, vergeten en beschadigd, en er zou nooit voldoende vulmateriaal zijn om de gaten te dichten.

Sindsdien had Lillian een hekel aan munt.

Hoofdstuk
24

De bel boven de deur rinkelde toen Lillian en Paige de galerie binnenwaaiden.

'Lillian', riep Kitty uit. 'En Paige. Wat zien jullie er vandaag allebei schattig uit.'

'Dank je, Kitty', zei Lillian.

'Ik moest wel komen', zei Paige. 'Ik ben dol op raadsels. Ik wil me niet opdringen.'

Lillian schudde haar hoofd en lachte. 'Ik ben je dankbaar voor je steun. Die maakt dat ik me een beetje minder belachelijk voel.'

Kitty gaf een klopje op haar arm. 'Je bent helemaal niet belachelijk, lieverd.' Ze gebaarde naar de balie. 'Ken je Louise en Kara nog?'

Kara, die in een bruidsmagazine zat te bladeren, zwaaide vanuit haar stoel achter het bureau, en Louise kwam achter de balie vandaan en gaf Lillian een hand.

Kitty sloeg haar handen in elkaar. 'Nou, laten we geen tijd verspillen. Lillian, we hebben gevraagd of je hier wilde komen, omdat ik je herkende toen ik het schilderij zag.'

Lillian zuchtte. 'Dus ik ben uiteindelijk toch niet gek.'

Paige grijnsde breed. 'Ik dacht dat ik gek was toen ik het voor het eerst zag.'

'Nu zijn we allemaal hier', zei Kitty. 'We kunnen het niet alle drie mis hebben. En nu Louise Lillian en het schilderij met elkaar kan vergelijken, zullen we zien wat zij ervan denkt.'

Louise glimlachte. 'Dus jij bent de *Beauty* van het schilderij. Nu begrijp ik waarom je het zo graag wilde kopen toen je hier was.'

Lillian fronste haar wenkbrauwen. 'Het is een plaatje van een intiem moment in mijn leven. Alleen ik weet hoe belangrijk dat was.'

'Maar, lieverd,' zei Kitty, 'behalve wij weet toch niemand dat jij het bent?'

'Dat is zo', zei Lillian, en ze knikte. Ze bleef terughoudend, zonder erop te letten hoe romantisch de anderen het vonden.

'Toen Kitty me vertelde hoe je heette,' zei Louise, 'herinnerde ik me dat ik je ontmoet had even nadat het schilderij aan de galerie was afgestaan. Ik wist nog dat jij het schilderij wilde kopen, maar ik wist niet meer precies hoe je eruitzag.'

'Dit in tegenstelling tot de kunstenaar die je schilderde', zei Paige met een knipoog. 'Hij wist het nog heel goed.'

'En zo is dat', zei Kitty.

'Weten jullie wie die kunstenaar is?', vroeg Lillian.

'Daar hebben we een behoorlijk sterk vermoeden van.'

Paige gilde. 'Dit is zó romantisch.'

Kitty keek Lillian onderzoekend aan. 'Vind jij het ook romantisch, Lillian?'

Lillian haalde haar schouders op. 'Dat zou ik wel willen, maar ik weet nog niet wat ik ervan moet denken.'

'Nou, laten we even kijken', zei Kitty, en ze pakte Lillian bij haar arm. Ze liepen naar een ruimte aan de achterkant van de galerie, waar rekken met schilderijen en quilts werden bewaard.

Kitty trok het bewuste schilderij tevoorschijn, en ze vielen allemaal stil.

Lillians hand schoot naar haar keel. *Beauty and the Beast Within* was ongelooflijk mooi, nog mooier dan ze zich herinnerde, en haar wangen kleurden rood. Ze had het schilderij nog maar één keer gezien, en haar geheugen had het geen recht gedaan. Niet alleen was

Rose House een exacte replica van het echte huis, maar de vrouw die naar de rozen stond te kijken, leek te leven.

De kunstenaar had haar in detail geschilderd, alsof hij haar van dichtbij had bestudeerd. De beeltenis was zo levensecht dat haar wangen er warm van werden. Iedere welving in haar gestalte en iedere nuance op haar gezicht had hij weten te vangen.

Ze kon op het schilderij zelfs zien dat ze huilde. Lillian stak haar hand uit om de tranen op de wangen van de vrouw aan te raken, maar Louise hield haar tegen.

'Het spijt me', zei Lillian. 'Ik wilde alleen maar ...'

'Ik weet het', zei Louise, en ze wees naar Lillians ketting. 'Waar heb je die hanger vandaan?'

Lillians hand ging naar het kruisje. Ze voelde de vertrouwde vorm tussen haar vingers. 'Hij is van mijn dochter geweest.'

'Hij is prachtig', zei Louise. 'En het is dezelfde hanger als op het schilderij.'

Kitty en Louise vergeleken rustig ook andere details op het schilderij.

'Kitty en ik hebben andere schilderijen vergeleken met dit', zei Louise. 'We willen jullie laten zien wat we ontdekt hebben over de identiteit van de maker.'

Ze begonnen andere schilderijen van Rose House tevoorschijn te halen, en ook landschappen uit de streek. Het waren adembenemende schilderijen van wijngaarden, huizen en rozen. In Lillians ogen leken ze allemaal een beetje op elkaar, maar Louise en Kitty wezen in ieder schilderij unieke technieken aan, verschillen in de blaadjes van een bloem of het silhouet van een dier. Ondertussen legden ze uit dat dit onderscheid een aanwijzing kon zijn voor de stijl van één kunstenaar in het bijzonder. Diverse schilderijen waren van Tru.

Louise vertelde dat Truman bijzondere kleuren en tinten gebruikte in zijn schilderijen. 'Heel veel goud, helderrood, oranje en diep bordeauxrood', zei ze. 'Zien jullie wel?' Ze trok een schilderij naar voren dat Lillian herkende.

'Dat heb ik eerder gezien', zei Lillian, en ze keek naar Kitty. 'Het hing in jouw kantoortje op Frances-DiCamillo. Dit is het schilderij dat je me hebt laten zien toen we elkaar voor het eerst ontmoetten.'

Kitty's blik werd helderder. 'Ja, ik herinner het me nu. En als ik het goed heb, vond je het prachtig.'

'Jazeker', zei Lillian, en ze bewonderde de schoonheid van het schilderij met hernieuwde belangstelling.

Louise zette het schilderij op een ezel naast *Beauty and the Beast Within*, en wierp een kennersblik op Kitty. Louise en Kitty wezen erop dat beide schilderijen de kleuren en tinten en andere specifieke kenmerken hadden die de stijl van Tru karakteriseerden.

'Hoe kan het dan in vredesnaam dat Tru Lillian schilderde voordat hij haar ooit ontmoet had?', vroeg Paige.

'Ja,' fluisterde Lillian, 'hoe kan dat?'

'Ik weet nog wanneer het schilderij is afgestaan', zei Louise, en ze kneep in haar kin terwijl ze de gebeurtenissen in haar herinnering terugriep. 'Het is minder dan een maand geleden. Jij kwam binnen op die bewuste dag, Lillian. Ik kende de man die het kwam brengen, niet.' Ze haalde haar schouders op. 'Ik had hem nooit eerder ontmoet.'

Lillian tuurde van dichtbij naar *Beauty and the Beast Within*. Ze herinnerde zich de eerste keer dat ze het had gezien. Voordat ze op die dag het schilderij in het oog kreeg, was ze tegen een man aangebotst die onderweg was naar buiten, maar ze wist niet meer hoe hij eruitzag. Alleen zijn handen herinnerde ze zich nog. 'Zijn handen zaten vol verfvlekken', zei Lillian.

Kitty liep naar een archiefkast en haalde er een map uit. 'Je zou het nog wel weten, Louise, als je hem had gezien.' Ze knipoogde. 'Hij is een lust voor het oog, hè, Lillian?'

Lillian probeerde te glimlachen.

Kitty legde de map met krantenknipsels op een tafel en bladerde hem vlug door. Ze stopte bij een foto waarop een lint werd doorgeknipt.

'De opening van de galerie', zei Louise. 'Ik kon er niet bij zijn. Ik moest werken in Sacramento op die dag.'

'Zo is het', zei Kitty. 'Maar Truman was er wel. Hier knipt hij samen met mij het lint door.'

'Dat is hem', riep Louise uit. 'Dat is de man die het schilderij kwam brengen. Nu weet ik het weer. Hij maakte het me lastig, om te plagen misschien. Hij is het absoluut.' Ze knikte met haar hoofd en leek in haar schik met haar geheugen. Ze riep Kara om ook te komen kijken.

'Wat is er?', vroeg Kara.

'Is dit niet de man die *Beauty and the Beast Within* kwam brengen? Die man die niet wilde zeggen wie het geschilderd had?'

Kara keek nog eens beter naar de foto en glimlachte. 'Natuurlijk. Het is Truman.'

'Kara,' zei Kitty, 'als je dat wist, waarom heb je dat ons dan in vredesnaam niet verteld?'

Ze haalde haar schouders op. 'Hij wilde niet dat Louise wist wie hij was.'

'Daar zou ze toch wel achter gekomen zijn', zei Kitty.

'Dat weet ik wel, maar ik wist niet wat Trumans bedoeling was die dag. Hij is een beetje verlegen. Ik dacht dat hij het jullie later wel zou uitleggen.'

'En dat is hij misschien nog steeds wel van plan', zei Kitty. 'Het is nog niet zo erg lang geleden.'

'Misschien zit dat erachter', zei Louise. 'Misschien was het zijn bedoeling helemaal niet geheimzinnig te doen, maar is hij zich, toen hij Lillian zag, zorgen gaan maken en terughoudend geworden. Daarom heeft hij het ook nog niet aan jou verteld, Kitty.'

'Maar Truman en ik zijn vrienden', zei Kitty.

Paige glimlachte. 'Misschien is het toeval dat hij Lillian schilderde bij Rose House, en nu hij voor haar gevallen is, weet hij niet meer hoe hij dat moet verklaren.'

Lillians gezicht werd steeds warmer.

'Of', zei Kitty, 'misschien was het helemaal geen toeval.'

'Dat is wat ik Lillian probeerde te vertellen', zei Paige. 'Er komen te veel verschillende dingen samen. Misschien is er een groter iets aan het werk.'

Kitty knipoogde. 'Gods wegen zijn soms ondoorgrondelijk.'

'Houd op', riep Lillian, en ze stak haar handen omhoog.

De vrouwen zwegen en keken naar haar.

'Het spijt me,' zei Lillian, 'maar wat is hier romantisch aan? Jullie kennen niet het hele verhaal.' Ze keek Paige doordringend aan. 'Jij weet er het meeste van, Paige. Dus waarom maak je er een geintje van?'

Paige fronste haar wenkbrauwen en probeerde haar hand op Lillians schouder te leggen. 'Rustig maar, Lillian.'

Lillian schudde haar hand van zich af, en Paiges gezicht betrok. Lillian wist dat ze zich er later rot over zou voelen, maar op dat moment was ze boos. Niets ging zoals ze wilde.

'Nou,' zei Lillian, 'mijn stomme zus dook ook nog op vanmorgen om me te vertellen dat een of andere idioot probeert ons te terroriseren.' Ze gooide haar armen in de lucht van frustratie. 'En of dat nog niet erg genoeg is, heeft ze toegegeven dat zij degene was die achter het stuur zat toen mijn man en kinderen vier jaar geleden omkwamen. Daarna is ze weggerend, en nu wil ze weer vrienden zijn.'

Een geschokte stilte legde zich over de vrouwen.

'Dus', ging Lillian door, 'misschien heeft dit er allemaal niets mee te maken, maar begrijpen jullie waarom ik er moeite mee heb er romantiek in te zien? Het is niet romantisch. Ik hoopte het, maar het is te verwarrend. Er gebeurt te veel tegelijk.' Ze begon onrustig heen en weer te lopen. 'Geeft Truman om me, of ben ik alleen het meisje op zijn schilderij? Is hij op een avontuurtje uit?'

'Zo is hij niet', zei Paige. 'Hij is niet op een avontuurtje uit.'

'En hij is ook niet gek', zei Kitty. 'Dus hij kan niet die idioot zijn die jullie belt, als je dat soms dacht.'

Lillian had daaraan gedacht, maar in stilte gaf ze toe dat Kitty daar waarschijnlijk gelijk in zou hebben.

'Het is een goed mens', zei Paige. 'Ik weet niet hoe het kan dat hij jou geschilderd heeft, maar ik weet zeker dat hij daar een verklaring voor heeft, als je hem de kans geeft. Ik moet het voor hem opnemen, Lil.'

'Ik ook', zei Kara. 'Hij werkt als vrijwilliger op de school van mijn broer.'

Lillian was beduusd. 'Tru is vrijwilliger?'

'Op Sunshine House', zei Kitty. 'Weet je nog dat ik je vertelde dat mensen van de school kwamen helpen in de tuinen?'

Lillian ging op een kruk zitten en verborg haar gezicht in haar handen. Ze kreunde. 'En wat vinden jullie er dan van dat hij mijn privacy geschonden heeft?'

'Lillian,' zei Paige, 'je was gewoon buiten, waar iedereen mag komen.'

'Maar ik heb hem geen toestemming gegeven om me te schilderen. Het was privé. Het was ...'

'Lillian,' zei Louise in een poging hen terug te brengen bij het onderwerp van de identiteit van de schilder, 'herinner jij je dat je Tru gezien hebt op de dag dat hij het schilderij bij de galerie bracht? Ik weet zeker dat jij binnenkwam toen hij wegging. Was hij het?'

Lillian probeerde zich meer te herinneren dan de verfvlekken op zijn handen. Een flits van satijn en linten, haar tas die op de grond viel. Ze herinnerde zich een energieke man die met zijn vingers verward raakte in de linten aan haar tas toen hij probeerde haar te helpen hem op te rapen. Ze was van de wijs gebracht door zijn aanwezigheid en door de manier waarop hun vingers elkaar geraakt hadden, maar de aanblik van het schilderij had haar aandacht van hem afgeleid. Zijn gezicht zweefde in een mist net buiten haar bereik.

'Ik weet het niet meer', zei Lillian. 'Hij kan het wel geweest zijn, denk ik, maar ik herinner me zijn gezicht niet. Ik weet nog wel dat hij een hoed in zijn hand had, of misschien had hij die even neergelegd om mij te helpen mijn tas op te rapen. Zou dat zijn fedora geweest zijn?'

Paige gaf Lillian van opzij een knuffel. 'Hij was het', zei ze. 'Accepteer het maar. Een deel van het mysterie is opgelost.'

Lillian stond op, klaar om weg te gaan. 'Daar ben ik juist zo bang voor.' Ze probeerde niet de tranen te verbergen die langs haar wangen rolden. 'Want waarom heeft hij er dan over gelogen tegen me?'

Hoofdstuk

25

Geena klapte net haar mobiele telefoon dicht na een gesprek met tante Bren toen ze een klop op de deur hoorde. Ze liep dwars door de kamer naar de deur en wilde hem opendoen, maar hield stil. Ze liep naar het raam en gluurde naar buiten. Het was maar een klein meisje.

Geena zwaaide de deur open en begroette het kind met een warme glimlach. 'Hallo, liefje. Wat kan ik voor je doen?'

'Is mijn diamantmevrouw er?'

Geena glimlachte toen tot haar doordrong dat ze Lillian bedoelde. 'Nou, nee, maar ik heet ook Diamon. Helpt dat?'

Het kind boog zich samenzweerderig naar haar toe. 'Oké, dan kan ik u vertrouwen.' Ze stak haar een grote envelop toe.

'Wat is dat, liefje?'

'Hij is voor mevrouw Diamon. De andere mevrouw Diamon.'

'Moet ik hem aan haar geven?'

Ze knikte.

'Hoe heet jij?'

'Gracie.'

'Aha, Gracie. Kom je even binnen voor een koekje? Ik heb koekjes gevonden in de koektrommel.'

Gracie keek alsof ze daar wel zin in had, maar wierp vervolgens een blik op de torenkamer. 'Ik moet weg. Ik krijg een nieuwe pop.'

'Dat is leuk. Dank je wel dat je even langskwam. Ik zal deze aan Lillian geven.' Ze wilde de deur sluiten, maar bedacht zich. 'Gracie?'

Gracie draaide zich om, haar krullen dansend om haar gezichtje. 'Ja?' Haar glimlach deed Geena aan Sheyenne en Lee denken.

'Waar zijn je ouders, liefje?'

Gracie keek van haar weg en sloot haar ogen, alsof ze probeerde zich te herinneren wat ze moest zeggen. 'Mammie is naar een vergadering en pappie is aan het werk in de fietsenschuur.'

'Waar is de fietsenschuur?'

Gracie wees naar een klein gebouwtje vlakbij, waar de deur van openstond. Geena kon Mark Tenney in de schuur bezig zien.

'Oké', zei Geena. 'Ik wilde even zeker weten dat je niet alleen bent.'

Gracie zwaaide. 'Dag, mevrouw.' Ze rende weg naar het pension voordat Geena nog meer vragen kon stellen.

Geena sloot de deur en gooide de envelop op de keukentafel.

Gracie rende haastig de trap op naar de torenkamer. Ze wist dat haar pop daar op haar lag te wachten. Het zou een cowgirl-pop zijn, die ze al zo lang wilde hebben. Hoe wist hij dat? De pop was heel mooi, met zachte bruine haren, net als die van haarzelf, met een spijkerbroek aan, een roze vest en een bijpassende cowgirlhoed.

Als mammie de pop ziet, is ze vast niet boos meer dat ik een geheimpje had. Hij had tegen haar gezegd dat ze er niets over tegen mammie mocht vertellen. En hij had ook gezegd dat ze tegen mevrouw Diamon niet mocht vertellen hoe hij heette. Hij had beloofd dat hij het hun later zou vertellen, en dat haar mammie het dan zou begrijpen.

Ze had tegen hem geglimlacht en het beloofd. Ze vond hem heel aardig. Hij was een lieve vriend.

Hoofdstuk 26

'Dank je wel, Paige.' Lillian stapte uit de auto en bleef aan het einde van een grindpad staan.

'Niets te danken', zei Paige. 'Pak hem niet te hard aan, Lil.' Ze keek bezorgd. 'Soms zijn de dingen niet wat ze lijken.'

'Blijkbaar', zei Lillian.

Paige schudde verdrietig haar hoofd. 'Dat was niet de bedoeling, echt niet.' Ze sloeg haar ogen neer en keek naar het stuurwiel. 'Hij is een fantastische man. Hij heeft vast een goede verklaring voor dit alles.'

'Oké', zei Lillian. 'Ik zal proberen hem een kans te geven.' Maar haar hart bonsde vanwege zijn bedrog.

'Dat is alles wat ik vraag', zei Paige, en ze legde haar handen op het stuur. 'Ik geef om Tru.' Ze wachtte even. 'En ik geef ook om jou.'

Lillian glimlachte. 'Ik voel het net zo.'

Paiges glimlach verhelderde haar gezicht. 'Fijn om te horen.' Ze schakelde de auto in zijn achteruit en zwaaide naar Lillian. 'Misschien brengt hij je terug naar de stad, maar bel me maar als je een lift nodig hebt. Ik hoop van niet.'

Lillian stond voor een grote boerenwoning. De eenvoud ervan verbaasde haar niet. Truman was een gemakkelijke man die hield van een leven zonder poespas. Het huis, dat twee verdiepingen had, lag een paar kilometer buiten de stad en stond vijfhonderd meter van de weg af. Het werd omringd door landerijen, en daarachter stonden bomen. Lillian vond het prachtig.

Twee paarden stonden te grazen in een omheinde weide tussen de schuur en een weelderige groentetuin. Ze ging het trapje op naar de wit geschilderde veranda en werd begroet door een luie labrador die zijn kop ophief en halfhartig blafte. Ze klopte hem op zijn kop, wat hem in zoverre tot leven bracht dat hij ging zitten en haar gezicht likte. Lillian hoorde de deur langzaam krakend opengaan.

'Cody.' Trumans stem klonk zacht en schor. 'Laat haar met rust, ouwe jongen.'

'Hij is lief', zei ze en ze klopte het stof van haar jurk. Toen ze Trumans gezicht zag, vergat ze bijna waarvoor ze gekomen was. Een trage glimlach trok rimpels bij de hoeken van zijn slaperige ogen. Ze had hem wakker gemaakt.

'Dit is een leuke verrassing', zei hij door de hordeur heen.

'Ik heb geprobeerd je te bellen.'

'Ik heb tot laat doorgewerkt, en dus heb ik de telefoon eruit getrokken om een poosje te slapen. Het was niet mijn bedoeling zo lang te slapen.'

'Het spijt me dat ik je wakker heb gemaakt. Ik hoop dat je het niet erg vindt dat ik even langskom.'

Hij schudde zijn hoofd. 'Natuurlijk niet. Kom je me vertellen dat je je vakantie te kort vindt en dat je van plan bent langer te blijven?' Hij knipoogde en gebaarde haar binnen te komen.

Het huis was schoon en zag er netjes uit, behalve waar hij zijn hoed op de salontafel in het midden van de woonkamer had gegooid. Er stond een televisie, en Lillian verbaasde zich over de geavanceerde apparatuur in de keuken. Ze vroeg zich af of Angela goed had kunnen koken, omdat Truman haar had verteld dat hij geen goede kok was.

De keuken was eenvoudig ingericht, met de tuin als thema. 'Het wordt allemaal niet veel meer gebruikt', zei Truman. 'Ik heb al die spullen gekocht vlak voordat mijn grootmoeder overleed.'

'Hoelang is dat geleden?'

'Vorige week drie jaar.'

'Wat naar voor je', zei Lillian.

Hij ging op een barkruk zitten. 'Ja, het was moeilijk. Ze was de enige familie die ik had. Alle anderen zijn al jaren dood, en een paar jaar daarvoor ging Angela ...' Het geluid van zijn stem stierf weg. Hij stond ineens op en nam haar mee de keuken uit. 'Ik zal je een rondleiding geven.'

Het huis leek gigantisch. Zijn atelier lag aan de andere kant van de keuken, ervan gescheiden door een glazen deur met een gordijn ervoor.

'Staatsgeheim', zei hij, en hij ging haar voor langs de deur de trap op. De kamers zagen er gezellig uit door de kleurrijke quilts en de kanten gordijnen.

'Mijn oma was dol op de quilts van Kitty', verklaarde hij, terwijl ze nog een kamer binnenliepen. 'Je komt ze dus overal tegen.'

'Heeft Kitty ze gemaakt? Ze zijn prachtig.' Ze streek met haar hand over een *Irish Chain*-quilt. 'Het zijn net wandkleden.'

'Ze is heel creatief. Alle quilts hier in huis zijn door haar gemaakt, behalve deze.' Hij klopte op het bed naast hem. 'Deze heeft mijn oma gemaakt.'

Ze keek de kamer rond en besefte dat het zijn eigen slaapkamer was. Het was een ruige kamer, vergeleken met de andere, en het was er erg netjes. Het meubilair was gemaakt van vurenhout, aangevuld met een paar stukken uit het Zuidwesten met roestig beslag. Ze ging met haar hand over het houtsnijwerk op de laden van de ladekast, dat geschilderd was in helder groen, geel en oranje.

'Heb je dit zelf geschilderd?'

'Met hulp van mijn leerlingen.'

'Leerlingen? Van Sunshine House?'

'Een van hen wel. Ze houden van creatieve bezigheden. Het geeft hun iets te doen.'

Het intrigeerde haar, en ze was er ook verbaasd over, dat hij tijd kon vinden voor zo veel verschillende activiteiten. Geen wonder dat hij moe was.

'O, sorry. Het schiet me net te binnen dat ik je wakker heb gemaakt. Ik ga gauw. Dan kun je verder slapen.' Ze draaide zich om om weg te gaan.

Hij pakte haar bij haar elleboog en trok haar tegen zich aan. Hij lachte ondeugend. 'Jij mag me op ieder moment wakker maken.'

Ze keek op, en verloor zich in de intensiteit van zijn blik. Ze wist niet meer wat ze wilde zeggen. Dat ze wist dat hij haar geschilderd had? Dat ze voor hem gevallen was? Dat ze boos was omdat hij gelogen had?

Zijn lippen raakten de hare, en ze kwam in een draaikolk van emoties terecht. Hij nam haar in zijn armen, en ze vlijde zich tegen hem aan. Ze zei tegen zichzelf dat ze nog één kus wilde voordat ze wegging, nog één laatste omhelzing.

Hij was lang, met krachtige schouders die boven haar uit torenden, en hij boog zich naar haar toe. Ze waagde het haar handen omhoog te laten glijden langs zijn gespierde armen en sloeg ze om zijn nek. Gretig gaf ze hem zijn kussen terug. Hij hield haar teder vast en verleidde haar ertoe de echte reden voor haar bezoek te vergeten.

Lillian voelde een rilling door haar lichaam gaan toen Truman zijn lippen tegen het kuiltje in haar nek drukte en haar voorzichtig neerliet op het bed. Ze wilde wegzinken in de zachtheid. Ze wilde dat zijn lippen de jaren van eenzaamheid en pijn wegkusten.

'Tru.' Lillian hapte naar adem. Ze duwde hem zachtjes weg.

Zijn borstkas ging snel op en neer toen hij op het bed ging zitten. 'Het is al goed. Rustig maar', zei hij, en hij trok haar overeind totdat ze voor hem stond. 'Ik begrijp het wel.' Ze keken elkaar in de ogen, zijn handen omvatten voorzichtig de hare.

Hij haalde eens diep adem, en er kwam een brede grijns op zijn gezicht. 'Wauw.'

Ze kneep als antwoord in zijn handen en wist niet wat ze moest zeggen.

'Het spijt me', zei hij, terwijl hij over haar armen wreef. 'Je bent ook zo mooi. Ik vergat mezelf.'

Ze gloeide van binnen en probeerde een manier te verzinnen om over het schilderij te beginnen zonder de sfeer te bederven. 'Luister, Tru.' Haar stem was een fluistering. 'Ik kan het gewoon niet.'

Hij knikte. 'Ik weet het. We kennen elkaar nauwelijks, hè?'

Ze knikte.

'En bovendien', ging hij verder, 'hebben we tijd zat.' Hij trok haar naar zich toe in een speelse omhelzing, maar ze duwde hem zachtjes weg.

Ze schudde haar hoofd. 'Nee, Tru, dat hebben we niet.'

'Wat niet?', zei hij. Hij haalde haar weer naar zich toe. Deze keer duwde ze hem niet weg, en hij kuste haar. Met één hand streelde hij het haar rondom haar gezicht, terwijl zijn lippen de hare proefden. 'Je gaat zondag pas weer weg', fluisterde hij. 'En je kunt toch terugkomen? Of ik kom naar Sacramento.' Hij nam wat afstand om haar te kunnen aankijken. 'Als jij dat goedvindt, natuurlijk.'

Ze begroef haar gezicht tegen zijn hals, niet in staat te antwoorden. Ze zou het meer dan goedvinden, wilde ze zeggen, als hij maar niet tegen haar gelogen had over het schilderij.

'Ik wil wel dat je terugkomt', zei hij zachtjes. Opnieuw kuste hij haar. 'Lillian, anders ben ik nooit zo' – hij haalde moeizaam adem – 'zo in de ban van een vrouw als nu met jou.' Hij legde zijn handen op haar schouders. 'Hé, tussen twee haakjes, waarom kwam je vandaag eigenlijk naar me toe? Heb je iets nodig? Of miste je me?' Hij knipoogde.

Lillian onttrok zich voorzichtig aan zijn greep en ging naast hem zitten. 'Tru, ik heb vandaag een ontmoeting gehad met Paige, Kitty en Louise. Er was ook een meisje dat Kara heette.' Ze wendde zich naar hem toe om hem te kunnen aankijken, en haar hart ging als een razende tekeer. Het was moeilijk van zijn gezicht te lezen wat hij dacht, maar ze zag dat hij zijn kaken op elkaar klemde. Zijn ontspannen glimlach verdween.

Ineens stond hij op, en hij stak zijn hand uit. Toen ze die aarzelend aannam, liep hij met haar terug naar beneden, naar de woonkamer. Ze ging op de bank zitten, maar hij vermeed het naast haar te gaan zitten en koos in plaats daarvan een gemakke-lijke stoel.

'Het spijt me dat ik niets gezegd heb over het schilderij', zei hij ernstig. 'Zodra ik besefte wie je was, had ik iets moeten zeggen, maar ik was bang dat je zou denken dat ik gek was. En toen Paige me vertelde dat je achtervolgd bent, wilde ik je niet aan het schrikken maken of het te laten lijken alsof ...'

'Heeft ze je dat verteld?'

Hij schudde zijn hoofd. 'Ze bedoelde het niet zo, maar ik maak me er zorgen om dat je gevolgd bent. Ik zou het je niet kwalijk nemen als je je niet op je gemak voelt omdat een geheimzinnige figuur je geschilderd heeft.'

'Wees daar maar niet bezorgd over', zei ze met een snelle pols-beweging. 'Maar je had me moeten vertellen over het schilderij. Waarom heb je dat niet gedaan?'

Zijn gezicht stond somber, en spijt verduisterde de trekken van zijn gezicht. 'Omdat ... Ik voelde me een indringer. Toen we die dag voor de galerie spraken over het schilderij, merkte ik dat je er niet zo'n prettig gevoel bij had.'

'Wist je toen al wie ik was?'

Hij boog naar voren, met zijn ellebogen op zijn knieën leunend, en steunde zijn hoofd in zijn handen. Zenuwachtig keek ze naar hem.

'Ik ben niet zo'n obsessieve kunstenaar zoals je die in films ziet, Lillian.'

'Jij was het in de galerie een paar weken geleden, hè?', vroeg ze.

'Ja.'

'En je wist dat ik het was?'

'Nee', zei hij ernstig. 'Toen niet. Ik wist niet dat jij jij was, maar ...'

Ze slikte, want ze begreep niet waarom hij er moeite mee had haar vragen te beantwoorden.

'Het drong tot me door dat jij de vrouw was die ik vier jaar daarvoor bij Rose House had gezien.'

'En geschilderd', beschuldigde ze hem.

Zijn hoofd en zijn gezicht kleurden lichtelijk rood. 'Het zal wel idioot klinken, maar: ja.'

'Waarom?'

Hij schudde zijn hoofd en stak zijn handen uit, met de palmen naar boven. 'Ik weet het niet precies, Lillian. Het spijt me.'

Ze geloofde hem wel, maar om een of andere reden kon ze er niet mee ophouden hem vragen te stellen. Ze wilde niet zeggen dat het wel oké was dat hij haar bespied had op een privémoment en dat hij had besloten haar gevoelens vast te leggen op een schilderij dat hij vervolgens publiekelijk tentoonstelde, hoe mooi het schilderij ook was.

'Ik begrijp niet hoe dit gebeurd kan zijn', zei ze. 'Het slaat nergens op.'

'Het spijt me, Lillian.' Hij staarde naar de vloer. 'Als ik het kon terugdraaien en je niet kon schilderen, niet naar je kon kijken, zou ik het doen.'

'Zou je dat doen?'

Hij slaakte een diepe zucht. 'Het zou moeilijk zijn je niet te zien, Lillian.' Zijn ogen straalden een groot verlangen uit toen hij naar haar keek. 'Maar als ik wist dat jij je zo geschonden zou voelen, zou ik ervoor kiezen je niet te schilderen.' Zijn stem brak. 'Het spijt me.'

'Er moet meer aan de hand zijn dan alleen dit', zei Lillian. 'Het moet meer zijn dan gewoon een samenloop van omstandigheden. Het kan niet zomaar een willekeurig iets zijn.'

Hij waagde het haar hand te pakken en leek verbaasd toen ze zijn greep beantwoordde. 'Je hebt gelijk, Lillian. Het kan geen toeval zijn.'

Ze fronste haar wenkbrauwen. 'Nee? Maar je zei net ...'

'Luister, Lillian. Vier jaar geleden zag ik je bij Rose House. Als kunstenaar werd ik door je aangetrokken omdat je er zo lief uitzag, maar de emotie die je naar alle kanten uitstraalde, intrigeerde me ook. Als je daar dan het decor bij denkt dat Rose House vormt, kun je je wel voorstellen dat mijn verbeelding met me op de loop ging.' Hij stak zijn handen op in een verdedigend gebaar. 'Ik had nooit gedacht dat ik je ooit weer zou zien.' Hij schraapte zijn keel. 'Het was een volmaakt plaatje. Het gaf uitdrukking aan wat heel veel mensen niet onder woorden kunnen brengen. Begrijp je?'

Ze schudde haar hoofd. 'Nee, totaal niet.'

Hij zuchtte. Ineens ontbrak het hem aan woorden. Dit was de Truman die ze het eerst ontmoet had. Stil, bedachtzaam, verlegen.

'Smart. Het is moeilijk er de vinger op te leggen, maar dat beeld van jou en het huis … Nou, ik snapte gewoon hoe je je gevoeld kon hebben.'

Lillian zweeg. Ze was er verbaasd over hoe nauwkeurig zijn waarneming weerspiegelde hoe ze zich die dag gevoeld had.

'De uitdrukking op je gezicht', ging hij verder, 'zei precies wat ik voelde toen Angela en ik …'

'En de camera dan?', vroeg ze.

'Welke camera?'

'Heb jij geen foto's genomen? Waardoor je je mij zo goed kon herinneren?'

'Ik heb je uit mijn geheugen geschilderd.'

Haar pols ging sneller slaan. 'Wie waren dan die mannen die foto's van me namen?'

Hij schudde zijn hoofd. 'Welke mannen?'

'Ik zag een man foto's van me maken en een tweede die me leek te volgen', verklaarde ze. 'Die ander praatte in een mobiele telefoon.'

'Ik ben eerder weggegaan dan jij.' Hij haalde zijn schouders op. 'Ik wilde je ruimte geven.' Hij kneep zijn ogen tot spleetjes in een poging het zich te herinneren. 'Ik weet niet meer of er behalve wij nog andere mensen waren, maar ik kan je wel zeggen dat ik geen mobieltje heb. Nooit gehad.'

'Ook geen professionele camera met een zoomlens?'

'Het enige fototoestel dat ik heb, is een kleine digitale camera. Ik gebruik hem bijna nooit. Ik heb een leerling die fotograaf is, maar we gebruiken altijd zijn camera bij de lessen.'

Ze probeerde in gedachten terug te gaan. Nadat haar chauffeur haar had afgezet, had ze door de velden gewandeld. Wanneer was ze naar Rose House gegaan?

'Ben je soms twee keer bij Rose House geweest toen je de wijngaarden bezocht?', vroeg Truman. 'Misschien ben je erheen gegaan, heb je daarna wat rondgewandeld en ben je toen teruggegaan?'

'Weet je,' zei ze, 'dat zou best kunnen. Misschien heb ik daar rondgelopen en ben ik toen teruggegaan naar het huis voordat ik vertrok. Ik weet het niet meer.'

Hij haalde zijn schouders op. 'Het spijt me. Ik heb daar niemand anders gezien, maar fotografen maken graag foto's van Rose House.'

'En die dag in de galerie?', vroeg ze. 'Ben je me toen gevolgd?'

Hij kreeg een kleur als vuur.

'Ik was daar om het schilderij te brengen,' zei hij, 'waar ik nu spijt van heb.'

'Dus je was wel naar me aan het kijken die dag bij Rose House.'

Hij zuchtte geïrriteerd. 'Ik was daar niet om naar jou te kijken. Ik was daar om de rozen te bestuderen voor een nieuw schilderij. En toevallig stond jij daar.'

'Ik was alleen.'

'Het is een openbare plek. Je hebt me niet eens opgemerkt.'

'Mijn man en Sheyenne en Lee waren pas gestorven.'

'Ja, dat weet ik. Tenminste, dat weet ik nu.'

Lillians stem was een smekend gefluister. 'Je wist echt niet wie ik was, toch?'

'Natuurlijk niet. Hoe kon ik dat nou weten? Ik was daar omdat ik de rozen wilde schilderen', sputterde hij. 'Om eerlijk te zijn, je stond in de weg.'

Ze ging meer rechtop zitten en voelde het bloed naar haar wangen stijgen. Truman stond op en begon te ijsberen.

'Het was een hele schok voor me toen ik jou vorige week zag in de galerie. Het was alsof mijn muze voor mijn ogen tot leven was gekomen. De inspiratiebron stond pal voor mijn meesterwerk.' Hij wreef nog eens met zijn handen over zijn hoofd. 'Eigenlijk werd jij het meesterwerk. Natuurlijk wilde ik je ontmoeten toen ik je gezien had. Welke kunstenaar zou hier niet door geïntrigeerd zijn? Maar toen we elkaar inderdaad ontmoetten, werd je zelfs nog meer dan de vrouw op het schilderij.'

Hij liep naar haar toe en ging op de salontafel tegenover haar zitten. 'In het echt, Lillian, bleek je meer te zijn dan alleen verf en doek.'

Ze zei niets, maar ze voelde dat een stukje van haar hart zachter werd. De afgelopen week was er te veel gebeurd om zomaar over te gaan van liefhebben naar haten. Ze wilde Robert er de schuld van geven dat ze zo bang was Truman dichtbij te laten komen, maar dat werd moeilijker als zijzelf degene was die spoken zag.

'Ik wist niet wie je in werkelijkheid was totdat je het me zelf vertelde.' Hij stak zijn hand uit om haar wang aan te raken, een vraag in zijn ogen. 'Je bent bang om te dichtbij te komen, bij wie dan ook.'

Ze bleef zwijgend zitten en kon niet geloven dat hij zojuist stem gegeven had aan een van haar grootste angsten.

'Lillian, ik verzeker je' – hij streek met een vinger langs de lijn van haar kaak – 'dat ik net zo verbaasd ben over de manier waarop we elkaar hebben leren kennen als jij.' De strelende klank in zijn stem trok haar aan, maar toen herinnerde ze zich andere beloften. *Lillian, ik verzeker je, ik moest opereren … Ik had een vergadering … Ik moest terug naar het ziekenhuis …*

Ze boog zich bij hem vandaan. 'Ik ben je muze niet.'

Hij trok zijn hand terug alsof ze er een klap op gegeven had. Ze voelde hem vlak bij zich verstarren. 'Misschien jij niet, Lillian. Maar op die dag was jouw beeltenis, op dat moment, dat wel. En die zorgde ervoor dat ik schilderde wat misschien wel het schitterendste portret van mijn leven zal zijn.'

Ze wreef over haar nek en slaakte een diepe zucht. 'Als het zo'n verbijsterend stuk werk was, waarom gaf je het dan weg?'

'Dat weet ik niet', zei hij. 'Die vraag heb ik mezelf al een miljoen keer gesteld.' Hij streek over zijn kin. 'Ik denk dat het schilderij zelf erom smeekte gezien te worden, anderen ervan te laten genieten.'

'En waarom dan anoniem?'

'Omdat ik zo veel van mezelf in dat schilderij gelegd heb, mijn gevoelens, mijn verdriet. Het staat allemaal op het doek', zuchtte hij. 'Waarom zouden anderen dat moeten weten?'

'En ik dan?', zei ze. 'Waarom kan mijn verdriet dan wel worden getoond aan het publiek?'

Hij schudde zijn hoofd. 'Ik had niet de bedoeling je in verlegenheid te brengen. Ik heb niet expres je privacy geschonden. Maar, Lillian, niemand zou ooit geweten hebben dat jij het was als je die dag niet de galerie was binnengelopen.'

Hij had gelijk. Kitty had hetzelfde gezegd. 'Hoe groot zou de kans zijn dat dit ooit zou gebeuren?', vroeg ze zachtjes.

'Miniem tot nul.'

Lillians ogen ontmoetten de zijne. Haar blik was leeg. 'Je hebt in mijn ziel gekeken, Tru, en je hebt geschilderd wat je daar zag, onuitgenodigd.'

Hij sloot zijn ogen, en toen hij ze weer opendeed, lag er een oprechte en besliste uitdrukking in. 'Je ziel', fluisterde hij, 'was prachtig.'

Het hart klopte Lillian in de keel, en ze probeerde uit alle macht een snik te onderdrukken. Ze dacht aan wat hij had gezegd bij hun picknick, een paar dagen geleden. Iets dat zijn ziel de hare kuste. Ze stak haar handen naar hem uit en barstte uit in een bevrijdende lach.

'Wanneer heb je het geschilderd?', vroeg ze.

De uitdrukking op zijn gezicht verhelderde, en hij kwam weer een beetje tot leven. 'Ik ben die avond meteen begonnen. Ik had inspiratie.'

Passie bleek uit de opwinding in zijn stem, uit de blos op zijn wangen en uit de gebaren van zijn handen, en plotseling voelde Lillian zich vereerd dat ze deel mocht uitmaken van zo'n prachtig proces, hoe onvoorzien ook.

'Het is nog nooit gebeurd dat een schilderij me zo gemakkelijk afging', zei hij. 'Je ogen, je kleding, je haar, je huid, de uitdrukking op je gezicht, ik kon de beelden niet uit mijn hoofd krijgen. Je stond daar zo lang dat je deel werd van Rose House zelf.'

Tranen biggelden langs Lillians wangen, en Truman stak zijn hand uit om ze weg te vegen.

Hij fluisterde: 'Het is nooit mijn bedoeling geweest je aan het huilen te maken. Misschien word je morgen wakker en haat je me vanwege dit schilderij.'

'Als dat zo is, wil ik dat het nooit morgen wordt.'

'Lil, vertrouw me maar.'

'Dat wil ik ook', zei ze.

Lillian had een man nodig die ze kon vertrouwen. Ze was zo moe van het bang zijn. Ze wilde dat ze terug konden gaan naar hun eerste ontmoeting en gewoon opnieuw konden beginnen. Ze schoof een eindje op zodat Truman naast haar kon gaan zitten, maar hij trok haar bij zich op schoot. Ze leunde tegen hem aan om met haar lippen nog één keer de zijne te strelen.

Hij huiverde toen haar lippen de zijne raakten en de zoetheid van een opnieuw ontdekte liefde verkenden. Ze wist niet hoe dit intermezzo zou aflopen, maar ze legde eenvoudig haar hoofd tegen zijn borst.

Na een paar minuten vroeg ze: 'Denk je dat je me een lift terug naar het huisje kunt geven?'

Hij streek haar haar naar achteren. 'Moet dat?'

'Ik denk dat ik wat ruimte nodig heb.'

'Kom je wel terug?'

'Eerst moet ik een paar dingen op een rijtje zetten.'

Hij hield haar dicht tegen zich aan, maar zei niet wat ze zo graag wilde horen: dat hij het begreep, dat hij op haar zou wachten totdat ze erover nagedacht had.

Onderweg terug naar de stad zaten ze zwijgend naast elkaar.

Bij het huisje haalde Lillian de deur van het slot en hield ze die open voor Truman. Ze gebaarde hem binnen te komen. 'Even maar', verklaarde ze.

Hij volgde haar en sloot de deur achter hen. Ze stonden tegenover elkaar.

'Lil, ik weet niet hoe je je morgen voelt bij dit alles, maar ik wil dat je weet dat, wat er ook gebeurt, deze week ...' Hij schudde zijn hoofd. 'Nou, het was anders dan ik ooit heb meegemaakt.'

Ze knikte.

'En', zei hij, 'ik verzeker je, ik heb je niet gebruikt om fantastische kunstenaarsdromen om je heen te weven.'

'Dus ik ben niet het meisje met de paarlen oorring?', plaagde ze.

Hij schudde zijn hoofd. 'Nee, natuurlijk niet.'

Hij legde zijn handen op haar schouders en keek haar recht in de ogen. 'Ik zou liegen als ik zou ontkennen dat de ontmoeting met jou in het echt krachtige gevoelens bij me heeft teweeggebracht, maar dat verbaast mij evenzeer als jou. De manier waarop dit allemaal gebeurd is, is voor mij een soort wonder.' Hij legde zijn handen om haar gezicht. 'Maar zodra je je mond opende en werkelijkheid werd, was je meer dan ik ooit had kunnen dromen dat je zou zijn.' Hij ging met zijn vinger langs de lijn van haar kaak. 'Ik ben blij dat ik mag zien hoe je schoonheid van binnen naar buiten gaat en terug.'

Ze kusten elkaar nog een keer. Zijn handen gleden naar beneden over haar rug en bleven rusten op haar heupen. Toen ze haar armen om zijn nek sloeg, streken zijn handen langs haar ribben. Ineens voelde hij met één hand achter zich naar de deurknop.

'Ik ben bang dat je er spijt van krijgt als ik nu niet ga.' Hij schraapte zijn keel. 'Ik wil niet dat je spijt hebt.'

Ze bleef staan en keek toe hoe hij zijn hoed op zijn hoofd zette. Hij tikte ertegen ten afscheid, net voordat hij de deur achter zich sloot.

Hoofdstuk
27

Lillian stond met haar rug tegen de deur. Plotseling verstoorde geklop op de deur haar dromerijen. Ze gluurde door het raam in de verwachting dat ze Truman zou zien staan. Het was Geena. Ze zwaaide de deur open.

'Ik dacht dat je weg zou gaan.'

'Dat heb ik niet gezegd', zei Geena. 'Bovendien, ik logeer in La Rosaleda, weet je nog?'

Lillian draaide zich om en liep de keuken in. Ze liet de deur achter zich open.

Geena volgde haar. 'Lillian, we moeten praten.'

Lillian wuifde met haar hand. 'Ik heb voor het hele jaar genoeg gepraat. Niet meer, Geena, alsjeblieft.'

Geena gooide een bruine envelop op de tafel.

'Wat is dat?', vroeg Lillian.

Geena opende de envelop, en er gleed een stapeltje foto's uit.

Lillian snakte naar adem. 'Hoe kom je daaraan?' Ze ging bij de tafel zitten en stak haar handen uit om de foto's aan te raken. 'O, mijn God, Geena. Wie heeft deze genomen?'

'Ik hoopte dat jij dat zou weten.'

Lillian schudde haar hoofd. 'Ik heb geen idee.' Ze pakte er een op van haarzelf bij de magnolia, en nog een van Gracie.

Geena ging ook zitten en allebei rommelden ze door de zwart-witfoto's, hun ruzies voor het ogenblik vergeten.

'Kijk deze eens', zei Geena. Ze hield een foto omhoog van Lillian bij Rose House, en nog een van haar terwijl ze wegrende van de camera. Tintelingen prikten in Lillians armen toen ze zich de mannen herinnerde.

'Ik had gelijk', fluisterde Lillian. 'Ik werd gevolgd.'

'Paige heeft de politie gebeld', zei Geena.

Lillian sperde haar ogen wijd open. 'Ik dacht dat die engerd aan de telefoon tegen je had gezegd dat je dat niet moest doen.'

Geena schudde haar hoofd. 'Dat weet ik, Lil, maar we weten niet eens of het dezelfde vent is, of er überhaupt een verband is. Hij heeft niet weer gebeld. Maar met deze foto's, met Gracie erbij betrokken ...'

Lillian pakte de foto van Gracie. Ze herinnerde zich de dag waarop Gracie en zij naast de magnolia hadden staan praten.

'Waarom zou hij een foto van haar nemen?', vroeg Lillian.

'Het is nog erger', zei Geena. Ze vertelde Lillian dat Gracie op de deur had geklopt om haar de envelop te geven en toen weggerend was om haar nieuwe pop in ontvangst te gaan nemen.

'Nog geen halfuur later klopte haar vader op de deur van het huisje. Hij was buiten zichzelf want hij had overal naar Gracie gezocht. Toen ik hem had verteld dat ze bij me was geweest, zijn we allebei naar het pension gerend. We vonden haar in de torenkamer op de bank, waar ze met een gloednieuwe pop zat te spelen die noch Mark noch Paige haar had gegeven.'

'O, wat vreselijk, Geena.' Lillians ogen stonden vol tranen. 'Ik voel me hier verschrikkelijk bij. Was ik hier maar nooit gekomen. Dit komt allemaal door mij.'

'Wat bedoel je?'

Lillian gooide de foto's met de afbeelding naar beneden op de tafel. 'Ik kan er niet naar kijken. Als dit te maken heeft met de puinhopen waar Robert bij betrokken was? Het is mijn schuld.'

Geena wilde haar hand pakken, maar Lillian trok hem weg. 'Raak me niet aan.'

'Oké, maar kalmeer. De politie is hier al geweest, en ze hebben Gracie ondervraagd. Ze zei dat de man die haar de foto's gegeven had, haar vriend is, en dat ze niemand mag vertellen hoe hij heet omdat het een verrassing is.'

'Wat voor verrassing?'

'Geen idee.' Geena haalde haar schouders op.

Duistere gedachten kwamen in Lillian op. 'Is Gracie gewond?'

'Ze is nu met haar ouders naar het ziekenhuis, maar voor zover we weten, is haar op geen enkele manier kwaad gedaan. Het is heel vreemd.'

'Waarom heeft niemand mij gebeld?'

'Je hebt je telefoon in Paiges auto laten liggen. We hebben geprobeerd Truman te bereiken, maar hij nam niet op.'

'Hij had de telefoon eruit getrokken', zei ze terwijl ze in haar tas zocht. Ze liep naar de deur. 'Ik blijf hier niet zitten wachten.'

'Waar wil je heen? Ze verwachten van me dat ik je naar het politiebureau breng om een verklaring af te leggen.'

'Goed', zei Lillian. 'Heb jij een auto?'

'Mijn eigen auto heb ik verkocht, maar ik heb er een gehuurd', zei Geena.

'Laten we gaan dan.'

Op het politiebureau legde Lillian een korte verklaring af over haar verblijf in La Rosaleda. Ze gaf in het kort aan dat ze in het verleden misschien gevolgd was, maar dat ze dat nooit had kunnen bewijzen.

'Het was vast alleen mijn verbeelding', maakte ze er een grapje van.

Halverwege het gesprek ging de telefoon.

'Een moment', zei de agent. Hij wendde zich van Geena en Lillian af en bromde iets in de telefoon. De kale plek op zijn hoofd glom toen hij het op en neer bewoog in het licht van de tl-lampen. 'Oké', zei hij. 'Goed. Charles?' Hij ging wat naar voren zitten. 'Dat meen je niet. Ik bel Truman Clark en haal hem ogenblikkelijk hierheen.' Hij gooide de telefoon neer en draaide zich om om Geena en Lillian aan te kijken.

'Het meisje heeft haar moeder verteld wie het was.' Hij trok een la van zijn bureau open en pakte een tandenstoker, die hij tussen zijn tanden stak.

'Wie was het dan?', klonk het als uit één mond.

'Dat kan ik nog niet zeggen, maar maakt u zich geen zorgen. Het was een onschuldig iemand. Hij krijgt wel wat problemen, maar er is geen gevaar. Als u me nu wilt excuseren. Ik heb het een en ander te doen.'

Geena en Lillian stonden op om weg te gaan. De gedachten vlogen door Lillians hoofd. Ze was halfweg de deur toen ze zich omdraaide en nog iets aan de agent vroeg.

'Waarom haalt u Truman hierheen?'

Hij keek haar indringend aan en schoof de tandenstoker naar zijn mondhoek. 'Wel, mevrouw, u weet dat ik u geen details kan vertellen, maar u hoeft u geen zorgen te maken om uw vriendje.'

Lillians mond viel open, en Geena gniffelde.

Lillian had het gevoel dat haar hart naar buiten zou komen toen ze in Geena's auto stapte. Geena gleed achter het stuur en keek Lillian aan.

'Wat gebeurt er, zusje? Waarom noemde hij Truman Clark jouw vriendje?'

Lillian schudde haar hoofd. 'Je zou het niet begrijpen. Hoe dan ook, ik vertrouw jou niet voldoende om je ook maar iets te vertellen, Geena.'

Geena haalde haar schouders op. 'Dat kun je wel, Lil.'

'O ja?'

'Ik ben gestopt met drinken. Ik ben veranderd.'

'Sinds wanneer?'

'Sinds een maand. Ik ben ermee gestopt toen me een paar moeilijke dingen zijn overkomen.'

'Moeilijke dingen?' Lillian wilde het wel uitschreeuwen, maar worstelde om haar stem vlak te houden. 'Wat voor moeilijke dingen zijn jou overkomen, Geena? Wat kan er gebeurd zijn in jouw leven dat opweegt tegen ook maar een onsje van wat ik heb moeten doorstaan?'

Geena startte de motor. 'Niets', zei ze. 'Niets zo erg als wat jij hebt moeten doorstaan, Lillian.'

Lillian legde haar handen over elkaar in haar schoot, op een vreemde manier tevreden dat ze Geena op haar plaats had gezet. Ze had schoon genoeg van haar zusters fratsen en dramatische gedoe. Ze geloofde geen seconde dat Geena gestopt was met drinken. Al sinds de middelbare school dronk ze te veel alcohol, en in de loop van de jaren was het alleen maar erger geworden.

Geena schakelde en reed veel te hard weg. De banden piepten toen ze de parkeerplaats verliet. Lillian gaf geen commentaar. Daarvoor zou ze tegen Geena moeten praten, en ze werd met de minuut bozer bij de herinnering aan Geena's alcoholische uitspattingen. *Alleen witte wijn in een glas bij een dinertje, niets anders. Maak het nooit leeg, maar houd het ook niet te vol. Op die manier zal niemand in de gaten hebben hoeveel je drinkt.*

'Je wordt een zuiplap', had ze Robert tegen Geena horen zeggen op een avond na een dinertje bij hen thuis.

'Nou, als ik een zuiplap ben, ben ik een zuiplap met klasse', had Geena geantwoord. 'En als iemand het weten kan, ben jij het.'

Tegelijkertijd had ze een stel wijnglazen in de gootsteen laten vallen en gelachen bij het geluid van brekend glas. Toen was ze op de bank zo goed als bewusteloos geraakt. Normaal gesproken lieten ze haar gewoon haar roes uitslapen, maar op een keer had Lillian haar gevonden, slapend in Roberts kantoor. Toen Lillian haar daarnaar vroeg, zei ze dat de kinderen haar wakker gemaakt zouden hebben als ze in de woonkamer was gaan slapen. Bij een andere gelegenheid was Geena bijna zonder kleren aan van de woonkamer naar de badkamer gelopen, en ze had zich blijkbaar helemaal niet afgevraagd of Robert of de kinderen haar zo zouden zien.

Lillian had toen versteld gestaan van Geena's gedrag. Nu maakte de herinnering haar bloed aan het koken. Hoe kon ze zo stom geweest zijn?

'Robert vond je een zuiplap', zei ze.

Geena draaide haar hoofd om Lillian aan te kijken en concentreerde zich toen weer op de weg. Ze kneep haar lippen op elkaar en zei niets.

'Rijd wat langzamer', bitste Lillian.

Geena nam gas terug, maar zei nog steeds niets.

'Straks rijd je nog iemand dood', zei Lillian.

Geen van beiden spraken ze uit wat ze dachten: dat Geena misschien wel verantwoordelijk geweest was voor de dood van Lillians gezin op die noodlottige dag op Mosquito Road.

'Robert en jij,' zei Lillian met een schorre stem door de spanning die tussen hen in hing, 'jullie hadden iets met elkaar, hè?'

'Daar kan ik nu niet over praten, Lil.'

'Ja, dat kun je wel.'

'Nee. Alles wat ik op dit moment kan doen, is nuchter blijven en op jou passen.' Geena reed de oprit van het pension op en parkeerde de auto.

Lillian lachte sarcastisch. 'Op mij passen? Voel je je wel goed? Jij hebt nog nooit op mij gepast. Ik heb altijd op jou gepast.'

Ze stapten uit de auto en keken elkaar aan over het dak heen. Geen van beiden gaven ze er iets om dat er door andere gasten vanaf de voorveranda naar hen gekeken werd.

'Dat weet ik ook wel', schreeuwde Geena. 'Ik weet dat jij altijd degene geweest bent die op mij gepast heeft. Daarom voel ik me juist verplicht alles weer goed te maken.'

'Natuurlijk', zei Lillian. 'Maar dat verandert niets aan wie jij bent, Geena.'

Geena draaide zich om en zette koers naar het huisje. 'Dat weet ik, Lillian. En ik weet zeker dat jij me, als ik het zou vergeten, er graag aan zult herinneren. Ik ben een zuiplap, en nog een heleboel andere dingen waarvoor jij te netjes bent om het hardop uit te spreken.'

Lillian keek toe hoe Geena naar het huisje struinde. Geena had een lichamelijke aantrekkingskracht waarvoor ze geen enkele moeite hoefde te doen. Lillian had dit altijd in haar zuster bewonderd, maar ze was er nooit jaloers op geweest tot nu, nu ze besefte dat deze kwaliteit in Geena haar man had verleid.

Lillian ging op weg naar het huisje, maar herinnerde zich ineens dat Paige haar mobiele telefoon nog had. Daarom haastte ze zich naar het pension, greep de telefoon van de balie en toetste Trumans nummer in.

'Ha, Paige?', zei Truman.

'Je spreekt met Lillian.'

'Lil, wat is er aan de hand? De politie belde me net, en ze zeiden dat ik naar het bureau moest komen.'

'Ik weet het niet', zei ze. 'Ik dacht dat jij het zou weten.'

'Ik? Nee. Wat is er gebeurd?'

Lillian vertelde het hem, goed oplettend dat ze niets vergat.

'Charles? Weet je zeker dat hij Charles' naam noemde?'

'Ja. Bedoelt hij de Charles die hier bij het pension soms aan het fotograferen is?'

'Hij is gewoon een van de fotografen die gebruik maakt van het pension. Waarom zouden ze zijn naam noemen? En wat heb ik ermee te maken?'

'Ze zeiden dat degene die Gracie de pop gegeven heeft, ongevaarlijk was, wie het ook mag zijn. Kan het Charles geweest zijn? Ben jij bevriend met Charles?', vroeg Lillian.

'Hij is een leerling van me. Ik ben voor hem een soort mentor. Hij gaat naar school op Sunshine House.'

Lillian haalde diep adem toen het tot haar doordrong. 'Wauw, nu vallen er een heleboel stukjes op hun plek.'

'Ja, maar dan nog zit hij in de problemen', zei Truman. 'Ik kan maar beter gaan kijken wat ik kan doen om hem te helpen. Zijn zus, Kara, is er vast heel ongerust over.'

'Is Kara zijn zus?'

'Ja, eigenlijk is zij alles wat hij heeft, plus een aantal van ons die zijn vrienden zijn.'

Lillian voelde een nieuw respect groeien in haar hart. Dit was meer dan ze had verwacht. Ze voelde zich vreselijk bij de herinnering aan hun gesprek eerder op de dag.

'Voordat je gaat, Tru, wil ik je vertellen dat ik, zodra ik mijn mobiel terug heb van Paige, mijn chauffeur zal bellen. Ik moet hier weg.'

'Lillian, ga niet vandaag al weg. Wacht nog even.'

'Ik weet niet of ik dat wel kan', zei ze.

'Blijf alsjeblieft', zei Truman.

Maar ze wist dat ze dat niet zou doen. Ze hing op zonder Truman de kans te geven nog iets te zeggen. Ze was in verwarring over Truman, blij dat met Gracie alles goed was, nieuwsgierig naar Charles en furieus op Geena omdat ze in La Rosaleda was komen opdagen om alles ingewikkeld te maken op de haar zo eigen bijzondere wijze. Ze moest naar huis. Ze gooide de deur van het huisje open en keek haar zus woedend aan.

'Het feit dat je teruggekomen bent van waar je je al die jaren verstopt hebt, betekent nog niet dat ik het je heb vergeven.'

Geena stond schielijk op en knikte. 'Ik weet het', zei ze. 'Ik begrijp het.'

'En binnenkort wil ik de waarheid weten, Geena. Ik wil alles weten wat er te weten is over Robert en jou, zodat ik het met hem kan begraven en verder kan gaan met mijn leven.'

Geena knikte. 'Oké.'

Lillian ging op de bank zitten. Ze voelde zich plotseling uitgeput. Ze moest zo veel informatie verwerken.

'Wat moeten we doen?', vroeg ze aan Geena.

'Ga terug naar Sacramento en richt je een poos op je werk. Ik ben van plan ook terug te gaan, zodra ik hier een paar dingen heb afgehandeld.'

'Wat afgehandeld?', vroeg Lillian.

'Gewoon, dingen.'

Lillian schudde haar hoofd. 'Nog meer geheimen?'

'Een dag later ben ik er ook.'

'Ik neem aan dat je onderdak hebt?'

'Ja, ik heb woonruimte geregeld in Sacramento voordat ik hiernaartoe kwam, en een baan als serveerster.'

'Goed.' Lillian liep de slaapkamer in om haar koffer te pakken. Ze huiverde bij de gedachte dat de geschiedenis met de foto's en Gracie heel anders had kunnen lopen. De reden waarom Charles de foto's genomen had, moest nog duidelijk worden, maar ze nam aan dat Paige haar wel op de hoogte zou brengen. Ze nam het Truman niet kwalijk. Hoe kon hij verantwoordelijk gesteld worden voor het gedrag van zijn leerling? Het idee dat Charles haar had gadegeslagen, was verbijsterend, maar dat hij in Sunshine House woonde, verklaarde veel.

'Ik ben blij dat die fototoestand voorbij is', zei Lillian, en ze legde de situatie aan Geena uit.

'Ik vertrouw hem niet', zei ze.

'Je maakt zeker een grapje, Geena.'

'Er zijn toch foto's als bewijs dat hij je achtervolgd heeft?'

'Daar maak ik me niet meer druk over. Hij is de onschuld zelf', zei Lillian.

'Hoe kun je daar nou zeker van zijn? Het is net alsof de mannen in de rij staan om jou te bespioneren.'

'Geena, het is gewoon een samenloop van omstandigheden. Er is niets engs aan Charles of Truman.'

Geena keek haar geamuseerd aan. 'Er is iets gaande tussen jou en die Truman, hè?'

Lillian knikte. 'Misschien.'

'Vertel.'

'Waarom zou ik jou iets vertellen?'

Geena stak een hand uit naar de hare, maar Lillian trok zich terug. Geena stond abrupt op, stampte naar de deur en gooide die met een klap achter zich dicht.

'Lillian, je bent er nog maar net', zei Paige terwijl ze achter de balie de telefoon neerlegde. 'Ga je nu al weg?'

'Niets aan de hand. Ik zal jou en Gracie bellen.'

'Dat waardeer ik, maar ik maak me ongerust over je. Je hebt veel gehad om over na te denken de laatste dagen.'

'Ja, maar het komt goed. Bovendien is Geena in de buurt. We zullen op elkaar passen.'

'Dat klinkt goed.'

Lillian negeerde het sarcasme in Paiges stem. Ze voelde dat ze tot nu toe aardig in de gaten had hoe het met Geena zat.

Gracie bemoeide zich ermee. 'Komt u wel terug bij ons?'

Lillian keek omlaag naar haar. Ze had haar mondhoeken naar beneden getrokken.

'Natuurlijk, schatje. Over een paar maanden misschien. Of eerder.' Gracie joelde en klapte in haar handen. Lillian stak haar hand uit en woelde door Gracies krullen. Gracie begreep helemaal niet wat er gebeurd was. Het waren de volwassenen die zo geschrokken waren.

'Tru heeft gebeld', zei Paige.

'Wat zei hij?'

'Dat ze alleen wat vragen voor hem hadden, maar dat er voor Charles geen problemen waren. Hij zat er erg mee dat Charles foto's van je genomen heeft zonder jouw toestemming.'

Lillian sperde haar ogen wijd open. 'Ik vind eigenlijk niet dat Truman in een positie is om geschokt te zijn over Charles. Tenslotte heeft hij zelf precies hetzelfde gedaan toen hij *Beauty and the Beast* schilderde.'

'*Within*', zei Paige. '*Beauty and the Beast Within.*'

'Wat maakt het uit?'

Paiges gezicht betrok.

'Ik ben zo in de war door alles wat er gebeurt, Paige. Ik moet nadenken over Truman. Het is lang geleden dat ik een partner heb gehad, en de laatste keer was het niet echt een succes. Ik kan niet eens behoorlijk rouwen omdat ik steeds opnieuw dingen hoor waaruit blijkt wat een hork mijn man was.' Een plotselinge golf van emotie bracht de tranen in haar ogen, maar ze vocht om ze tegen te houden.

'Truman is daar op geen enkele manier verantwoordelijk voor.'

'Ik weet het.' Lillian omhelsde Paige. 'Maar toch moet ik eerst nadenken. Hij hoeft mijn verleden niet mee te zeulen. We laten dit niet tussen ons komen, toch?' Ze streek nog eens door Gracies haren.

Lillian liep de hal door en stond even stil voor *Rose House in Winter*. De kale rozentakken en het koude donkere huis weerspiegelden precies hoe ze zich voelde. Het deed pijn toen ze de deur uit liep, het trapje van de veranda af ging en zich op de achterbank van de auto liet glijden.

Jake reed al achteruit de oprit af, toen een gebutste blauwe pick-up hen passeerde en stopte bij de brievenbus. Het portier zwaaide open, en Truman sprong eruit.

'Wil je even stoppen, Jake?'

'Natuurlijk, mevrouw Diamon. Zegt u maar wanneer u wilt vertrekken.'

'Dank je, Jake.' Ze draaide het raampje open en keek naar Truman. Hij stond daar naast de pick-up in een verbleekte spijkerbroek, een zwart T-shirt en zijn karakteristieke hoed. De aanblik maakte haar aan het twijfelen.

Zijn ogen namen haar onderzoekend op, terwijl hij zijn hand opstak met één gebogen vinger.

Ze zwaaide terug en merkte dat hij er gekweld uitzag zoals hij leunde tegen zijn pick-up met zijn armen gekruist voor zijn borst.

Haar gezonde verstand vertelde Lillian dat ze nog niet in staat was tot een relatie met hem, maar nu ze hem zag, wilde ze dat toch. Een roekeloos, ongeremd verlangen welde op in haar hart, die schitterende maar o zo bedrieglijke pomp. Ze snakte ernaar dat hij over de oprit naar de auto zou komen. Het verlangen dwong haar bijna uit de auto te stappen, maar in plaats daarvan trok ze zich terug.

Toen Truman niet van zijn plaats kwam, zei ze: 'We kunnen nu gaan.'

Jake keek steels naar Truman. 'Weet u het zeker, ma'am?'

'Ik weet het zeker.'

Jake schakelde.

Terwijl ze langzaam wegreden, knikte Lillian naar Truman. Hij trok zijn hoed naar beneden en salueerde als een luie soldaat; de rand van zijn hoed verborg iedere uitdrukking op zijn gezicht die zijn stemming had kunnen verraden.

Lillian ging wat verzitten zodat ze in de achteruitkijkspiegel kon kijken terwijl ze de weg op gingen. Truman leunde nog steeds tegen zijn pick-up aan, en hij had nog geen beweging gemaakt toen ze de hoek om gingen op weg naar de snelweg die haar ver van hem vandaan zou brengen.

Hoofdstuk
28

Geena liep het met keien bestrate pad af op zoek naar het café waar Truman Clark en zij elkaar met zijn toestemming zouden ontmoeten. Er was iets aan Truman wat haar nog steeds niet beviel. En na dat enge telefoontje was ze het aan haar zus verplicht op haar te passen, of ze dat nou wist of niet. Wat Paige haar had verteld over *Beauty and the Beast Within*, maakte Geena nog argwanender, hoewel Paige had volgehouden dat het schilderij tot stand gekomen was na een reeks onwaarschijnlijke gebeurtenissen.

Truman had gezegd dat er aan het eind van het pad een tuin was waarin zich een café met terras bevond.

Geena liep nerveus tussen historische gebouwen en winkels door, die decoratieve manden met bloemen aan de gevels hadden hangen, en halve wijnvaten, gevuld met roze en rode vlijtige liesjes, op de stoep voor hun pand hadden staan. Ze vond hem zittend in de tuin onder een rozenpoort, die de tafel verborg voor het oog van toevallige voorbijgangers. Hij zat met zijn forse mannelijke gestalte wat wankel op een gietijzeren stoeltje dat helemaal niet bij hem leek te passen. Hij stond op toen ze eraan kwam.

'Jij moet Truman zijn. Ik ben Lillians zus, Geena.'

Zijn stem klonk neutraal. 'Fijn je te ontmoeten.' Hij trok een stoel voor haar naar achteren.

Terwijl de serveerster haar een glas ijsthee inschonk, keek ze om zich heen. Truman schoof heen en weer op zijn stoel, zijn ene elleboog leunend op zijn knie. Zijn fedora lag op de andere knie. Een ouderwetse hoed, bedacht ze, voor een man die eind dertig leek te zijn. Uit de strakke lijn van zijn kaak kon ze afleiden dat hij geen prater was.

Geena wachtte totdat hij het gesprek begon. Hij keek haar met een afstandelijke blik aan, wendde toen zijn ogen weer af en richtte ze op een kolibrie die heen en weer flitste tussen gele en paarse gladiolen. 'Waarom zijn we hier?', vroeg hij ten slotte.

'Om erachter te komen waarom jij Lillian achtervolgt.'

'Ze weet dat ik haar niet achtervolg.'

Geena keek boos. 'Waar kwamen die foto's dan vandaan?'

'Ik weet zeker dat jij net zo goed als ik weet dat mijn leerling ze genomen heeft.'

'Ja. Charles.'

Hij draaide zijn hoed rond tussen zijn handen, zijn mond samengetrokken tot een dunne lijn. 'Luister eens', zei hij. 'Charles had geen kwaad in de zin. Paige weet dat, Lillian weet dat en ik ook. Je zou er goed aan doen de hele kwestie te laten rusten.'

'Waarom zou ik?'

'Charles is een goede jongen. Daarom mag hij meer dan een ander. Tenminste, dat was zo voordat dit allemaal gebeurde.' Hij schudde zijn hoofd. 'Vandaag heb ik de directeur van Sunshine House gesproken. Zijn privileges worden Charles de komende paar maanden ontnomen, wat ik niet eerlijk vind, maar het had erger gekund.'

Geena leunde achteruit op haar stoel en vloekte zachtjes. 'Dit is niet te geloven.' Ze keek Truman strak aan. 'Wat ik denk, is dat het best eens kan zijn dat jij Charles gebruikt voor je eigen vreemde obsessieve bedoelingen met mijn zus.'

'Dat is belachelijk.' Hij leek niet geschokt te zijn door haar beschuldiging. 'Wat probeer je nou te zeggen?'

'Alleen maar dat hij misschien gedaan heeft wat jij hem opgedragen hebt. Ik weet van het schilderij. Het zou logisch zijn als je ook foto's van haar zou willen hebben.'

Truman fronste nu zijn voorhoofd. 'Je weet helemaal niets van het schilderij', zei hij gedecideerd. 'Het is nooit mijn bedoeling geweest Lillians privacy geweld aan te doen. Ik wist niet eens wie ze was toen ik haar schilderde.' Hij wreef over zijn hoofd. 'En daarbij is het gebleven. Ik zou haar nooit achtervolgd hebben of Charles, laat staan Gracie, gebruikt hebben om bij haar te komen. Bovendien had ik hen niet nodig.'

Geena boog zich naar hem toe. 'Lillian heeft nooit in het middelpunt van ieders aandacht willen staan.'

'Het spijt me,' zei Truman, 'maar wat heb jij hiermee te maken? Jij komt op het laatste moment binnenwalsen en denkt dat je weet wat er gaande is. Ik vraag me af waarom.' Hij schudde zijn hoofd. 'Hoe kan ik weten dat jij niet teruggekomen bent om je te bemoeien met het leven van je zus? Je hebt al heel wat verdriet veroorzaakt, heb ik begrepen.'

Geena keek geschokt.

'Ik meen me te herinneren dat jullie tweeën van elkaar vervreemd zijn geraakt sinds het ongeluk waarbij ze haar hele gezin verloren heeft. Jij bent ervandoor gegaan, toch?'

'Je weet er niets van', zei Geena. Ze vroeg zich in stilte af hoeveel hij wel wist.

'Dat kan ik ook tegen jou zeggen. Dit is iets tussen Lillian en mij. Zij weet dat ik haar noch iemand anders ooit kwaad zal doen. Als ze dat niet weet, is ze niet wie ik denk dat ze is.' Hij stond op. 'Ik wil niet onbeleefd zijn, maar ik moet weg.'

'Waar ga je heen?'

'Naar de kerk.'

''s Avonds? Daar trap ik niet in. Waar ga je echt heen?'

Hij grinnikte en leek verbaasd te zijn dat ze nog altijd volhield. 'Je bent wanhopig bezig van een mug een olifant te maken, mevrouw Diamon.'

'Ik vertrouw je gewoon niet. Punt uit.'

'Niet dat het jouw zaken zijn, maar ik ga met Gracie en haar ouders naar een bijzondere dienst op Frances-DiCamillo. Misschien zou het goed zijn als jij ook ging. Het zou je kunnen helpen iets minder onaangenaam te zijn, iets minder heks.'

Geena sprong overeind en ging pal voor hem staan. 'Je hoeft je niet in te houden. Zeg maar gewoon wat je van me denkt, meneer Clark.'

Te laat besefte Geena dat ze een kardinale regel gebroken had: loop een man niet voor zijn voeten wanneer hij woedend is. 'Luister nou naar me', zei ze.

'Dat heb ik al gedaan.' Aan de staalharde glans in zijn ogen en de nauwelijks zichtbare rimpel in de ruimte tussen zijn wenkbrauwen te zien was hij razend.

'Ik ben niet uit op een scheldpartij. Maar ik houd van mijn zus en het lijkt erop dat jij haar achtervolgd hebt voordat ze je kende. Ze is al eens eerder achtervolgd, en ik moet weten of jij erbij betrokken bent.'

'Dat ben ik niet', zei Truman.

'Heb jij Robert Hastings gekend?'

'Wijlen Lillians echtgenoot? Nee, ik heb de man nooit ontmoet, maar naar wat ik gehoord heb, was hij een hork.'

Geena bevroor. Truman kende Robert niet. Waar haalde hij het recht vandaan zoiets te zeggen? 'Je hebt hem niet eens gekend.'

'Ik weet dat hij een crimineel was, en waarschijnlijk ook een rokkenjager, onder meer.'

Geena voelde haar oren gloeien. Ondanks zijn vele fouten was Robert innerlijk een goed mens geweest.

'Meneer Clark, het enige wat ik doe, is proberen mijn zus te helpen. Als jij mij was, zou je Lillian dan ook niet in bescherming willen nemen?'

'Ik ben jou niet, mevrouw Diamon. Ik wil haar ook bescherming bieden, maar wat ik me afvraag, is of ik haar tegen jou moet beschermen. Nu moet ik echt gaan.'

Geena keek toe terwijl hij met grote stappen wegbeende. Dat kerkgedoe was een aardige vondst, maar ze vertrouwde nog steeds noch hem noch die Charles. Het was haar allemaal te toevallig, en voor Trumans woede jegens Robert ontbrak iedere grond. Haar eigen gedachten deden haar huiveren.

Hoofdstuk
29

Er waren twee maanden voorbijgegaan sinds Lillian en Geena waren teruggekeerd in Sacramento. Lillian ging terug naar haar werk bij chef George, en Geena begon aan een nieuwe baan als serveerster in een familierestaurant in het centrum. Er waren geen aanwijzingen geweest dat een van hen beiden achtervolgd werd sinds ze La Rosaleda hadden verlaten. Ze hoopten allebei dat de beller het opgegeven had.

Geena had meer dan eens het idee geopperd dat Truman misschien de beller was geweest. Lillian had alleen maar gelachen.

'Dat is belachelijk, Geena. Hij kende Robert niet eens', zei Lillian tegen haar, en ze wierp de gedachte ver van zich. 'Ik denk dat alles wat er in La Rosaleda gebeurd is, toeval was, en dat degene of degenen door wie ik jaren geleden gevolgd ben, te maken had of hadden met Roberts illegale praktijken. Ze probeerden ons alleen maar bang te maken. En nu zijn ze daarmee opgehouden.'

Ze zaten op de bank in Lillians appartement en vouwden Geena's wasgoed op. Geena moest nog een wasmachine en een droger kopen voor in haar nieuwe huis.

'Ik weet het niet', zei Geena. 'En het telefoontje dan?'

Lillian keek Geena strak aan. 'Jij weet meer dan ik, hè, Geena? Waarom vraag je dat aan mij?'

'Het klopt gewoon niet. Er is nog steeds iets aan dat hele gedoe wat me dwarszit. Ik kan eenvoudig niet geloven dat het hele gebeuren in La Rosaleda toeval geweest is. Er rust een soort vloek op die plek.'

'Doe niet zo dwaas, Geena. La Rosaleda is een schitterend stadje. Het kwam alleen allemaal bij elkaar. Je weet dat Charles geen kwaad in de zin had. Hij had helemaal geen gevaarlijke plannen.'

'Hoe kun je dat nou zeker weten?', vroeg Geena. 'Misschien is het vertrouwen dat ze in Sunshine House in hem lijken te hebben, misplaatst. Het is nog altijd mogelijk dat Truman hem gebruikt heeft.'

'Zelfs al heeft Tru tegen me gelogen over het schilderij, zoiets zou hij nooit doen. Hij had helemaal niemand anders nodig om bij mij in de buurt te komen. Ik lag voor het grijpen.'

'Hij heeft je ertoe verleid te denken dat hij onschuldig is. En toen heeft Paige, die veel te goed van vertrouwen is, je ervan overtuigd dat Charles ook onschuldig is, ook al heeft hij haar dochter in gevaar gebracht.'

'Dat heeft hij niet gedaan', zei Lillian. 'Niet echt. Je zou de jongen het voordeel van de twijfel moeten geven.'

'Ja, dat zal ik doen, zodra die school hem zijn privileges voorgoed afneemt. Ik vind niet dat hij vrij mag rondlopen en mensen de stuipen op het lijf mag jagen. En hij is geen jongen meer.'

'Er zijn mensen die zouden zeggen dat je een vooroordeel hebt over Charles, Geena.'

'Politieke correctheid interesseert me niet, Lillian. Onze veiligheid interesseert me.'

'Weet je wat ik vind, zusje? Je slaat wartaal uit en probeert dingen met elkaar in verband te brengen die niets met elkaar te maken hebben. Wat heeft je zo achterdochtig gemaakt? Wat weet je dat je zulke belachelijke dingen vermoedt? Het gaat toch niet om een misdaad die moet worden opgelost?'

'Misschien wel', reageerde Geena. 'Misschien zou jij, als je alles wist wat ik weet, verstandig genoeg zijn om bang te zijn.'

'Maar ik weet niet alles omdat jij het me niet vertellen wilt.'

'Er zijn dingen die je beter met rust kunt laten', zei Geena.

'Nee. Nee, zo is het niet. Je zei net dat ik, als ik het wist, bang zou zijn. Vertel me dan wat jou tot detective maakt. Of misschien is deze hele discussie over het gevaar waarin we zouden verkeren, wel jouw manier om me van de echte waarheid af te leiden.'

'En welke waarheid mag dat dan wel zijn?' Nu lag er een kille uitdrukking op Geena's gezicht.

Lillians stem was nauwelijks hoorbaar toen ze fluisterde: 'De waarheid over jou en Robert.'

'Iedere vrouw weet zoiets. Dus waarom moet ik het zeggen?'

'Ik wil dat je het bevestigt.'

Geena pakte haar wasmand en liep naar de deur. 'Het spijt me, zusje. Vandaag niet.' Ze liep naar buiten, maar keerde zich om. 'Weet je, Lillian, je doet net alsof je volmaakt bent, en iedereen denkt dat je lief en onschuldig bent.'

'Geena, begin nou niet zo.'

Geena's knokkels werden wit doordat ze haar greep op de wasmand verstevigde. 'Zie je wel? Dat is precies wat ik bedoel. Je doet zo neerbuigend, maar jijzelf' – ze stak een priemende wijsvinger naar Lillian uit – 'jijzelf blijft voor eeuwig je wrok koesteren. Jij kunt niet vergeven, hè? Dus wat maakt het uit of iemand ons volgt. Het gaat jou er alleen maar om de rekening te vereffenen, me in te wrijven wat een afschuwelijk mens ik ben. Je zult het me mijn leven lang niet vergeven, is het wel?'

Lillian sloeg haar armen over elkaar. Ze had er reden toe. Iedereen zou het moeilijk vinden de dingen die een wig tussen hen gedreven hadden, te vergeven.

'Lil, ik denk niet dat je echt wilt dat ik je uitleg hoe het zat tussen Robert en mij. Wat jij echt wilt, is het mij voortdurend onder mijn neus wrijven.'

Voordat Lillian iets kon terugzeggen, liep Geena weg. Ze gooide de deur met een klap tussen hen dicht. Lillian vroeg zich af hoelang het deze keer zou duren voordat ze haar zou terugzien.

Lillian liep de eetzaal van het restaurant in. De grijns van chef George gaf haar het vermoeden dat hij iets van plan was.

'Wat is er?' Ze stak haar handen op. 'Zit ik in de problemen?' In de korte tijd waarin ze weg was geweest, was er iets veranderd in de manier waarop chef George met haar omging. Ze wist niet of het in de promotie zat die hij haar had gegeven, of in de verbeterde houding van hem of van haar, maar ze was blij met de verandering.

Nog steeds lachend draaide hij haar met haar gezicht naar de muur. Ze hapte naar adem en zette haar handen op haar knieën om zichzelf in evenwicht te houden.

'Lieve ...' Lillian ademde diep in en keek met wijd open ogen naar een groot nieuw schilderij van Rose House dat aan de muur achter in het restaurant hing. De doorns leken scherper dan Truman ze gewoonlijk schilderde, maar hun dreiging werd verzacht door de tere rozenblaadjes. Een warm gevoel vervulde haar, net zo warm als de gedempte tinten robijnrood, bordeauxrood en scharlaken. De rode rozen leken van het doek af te springen, en de ranken kronkelden zich over het latwerk langs het huis naar boven en over het dak. Gouden spikkeltjes langs de hoeken van het huis deden de rozen oplichten. Ze zette een stap dichterbij en het voelde aan alsof ze in het schilderij werd opgenomen, omdat het zo groot was.

Lillian hoefde niet naar de signatuur te kijken om te weten wie het geschilderd had, maar ze keek toch. Toen ze de krabbel van zijn naam op het doek zag, kwamen de herinneringen terug aan de tijd die ze een paar maanden eerder samen hadden doorgebracht. Ze bestudeerde het schilderij nauwkeurig, alsof het zou onthullen wat Truman dacht, hoe het met hem ging.

Waarschijnlijk waren het alleen haar weemoedige herinneringen aan Truman, maar toen ze Rose House goed bekeek, maakte het een verwachtingsvolle indruk door de manier waarop de rozen zich naar de toeschouwer leken uit te strekken. Haar blik ging van roos naar roos, en ze genoot van de complexiteit waarmee ze stuk voor stuk geschilderd waren. Haar ogen gleden naar de ranken aan één kant van het huis, en haar ademhaling stokte. Een vrouw in goudkleurige zijde was verborgen tussen de rozen. Lillian kon niet zeggen of het haar blond of bruin was, want de verschijning straalde als de zon en reflecteerde op de rozen.

'Lillian?'

Ze keerde zich naar chef George met een nietszeggende blik. 'Het is prachtig.'

'Jazeker', zei hij. 'En het is heel interessant te zien hoe het meisje opduikt tussen de rozen.' Hij gebaarde naar de stralende beeltenis van de vrouw. 'Je zou er zo aan voorbij kijken, vind je niet?'

'Het is heel intrigerend', zei ze.

'Ik heb gehoord dat Truman Clark een heel getalenteerd kunstenaar is, maar dat weet je natuurlijk al.' Chef George draaide zich om om haar aan te kijken. 'Je kent hem toch wel?'

'Een beetje.' Ze voelde een blos opkomen. 'Hoe wist je dat?'

'Het schilderij werd gisteren bezorgd met een kaartje waarop stond: *Voor de heer en mevrouw George Ballenta en Lillian Diamon.*' Hij snoof. 'Ik vond het vreemd dat een kunstenaar een van zijn schilderijen ten geschenke geeft aan een van mijn medewerkers, ook al is ze nog zo goed in haar werk.'

Lillian trok haar wenkbrauwen samen in een poging haar verrassing niet te laten blijken.

'Het deed me denken aan die foto die je een paar maanden geleden op het prikbord hebt gehangen.'

Lillian keek naar hem terwijl hij het schilderij bestudeerde. 'Waar is die foto gebleven, trouwens?'

'Ik dacht dat jij hem zelf eraf gehaald had.'

'Nee, ik weet niet wat ermee gebeurd is.'

'Nou, dit is een stuk beter dan die foto, vind je ook niet? Kom op, hoe goed kennen jullie elkaar?'

'We hebben elkaar ontmoet.'

'Hm', peinsde chef George. 'Jullie hebben elkaar alleen maar onlangs ontmoet, en hij stuurt jou een schilderij? Wie kan de grillen van een kunstenaar begrijpen? Je moet nogal indruk op hem gemaakt hebben.' Hij gaf haar een knipoog.

Lillian was blij dat hij wegliep, en ze nam de gelegenheid te baat om het schilderij nog beter te bekijken. Het was zo groot dat het haar leek mee te zuigen in de mengeling van kleuren en tinten. Haar bezoek aan La Rosaleda had haar liefde voor kunst een nieuwe impuls gegeven.

Droefheid overviel haar toen ze bedacht hoe weinig plaats kunst nog innam in haar leven sinds het ongeluk, hoezeer schoonheid uit haar geest weggevloeid was. Alleen in het restaurant had ze de geuren en geluiden van het leven nog om zich heen gehad. Het kunstwerk dat een mooi opgemaakt dessert vormde en de delicate mengeling van kleuren en smaken hadden haar zintuigen tevreden gehouden, maar in haar appartement waren kunst en schoonheid pijnlijk afwezig.

Nu verlangde ze hevig naar die schoonheid. Toen ze bij Truman was, was dat gevoel al ontstaan, maar door haar verwarring was het weer verdwenen. De verschijning voor haar bracht het gevoel nu terug. Ze wist weer dat dit verlangen haar liefde voor Rose House gewekt had, en misschien was het zelfs de reden waarom ze zich zo aangetrokken had gevoeld tot Truman. Kunstenaar als hij was, had hij het talent om schoonheid te scheppen. Als ze Robert eindelijk maar eens kon laten rusten, en verder kon gaan met haar leven.

Ze probeerde het volle gevoel dat opwelde in haar hart, weg te duwen, maar het greep naar de reddingslijn die Truman haar zo overduidelijk had toegeworpen door middel van het schilderij. Wat zou er gebeuren als ze terugging naar La Rosaleda?

Toen ze de keuken in liep, hoorde ze de stem van chef George uit de koffiehoek komen.

'Ja, schat,' zei hij door de telefoon, 'schrijf een dinerbon voor Truman Clark zonder prijslimiet. En zet Lillians naam er ook onder.'

'Nee', riep Lillian.

Chef George keek verbaasd. 'Laat maar, Barbara. Zet er als afzender ons en het hele personeel onder.' Hij legde de telefoon neer en schudde zijn hoofd. 'Heeft dit iets te maken met de reden waarom je eerder van vakantie bent teruggekomen?'

'Ik dacht dat je me hier nodig had. Daarom ben ik teruggekomen.'

'Dat was natuurlijk ook zo, maar ik had je vakantie gegeven. Ik wil je gevoelens niet kwetsen, maar we redden het ook wel zonder jou.' Hij greep een doek en begon het werkblad schoon te vegen. 'En die Truman Clark heeft iets met jou, hè?'

Lillian schraapte haar keel en haalde haar schouders op.

'Neem maar een poosje vrij. Geef die arme kerel een kans. Of schrijf ten minste een bedankje op die kaart.'

Lillian gaf geen antwoord.

'O, kom op, Lil. Denk je dat ik oud geboren ben? Er is niets mis mee als je af en toe plezier maakt. Je bent weduwe, maar je bent nog niet dood.'

Ze keken elkaar strak aan. Zijn ogen straalden weer die oude koppigheid uit, en Lillian had de energie niet om ertegen in te gaan. In plaats daarvan liep ze naar haar werkplek en begon ze verwoed eieren te kloppen.

'Daarom hoef je die eieren nog niet te vermoorden, Lillian', lachte chef George. 'Neem vanmiddag lekker vrij en geniet van je weekend. Dat zal die te korte vakantie goedmaken.'

Ze zette de eieren bij de stagiaire neer. 'Dat doe ik dan maar.'

Tegenover de boekenkasten in Lillians appartement hing een schilderij van Rose House dat ze voor een schijntje op de kop had getikt tijdens haar eerste bezoek aan La Rosaleda. Rose House was een bij toeristen heel populaire plek, en het was niet moeilijk er afbeeldingen van te vinden op ansichtkaarten, op koffiemokken en ingelijst in goedkope lijstjes. De afdruk die bij haar hing, was een impulsaankoop geweest. Ze had hem gekocht toen ze diepbedroefd was, en het kijken ernaar hielp haar rustig te worden.

Het enige andere kunstvoorwerp dat ze bezat, was een poster van *Beauty and the Beast Within* die Louise en Kitty haar hadden gestuurd. Hij was prachtig ingelijst en hing achter de eettafel.

Ze had Kitty en Louise er nog steeds niet toe kunnen overhalen haar het origineel te verkopen, maar ze hadden wel beloofd dat ze het haar zouden aanbieden als het ooit te koop kwam. Lillian stak haar hand uit om de lijst recht te hangen. Misschien kon Truman het origineel voor haar te pakken krijgen. Nu ze bij de galerie wisten dat hij de schilder was, konden ze het hem toch niet weigeren?

Lillian klikte door de selectie in haar geluidssysteem tot de zoete klanken van Botti's trompet door de kamer dansten. Ze opende de gordijnen half om het licht binnen te laten en nestelde zich op de bank met een kop Earl Grey, piekerend over het nieuwe schilderij in het restaurant.

Truman was haar niet vergeten, en zelfs vanuit de verte had hij een manier gevonden om nieuwe schoonheid haar kleine wereldje binnen te brengen. Wat zou hij ermee bedoeld hebben dat hij de vrouw een plaats gegeven had in het nieuwe schilderij? Ze vroeg zich af of zij het meisje was dat tussen de doorns en de rozen door gluurde, en op een of andere manier wist ze dat zij het was. De vrouw was iets aan het zoeken geweest. Misschien was ze bang om tevoorschijn te komen, om zich de schoonheid rondom Rose House toe te eigenen. Zag Truman haar zo?

Was ze bang om de toekomst onder ogen te zien? Haar leven voor het ongeluk was vast niet zo volmaakt geweest als ze had gedacht, maar ze miste het wel. Op z'n minst had ze schoonheid ervaren in de romige huidskleur van Sheyenne en Lee en in hun jacht op vlinders in de tuin en in hun kussen op haar wang.

Haar huidige leven was eenzaam. De lieve stemmen en het geschater van haar kinderen waren voor altijd verdwenen, met de bloemen die ze plukten uit de tuin rondom het huis, die niet meer bestond. In haar appartement was niets levends te vinden. Er stond zelfs geen plant. Als ze eerlijk was tegen zichzelf, was Rose House werkelijk de enige bron van schoonheid geweest die ze sinds het ongeluk in haar leven had toegelaten, en Truman wist er meer van. Wat hij had gezien van haar ziel en geschilderd had, was eigenlijk niet mogelijk, maar het schilderij bestond. En de waarheid was dat ze het prachtig vond.

Dwars door de kamer richtte ze haar blik op *Beauty and the Beast Within*. Het schilderij bracht warmte in de kamer. Steeds weer wanneer ze ernaar keek, werden haar ogen vochtig. Iedere keer dat ze het zag, waren er dingen die ze daarvoor niet had opgemerkt, die alleen een aandachtig oog zou waarnemen.

Ze nam een slokje van haar thee en stelde zich voor dat Truman ergens opzij van haar stond en in zijn hoofd een notitie maakte van hoe ze eruitzag en wat ze voelde. Hij had haar zowel vanbinnen als vanbuiten bestudeerd, ieder detail van haar verschijning en haar gedrag heel precies in zich opgenomen. Hij had haar geschilderd exact zoals ze was op die dag, afgezien van het feit dat ze gezien door zijn ogen veel mooier was. De gedachte dat hij die lieflijkheid in haar gezien had, wervelde door haar heen en veroorzaakte een pijn waarvan ze wist dat Tru die kon verzachten, als zij het maar toeliet. Misschien moest ze toch eens reageren op zijn telefoontjes.

Lillian verlangde ernaar hem terug te zien, al was het maar even. Ze stelde zich hem voor met een penseel in zijn hand, tamponerend en strijkend over het doek totdat haar beeltenis tevoorschijn kwam.

Ze kon zijn kus op haar lippen nog voelen, een kus vervuld van een verlangen dat haar verrast had, alsof hij er jaren op had gewacht haar te mogen kussen. En misschien was dat ook wel zo, in zijn artistieke geest. Op die dag vier jaar geleden was hij bij haar geweest, toen ze zich zo alleen had gevoeld, en hij had haar iedere dag geschilderd terwijl zij zich door de pijn heen worstelde. Ze was niet alleen geweest in haar verdriet, en dat besef vormde een zachte laag om haar hart.

Ze zette haar kop in de gootsteen toen er een golf van inspiratie door haar heen trok als gevolg van haar gemijmer over Truman en Rose House. Haar appartement had leven nodig. Misschien zouden bloemen haar opvrolijken.

Terwijl ze naar de dichtstbijzijnde kwekerij reed, speelde er een glimlach om haar lippen. Paarse cosmea en margrieten zouden haar wonden kunnen genezen, peinsde ze. En misschien een paar roze anjers.

Langzaamaan begon een gevoel van rust zich door haar lichaam te verspreiden, terwijl ze zich potten petunia's op de veranda en vazen met bloemen in de kamer voorstelde. Ze vroeg zich af hoe ze het ooit voor elkaar gekregen had te wonen in zo'n kale alledaagse omgeving. Waarom had ze juist de dingen die haar in het verleden altijd vreugde gegeven hadden, uit haar leven gebannen?

Dankzij Truman was *Beauty* teruggekeerd. Ze glimlachte om de scherpzinnigheid van de naam die Truman het schilderij gegeven had, *Beauty and the Beast Within*. Ze had het beest nog niet echt doodgeslagen, maar ze had het wel bedwongen.

Als iemand de overvloed aan met bloemen gevulde vazen in haar appartement later op die dag gezien had, had hij kunnen denken dat ze uiteindelijk toch het contact met de werkelijkheid verloren had. Maar aangezien Geena weer verdwenen was, zou er niemand komen. Het zou een geheim blijven hoe uitbundig ze kon zijn.

Ze grinnikte hardop terwijl ze een boeket margrieten schikte. Daarna droeg ze potten met bloeiende planten naar de veranda. De aanblik van blauwe driewielers en felgekleurd speelgoed dat overal verspreid in de tuin van de buren lag, verwonderde haar. Hoe was het mogelijk dat ze dat eerder niet had opgemerkt? Ze moest er dagelijks langsgelopen zijn.

Op dat moment voelde ze pure vreugde omdat er kinderen in haar wijk woonden. Ze zou altijd het gemis van haar eigen kinderen voelen, maar toen ze knielde om gaten te graven voor de planten, was het een troost voor haar te weten dat de kinderen uit de buurt ongedeerd waren.

Ze vond het niet erg dat beelden van haar eigen gestorven kinderen haar voortdurend gezelschap hielden terwijl ze met haar handen bezig was in de vochtige aarde van haar povere bloembedden. Zo zou het altijd zijn, besloot ze. Van nu af aan zou ze die gedachten toelaten en alleen terugdenken aan de gelukkige tijden die ze met hen beleefd had, zoals wanneer ze haar geholpen hadden in de tuin.

'Zo is het nu eenmaal', had tante Bren een keer tegen haar gezegd door de telefoon. 'Onze geliefden leven voort in onze geest wanneer ze ons verlaten, liefje. Dat is goed. Dat zei jouw oma altijd tegen mij toen je moeder gestorven was.'

De geur van vruchtbare aarde en planten zweefde om haar heen terwijl ze bezig was, en binnen een paar uur waren de bloembedden vol kleur, net als de tuin waarin Sheyenne en Lee haar geholpen hadden.

'Pardon, mevrouw.' Ze draaide zich om en zag een jongen naar haar kijken van achter een boeket oranje, gele, helderrode en donkerrode rozen.

'O, nee toch.' Ze lachte om de ironie van het geval. 'Bloemen.'

'Het moet een grote dag zijn voor u', zei hij.

Ze dacht aan de bloemen die de kamers van haar woning vulden, en lachte. 'Inderdaad, een heel grote dag.'

'Chef George heeft me gevraagd deze naar u toe te brengen.'

'Zijn ze van chef George?'

'Nee, maar u was er niet, en daarom stuurde hij me hierheen.'

'O, lieve help, ben je dwars door de stad helemaal hiernaartoe gekomen? Dit kan niet binnen je normale bezorggebied vallen.' Ze voelde in haar zakken en haalde een paar munten tevoorschijn.

'Nee, dank u, mevrouw. Chef George heeft me al geld gegeven.'

'Hoeveel?', vroeg ze.

De vlammen sloegen hem uit. 'Genoeg.'

Eenmaal binnen zette ze de vaas met rozen midden op de salontafel. Er zat een eenvoudig bedankkaartje aan, maar het vertrouwde handschrift kleurde haar wangen roze.

Mijn ziel heeft de jouwe gekust. Moet ik dat vergeten?

Hoofdstuk

30

Lillians mobiele telefoon ging.

'Geena?'

'Lily? Wil je alsjeblieft hierheen komen?' Ze klonk dronken.

De moed zakte Lillian in de schoenen. Het was net iets voor Geena ineens weer op te duiken en problemen met zich mee te brengen wanneer er eindelijk weer eens leuke dingen gebeurden.

'Waar ben je?'

'La Rosaleda.'

'La Rosaleda? Wat doe je daar?'

'Weet ik niet.' Haar woorden klonken onduidelijk.

'Geena, kun je je niet naar huis laten rijden en je roes uitslapen? Later kunnen we praten.'

Geena snikte.

'Waar ben je dan precies?'

'Sunset Hotel.'

'En wat doe je daar?'

'Weet ik niet. Ik word net hier wakker. Hoe laat is het?'

'Het is avond, Geena. Hoelang heb je geslapen?'

'O,' zei ze, 'zo nu en dan.'

'Heb je nog iets anders gedaan behalve drinken?'

'Misschien', zei ze. 'Ik weet het niet meer.' Er ritselde iets op de achtergrond. Geena's stem klonk gedempt toen ze weer aan de lijn kwam. 'Yep, het ziet ernaar uit dat ik ook nog iets anders genomen heb.'

Lillian zuchtte en vroeg zich af of ze een ambulance moest bellen of er zelf naartoe moest rijden.

'Geena, moet je naar het ziekenhuis?'

'Nee, maar ik wil niet alleen zijn. Kom alsjeblieft, Lillian.'

'Oké', zei Lillian. 'Maar blijf daar. Goed? Ik kom eraan.'

Vanuit de auto belde Lillian Paige. 'Het spijt me dat ik pas op het laatste moment bel, maar heb je een kamer of een huisje voor twee personen vrij?'

'Natuurlijk, Lil. Voor jou hebben we altijd plaats. Wat leuk dat je komt.'

'Nou, de reden is niet echt leuk', zei Lillian, en ze stortte zich in een felle aanval op Geena's drankprobleem.

Halverwege haar verhaal greep Paige in. 'Je bent mij geen verklaring schuldig.'

Een golf van opluchting ging door Lillian heen. 'Ik raak hier zo gefrustreerd door. Dit is een van de redenen waarom we geen contact hebben.'

Toen Lillian arriveerde, kwam Mark Tenney naar buiten om haar te helpen met haar bagage.

'We hebben je het huisje met twee bedden gegeven', zei hij. 'En we hebben het voor een week gereserveerd, voor het geval dat je een poosje wilt blijven.'

Lillian knikte.

'Heb je verder nog hulp nodig?'

Hij wierp een blik op de achterbank, waar Geena tegen het raampje hing met haar benen gevouwen onder zich op de leren zitting van de sedan.

'Ja, alsjeblieft.'

Hij zei niets terwijl ze Geena naar het huisje hielpen. Lillian was er dankbaar voor dat hij Geena's ongegeneerde opmerkingen over hoe schattig hij was, negeerde, terwijl ze haar overdwars op een van de bedden neerlegden.

Mark hield even in op weg naar de deur. 'Paige vroeg of je nog langskwam voor een kop koffie.'

'Het is nogal laat voor cafeïne.'

'Misschien kun je wel iets gebruiken.'

'Zeg maar tegen haar dat ik het bij thee houd.'

Hij knikte en deed de deur achter zich dicht. Eén moment was ze jaloers op Paige. Hoe zou het zijn om een man als Mark iedere dag om je heen te hebben?

Ze keek om het hoekje bij Geena. Het op en neer gaan van haar borst was het enige teken van leven. Lillian wist niet of ze medelijden met haar moest hebben of boos moest worden. Ze koos voor boos worden. Dat was makkelijker.

Dankbaar pakte Lillian de mok hete kruidenthee aan.

'Je hoeft niets uit te leggen', zei Paige.

Lillian knikte. 'Bedankt. Ik wist niet waar ik anders naartoe moest, en blijven waar ik haar gevonden heb, was geen optie. Het was een smerig hotel. Maar ik wil het niet over Geena hebben, dus: hoe was het vandaag voordat ik jullie belde?'

Paige glimlachte. 'Prima. Gracie kan zelf haar veters strikken.'

Lillian wist nog hoe trots ze was geweest toen Sheyenne en Lee die kunst machtig waren geworden. 'Geweldig', riep ze uit. 'Ik zal haar morgen meteen feliciteren.'

'Ze zal het heerlijk vinden je te zien.'

'Ik kijk uit naar een knuffel van Gracie.'

'Raad eens wie er nog meer blij zal zijn je te zien?'

Lillian vroeg zich af of het razende kloppen van het bloed in de aderen bij haar slapen te zien was. 'Laat me raden', fluisterde ze. 'Tru?'

Paige knikte lachend.

'Maar hoe wist hij dat ik zou komen?'

Paige trok een ernstig gezicht terwijl ze haar lange benen onder zich opvouwde. De beweging deed Lillian aan Geena denken.

'Hij was hier toen je vanavond belde.'

'Heb je gezegd dat ik het was?'

'Hij zat pal naast me en raadde het zelf al.' Verontschuldigend haalde ze haar schouders op. 'Hij vraagt altijd naar je wanneer hij hier is.'

'Wat heb je vanavond tegen hem gezegd?'

'Dat ik hem zou bellen wanneer je er was.'

'Weet hij al dat ik er ben?'

Ze knikte. 'Hij zei dat hij morgen langs zou komen.'

Lillian schudde haar hoofd. 'Geena en ik gaan al vroeg weg.'

Paige wierp een blik uit het raam op het huisje. Ze wisten allebei dat Geena daar laveloos lag. Ze keek Lillian onderzoekend aan.

'Oké, misschien ook niet,' zei Lillian, 'maar dat betekent niet dat ik hem wil zien.'

'Blijf een week en kijk wat er gebeurt. Je kunt gewoon blijven logeren als gast van het huis. Je krijgt geen rekening.'

'Ik kan best betalen. Dat is geen probleem.'

'Mooi, maar ik neem een paar dagen vrij en ik zou je graag bij me hebben. Je hoeft me niets te vertellen, maar als je wilt praten, ben ik er.'

Lillian zuchtte diep. 'Het is zo'n lang en droevig verhaal. Je wilt dat allemaal niet weten.'

'Dat begrijp ik natuurlijk.' Paige bracht de mokken naar het aanrecht. 'Je hoeft het niet met me te delen, maar er zijn heel wat vreemdere dingen die ik jou kan vertellen, als dat het makkelijker maakt voor je.'

'Het kan niet erger. Dat verzeker ik je.' Lillian stond op om weg te gaan. 'Het spijt me dat ik jullie tot zo laat heb opgehouden.'

Paige wierp een blik op de klok met de haan aan de muur. 'Het is pas tien uur. Blijf nog maar.'

Lillian bleef bij de deur staan en dacht na over het aanbod. 'Oké', zei ze, blij dat ze de narigheid die haar in het huisje met Geena te wachten stond, nog even kon uitstellen.

Hoofdstuk
31

Geena lag met haar gezicht naar beneden dwars over het bed. Ze droeg alleen een slipje met stripfiguren erop en een rood topje, met de haar zo eigen onbeschaamdheid. Lillian legde een laken over Geena's benen om haar tegen de frisse wind te beschermen die door het raam van het huisje naar binnen kwam.

Geena gooide het laken van zich af en zei met een dikke tong: 'Nee, ik heb het heet.'

Een beeld van hen tweeën als kleine meisjes samen in oma's huis, toen de scherpe geur van rook hun neusgaten prikkelde, flitste door Lillians hoofd.

Haar ogen werden vochtig en ze ging op het bed zitten, boog zich voorover en verborg huilend haar hoofd in haar handen. 'O, God,' fluisterde ze, 'help ons.'

'Lily lief?'

Lillian veegde met de rug van haar hand over haar gezicht en keek met een wazige blik naar haar zus. Geena was gaan zitten. Haar rode haren hingen wijd om haar heen, zodat ze eruitzag als een zeemeermin in een tekenfilm. Ze was mooi, zelfs nu ze dronken was.

Lillian knipperde nog meer vertrouwde beelden weg, van hen als kleine meisjes met kunstig ingevlochten haren. Was Geena altijd al zo mooi geweest? Lillian probeerde het zich te herinneren. Ze was nooit jaloers geweest op Geena's uiterlijk, maar nu ze wist dat Robert zich tot haar aangetrokken had gevoeld, kon ze er niets aan doen dat ze naar Geena keek zoals een man haar zou zien.

'Het zijn altijd brieven en foto's, waardoor bedriegers worden ontmaskerd', zei Lillian per ongeluk hardop.

Geena's gezicht werd grauw. Zelfs in het zwakke maanlicht dat door het raam naar binnen stroomde, was duidelijk zichtbaar hoeveel spijt ze had. Ze maakte zo'n kwetsbare indruk dat Lillian bijna medelijden met haar kreeg. Ze wilde zich al verontschuldigen voor haar lompe opmerking, maar toen viel haar oog op Geena's decolleté. Jaloezie stroomde door haar aderen, en ze probeerde niet te denken aan wat er tussen Robert en haar zus gebeurd was.

'Het spijt me, Lillian.'

Lillian kromp ineen toen ze Geena's handen plotseling op haar schouders voelde. Dit was niet de manier waarop ze het goed wilde maken. Ze wilde niet dat Geena haar medelijdend aanraakte. Met een ruk trok ze zich los en wendde ze zich van Geena af. Ze glipte in haar bed en sloot haar ogen om het verraad buiten te sluiten.

De geur van gebakken spek uit het pension maakte Lillian al vroeg wakker. Ze bleef stil liggen en weigerde haar ogen open te doen. Die nacht had Geena diverse keren aan haar bed gestaan om haar over haar rug of over haar haren te strelen. Ze had geprobeerd haar te troosten, maar Lillian had iedere keer haar oren dichtgehouden.

Ze voelde zich emotioneel uitgeput en moe door slaapgebrek. Lillian draaide zich om en riep Geena's naam, maar Geena's bed was leeg.

Lillian keek uit het raam en zag Gracie over het grindpad naar de tuin lopen. Ze pakte snel haar ochtendjas en stapte de veranda op.

'Gracie', riep ze, en ze rende op blote voeten over de keien waarmee de oprit geplaveid was.

'Lily', riep Gracie terug, en ze kwam naar Lillian terug huppelen. 'Hé, Lily Diamant, ik heb iets voor u.'

Lillian glimlachte en genoot van een knuffel van de kleine krullenbol. 'Herinner je je mijn zus nog, Geena? Heb je haar gezien?'

'Ze is weggereden in de auto', zei Gracie.

'Ze is wat?'

'Ze is in een zwarte auto gestapt.' Gracie wees naar de weg.

Lillian hield haar hand boven haar ogen tegen de felle ochtendzon. *Waar is ze naartoe?* Lillian snoof. Het was weer echt Geena: opschudding veroorzaken en dan gewoon verdwijnen.

'Wilt u mijn cadeautje niet?'

Lillian keek omlaag naar Gracie. Ze verwachtte een knutselwerkje of een tekening. De glimlach trok langzaam weg van haar gezicht toen Gracie haar de foto voorhield van Rose House, de foto die verdwenen was van het prikbord in het restaurant.

'Ze heeft tegen me gezegd dat ik deze aan u moest geven.'

Hoofdstuk

32

Geena keek met een strakke blik uit het raampje naar de wijn-gaarden terwijl ze door het dal reden. Ze was stom geweest te denken dat Lillian haar zou helpen. Te denken dat Lillian haar zou kunnen vergeven, was een nog onwaarschijnlijker idee.

Ze had altijd geweten dat de mogelijkheid bestond dat Lillian de brieven gelezen, en de foto's van het strandhuis gezien had. Robert was een overdreven nauwgezet zakenman geweest, die nooit iets weggooide. Lillian had er meer dan eens tegen haar over geklaagd. *'Hij bewaart zelfs de brieven van zijn vroegere vriendinnetje van negen jaar geleden. Waar doet hij dat toch voor?'*

Natuurlijk had hij haar brieven bewaard, en de foto's misschien ook. Ze probeerde zich te herinneren wat haar zo had aangetrok-ken in hem. Was het het stoute jongetje onder de witte dokters-jas? Was het het contrast tussen dat stoute jongetje en de jongen die door zijn ouders zo keurig was opgevoed? Of zijn bul van Stanford? Of was het misschien de rebelse James Dean in hem, die haar brutaalweg toestemming had gegeven om het nummer van zijn pieper te gebruiken, maar te laf was om Lillian te vertellen dat hij verliefd geworden was op haar zus? Het was dezelfde man, dapper genoeg om aandenkens aan hun relatie te bewaren, maar niet om zijn vrouw te verlaten.

Geena zag de wijngaarden voorbijglijden en dacht na over haar bezoek aan Rose House voordat ze de stad verlaten had. De subtiele geur van de bloemen had zijn weg gezocht naar haar ziel, en ze was overweldigd door schaamte. Waarom had ze haar zus verraden voor een wellustig avontuurtje? Wat zat er in haar bloed dat haar zo slecht maakte?

Hoofdstuk
33

'Hoe is het mogelijk dat ze me weer zo naar haar pijpen heeft laten dansen?'

Paige was in de keuken bezig met de voorbereidingen voor het ontbijt. Terwijl ze de inhoud van de koffiebus controleerde en de ingrediënten voor bosbessenpannenkoeken bij elkaar zocht, klemde ze haar lippen op elkaar tot een dunne streep.

Lillian klaagde dat ze zo'n stommeling was geweest. Toen ze bij het gedeelte met de naaktfoto kwam, trok Paige haar wenkbrauwen op, en Lillian had plotseling het gevoel dat ze te veel gezegd had.

'Het spijt me, Paige. We kennen elkaar nog niet eens zo lang en ik zit hier heel persoonlijke dingen aan je te vertellen. Het moet bekrompen en bitter op je overkomen.'

Paige mikte de afwaskwast in de gootsteen. 'Dat is zo. Je klinkt bitter.'

Lillian staarde in de mok die Paige haar gegeven had.

Paige nam Lillians handen in de hare. 'Daarvoor hoef je je niet te schamen, Lillian. Het klinkt bitter, maar niet bekrompen. Het is niet bekrompen hierover boos te zijn.' Ze liet Lillians handen weer los, pakte een doek en richtte haar aandacht op het schoonvegen van de tafeltjes. 'We hebben er geen controle over wanneer ons hart openbarst en alles eruit komt, zichtbaar voor de hele wereld. Ik vind het erg voor je dat je zo veel leed hebt moeten verdragen. Je hebt een heel moeilijke tijd gehad.'

'Bedankt.' Het woord klonk mat en leeg.

Paige ging achter het fornuis staan en begon beslag op de hete bakplaat te gieten.

'Kan ik je daarmee helpen?', vroeg Lillian, en ze pakte een schort.

'Graag. Mark moest iets repareren. Ik zou het fijn vinden als jij de gasten wilt bedienen.' Ze gaf Lillian een koffiepot in handen. 'Je hebt dit allemaal in je eentje moeten verwerken sinds je man is overleden. En nu wil je het even aan iemand kwijt. Daar is toch niets verkeerd aan?'

'Ik wil jou er niet mee belasten', antwoordde Lillian.

'Misschien wil ik dat juist wel', zei Paige. 'Misschien vind ik het wel een hele eer. En ik verwacht dat Truman er net zo over denkt.'

Toen de grootste drukte van het ontbijt voorbij was, stonden de twee vrouwen tegen het aanrecht geleund met een mok koffie. 'Lieve help,' zei Lillian, 'wat een hoop werk is dit. Doe je dit nou iedere dag?'

''s Zomers wel,' zei Paige, 'maar ik denk erover het op zondag wat minder uitgebreid te doen. We zijn altijd te laat voor de kerk.'

'Mijn tante Bren was ook een fervent ontbijtster. Ze had geen pension, maar ook zij maakte op zondag geen uitgebreid ontbijt klaar, want anders konden we niet op tijd in de kerk zijn.'

'Mis je dat?'

'De kerk? Ja, zeker wel. Ik ging graag. We zijn opgegroeid in een klein plaatsje in Oklahoma, en daar gingen we naar de kerk. Wij waren de kinderen van de dominee. Dus we moesten wel. Ik vond het niet erg. Het zingen mis ik nog het meest.'

'Waar ga je nu naar de kerk?'

'Nergens. Ik ben een poosje naar een grote gemeente in Sacramento gegaan, maar na het ongeluk niet meer.'

'Maar als kind vond je het fijn? Je bent een bofkont dat je zo kon opgroeien.'

Lillian grinnikte. 'Misschien wel. Ik weet nog dat de dominee niet echt medewerkers had in de kerk, en dat Geena en ik er extra vroeg naartoe gingen om te zorgen voor bijbels, pennen en liedboeken in de banken.' Lillian glimlachte. 'Het voelde zo echt aan toen. Als je tiener bent en je staat in vuur en vlam voor God, denk je dat je onoverwinnelijk bent. Maar dat is voordat je volwassen wordt en de duivel ontmoet.'

Na een lange stilte schoten ze allebei in de lach.

'Ja, zeg dat wel', zei Paige.

Een diepe stem klonk door de keuken. 'Goedemorgen, dames.'

'Hallo, lieverd.' Paige gaf haar echtgenoot een kus op zijn wang. 'Jullie tweeën zijn precies op tijd om Lillian even rust te geven en te helpen opruimen.' Ze gooide een natte doek naar Gracie, wat een luide schaterlach veroorzaakte.

'Ik denk dat ik maar eens terugga naar mijn huisje. Ik moet een paar telefoontjes plegen.'

'Kom vanavond even bij me', zei Paige. 'En laat het me weten als je langer blijft.'

Lillian zei gedag en liep het terras op. Toen ze bij een tafeltje stilstond om haar sleutels op te diepen, voelde ze een warme hand op haar schouder. Ze draaide zich om en zag twee grijsblauwe ogen op haar neerkijken.

Haar hand schoot naar haar haren in een poging de plukken glad te strijken die aan haar haarklem waren ontsnapt. 'Tru', fluisterde ze. De herinnering aan hun laatste kus spoelde al haar gedachten weg. Ze boog haar hoofd en keek naar haar voeten om de blos te verbergen die ze naar haar wangen voelde stijgen.

Hij ging op een terrasstoel zitten en trok haar in de stoel naast zich. Hij liet zijn hoed tussen zijn knieën bungelen, en zijn ogen lieten de hare niet los.

'Hallo', fluisterde ze.

'Zware nacht gehad?', zei hij, en hij legde een hand op haar knie.

Ze knikte, maar ging er verder niet op in. De intensiteit van zijn blik deed het laatste restje weerstand dat ze nog had, wegsmelten.

Zijn diepe stem klonk schor. 'Het is fijn je te zien.'

Ze glimlachte.

'Als ik je niet nu meteen in mijn armen kan nemen, ontplof ik.'

Hij stond op, en zijn blik werd ernstig. Ze liet zich overeind trekken in zijn omhelzing en drukte haar wang tegen de warmte van zijn borst. Ze had hem gemist. Ze wist dat hij haar wilde kussen, maar dit was beslist niet de juiste plaats, ook al voelde het wel aan als de juiste tijd. Hij klemde haar even dicht tegen zich aan voordat hij haar losliet.

'Tijd voor een lunch?', vroeg hij, zijn ogen hoopvol op de hare gericht.

'Ik heb net ontbeten, maar ik wil graag met je lunchen', verzekerde ze hem.

'Dan kunnen we eerst een eind gaan wandelen.'

'Ik was net onderweg naar het huisje om een telefoontje te plegen. Kunnen we elkaar over een halfuurtje hier weer zien?'

Met tegenzin liet hij haar gaan. 'Ik denk dat ik dat kan', plaagde hij, zijn duimen in zijn broekzakken gehaakt. 'Maar ik wil dan wel wat van dat brouwsel.' Hij liep naar de koffiepot en schonk zichzelf een mok in, terwijl zij het pad af liep naar het huisje.

Lillian probeerde Truman de daaropvolgende minuten uit haar gedachten te zetten om zich om Geena te bekommeren. Hoezeer ze haar bokkensprongen ook zat was, toch moest ze zeker weten dat alles in orde was met haar zus. Al was het alleen maar voor tante Bren.

'Geena, bel me', zei Lillian zachtjes in haar telefoon. Ze wilde haar telefoon dichtklappen, maar de naam van Geena verscheen al op het schermpje.

'Geena?' ·

'Zus, het spijt me. Ik weet dat er niets is wat ik kan doen ...'

Lillian bleef zwijgen.

'Ik mis vroeger zo, toen we het nog goed hadden samen', fluisterde Geena.

'Waar ben je?'

'Niet in La Rosaleda.'

Ze praatten een paar minuten met elkaar totdat Geena's stem boven die van Lillian uit klonk. 'Ik weet het, ik weet het. Houd nou op.' Het was een hele poos stil. 'Ik zou willen dat je niet alles tot in het kleinste detail wilde weten. Hoe kan het daar nou beter van worden?'

'Wat is er werkelijk gebeurd, Geena? Ik heb een foto waar je halfnaakt op staat. Die heb ik gevonden in de portefeuille van mijn echtgenoot. Ik denk dat dat een verklaring verdient.'

'Ik lag gewoon te zonnen op het strand. Het stelde niets voor.'

'Niets? Wil je beweren dat je nooit met Robert naar bed bent geweest?'

Ze was even stil. 'Dat kan ik niet zeggen, maar …'

Lillians hart scheurde weer open. Ze wist het natuurlijk al, maar nu ze het uit Geena's mond hoorde, kwam het harder aan dan ze verwacht had.

'Ik kan wel zeggen dat het niet zijn bedoeling was …'

'Wat? Is dat niet precies wat alle mannen zeggen?'

'Ik bedoel dat hij het echt niet van plan was, en ik ook niet, de eerste keer tenminste …'

Lillian viel haar fel in de rede, haar stem kreeg een steeds scherper randje. 'De eerste keer dan? Waren jullie dronken de eerste keer? Of high? Is dat niet altijd het excuus? Hoe vaak is het gebeurd?'

Uit Geena's zwijgen maakte Lillian op dat het niet maar een slippertje was geweest, maar echt een relatie.

Als Lillians hart niet al gebroken was geweest, viel het nu aan diggelen. Alles wat ze voor echt had gehouden in haar huwelijk, was bezoedeld.

'Het spijt me zo, Lily lief. Ik weet dat het vreselijk is. Ik verdwijn wel gewoon uit je leven. Ik sta nu op het vliegveld.'

Het besef dat Geena op het punt stond weer te verdwijnen, deed bij Lillian de alarmbellen rinkelen. Aan de ene kant wilde ze dat Geena zou lijden voor wat ze haar had aangedaan, maar aan de andere kant werd ze panisch bij het idee dat ze haar zus opnieuw zou verliezen.

'Je bent een slet.'

'Ik zit niet te wachten op jouw oordeel. Je bent zelf ook niet volmaakt. Hoog en droge, smetteloze Lillian. Als jij zo geweldig bent, waarom wilde Robert dan iets met mij?'

Lillian dacht dat ze zou ontploffen. Ze kon geen woord uitbrengen. Het liefst zou ze de telefoon door de kamer smijten. Geena had hardop gezegd waar Lillian zich zorgen over gemaakt had sinds ze de foto in Roberts portefeuille gevonden had.

'Lillian,' fluisterde Geena, 'het spijt me. Ik wilde niet …'

Lillian luisterde niet meer. Heldere beelden van foto's uit de krant, met haar kinderen en de man van wie ze gedacht had dat hij haar man was, bedekt met bloederige lakens op Mosquito Road, schoten door haar hoofd.

'Lillian, het spijt me echt. Ik neem het mezelf ontzettend kwalijk dat ik hierbij betrokken ben. Daarom ben ik weggelopen.'

Lillian ging op de keukentafel zitten. Ze keek uit het raam naar de kersenbloesem en zag Tru over de grindpaden slenteren. Hij bestudeerde de bloemen en plukte er hier en daar een af, terwijl hij op haar wachtte.

'Ik wil nog iets weten, Geena. Hield je van hem?'

'Ik weet het niet', zei Geena. 'Ja, we hielden van elkaar.'

Lillian slaakte een sidderende zucht en sloeg haar hand voor haar mond.

'Maar weet je,' zei Geena, 'hij hield meer van jou dan van mij. Ik vond het vreselijk dat hij nooit bij je zou zijn weggegaan.'

'Ook al was hij een schoft die mij bedroog.'

'Hij raakte alleen de weg kwijt en kwam in contact met echt slechte figuren, onder wie ik.'

De stilte hing zwaar tussen hen in. Beelden van Robert en Geena spookten door Lillians hoofd. Ze herinnerde zich hen tweeën naast elkaar bij dinertjes, of diep in gesprek op de achterveranda. Robert die Geena vaak een lift gaf, tot uiteindelijk de rit over Mosquito Road met haar kinderen, waarbij hij zo afgeleid was door zijn vriendinnetje dat hij de gordels van zijn kinderen niet had vastgemaakt.

'Als ik ze die dag naar school gebracht had,' zei Lillian, 'had ik

Sheyenne en Lee misschien nog bij me gehad.' Lillian wist nog hoe Robert die dag het huis verlaten had. Zij had geklaagd dat hij altijd wegging wanneer zij hem het hardst nodig had. Kon hij nou niet één keer de kinderen wegbrengen en weer halen, zodat zij kon beginnen aan de voorbereidingen voor hun verjaardag de week daarop? Ze had hem opgejaagd.

'Goed dan. Ik zal het doen,' had hij ten slotte gezegd, 'maar daarna moet ik een boodschap doen.' Hij had een verontschuldiging gemompeld dat hij zo chagrijnig was en haar een kus gegeven. Ze had staan kijken toen hij vertrok met de kinderen.

Het gerinkel van glazen bracht haar terug in de werkelijkheid. 'Geena, ben je in een bar?'

'Ik zit in een espressobar op het vliegveld. Dank u wel, mevrouw', zei Geena droogjes.

'Sorry.'

'Het is al goed.' Er lag een andere klank in Geena's stem. 'Ik weet wel hoe je over me denkt, Lillian, en ik neem het je niet kwalijk.' De verbinding werd verbroken.

Lillian klapte de telefoon dicht. Haar benen voelden als lood toen ze naar de badkamer liep om zich wat op te frissen. Ze keek naar haar gezicht in de spiegel, het gezicht van een vreemde, broodmager en met ingevallen wangen. Terwijl ze haar make-uptasje pakte, vroeg ze zich af of een foundation en wat lippenstift verschil zouden maken. Ze bracht ze toch op. Ze schilderde over de smetten op haar leven heen, en hoopte maar dat Tru ze niet zou zien.

Toen Lillian uit haar huisje naar buiten kwam, stond Truman op haar te wachten op het terras met een boeket bloemen in zijn handen. Hij vroeg niet om een verklaring. Hij legde de bloemen op een tafeltje naast hem en spreidde zijn armen voor haar uit. Ze vond het een verbazingwekkend gezicht, een man die haar welkom heette en klaarstond om haar te troosten. Ze keek hem in de bezorgde ogen, die open waren maar niets van haar vroegen. Wat had ze te verliezen als ze zijn genegenheid aanvaardde?

Ze voelde zich uitgekleed, op een manier die niet te vergelijken was met de fysieke variant. Hij kende haar innerlijk zo goed dat hij het zonder woorden en zonder zelfs maar een aanraking kon schilderen. Een kus voor de ziel, had hij het genoemd.

Ze verborg haar gezicht tegen zijn borst en drukte haar wang tegen het plekje waar ze zijn hart hoorde bonzen. Was zij er de oorzaak van dat zijn ademhaling zo snel ging? Zijn lippen raakten haar voorhoofd en dan haar lippen, teder en aarzelend. Hij verdreef zachtjes haar droevige gedachten naar de achtergrond, zodat ze er later over kon nadenken.

Ze gingen uit elkaar toen schreeuwende kinderen langs hen heen renden en hen vanuit hun droomwereld terugbrachten in de werkelijkheid. Lillian streek met haar vingers langs haar lippen alsof ze zo het bewijs kon wegvegen. Tru trok haar dicht naast zich, alsof ze oude vrienden waren, en zo liepen ze bij het pension vandaan in de richting van het plein.

'Als je ooit een luisterend oor nodig hebt, ben ik er voor je', zei hij.

Ze schudde haar hoofd. 'Het gaat nu wel. En echt waar, ik wil het voor de verandering nu graag over jou hebben.'

'Ik ben saai', plaagde hij. 'Laten we over jouw leven praten. Vertel me er alles over.'

Ze liepen hand in hand langs de etalages en keken naar de groepjes mensen die rondom de fontein in het park zaten te picknicken.

'Mijn lievelingskleur bijvoorbeeld is paars', zei Lillian.

'Echt waar? Ik zou je ingeschat hebben als een liefhebber van blauw.'

'Wat is jouw lievelingskleur?'

'Oranje.'

'Meen je dat? Waarom?'

Hij lachte. 'Dat weet ik niet. Misschien omdat het een mannelijkere kleur is dan paars, maar ik houd van alle kleuren om verschillende redenen.'

'Ja, natuurlijk', giechelde ze. 'Je bent kunstenaar.'

Zijn maag rommelde, en ze schoten allebei in de lach. 'Ik heb honger', zei Truman.

'We moeten iets te eten voor je regelen', zei Lillian.

'Leer me maar hoe ik moet koken', stelde Truman voor.

'Goed plan.'

Ze wandelden terug naar het pension van de familie Tenney, en hij hielp haar in de pick-up. Ze trok haar neus op bij de mengeling van geuren van olie, stof en die van dennen uit de luchtverfrisser. Het was een rommeltje in de auto, vergeleken met zijn keurige woning. Hij maakte haar gordel vast en ze lachte. 'Wat een romantisch gebaar. Blijf je dat altijd doen?'

'Als ik voor altijd bij je in de buurt mag blijven', plaagde hij, en hij sloot het portier.

Lillian ging gemakkelijk zitten, en haar oog viel op een foto van *Beauty and the Beast Within*, vastgeklemd op de zonneklep aan de bestuurderskant. Ze had hem eerder niet gezien en vroeg zich af wanneer Truman hem daar bevestigd had. Hij was gekreukeld en had ezelsoren, net als haar eigen foto van Rose House. Ze pakte haar tas, haalde de foto eruit en maakte hem vast op de zonneklep naast de foto van Truman.

Toen Truman achter het stuur ging zitten, viel zijn oog op de foto van Rose House, en een glimlach verscheen op zijn gezicht. Hij keerde zich naar haar toe alsof hij iets wilde zeggen, maar veranderde van gedachten, draaide terug en startte de auto. Terwijl ze door het dal in de richting van zijn huis reden, stak hij zijn arm uit en gaf hij een kneepje in haar hand.

Hoofdstuk
34

Lillian bleef langer in La Rosaleda dan ze van plan was geweest. Ze had chef George gebeld om hem te vertellen dat ze meer tijd voor zichzelf nodig had, weg van het restaurant. 'Ga je tijd doorbrengen met je artistieke bewonderaar?', had hij gevraagd.

'Ja', had ze geantwoord.

'Neem de hele maand maar vrij', had hij voorgesteld. 'Je baan wacht wel.'

En zo was Lillian terechtgekomen in een kort sabbatsverlof. Ze verlengde haar reservering van het huisje en genoot van luie dagen waarin ze Truman steeds beter leerde kennen. Als hij niet bezig was met schilderen of het beheren van zijn landerijen, reden ze rond in het dal en bezochten ze de wijngaarden die La Rosaleda omgaven. De heuvels met de welig tierende wijnstokken en de bossen breidden zich in alle richtingen uit tot ver in de omtrek. Truman bleek de meeste wijngaardeniers in de omgeving te kennen, en ook veel tijdelijke arbeidskrachten.

Hij liet haar kennismaken met de beste Mexicaanse restaurants, waar ze met volle teugen genoot van de authentieke gerechten. Ze begon ook bij hem in de keuken Mexicaanse recepten uit te proberen. Uiteindelijk zei hij tegen haar dat hij, als ze hem iedere dag verse avocado bleef voeren, weer zou moeten gaan hardlopen. Dus gingen ze in de weekends wandeltochten maken.

Tru reed hen naar plaatsen als Bodega Bay, waar gevaarlijk steile kliffen zich in de bruisende zee leken te storten, door de enorme sequoiabossen van Muir Woods en naar Point Reyes, waar ze naar de vuurtoren wandelden en keken of ze walvissen zagen. De geschiedenis van de vuurtoren verwonderde haar, en de eerste keer dat ze de romp van een walvis door het wateroppervlak van de oceaan zag breken en hem zijn fontein de lucht in zag spuiten, moest Truman haar eraan herinneren dat ze adem moest halen.

Voordat ze op weg gingen, ontbeten ze meestal bij *Carlos' Diner*, waar Carlos en zijn vrienden Lillian behandelden alsof ze al bij hun vriend hoorde.

'Vind je deze jongeman aardig?', vroeg Carlos met zijn zware accent, een vrolijke glimlach op zijn rimpelige wangen geplakt.

'Gaat wel', plaagde ze.

Hij boog zich naar haar toe en zei: 'Hij zou een goede echtgenoot voor je zijn, señorita.'

Truman lachte toen hij zag dat zij haar ogen wijd opensperde. Hij schudde zijn hoofd naar Carlos, maar de geamuseerde glimlach week niet van zijn gezicht. 'Jaag mijn señorita nu niet de stuipen op het lijf.'

Ze vonden het heerlijk alledaagse dingen van elkaar te leren kennen, en na hun dramatische start genoten ze van de kalme manier waarop hun relatie zich ontvouwde. Al Carlos' geplaag ten spijt hadden ze alle tijd. In La Rosaleda lag het levenstempo laag. Ze hadden geen verwachtingen van wat hierna zou komen, en ze spraken dus met elkaar alsof ze hun doel al bereikt hadden.

Iedere avond bleven ze laat op en praatten ze met elkaar, persoonlijk of via de telefoon, en ontdekten ze zo elkaars hoop, elkaars dromen en elkaars verloren geliefden. Ze kwam erachter dat zijn ouders waren omgekomen bij een auto-ongeluk toen hij een tiener was, en dat hij enig kind was geweest. Nadat zijn oma was overleden, had hij banden aangeknoopt met de mensen die geregeld in het restaurant kwamen, en met degenen met wie hij in La Rosaleda samenwerkte. Na wat er gebeurd was met Angela, had hij zichzelf beloofd zich verre te houden van romantische verwikkelingen.

'Maar jij kwam langs, en mijn hele plan viel in duigen', plaagde hij in een gesprek laat op de avond.

'Mm,' zei ze, 'moet ik me verontschuldigen voor het ruïneren van jouw plannen?'

Ze verwachtte zijn lage gegrinnik te zullen horen, maar in plaats daarvan fluisterde hij: 'Nee. Ik heb die plannen gemaakt voordat ik wist dat er een diamant op me lag te wachten.'

'Een ruwe diamant, hè?'

'Helemaal niet, Lil. Ik was degene die niet gepolijst was toen jij op het toneel verscheen.'

'Aha.' Ze omhelsde hem en glimlachte. 'Je bent te goed voor me. En je bent een meester in het maken van verleidelijke opmerkingen waarmee je het effect bederft.'

Ze schoten allebei in de lach en hij stak zijn hand uit om haar in haar zij te kietelen. Toen ze uitgelachen waren, trok hij haar naar zich toe. 'Maar serieus, Lil. Het is echt waar. Voordat jij kwam, was ik een ander mens. Het contact met jou maakt me tot een beter iemand.'

'Je bent geweldig', zei ze.

'Daar denkt je zus heel anders over.'

Lillian zuchtte. 'Ach, wat maakt het uit?'

Hoofdstuk

35

'Geena, hoe kom je toch aan al dat geld voor vliegtickets?', vroeg tante Bren. 'We hebben je de laatste paar maanden vaker gezien dan in de afgelopen tien jaar, schat.'

'Ik heb hier en daar als serveerster gewerkt. En Lillian heeft me wat geld gegeven voordat ik wegging.'

'Heb je geld van haar aangepakt en ben je toen weggegaan?'

'Nee, tante Bren. Zo is het niet gegaan. Ik was helemaal niet van plan het aan te pakken en weg te gaan, maar we kregen ruzie en ...'

'Heb je je zus verteld wat je mij verteld hebt?'

Tante Bren rook zo sterk naar seringen dat ze de geur in een flesje had kunnen doen, maar Geena vond het geen punt. Het hoorde helemaal bij tante Bren.

'Ik heb haar alles verteld, behalve van die aanval, wat u nu wel weet.'

'Je had het haar moeten vertellen', zei tante Bren.

'Ze hoeft er niets van te weten, tante Bren. Ze is al zo boos, en voor het grootste deel is het mijn eigen schuld.'

Tante Bren liep de keuken in en schonk twee mokken verse koffie in. Het was drie uur 's middags, maar zoals altijd had ze de koffie klaar.

Geena keek haar tante onderzoekend aan. Voor het eerst viel haar het spinnenweb van rimpeltjes op dat bij de ooghoeken begon en helemaal over de wangen van haar tante lag. Haar bruine haar was naar achteren getrokken en opgestoken in een knot, zoals ze het haar hele leven gedragen had. Haar ouderwetse bril gleed langs haar neus naar beneden. Ze droeg een wijde spijkerbroek met een katoenen bloemetjesshirt erop, dat ze in drie verschillende kleuren in de uitverkoop gekocht had.

Tante Bren sloeg haar benen over elkaar en liet haar bruine schoen aan haar tenen bungelen terwijl ze verder praatte. 'Je moet teruggaan naar je zus en het goedmaken. Ze is familie.'

'Ach, tante Bren, ik weet het niet deze keer. Bovendien ben ik nu hier. Is dat niet genoeg? U bent ook familie. Het spijt me dat ik u niet altijd als familie behandeld heb. Ik was een stom kind, en nu ...'

'Praat niet zo.'

'Ik heb aan één stuk gebeden, tante Bren, maar ik kan mezelf niet vergeven wat ik u, de dominee en Lillian heb aangedaan.' Geena verborg haar gezicht in haar handen van schaamte. 'Vooral wat ik Lillian heb aangedaan', huilde ze. 'Haar arme kinderen.'

'Hun dood was niet jouw schuld, schat.'

'Wel waar, tante Bren. Als ik niet iets met Robert begonnen was ...'

'Dan was het misschien ook wel gebeurd, maar dan met iemand anders.'

Geena had nooit bedacht dat ze misschien alleen maar het vriendinnetje van dat moment was geweest. 'Als ik niet geloofd had dat hij meer van me kon houden dan van mijn eigen zus ...'

Tante Bren gaf haar een klopje op haar hand. 'Liever, je kunt het je nu waarschijnlijk niet voorstellen, maar dit gaat voorbij. Je komt hierdoorheen.'

'Ik heb zo veel tijd verspild, ook die met u en de dominee.'

'Och,' zei tante Bren, en ze depte haar tranen weg, 'niet achteromkijken, schat. Lillian en jij hebben het heel moeilijk gehad toen jullie hele gezin omkwam. We hebben altijd verwacht dat jullie meer problemen zouden hebben dan andere meisjes. Jullie oma heeft me daarvoor gewaarschuwd, maar ik was nog te jong om er iets mee te kunnen doen.'

Geena pakte tante Brens hand. 'U beiden bent fantastisch voor ons geweest.'

'Ik weet het niet, schat. Misschien zou je die problematische keuzen ook hebben gemaakt als je vader en moeder waren blijven leven. Dat is normaal, maar voor Lillian en jou was het moeilijker dan voor de meeste anderen. Ik heb nooit echt geweten hoe ik jullie helpen kon.'

'Als mammie hier was, zou ze zeggen dat u een geweldige moeder voor haar dochters bent geweest.'

Tante Bren snikte en veegde haar ogen af. 'Ga nou maar terug en maak het goed met Lillian. Oké? Jullie tweeën moeten bij elkaar blijven. Niet alle zussen hebben het goed samen. Mijn eigen zus en ik konden nooit met elkaar opschieten, God hebbe haar ziel. Ze heeft me zelfs nooit aardig gevonden.'

'Echt niet?'

'Het is echt waar. O, we gedroegen ons fatsoenlijk omwille van onze moeder, maar mijn zus was niet graag bij me in de buurt, en ik heb nooit geweten waarom niet.'

'Heeft ze u dat nooit verteld?'

'Nooit. Ik zal het me blijven afvragen tot de dag waarop ik haar ontmoeten zal in de hemel. Gelukkig weet ik dat ik haar daar zal weerzien.'

'Wat verdrietig dat te horen, tante Bren. Het was vast heel moeilijk voor u uw zus te verliezen. Als ik Lillian ooit kwijt zou raken …' Geena slaakte een diepe zucht. 'De laatste vier jaar, toen ik geen contact had met Lillian, voelde ik me dood vanbinnen.' Geena gaf tante Bren een zakdoekje en bedacht dat ze nooit aan haar adoptiemoeder had gedacht als aan iemand die harde tijden had gekend.

'Het was ook moeilijk,' zei tante Bren, en ze nam een slokje van haar koffie, 'maar niet zo erg als de dag waarop ik jullie moeder verloor. Zij was mijn echte zus, Geena. Bloedbanden zijn sterk, maar niet sterker dan andere banden, zoals wel gezegd wordt.'

'Echt niet?', vroeg Geena. 'Ik heb altijd gedacht dat familie op de eerste plaats kwam.'

Tante Bren glimlachte wijs. 'Andere banden kunnen ook sterk zijn, als er liefde aan te pas komt. Hoe kan het anders dat adoptieouders zo veel van hun kinderen houden?'

'Net als bij ons', zei Geena. 'U kwam naar oma's huis om ons te helpen in de nacht van de brand, hè? Het komt allemaal terug.'

'Het was verschrikkelijk. Toen jullie oma en ik jullie de volgende ochtend wakker wilden maken, hadden jullie op eigen houtje de waarheid al ontdekt. Ik zal nooit meer vergeten hoe jullie daar allebei rechtop in bed zaten, de armen om elkaar heen, toen ik jullie moest vertellen dat jullie grootste angst werkelijkheid geworden was. Jullie zaten daar met grote wijd open ogen, maar ik moest jullie de waarheid vertellen.'

Haar stem brak, en Geena knipperde de tranen in haar eigen ogen weg. Stilte vulde de kamer terwijl ze dachten aan wat er was gebeurd. Geena had het altijd beschouwd als het verdriet van Lillian en haar, en had er nooit bij stilgestaan wat voor gevolgen het voor tante Bren had gehad.

'Jullie snikten en krijsten, jullie vochten met de waarheid, met jullie oma en met mij. Jullie waren ontroostbaar totdat jullie je leeggevochten hadden.'

'Ik weet het nog', zei Geena. 'Ik kon niet geloven dat mijn moeder, mijn vader en allebei mijn broers gestorven waren. Ik was zo boos op iedereen, zelfs op God.'

'Ben je nog steeds boos op Hem, schat?'

Geena haalde haar schouders op. 'Dat denk ik wel, maar ik probeer het niet te zijn. Wist u dat iedere avond, wanneer ik mijn hoofd op het kussen leg, de woorden van u en de dominee nog altijd door mijn hoofd echoën? Ik kan ze er maar niet uit krijgen.'

Tante Bren lachte. 'Noem eens een voorbeeld?'

Geena pakte een kussen van de bank en sloot haar armen eromheen. 'Wilt u de beste horen?'

Tante Bren knikte. 'Kom maar op.'

'Nou,' zei Geena met opgetrokken wenkbrauwen, 'de houding van gehoorzaamheid is belangrijker dan de handeling.'

'Heb ik dat gezegd?'

'Ja, zeker hebt u dat,' zei Geena, 'en ook iets over de schreeuw van een kind naar God …'

Tante Bren maakte de zin af: '… is een vreugde voor zijn oren.'

'Ja, zo was het', zei Geena. 'Er zijn zo veel dingen die u en de dominee hebben gezegd, die ik nooit vergeten ben. Jezus dit en Jezus dat, maar het verhaal van de verloren zoon, daar denk ik het meest aan.'

'Dat is ook mijn lievelingsverhaal', zei tante Bren.

'Ik heb altijd gevonden dat er ook een verhaal moest zijn over de verloren dochter', zei Geena met een klein lachje.

Tante Bren glimlachte begrijpend. 'Het geldt vast voor allebei.'

'Maar het was zo moeilijk te geloven dat de vader de zoon niet de huid vol schold omdat hij ervandoor was gegaan en er een puinhoop van had gemaakt. Een gewone vader kan nooit zo zijn.'

'Yep,' zei tante Bren, 'tenzij die vader een weerspiegeling wil zijn van een vader die geen mens is.'

'Ik weet best waar u naartoe wilt, tante Bren.'

Tante Bren zuchtte. 'Het spijt me, Geena. Ik wil niet preken.'

Geena wreef over tante Brens schouder. 'Het geeft niet. U bent met een dominee getrouwd. U kunt het niet helpen.'

Tante Bren schaterde van het lachen, maar werd toen weer ernstig. 'Schat, je beseft toch wel dat, als jullie die avond niet bij jullie oma waren blijven slapen, jullie ook omgekomen zouden zijn in de brand? Hij heeft daar een bedoeling mee.'

'Waarom dan, tante Bren? Waarom zij wel en wij niet?'

Tante Bren stond op om opnieuw koffie in te schenken, en Geena liep achter haar aan. Ze ging met haar hand langs het formica aanrechtblad en over de kastjes, waar haar tante madeliefjes op geschilderd had. De keuken voelde heerlijk vertrouwd aan, en ze besefte dat er niets aan was veranderd sinds ze een klein meisje was.

'Ik weet het niet, schat. Ik denk dat zij klaar waren met hun taak op aarde. Lillian en jij nog niet. God heeft nog plannen met jullie beiden. Jullie oma zei dat ook toen ze de dominee en mij vroeg voor jullie te zorgen wanneer zij er niet meer zou zijn.'

'Oma stierf minder dan een jaar daarna, toch? Ik weet het niet precies meer.'

'Je was ook nog zo jong, schat.'

Ze zwegen een poosje, totdat een huivering tante Bren ertoe bracht naar haar te kijken.

'Dus de kinderen van Lillian moesten sterven, en ik niet? En Robert ...' Ze snikte bij het noemen van Roberts naam. Ze kon er niets aan veranderen dat ze van hem gehouden had, ook al was dat niet goed geweest. Het was voor haar onmogelijk geweest te blijven om Lillian te helpen met de begrafenis en alles wat daarna kwam, niet alleen omdat ze vond dat het allemaal haar schuld was, maar ook omdat ze zelf ook rouwde om Robert.

'Het spijt me, tante Bren, maar ik mis hem. Ik weet dat het verkeerd is, en dat hij geen goed mens was, maar toch is het zo. Hoe fout het ook is, het voelt als een groot verlies.' Ze hapte naar adem. 'Ik wilde niet dat het gebeurde, maar ik hield van hem, en toen ging hij dood.' Spijt en verdriet die ze nooit aan iemand had laten zien, stroomden naar buiten.

Tante Bren sloeg haar arm om Geena heen en liep met haar terug naar de bank. Ze gingen vlak naast elkaar zitten, en tante Bren begon zachtjes te praten in Geena's oor. De woorden troostten Geena, maar ze werden niet tegen haar gezegd.

Tante Bren, die met al haar ervaring wist wat ze moest doen wanneer een gebroken mens om hulp kwam vragen, bleef de kalmerende teksten tegen Geena fluisteren, terwijl ze uithuilde tegen haar schouder.

'Ziet u wel,' – Geena snikte en probeerde te glimlachen – 'u kunt er niets aan doen, tante Bren.'

Ze lachten allebei, en tante Bren gaf een klopje op Geena's hand. 'Je hebt gelijk, schat, ik kan er niets aan doen.'

Ze lachten nog steeds toen de voordeur openging en de dominee binnenkwam. Het viel Geena ineens op hoe klein hij leek. Ze had hem altijd als een grote man beschouwd. Tijdens haar bezoekjes had ze hem natuurlijk gezien, maar ze had uit angst voor zijn oordeel niet echt naar hem durven kijken. Nu keek ze hem recht aan.

Hij was maar een meter vijfenzeventig lang en hij werd kaal. Wat nog over was van zijn witte haar, bleef rechtop staan toen hij zijn pet afzette. Ze probeerde dit beeld te verbinden met dat van de weleerwaarde heer op de kansel waarmee ze was opgegroeid. Hij had toen heel groot geleken, imponerend zelfs.

Een grijns verscheen op zijn gezicht alsof hij in de gaten had dat het deze keer anders was. Hij mikte zijn pet op de salontafel. 'Geena, mijn schitterende diamantmeisje. Welkom thuis, kind.'

Ze rende bijna in zijn armen en genoot van zijn omhelzing. Het was de omhelzing van een liefhebbende vader, en het gaf haar het gevoel dat ze echt thuisgekomen was.

'Welkom thuis, kleine zus', zei de dominee, en ze wist dat hij het meende. Hij hield haar op een armlengte afstand. 'En wat gaan we doen aan grote zus?'

Hoofdstuk

36

Al diverse keren had Lillian geprobeerd Truman ertoe over te halen haar zijn atelier te laten zien, maar hij zei steeds dat hij werkte aan een verrassing voor haar en niet wilde dat ze het al zag. Iedere keer dat ze in zijn huis geweest was, had het atelier op slot gezeten.

Hij werkte 's morgens verscheidene uren. Dus reed Lillian af en toe naar zijn huis en liet ze zichzelf binnen. Ze flanste dan in zijn keuken iets lekkers in elkaar en klopte op de deur van zijn atelier. Daar wachtte ze totdat hij opendeed en haar zag staan in een van haar lichte zomerjurkjes waar hij zo van hield, met een blad met ijsthee en een hapje in haar handen.

'Mag ik komen spelen?', vroeg ze vaak plagend. Hij gaf haar dan snel een kus, nam het blad van haar over, gaf haar een knipoog en sloot de deur weer. Lillian ging dan in een grote luie stoel met een boek op hem zitten wachten.

Er waren dagen waarop ze een heel boek uitlas. Het viel haar op dat de heldinnen in de romans zelden een goedlopend huishouden en een hartstochtelijke relatie combineerden. Dat was een teleurstelling voor haar, en daarom probeerde ze zich een huwelijk met Truman voor te stellen als zowel huiselijk als vol van een passie die in de loop van de tijd alleen maar groeien zou.

Ze viel ook wel eens in slaap onder het lezen. Nare dromen over Robert achtervolgden haar dan. Ze vertelde Truman niets over de dromen of over de verdrietige gevoelens die ze nog steeds had over Robert, net zomin als ze hem ooit vroeg naar Angela. In beide gevallen ging het over een persoonlijk verdriet, waar ze het niet meer over hoefden te hebben. Ze wisten eenvoudigweg dat die pijn bij de ander bestond, en probeerden elkaars verdriet te verzachten.

Op een dag had ze Truman net zijn lunch gebracht en plofte ze met een boek op de bank, toen de deur van het atelier openzwaaide. Hij liep doelbewust naar de bank, trok haar overeind en nam haar stevig in zijn armen.

Zijn mond was op de hare, teder maar gretig, terwijl hij op de bank ging zitten en haar op zijn schoot trok. Zijn handen omvatten haar borst, en zijn mond gleed naar het kuiltje in haar nek. Haar handen streelden zijn kale hoofd, drukten zijn mond nog steviger op de hare en streelden vervolgens zijn sterke schouders. Ze probeerde zichzelf in een wat gemakkelijker positie te manoeuvreren toen een luide klop op de deur hen deed schrikken. Ze sprong bijna van zijn schoot af. Ze schoten allebei in de lach om het gênante van de situatie.

'Wauw. Hm.' Hij schraapte zijn keel, en ze stonden allebei op, zijn ogen met een dwingende vraag op de hare gericht. Hij boog zich voorover en kuste haar opnieuw. Hij wreef over haar rug en zijn stem was laag toen hij bromde: 'Zal ik opendoen?'

Zachtjes duwde ze hem weg terwijl ze probeerde de glimlach op haar gezicht te verbergen. Ze sloeg haar armen over elkaar en fluisterde: 'Je moet opendoen.'

Hij knikte en schoof zijn duimen in zijn broekzakken, een houding die hij vaak aannam wanneer hij probeerde met zijn vingers van haar af te blijven. Ze keek toe hoe hij naar de deur liep in zijn spijkerbroek en T-shirt vol verf. Ze keek naar haar jurk. Die zat onder de blauwe, rode en bruine vlekken.

Ze zuchtte en keek naar de open deur van het atelier. Truman moest tekenen voor de ontvangst van een pakje, en ze liep heimelijk het atelier in. Ze kon een vrolijke lach niet van haar gezicht af houden, keek om zich heen en zag dat ze omgeven werd door schildersezels en verf. Zachte jazzmuziek vulde de ruimte, en de geuren van verf en terpentine prikkelden haar neusgaten. Anders dan in de rest van zijn huis, waar het allemaal netjes en ordelijk was, stond het atelier vol doeken, sommige nog leeg en andere voor een deel beschilderd. Tafeltjes lagen bezaaid met tubes verf, en er stonden verscheidene potten met penselen. Grote stukken papier en schetsen waren tegen de muren geprikt naast voltooide schilderijen van rozen en wijngaarden. Een plafondventilator draaide langzaam rond, en overal in de muren waren ramen met zware gordijnen, sommige open en andere dicht. In alle hoeken van de kamer stonden studiolampen, maar die waren uit. Lillian kon zien dat hij het atelier zo had ingericht dat hij vanuit verschillende hoeken licht door de ramen naar binnen kon laten vallen, maar de ruimte ook helemaal donker kon maken.

Diverse ezels stonden met de achterkant naar de deur of waren bedekt met doeken. Het schilderij waarmee hij bezig was, was van haar af gewend. Ze wilde het heel graag zien, maar ze had beloofd dat ze niet stiekem zou kijken. Ze draaide zich weer om naar de deur, tevreden dat ze nu had gezien waar hij het grootste deel van zijn tijd doorbracht.

Truman leunde tegen de deurpost. Op heterdaad betrapt hapte ze naar lucht. Ze sloeg haar hand voor haar mond, als een kind dat stiekem had gekeken wat er onder de kerstboom lag.

'Sorry', fluisterde ze.

'Je bent net Eva, niet bestand tegen de verleiding, hè?'

Ze lachte. 'Adam had Eva in de gaten moeten houden. Als hij dat gedaan had, had ze vast nooit van die appel gegeten.'

Zijn ogen schitterden. 'Als Eva er niet geweest was, was Adam nooit in de verleiding gekomen.'

Zijn ogen gleden over haar gestalte, en ze wist dat ze het niet meer over appels hadden. Hij bleef staan waar hij stond.

'Ik heb je jurk verpest.' Hij deed alsof hij er spijt van had. 'Ik ben ook dol op die jurk.'

'Het geeft niet', zei ze. 'Ik zal hem bewaren als aandenken.'

Hij schoot in de lach, kwam naar haar toe en trok haar tegen zich aan. 'Een aandenken aan wat? Aan de schurk die ik ben?' Hij kietelde haar in haar zij.

'Dat ben je helemaal niet', gilde ze.

Hij hield haar op een armlengte van zich af, ineens een ernstige blik in zijn ogen. 'Dat ben ik wel. Als die bezorger net niet had aangeklopt ...'

'Waren we met elkaar naar bed gegaan.' Haar woorden kwamen er snel uit, gefluisterd, en verrasten hen beiden. Dus daar was de waarheid, hardop uitgesproken, in al haar glorie, en Lillians wangen kleurden net zo rood als de verfspetters op haar kleren.

Ze sloeg haar ogen neer en streek haar jurk glad. Mocht een weduwe zulke dingen wel denken?

'Lillian.' Hij hief haar kin op, maar ze keek van hem weg. 'Lieveling, kijk me alsjeblieft aan.'

Het beeld van Roberts gezicht schoot door haar hoofd. Het was een van de koosnaampjes die hij voor haar had, een woord dat een man gebruikte voor zijn vrouw. Dwars door de herinnering heen keek ze Truman aan.

'Ben jij ooit getrouwd geweest?', vroeg ze.

'Nee. Angela en ik zijn nooit zover gekomen, weet je wel? Dat heb ik je verteld.'

'Maar ik wel.'

Hij keek haar strak aan, in de war gebracht door de vanzelfsprekendheid van haar woorden, en wachtte totdat ze de gedachte afmaakte.

Ze sloeg haar ogen weer neer. 'Ik ben weduwe, weet je wel?'

Hij legde zijn handen om haar gezicht en kuste haar liefdevol. 'Lil, je bent weduwe, maar je bent niet dood.'

Ze slikte de brok in haar keel weg. 'Soms voelt het wel zo.'

Truman streelde zacht met zijn duim langs haar wang. Hij zuchtte, en dat brak haar hart.

'Dat je weduwe bent, betekent niet dat je niet opnieuw liefde kunt voelen en ervaren. Je leeft.' Hij boog zich naar haar over, en ze voelde zijn warme adem door haar haren. 'Geloof me maar, Lil, je bent zo levend als wat.' Hij haalde diep adem. 'We hoeven nu die kant niet op te gaan, maar op een dag, Lil, zul je het zelf willen.' Hij gaf haar een tikje onder haar kin. 'En zeker als ik je ertoe kan overhalen hier voor altijd te blijven.'

Ze knikte, bang voor wat hij bedoelde. Hij trok haar dicht tegen zich aan. Ze kon zich op dit moment niet voorstellen dat ze met iemand anders getrouwd zou zijn, en vroeg zich af of ze zich altijd Roberts vrouw zou blijven voelen.

De spanning trok uit haar weg, terwijl ze luisterde naar het kloppen van zijn hart. 'Het is waarschijnlijk niet goed voor me dat ik het zo serieus neem, maar wanneer ik bij jou ben, voelt het zo ...'

'Het voelt goed, want het lijkt erop dat we elkaar veel nader zijn gekomen dan goed zou zijn, hè?'

Ze klemde haar armen steviger om zijn lijf. 'Ja, zo is het.'

'Nou, hoe gaan we dan nu verder?', vroeg hij.

Ze schoot in de lach. 'Niet die kant op, al zou het wel leuk zijn, hè?'

Hij lachte bulderend met haar mee. 'Niet te geloven dat jij dat zegt, mijn preutse en decente Lillian.'

'Het is waar. En het doet me goed het eruit te gooien.' Ze rolde met haar ogen. 'Nu het hardop gezegd is, neemt het verlangen misschien een beetje af.'

Hij schudde zijn hoofd. 'Bij mij niet, lieveling, bij mij niet. Kom hier zitten.' Hij liep met haar naar een bank en legde haar als een model in een pose, één hand onder haar kin en haar benen weggestopt onder haar jurk.

Hij zette een ezel neer en begon te schilderen. Zijn penseel streek over het doek en zijn ogen waren strak gericht op het beeld dat hij wilde scheppen.

'Je bent me weer aan het schilderen?'

'Ja. Deze keer met toestemming, toch?'

Haar wangen gloeiden. 'Ja, deze keer wel.' Ze glimlachte.

'Niet lachen. Gewoon rustig blijven liggen en mij laten schilderen.'

Ze keek toe terwijl hij werkte en met zijn heldere ogen onderzoekend naar haar keek. Hij straalde energie uit, en even voelde ze zich verlegen. Hoeveel mensen van hun leeftijd zouden wachten met seks? Ze vroeg zich af wat Truman werkelijk dacht van haar 'preutse en decente' gedrag. Ze voelde zich tot in haar diepste innerlijk tot hem aangetrokken, maar wist niet of ze ooit intiem met hem zou kunnen zijn na Robert, die haar had achtergelaten met het gevoel dat ze ongewenst en nergens goed voor was.

Ze verlegde haar heupen op de bank en nam even de tijd om haar been te strekken.

'Je zou dit schilderij *Waiting* moeten noemen', plaagde ze.

'Sst,' fluisterde hij, 'stil.' Hij keek naar haar gezicht en keerde zich weer naar het doek.

'Sorry', fluisterde ze terug.

Hij bleef maar schilderen, met snelle bewegingen achter het doek, en keek voortdurend heen en weer van haar naar het schilderij. 'Misschien moet ik het wel *The Frustrated Artist's Muse* noemen.'

Ze grinnikte. 'En wat doe je met de vlekken op mijn jurk? Die schilder je toch zeker niet?'

'Ik moet het schilderen zoals het is.'

'Maar dat ziet er vreemd uit.'

'Nee, het voegt juist iets toe aan hoe je er verder uitziet.'

'En hoe zie ik er dan uit?'

'Nou, het past bij de verfvlekken in je haar en op je handen.'

Ze wierp een blik op haar handen en zag dat het waar was. Er zaten blauwe vlekken op haar handen van de liefkozingen waarmee ze hem overstelpt had tijdens hun uitwisseling van hartstochtelijke kussen.

Hij liep naar haar toe, veranderde iets aan haar kin die op haar hand rustte, en drukte een kus op haar neus. 'Sst.'

Hij ging terug naar de ezel en tikte zachtjes met zijn penseel op het doek. 'En op een of andere manier is er ook verf op je kin en je wang terechtgekomen.'

'Ik zal er vreselijk slordig uitzien.'

Hij haalde eens diep adem en zuchtte. 'Alsof je net gekust bent door een gefrustreerde, zij het geduldige kunstenaar.'

Hoofdstuk
37

Tijdens hun veelvuldige wandelingen over het stadsplein merkte Lillian dat mensen soms hun winkel uit kwamen lopen en naar hen knikten en glimlachten wanneer ze hen voorbij zagen komen.

'Waarom kijken ze zo?', vroeg Lillian gedurende een van hun strooptochten. 'Heb je me weer onder de verf gesmeerd?'

Hij trok haar dicht tegen zich aan. 'Ik denk dat ze je gewoon willen zien. Sommigen van hen proberen al tijden me aan iemand te koppelen. Waarschijnlijk hebben ze gedacht dat ik eeuwig vrijgezel zou blijven.'

'Denk je dat ze allemaal gehoord hebben van het schilderij?'

'Ja. Heeft Kitty je dat niet verteld? Louise maakt reclame met het verhaal achter het schilderij. Ze hoopt dat het meer toeristen naar La Rosaleda zal lokken. Vind je dat erg?'

Ze haalde haar schouders op en besloot eerlijk antwoord te geven. 'Ja, dat denk ik wel. Het voelt voor mij nog altijd als iets heel persoonlijks aan. Ik zou willen dat ze het me gevraagd had.'

'Jammer dat je dat vindt. Ik vond het een goed idee. Ik houd van ons verhaal.' Hij liet haar los terwijl ze verder liepen en stak zijn handen in zijn zakken.

Lillian betreurde dat er iets tussen hen gekomen was.

'Van de positieve kant bekeken', zei hij aarzelend, 'heeft het verhaal achter het schilderij ook mensen ertoe gebracht interesse te tonen voor mijn werk. Ik ben nu meer gemotiveerd dan ooit om nog meer diepgang in mijn schilderijen aan te brengen. Ik weet dat ik het beter kan.'

'Wat je tot nu toe gemaakt hebt, is ook goed. Ik heb *Rose House in Winter* gezien in het pension. Ik vind het prachtig. Het grijpt je bij de keel. Het is zo echt.'

'Dank je wel.' Hij nam haar hand in de zijne, en een gevoel van opluchting trok door haar heen.

'De Tenneys waren de enige verzamelaars die in dat schilderij geïnteresseerd waren. Ik denk omdat ze mij kenden. De meeste verzamelaars van bloemenschilderijen of landschappen uit de regio hadden er geen vertrouwen in dat een huis bedekt met verdorde rozen in hun cadeauwinkels verkocht zou worden.'

'Maar het hield veel meer in dan verdorde rozen. Het was winter', zei Lillian. 'Zo zien rozen er in de winter uit.'

'Dat maakt niet uit. Sommige mensen leven eeuwig in de zomer.' Hij lachte, maar ze dacht niet dat hij het echt grappig vond.

Ze glimlachte tegen wil en dank om een paar kinderen die voor hen uit liepen, terwijl hun ouders probeerden hen bij te houden. Ze werd er verdrietig van, maar ze had besloten dat ze haar herinneringen aan Sheyenne en Lee niet meer zou verdringen, ook niet als dat betekende dat het pijn deed.

'En het schilderij dat je aan het restaurant gegeven hebt? Is dat geworden zoals je het wilde?'

'Mevrouw Diamon, als er al een betekenis in dat schilderij zat, was het een boodschap voor jou. Heb je die niet begrepen?'

Ze bleven staan onder het zonnescherm van de galerie. Ze koos haar woorden zorgvuldig. 'Toen ik het schilderij voor het eerst zag, bracht het me in verwarring, maar toen ik de gouden vrouw opmerkte tussen de rozen, besefte ik dat je me opnieuw geschilderd had zonder dat ik het wist.'

Hij fronste zijn wenkbrauwen. 'Ik was de weg kwijt toen ik het schilderde. Ik had je net gevonden en meteen weer verloren.

Het was een manier om uitdrukking te geven aan wat ik voelde, en ook om met jou in contact te komen.' Hij sloeg zijn ogen neer en keek meteen weer op naar Lillian. Hij hield haar blik vast. 'Jij reageerde niet op mijn telefoontjes.'

Ze gaf een kneepje in zijn arm. 'Ik was zo gelukkig met het schilderij. Het enige waar ik de hele dag aan kon denken, was jij.'

De opluchting was van zijn gezicht af te lezen. 'Dus je hebt de boodschap gekregen?'

'Ik denk het wel, anders zou ik hier nu niet zijn. Je bent natuurlijk vrij om me een vertaling te geven.'

'De boodschap luidde: 'Het spijt me dat ik ben binnengedrongen in jouw leefwereld door je portret te schilderen, maar ik heb er geen spijt van dat we elkaar hebben ontmoet. Kom alsjeblieft bij me terug.''

Hij boog zich voorover om haar op haar wang te kussen, maar sprong geschrokken achteruit toen hij een camera hoorde klikken.

'Charles', riep Truman uit. 'Waar denk je dat je mee bezig bent?'

Charles liet zijn camera langs zijn zij bungelen, en hij trok een berouwvol gezicht.

'Charles, ik vroeg waar je mee bezig bent.'

'Het spijt me, meneer Clark.' Charles keek van hem weg en sloeg zijn ogen neer. 'Ik hing een beetje rond met Kara, en toen ik mevrouw Diamon en u zag, dacht ik dat het een mooie foto kon worden.' Hij haalde zijn schouders op. 'Ik dacht dat u het leuk zou vinden.'

Lillian stapte de galerie binnen en stond oog in oog met Kara, die er paniekerig uitzag.

'Het spijt me, Lillian', zei Kara. 'Hij bedoelde er niets mee.'

'Het is al goed', mompelde Lillian.

'Ik hoopte dat hij vandaag hier bij mij kon blijven, maar ik was even achter aan de telefoon met mijn vriend en ...'

'Echt, Kara,' zei Lillian, 'ik begrijp het. Tru handelt het wel met hem af. Ik heb begrepen dat hij Charles' mentor is.'

'Ja', zei Kara terwijl ze naar haar plaats achter de balie liep, en ze klonk opgelucht. 'Dat is zo. Hij is fantastisch met Charles. Lieve help, toen ik zag dat hij een foto van jou maakte, ben ik zo geschrokken. Hij wil niet onbeleefd zijn. Hij is alleen zo enthousiast over zijn camera.'

Charles kwam de galerie binnen met Truman in zijn kielzog.

'Het spijt me', zei Truman. 'Soms vergeet Charles aan mensen te vragen of hij een foto van hen mag maken.'

Lillian keek toe terwijl Charles in een stoel achter de balie ging zitten en zich bezighield met het opbergen van zijn fotoapparatuur.

'Een camera is ook een soort schildersdoek, en tenslotte ben jij zijn leraar', plaagde Lillian. Ze zag dat Truman een kleur kreeg, terwijl hij haar met een schuldbewuste glimlach aankeek.

'Kara,' zei Lillian, 'nu we hier toch zijn, mogen we *Beauty and the Beast Within* zien?' Ze gebaarde naar de andere schilderijen. 'Ik zie het er hier niet bij. Heeft Louise het weggezet?'

Kara schraapte haar keel. 'Ja,' zei ze, 'Louise heeft het weggezet. Ik kan het nu niet pakken. Mag het later, volgende week of zo? Ben je er dan nog?'

'De vraag is,' zei Truman, en hij knipoogde naar Kara, 'of ze ooit nog weggaat.'

Truman opperde opnieuw de gedachte dat Lillian in La Rosaleda zou blijven, toen ze 's avonds in het café aan het keienlaantje waren om te genieten van een jonge man die oude nummers van Frank Sinatra zong.

'Ik zal erover nadenken,' zei Lillian, 'maar als ik hier blijf, zal ik een huis of een appartement moeten zien te vinden, want ik kan niet voor eeuwig in het huisje blijven wonen.'

'Paige zou het helemaal niet erg vinden als je voor eeuwig zou blijven. Zij wil ook niet dat je weggaat.'

De serveerster verscheen met twee glazen ijsthee met mango en passiefruit.

De avond was nog warm na de hitte van de dag, en ze dronken hun ijsthee op voordat het ijs kon smelten. Lillian keek omhoog naar een klein vaag verlicht balkonnetje dat vol stond met potten kleurrijke bloemen. Ze moest lachen om het fotogenieke plaatje.

'Wat een romantisch plekje', zei ze.

'Dat is Kitty's balkon.'

'Echt waar?'

'Er zit een verhaal achter', zei hij.

'Een van Kitty's verhalen. Ik vind het heerlijk wanneer ze vertelt over Rose House, over haar dochter en kleindochter en over haar romance met Blake.'

'Als je maar niet zo maf wordt als die rare figuren die denken dat ze dode mensen zien op de veranda van Rose House.' Truman huiverde.

'Nee, ik geloof niet in spoken', lachte Lillian. 'Ik ben alleen maar geïnteresseerd. Het verhaal over Rose House inspireert me. Voor mij is Rose House het tegenovergestelde van wat er gebeurd is op Mosquito Road, vooral als je het verhaal erachter in overweging neemt. De schoonheid ontroerde me al de eerste keer dat ik het zag.'

'Ja, ik weet het.' Hij gaf haar een knipoog. 'De gedachte dat het zo veel jaren gediend heeft als een manier om de hoop levend te houden, is heel bijzonder.'

'Ja, dat is het zeker.'

'Is dat de reden waarom je een foto ervan in je tas had?'

'Je vindt me vast raar, maar al voordat je mij geschilderd had bij Rose House, had ik die foto of in mijn tas of op het prikbord op mijn werk. Ik droomde altijd dat ik op een dag net zo gelukkig zou zijn.'

'Rose House verandert mensen,' zei hij, 'maar Kitty zegt dat het alleen mensen verandert die door de rozen heen kunnen kijken.'

'Kijk maar naar ons', riep Lillian uit. 'Was het Rose House, of was het het lot?'

'Dat hangt ervan af wat je onder het lot verstaat. Ik geef er de voorkeur aan het als goddelijke interventie te zien.'

Ze keek omhoog naar het balkon. 'Ik zou graag geloven in goddelijke interventie.'

Hij gaf een kneepje in haar hand. 'Heb je zoiets nog nooit meegemaakt?'

Ze dacht aan de geur van de rook toen de brand haar haar ouders en broers afnam. Ze herinnerde zich de nieuwsflitsen over het auto-ongeluk, beelden van de bloederige lakens, Geena die er op haar tenen tussendoor liep, de foto van Geena in Roberts portefeuille.

'Ik heb het nooit meegemaakt, maar ik ben opgegroeid met het geloof dat het mogelijk is.'

'En het feit dan dat ik je ben komen schilderen?', vroeg hij. Hij reikte over het tafeltje heen en pakte haar hand.

Opnieuw keek ze omhoog naar het balkon, en ze dacht aan het schilderij van Rose House. 'De titel die je ervoor gekozen hebt, *Beauty and the Beast Within* ... is een beetje, eh, spottend, en boosaardig.'

'Het gaf precies weer wat het was. Intussen weet je dat jij de *Beauty* in het schilderij bent. Het is niet zomaar een vrouw.'

Ze glimlachte. 'En ik begrijp het stukje over het *Beast*. Het is vreemd dat ik verdriet nooit gezien heb als een beest, maar het klopt wel. Het is als een monster dat je gezonde verstand wegvreet.'

Ze bestelden iets te eten en waren net begonnen aan een schaal nacho's met maïs en mango, toen flitslicht hun hoekje in een felle gloed zette.

'Charles', riep Truman uit, maar het was Charles niet. Het was een donkere vrouw, ongeveer van Lillians leeftijd, met bruine krullen, en een cameraman.

'Laura Balmain. Wat doe jij nou?', vroeg Truman nijdig, en hij ging staan. 'We proberen rustig iets te eten.'

De vrouw leek even te schrikken, en Lillian vroeg zich af of zij ook een van Trumans leerlingen was, maar het werd haar al snel duidelijk dat ze een plaatselijke verslaggever was bij de krant van het stadje.

Laura keek naar Trumans imponerende gestalte, maar gaf geen krimp. Ze gebaarde haar cameraman dichterbij te komen.

'Truman Clark, is dit je vriendin?'

Lillian stond op en wuifde Truman aan de kant. Ze wilde tussenbeide komen en een scène voorkomen. De toeristen om hen heen begonnen al naar hen te kijken.

'Ik ben Lillian', zei ze. 'Ik denk dat je me de belangrijke andere helft van Truman kunt noemen.'

'Is dat waar?', vroeg Laura aan Truman.

'Oké, het is waar. Deze dame is mijn' – hij knipoogde naar Lillian – 'mijn verloofde.'

Lillians mond viel open. 'Je wat?'

Truman zei: 'Als je ons nu wilt verontschuldigen ... We hebben iets te vieren', en hij greep de taperecorder uit de hand van de journaliste. 'Laura, ga iemand anders lastigvallen. Je werkt niet voor *People*. Je kunt vast wel iets interessanters vinden om verslag van te doen dan met wie ik zit te eten.'

'Ik probeerde alleen bevestiging te krijgen van de feiten voordat ik je mijn belangrijkste vraag ging stellen', zei ze. Ze leek heel tevreden over zichzelf.

Truman stak zijn handen in de lucht. 'Laura, ga alsjeblieft weg.'

'Truman Clark, weet jij wie het schilderij met de titel *Beauty and the Beast Within* uit de galerie in La Rosaleda gestolen heeft?'

'Wat?'

'Gestolen?', riep Lillian uit.

'O, wist u dat niet, mevrouw Diamon?' Gretig gaf Laura de taperecorder een zwaai en ze hield hem Lillian voor.

'Natuurlijk niet. Waar hebt u het over?'

'Er gaat een gerucht dat het schilderij vandaag gestolen is. We hoorden dat Truman misschien ...' Plotseling zag ze er verslagen uit. 'Nou, iemand heeft gesuggereerd dat Truman het heeft en het verborgen houdt of zo.'

'Hoe kom je daarbij?', reageerde Lillian vinnig.

'Omdat Kitty DiCamillo het hem niet wil teruggeven, zeggen ze. Het kan best kloppen dat Truman erbij betrokken is.' Laura haalde haar schouders op, enigszins in verlegenheid gebracht.

'Nee, dat klopt niet', zei Lillian.

'Dit is absurd', riep Truman uit. 'Laura, ik ken je vader, en als ik hem spreek ...'

'Is het wel waardevol genoeg voor iemand om het te stelen?', vroeg Lillian. Truman keek haar verbolgen aan, alsof ze hem ter plekke verraadde. 'Ik vraag het maar', zei ze. 'Ik weet dat het voor ons miljoenen waard is, maar …'

'Het zal toch wel iets waard zijn', zei Laura om de draad weer op te pakken. 'Anders zouden ze het niet hebben meegenomen, toch?'

'Nee, dat is onzin', wierp Truman tegen. 'Je probeert een heel verhaal te maken van iets wat niets voorstelt. Ga nou alsjeblieft weg. Ik ben aan het eten.'

'Met zijn verloofde', zei Lillian met glinsterende ogen. Truman wierp haar een vragende blik toe. Ze glimlachte geforceerd terug.

Lillian zag achter Trumans rug de bedrijfsleider naar hun tafeltje komen.

'Laura Balmain,' zei hij afkeurend, 'zo is het wel genoeg. Dit is mijn restaurant, en ik wil dat je vertrekt.'

'Sorry, Bob', zei Laura, en ze gebaarde naar haar cameraman om haar te volgen. Over haar schouder riep ze hun nog toe: 'En gefeliciteerd met jullie verloving.'

Perplex zat Lillian tegenover Truman. 'Ik kan mijn oren niet geloven', zei ze.

'Ik ook niet', zei Truman. 'Zou het schilderij echt gestolen zijn?'

'Nee,' zei Lillian, 'ik kan niet geloven dat we gaan trouwen.'

Langzaam trok er een glimlach over zijn gezicht. 'Sorry dat ik dat gezegd heb', zei hij. 'Ik plaagde alleen maar.'

Ze probeerde gekwetst te kijken. 'Dus je wilt helemaal niet met me trouwen?'

Waarderend gleed zijn blik over haar figuurtje. 'Dat heb ik niet gezegd.'

De volgende morgen bazuinde de vijf pagina's tellende *La Rosaleda Sun* met een sensationele kop het nieuws van de inbraak in de galerie rond: *Verloofd stel treurt om verlies schilderij.*

Lillian gooide de krant voor zich op tafel terwijl Paige nog een kop koffie inschonk. 'Belachelijk.'

'Maak je geen zorgen', zei Paige. 'Niemand hier neemt die krant serieus.'

'Maar Tru zal het gênant vinden', somberde Lillian.

Paige glimlachte wijs. 'Dat betwijfel ik.'

Mark kwam binnen en sloeg een onafhankelijke krant uit het nabijgelegen Santa Rosa open. Het artikel over het gestolen schilderij had de voorpagina niet gehaald, maar er werd wel over bericht, en er stond bij dat de kunstenaar en de muze die hem tot het maken van het schilderij geïnspireerd had, verloofd waren.

'Moet ik al een smoking gaan passen?', plaagde Mark.

Lillian stond bliksemsnel op. 'Dus jullie vinden dit grappig?'

Ze knikten allebei. 'Ik ben bang van wel', zei Paige. 'En bovendien zouden we het prachtig vinden als jullie zouden trouwen.'

'Hij heeft het me niet met evenzoveel woorden gevraagd', zei Lillian, en ze draaide zich om om weg te gaan, maar keerde snel terug met de vraag: 'In hoeveel kranten staat dit wel niet?'

'Alleen maar in deze twee', stelde Paige haar gerust. 'Kijk er eens zo naar: als het ervoor zorgt dat alle mensen aan de praat raken over het schilderij, wordt het misschien sneller gevonden.'

Lillian ging weer zitten. 'Daar had ik nog niet aan gedacht.' Haar hoofd tolde van de vragen. Wie kon het gestolen hebben? En waarom?

Hoofdstuk
38

Een paar dagen later keek Lillian uit over de tuin vanuit Kitty's woonkamer. Met haar ogen zocht en vond ze het pad waar Truman haar voor het eerst had aangesproken na de kerkdienst. Sinds die dag was er veel gebeurd.

Truman schoof op zijn stoel. Hij zat op het randje, alsof hij bang was dat de rieten stoel hem niet zou houden.

'Luister, allemaal', zei Kitty. 'De politie is hier niet om wie dan ook van ons te beschuldigen van het stelen van het schilderij.' Ze speelde met de wandelstok die tegen haar stoel stond.

Louise Roy zat naast haar en knikte instemmend.

'Ze willen alleen aanvullende informatie hebben die misschien kan helpen het schilderij terug te krijgen', zei Kitty.

Kitty keek Truman aan. 'Het spijt me dat je schilderij gestolen is, Truman. Sinds we ontdekt hebben dat jij degene bent die het heeft afgestaan, waren we er nog trotser op dat we het konden tentoonstellen.'

'Maar', viel de jonge politieagent in, 'we moeten u allemaal een verhoor afnemen.' Hij keek met veel gevoel voor drama de kamer rond en hield van iedere aanwezige afzonderlijk even de blik vast. Hij deed Lillian denken aan Barney Fife uit de *Andy Griffith Show*.

'Om te beginnen,' zei hij, 'waar was u in de nacht waarin de misdaad plaatsvond?'

Kitty keek de agent boos aan. 'Jongeman, ik dacht dat u alleen maar hier was om informatie te verzamelen. Dit klinkt alsof u ons om een alibi vraagt.'

De agent bloosde en schraapte zijn keel. 'Ik verzamel alleen informatie.'

Plichtsgetrouw gaven ze allemaal antwoord op zijn vraag. Toen het Trumans beurt was, draaide hij zijn hoed rond tussen zijn handen. Lillian vond het vreemd dat de agent hem strenger observeerde dan de anderen.

'Ik was thuis in mijn atelier aan het schilderen', zei Truman.

'Waar bevindt zich uw atelier, meneer Clark?', vroeg de agent.

'Een paar kilometer buiten de stad. Je weet best waar het is, Peter.' Truman wreef over de stoppels op zijn kin. Hij zag er verveeld uit.

'Was er iemand bij je in het atelier?' Peter wierp een blik op Lillian. 'Mevrouw Diamon misschien?'

'Ik?'

'Was u die avond bij hem in zijn atelier?'

'Nee, ik was in mijn huisje bij het pension. Om een uur of zes hebben we gegeten, zoals meestal, en daarna heeft Truman me afgezet.'

'Hoe laat heeft hij u afgezet, mevrouw Diamon? En is hij nog gebleven?'

Kitty kwam tussenbeide. 'Peter, is dat nu echt nodig?'

Peter slaakte een zucht en legde zijn pen op de salontafel. 'Als ik bevestigd kan krijgen waar Truman was, kan ik die idiote geruchten dat Truman zelf het schilderij gestolen heeft, de kop indrukken.'

Kitty schoof onrustig heen en weer in haar stoel. 'Heb je al met Laura gesproken, die journaliste?'

'De krant heeft vanmorgen gebeld en deze vraag op tafel gelegd.'

Lillian boog zich voorover in haar stoel. 'Het is al goed. We willen graag helpen. Truman heeft me om acht uur afgezet.'

Peter keek Truman aan. 'En daarna ben je naar huis gegaan om aan de slag te gaan in je atelier?'

'Ja.'

Peter ging verder. 'Truman, je kent Kitty heel goed. Misschien heb je een sleutel van de galerie, of misschien heeft iemand die van het schilderij wist, een sleutel gestolen.'

'Er zijn geen sleutels kwijt, jongeman.' Kitty reikte naar haar stok om op te kunnen staan.

Peter gebaarde haar te blijven zitten. 'Ik stel alleen maar vragen, Kitty', zei hij. 'Maak je geen zorgen.' Hij wendde zich weer tot Truman. 'Was er nog iemand anders bij je in huis die avond? Iemand die kan bevestigen dat je thuis was?'

'Ja. Ik had een cliënt op bezoek tot een uur of tien. Ik heb haar geschilderd.'

Lillian voelde haar wangen warm worden. Welke vrouw had Truman 's avonds laat bij zich thuis? De twijfels die ze met Robert had geprobeerd te begraven, staken hun kop weer op.

'Deze persoon was het onderwerp van een schilderij waarmee je bezig bent?'

Truman keek Lillian aan. Hij moest opgemerkt hebben dat ze van streek was, want hij had bezorgde rimpels in zijn voorhoofd getrokken.

'Ja', zei Truman. 'Het was Paige.'

Wat is er mis met mij? Lillian wilde haar twijfels van zich af schudden, maar ze werden met de minuut sterker. Verward stond ze op en ze keek op Truman neer. Zachtjes weerde ze zijn hand af. Ze draaide zich om en verliet de kamer.

'Wacht even, Lillian', riep Kitty haar achterna terwijl ze zich door de hal naar de voordeur haastte.

'Jongedame, ik heb artritis', schreeuwde Kitty. 'Je kunt niet van me verwachten dat ik je achterna ga zitten.'

Lillian bleef staan. 'Het spijt me, Kitty.'

'Rustig maar, kind. Ik denk dat er een misverstand is. Truman en Paige zijn bevriend met elkaar, maar niet zoals jij het opvatte. Truman maakt een schilderij van Paige als verrassing voor haar man bij hun huwelijksjubileum.'

'Hoe weet je dat?', vroeg Lillian.

'Hoe ik dat weet?' Ze legde een hand op Lillians arm. 'Als ik zo brutaal mag zijn, Lillian, ik denk dat je te heftig reageert.'

Lillian sloeg haar armen over elkaar. Ze geneerde zich een beetje. 'Denk je?'

'Ja.'

Lillian zag achter Kitty's rug Truman kordaat op zich afkomen.

'Wil je Truman alsjeblieft zeggen dat ik hem graag later wil spreken? Ik heb wat ruimte nodig voor het eten vanavond.'

Truman wilde achter Lillian aan gaan, maar Kitty stak voor zijn neus haar hand op.

'Laat haar maar even, schat. Zelfs als je hier een verklaring voor hebt, zal ze er op dit moment niet naar luisteren. Ze heeft wat ruimte nodig.'

Truman slaakte een diepe zucht. 'Het is net alsof ik niets goed kan doen als het om Lillian gaat, Kitty. Vanaf het moment dat ik haar privacy geschonden heb bij Rose House, heb ik het steeds weer voor elkaar gekregen precies het verkeerde te doen of te zeggen.'

'Geef haar de ruimte', herhaalde Kitty. 'Soms is dat het beste voor een vrouw als zij. Ze is niet gewend aan de aandacht waarmee je haar overstelpt hebt.' Ze haakte haar arm in de zijne en bracht hem terug naar de woonkamer. 'Gun haar tijd.'

'Misschien heb ik ook wel tijd nodig, Kitty', zei Truman.

'Jullie allebei dan.'

Lillian bleef voor het huis staan om te bedenken hoe ze thuis kon komen, want ze was met Truman meegereden.

'Mevrouw Diamon. Het ziet ernaar uit dat u wilt vertrekken, en Truman niet.'

Snel draaide ze zich om. Het was Blake, de man van Kitty. Hij liet een bos sleutels aan een vinger bungelen.

'Hebt u een lift nodig?'

'O, geweldig, meneer Birkirt, als u het niet erg vindt.'

Lillians hart klopte als een razende in haar borst, maar ze was te boos om te huilen. Blake zette de radio aan, en ze probeerde zich te concentreren op het liedje van Frank Sinatra dat door de auto klonk. Had Kitty gelijk? Had ze te heftig gereageerd op Trumans verklaring? Ze was er behoorlijk zeker van dat Truman nooit een verhouding zou beginnen met een getrouwde vrouw, en Paige zou dat ook haar man niet aandoen. Toch had haar geest zich ogenblikkelijk gevuld met de herinnering aan de relatie tussen Robert en Geena. Ze schaamde zich voor haar gedachten en bedacht dat ze later die avond bij het eten aan Truman zou uitleggen hoe bang ze was en haar excuses zou aanbieden.

'Wil je nog ergens stoppen voordat we bij de Tenneys zijn?', vroeg Blake.

'Nee, dank u', zei ze. 'Ik ga maar gewoon terug naar het huisje, meneer Birkirt.'

'Zeg maar Blake.'

Ze lachte zacht. 'Dat is goed, maar het voelt wel een beetje vreemd u bij de voornaam te noemen, want u bent een dominee.'

Blakes pick-up leek niet in het minst op de gebutste rammelkast van Truman. De zwarte binnenkant was vlekkeloos schoon en er lag geen rommel. Het rook er naar een poetsmiddel voor leer. Dit in tegenstelling tot de bestuurder zelf. Blake droeg een denim overhemd, en zijn verweerde handen lagen vast op het stuurwiel. Ze kon zich hem best voorstellen achter het stuur van een pick-up, maar niet van zo'n hippe. Hij deed haar meer denken aan de dominee die haar had grootgebracht dan aan iemand die een wijngaard beheerde.

Blake betrapte haar op haar onderzoekende blik en glimlachte. Ze boog haar hoofd. 'Ik zat net te bedenken hoezeer ik je meditaties op zondagmorgen waardeer', zei ze. 'Je kunt goed preken.'

'Dank je wel, maar ik ben niet echt een dominee, alleen maar een leraar. Dominees gaan naar een seminarie en studeren theologie. Ik leid alleen een bijbelstudie.'

Ze strekte haar hand uit om een niet-bestaande vlek van het dashboard te vegen. 'Ik denk dat het meer is dan een bijbelstudie.

Met het zingen erbij heeft het meer weg van een kerkdienst. Mijn adoptievader is dominee, en je doet me aan hem denken.'

'Hoe dat zo?'

'Hij preekt in eenvoudige woorden', zei ze. 'Zijn preken zijn gemakkelijk te begrijpen, maar ze worden wel met overtuiging gebracht. Net als die van jou.'

'Nou, bedankt. Waar is je vader dominee?'

Lillian vond het niet erg te vermelden dat ze hem 'de dominee' noemde, en niet papa, terwijl ze uitweidde over het plattelandskerkje in het dorp waar ze was opgegroeid. Ze beschreef de muziek, de preken en de mensen.

'De mensen mis ik het meest', zei ze. 'Ik mis hun nuchterheid. Ze staan met beide benen op de grond en zijn altijd bereid praktische hulp te bieden.' Ze glimlachte in zichzelf, terwijl ze dacht aan de vrouwen die altijd lachten met hun gestifte lippen, en aan de vriendelijke mannen die graag een handje toestaken om te helpen.

Hij knikte begrijpend. 'Dan begrijp ik wel wat Truman en jij in elkaar zien. Hij is zo nuchter als het maar zijn kan, en hij heeft een bijzonder zacht plekje voor mensen in nood.'

De manier waarop hij het gesprek plotseling op Truman bracht, overviel haar. 'Dat is zo', vond ze ook, en vervolgens keek ze uit het raampje naar de voorbijglijdende huizen omdat ze niet wist wat ze nog meer moest zeggen. De ontmoeting met Truman had haar ook overvallen. Ze was naar La Rosaleda gekomen om haar problemen te ontvluchten, maar door de komst van Truman in haar leven waren ze nog ingewikkelder geworden.

Terwijl ze de stad binnenreden, wierp ze een blik op Blake, die zich concentreerde op het verkeer. Hij was degene die ervoor gezorgd had dat Rose House eruitzag zoals nu. Zijn harde werken en zijn zorg hadden het gecreëerd, vanaf de eerste spijker die in het hout geslagen werd. Lillian vroeg zich af wat hij vond van de talloze verhalen, foto's en schilderijen die door Rose House waren ontstaan.

'Word je alle aandacht van de toeristen die voor Rose House komen, niet eens zat?'

'Ja en nee', zei hij. 'Degenen die er een schijnvertoning van maken door te zeggen dat ze spoken gezien hebben en zo, die ben ik zat.'

'Geloof je niet in spoken?'

Hij maakte een hinnikend geluid. 'Jij wel?'

'Nee,' zei ze, 'maar ik kan wel begrijpen waarom sommige mensen dat wel doen, vooral als ze verloren geliefden te zien krijgen.' Ze dacht aan de levendige herinneringen aan Sheyenne en Lee in haar hoofd. Het waren maar droombeelden, maar ze had graag tegen hen gepraat, als God haar dat had toegestaan.

'Ja,' zei hij, 'maar ik wil liever niet aan Ruby, dat is mijn gestorven dochter, denken als aan iemand die hier nog rondhangt, terwijl ze in de hemel zou kunnen zijn. Ik zie het zo: waarom zou ze hier blijven als het in de hemel zo veel beter is?'

Lillian glimlachte en dacht aan haar eigen kinderen, die – dat wist ze heel zeker – een gelukkig leven leidden bij God. Ze zouden zich er niet van bewust zijn dat zij zo veel verdriet om hen had.

'De meeste mensen die naar Rose House komen, menen het wel goed. Ik vind het fijn dat iets wat ik gebouwd heb voor mijn vrouw, op zo veel verschillende manieren een betekenis kan hebben voor zo veel mensen. Ik denk dat God werkt op een verborgen wijze, soms zelfs door middel van rozen.'

'Misschien', zei Lillian.

'Vooral de brieven die mensen ons schrijven, vind ik vaak mooi', zei hij.

'Krijgen jullie brieven?'

'Jazeker. Onze kleindochter sorteert ze wanneer ze bij ons op bezoek komt, en Kitty leest me dan de mooiste voor.'

'Wat is de mooiste die jullie ooit ontvangen hebben?', vroeg ze, blij met de afleiding van haar frustraties vanwege Tru en het schilderij.

Blake hield zijn ogen strak op de weg gericht, alsof hij de vraag zorgvuldig overwoog. 'De mooiste kwam van een mevrouw in Arkansas. Ze vertelde dat haar moeder aan kanker was overleden toen zij nog heel klein was en dat ze daar nooit overheen was gekomen. Haar bezoek aan Rose House had haar ertoe geïnspireerd meer uit het leven te halen.'

Ze zuchtte. Ze wist hoe die vrouw zich had gevoeld. Ze moest Robert loslaten, maar Sheyenne en Lee had ze nooit willen loslaten.

Ze reden de oprit van het pension op, en Blake liet de auto stationair lopen.

'Deze vrouw bleek auteur van kinderboeken te zijn. Ze stuurde ons een prentenboek dat ze had geschreven. Het ging over een klein meisje dat woonde in een huis met rozen die zo hard gegroeid waren dat het meisje er gevangenzat.'

Lillian luisterde geboeid. Het klonk als een verhaal dat haar kinderen prachtig gevonden zouden hebben. 'Hoe kwam het meisje weer vrij?'

'Dat duurde een hele tijd', zei hij. 'Iedere week ging haar moeder naar de markt, en dan zei ze tegen het meisje dat ze het huis niet mocht verlaten, tenzij ze precies driemaal op de deur hoorde kloppen. Anders zou ze gepakt worden door de wolf, en worden opgegeten. Op een dag kwam haar moeder niet meer terug. Het meisje was bang dat de wolf haar moeder misschien had opgegeten, maar ze bleef in het huis omdat ze dat aan haar moeder beloofd had. Haar moeder keerde nooit meer terug, en in de loop van de tijd groeiden de rozen die haar moeder bij het huis geplant had, zo hard dat ze de deuropening helemaal bedekten.'

'O, lieve help', zei Lillian. 'Was ze bang?'

'Nou, nee', antwoordde hij. 'De takken van de rozen beschermden haar eigenlijk tegen vele insluipers, onder wie de wolf. Omdat het kleine meisje het huis niet uit kon, kon ze natuurlijk niet spelen met de kinderen in het dal. In plaats daarvan zong ze voor hen wanneer ze aan het spelen waren. In de loop van de jaren groeiden de kinderen op en vergaten ze dat daar ooit een meisje gewoond had. Het huisje werd helemaal overwoekerd door de rozen.'

'En zij moest gewoon binnen blijven?', vroeg Lillian, onder de indruk van de gave van de vrouw om een sprookje te schrijven over haar bezoek aan Rose House.

'Ja, ze moest heel lang in het huis blijven, totdat er op een dag, toen vele jaren waren voorbijgegaan, een jonge ridder langskwam.'

Er brak een glimlach door op Lillians gezicht. 'Het sprookjesgedeelte.'

'Klopt', zei Blake. 'Want de ridder hoorde een prachtige stem uit een enorme berg rozen komen. De stem deed hem denken aan het kleine meisje dat in zijn jeugd altijd zong vanuit het huisje in het dal. Hij sprong van zijn strijdros, greep zijn zwaard en hakte de talloze rozentakken één voor één door totdat hij een deur ontdekte.'

'Was die op slot?', vroeg ze, en ze voelde zich net een klein kind.

Blake glimlachte naar haar. 'Ja, dus de ridder klopte ...'

'... drie keer', maakte Lillian zijn zin af.

'Juist. Toen deed de verraste en lieftallige jonge vrouw de deur open en zag ze de ridder staan met een boeket rozen in zijn hand.'

Lillian zuchtte. 'En ze leefden nog lang en gelukkig.'

'Zo is het', zei Blake.

'Wat lief', zei Lillian. 'Hadden we allemaal maar zo'n prins op een wit paard om ons te redden.'

Blake grinnikte. 'Dat is waar, maar soms moet de prins een handje geholpen worden. Als het meisje niet gezongen had, zou hij er zo voorbijgereden zijn.'

'Of als ze een goede snoeischaar had gehad, had ze zichzelf kunnen bevrijden, en was het allemaal niet gebeurd.'

Blake moest zo hard lachen dat hij er rood van werd. 'Lillian, je deed me net denken aan mijn kleindochter, Lucy. Zij zei precies hetzelfde toen we haar het boek lieten zien.'

Lillian lachte met hem mee. 'Jouw kleindochter en ik zijn vast van dezelfde ongeduldige soort. Alles wat we nodig hebben, is een snoeischaar. Dan bevrijden we onszelf wel.'

Opnieuw lachten ze samen. 'Maar serieus, ik denk dat de moraal van het verhaal is dat we steeds maar hetzelfde blijven herhalen, omdat we dat nu eenmaal altijd gedaan hebben, en dat we dan binnen de kortste keren opgesloten zitten in onze eigen problemen.'

'Ik zou dat boek graag een keer zien.'

'Kitty vindt de tekeningen betoverend mooi. We verkopen het boek in ons winkeltje, en ik zal een exemplaar voor je opzijleggen. Cadeautje.' Hij stapte uit en liep om de auto heen om haar portier open te doen. Ze zou willen dat ze kon blijven zitten, nog een poosje langer in Blakes sprookjeswereld kon verblijven, en dat ze Paige, die op de veranda stond, niet onder ogen hoefde te komen.

'Dank je wel', zei Lillian. 'Het was fijn je te leren kennen. En het verhaal heeft me aan het lachen gemaakt.'

'Het was een genoegen je te zien lachen', zei hij. 'Een fijne dag nog.'

Hij zwaaide naar Paige en klom weer in zijn pick-up. Lillian had geen andere keus dan met Paige te praten.

Ze bleef staan op de onderste tree en keek omhoog naar Paige, die haar armen gekruist voor haar borst hield. Haar mond was samengeperst tot een dunne lijn. Lillians hart bonsde.

'Je hebt al gehoord van het verhoor, zeker?', vroeg Lillian, en ze probeerde met een glimlachje de spanning wat te verminderen. 'Ik heb iets wat Tru over jou zei, verkeerd opgevat.'

'Dat heb ik gehoord', zei ze. 'Truman belde om me te vertellen dat hij dacht dat je op weg was hiernaartoe.' Ze hield de deur open. 'Ik denk dat we even moeten praten.'

De camera zoomde in op Lillian terwijl ze naar de veranda liep. De schittering van de zon op haar honingkleurige haar was een van de mooiste gedeelten op foto's van haar. Het was makkelijk te begrijpen waarom Truman zo geboeid geraakt was door haar schoonheid. Ze moest een schitterend onderwerp geweest zijn om te schilderen. De camera zoomde weer uit en gleed over de tuin. Kleine Gracie was niet met haar meegekomen. Dat was jammer. Ze waren allebei zo prachtig om te zien dat het een vreugde was hen samen te fotograferen. De manier waarop ze samen speelden en de manier waarop ze naar elkaar glimlachten deden hen moeder en dochter lijken.

De camera zoomde weer in op Lillians gezicht toen ze bij de

veranda stond. Ze leek overstuur, maar ze was mooi, ook al was ze verdrietig. Truman had dat wel bewezen in zijn schilderij, zijn magnifieke schilderij.

Misschien zouden mensen de foto opmerken, net zoals ze het schilderij van *Beauty and the Beast Within* hadden opgemerkt. Misschien won hij wel een prijs.

De lens ving een halve glimlach op haar bedroefde gezicht. Eén foto maar.

Klik.

Hoofdstuk
39

Geena wendde zich af van het raam en liet haar blik door de hotelkamer gaan. Er stond een antiek koperen bed, er zaten kristalglazen knoppen aan de deuren, en een ouderwets bad met klauwpootjes wachtte in een hoek van de kamer uitnodigend op haar. De gedachte aan een dagje helemaal alleen lekker in bad lokte haar wel, maar daar was vandaag geen tijd voor. Ze had eenvoudigweg te veel te doen.

Het belangrijkste was een baan vinden. Het hotel was duur en zou een bres slaan in haar financiën, als ze bleef. Ze had niet in het beter betaalbare pension durven logeren, want Paige zou haar daar vast niet willen hebben. Ze ging met haar vinger langs de rubrieksadvertenties. Als ze een appartement kon vinden, zou dat helpen, maar zonder baan zou ze er niet voor in aanmerking komen.

Ze bladerde naar het gedeelte met de vacatures, en haar oog viel op een advertentie van *Carlos' Diner*. Met een beetje geluk zou ze sneller een baan hebben dan ze had gedacht.

Ze schoot in de enige merkspijkerbroek die ze had, deed wat lipgloss op haar lippen, pakte haar tas en stak haar hand uit naar de kristalglazen deurknop.

'Ik hoop dat je het me zult vergeven, Lillian', zei ze. 'Maar ik heb tante Bren beloofd dat we het zouden goedmaken.'

Hoofdstuk
40

Lillian keek om zich heen terwijl ze het pension binnenliep. 'Waar is Gracie?'

'Het komt toevallig zo uit', zei Paige, die voor haar uit de trap naar de torenkamer op liep, 'dat Gracie en Mark op Frances-DiCamillo zijn. Ze wilden gaan picknicken, en Kitty heeft hen bij haar thuis uitgenodigd. Dat was voordat ze wist dat Truman en de politie haar een bezoek zouden brengen.'

Ze liepen de kamer binnen, en het felle licht deed hen beiden de ogen dichtknijpen. Lillian trok de doorzichtige kanten gordijnen dicht, en allebei schrokken ze op van een schuifelend geluid vanaf de gang.

'Charles?', riep Paige, terwijl ze de gang in liep in de richting van de tweede trap, die naar de keuken leidde. Toen ze in de kamer terugkwam, zei ze: 'Hm. Misschien toch niemand.'

Lillian liep naar het raam en keek naar beneden in de tuinen. 'Ik dacht dat Charles een poos nergens alleen naartoe mocht?'

'Dat mag hij ook niet', zei Paige. 'Ik dacht alleen dat er hierboven niemand was, en toen ik dat schuifelende geluid hoorde, moest ik aan Charles denken. Hij is verlegen. Ik voel me er niet lekker bij dat hij me automatisch in de gedachten schoot in plaats van iemand anders.'

'Gebruikt Tru deze kamer wel eens?', vroeg Lillian.

'Zelden, behalve wanneer hij Charles met iets helpt.'

Paige raakte Lillians arm aan. 'Kom, Lil, ga zitten.'

Lillian liet zich door Paige naar de bank leiden die uitzicht bood op de voorkant van het pension. Ze liet haar blik rusten op het deel van het plein dat zichtbaar was tussen de magnolia's door.

'Lil, wil je me alsjeblieft aankijken?'

In Lillians ogen blonken de tranen toen ze ze richtte op het gezicht van Paige. 'Maak je om mij geen zorgen', zei ze. 'Ik raakte gewoon in paniek. Oude gevoelens en angsten golfden ineens vanuit het niets over me heen.'

'Lillian,' zei Paige, 'het spijt me dat je dit allemaal moet doormaken, maar ik kan misschien een verband leggen. Ik geloof niet dat ik je dit ooit eerder verteld heb, maar voordat ik Mark ontmoette, was ik met iemand anders getrouwd.'

'Waarom heb je het daar nooit over gehad?'

'Ik heb dat deel van mijn leven achter me gelaten, en nu richt ik me puur op Mark en Gracie. Maar toen ik ontdekte dat je dat van Truman en mij verkeerd had opgevat, dacht ik dat het misschien zou helpen.'

Paige gaf een klopje op Lillians knie en stond op om naar buiten te kijken. 'De reden waarom ik het vertel, is dat mijn eerste man een relatie had met een van mijn beste vriendinnen.'

Lillians hart zwol op in haar borst. Hoe dat voelde, wist ze wel.

'En ook al is het een deel van mijn verleden, en heb ik het nu fantastisch, toch vertrouwde ik Mark in het begin niet. In feite zijn de eerste paar jaren van ons huwelijk gepaard gegaan met veel onzekerheden en vormen van kleingeestige jaloezie. Hij kon niet eens naar de winkel rijden zonder dat ik hem ervan beschuldigde dat hij met een andere vrouw had afgesproken.'

'Mark?', vroeg Lillian. 'Hebben we het over de Mark die ik ken?'

'Precies. Het kwam niet door iets wat hij deed. Het kwam alleen door mij. Ik was zo gekwetst door de verhouding van mijn eerste man dat ik bang was dat het nog een keer zou gebeuren. Begrijp je wat ik bedoel?'

Lillian zuchtte diep en dacht aan Robert en Geena. 'Ik denk dat ik precies begrijp wat je bedoelt. Als het je één keer is overkomen, besef je hoe gemakkelijk het je nog een keer kan overkomen.'

Paige legde haar arm om Lillians schouders. 'Mark heeft me nooit bedrogen, Lillian, en ik heb ervoor gekozen hem te vertrouwen.'

'Het is heel moeilijk weer iemand te vertrouwen na zoiets', fluisterde Lillian.

'Ja, dat is het zeker. Er zijn dagen waarop ik het gevoel heb dat bergen twijfel op me drukken, maar dan besluit ik op God te vertrouwen. Ik heb Mark niet aan een touwtje. Ik moet hem gewoon mijn vertrouwen schenken.'

'Dus je hebt me hier gebracht omdat je niet wilt dat ik het Truman zo moeilijk maak.'

'Niet alleen Truman', zei Paige. 'Ook jezelf, en mij.'

Lillian draaide zich om om haar vriendin te omhelzen. 'O, Paige, het spijt me dat ik aan je getwijfeld heb. Dat was afschuwelijk van me.'

'Het is al goed. Ik begrijp hoe je je voelt. Weet alleen dat ik je zoiets nooit zou aandoen. En ook Mark en Gracie niet. Waarom zou ik? Ik weet hoe het voelt als je bedrogen wordt.'

'Het spijt me, Paige. Echt waar.'

'Oké. Je moet weten dat Truman een portret van me schildert als verrassing voor Mark. Ik wil het aan hem geven wanneer we tien jaar getrouwd zijn. Ik wilde iets bijzonders voor hem.'

'Wat een geweldig idee', zei Lillian. 'Als Tru het schildert, weet ik zeker dat het prachtig zal worden.'

'Dat denk ik ook', zei Paige. 'Het spijt me dat je de situatie verkeerd hebt opgevat.'

'Mij ook', zei Lillian. 'Laten we iets gaan doen om onze aandacht van alle narigheid af te leiden. Kun jij vanavond weg? Ik zal Tru mijn excuses aanbieden en dan kunnen we allemaal samen uit eten gaan.'

'Dit was niet het enige waarover ik het met je wilde hebben, Lil.'

Lillian fronste haar wenkbrauwen. 'Wat is er dan nog meer?'

'Toen Truman me belde, vroeg hij me tegen jou te zeggen dat hij weggaat.'

Lillians hart ging als een razende tekeer. 'Wat? Wat bedoel je, dat hij weggaat?'

Paige haalde haar schouders op. 'Ik weet niet voor hoelang, maar hij neemt Cody, zijn hond, mee en zal een poosje weg zijn. Hij reist graag, ook om nieuwe plekjes te vinden die hij kan schilderen. Hij zei dat hij erover dacht een reis te maken om zijn blik te verruimen en zo verder te komen in zijn werk dan de bloemen die nu meestal zijn onderwerp zijn. Hij zei dat jij hem daartoe hebt geïnspireerd.'

'Waarom laat hij me dan hier achter? En waarom kan hij me dat niet zelf vertellen?' De gedachten tolden door Lillians hoofd. 'Ik heb hem daarnet nog gezien, en toen heeft hij er niets over gezegd.'

'Ik denk dat het een spontane beslissing was', legde Paige haar uit. 'Ik heb geprobeerd het hem uit zijn hoofd te praten, maar hij zei dat hij je wel genoeg pijn had gedaan. Toen hij zag hoe gekwetst je je voelde bij Kitty vandaag, besefte hij dat je misschien nog niet aan een nieuwe relatie toe bent. Hij zei dat jullie allebei tijd nodig hebben.'

Lillian stond op. Ze kon niet voorkomen dat er een traan langs haar wang rolde. 'Ik had nooit gedacht dat hij degene zou zijn die zou vertrekken.'

Paige sprong overeind en legde haar hand op Lillians schouder. 'Hij vertrekt niet voorgoed. Hij heeft alleen tijd nodig om na te denken,' zei ze, 'net als jij in Sacramento. En hij wil ook jou tijd geven om het allemaal op een rijtje te krijgen. Hij zei dat ik tegen je moest zeggen dat je het schilderij en hem uit je hoofd moest zetten als dat je helpt verder te komen.'

'Ik kan hem helemaal niet uit mijn hoofd zetten. Noch hem, noch het schilderij. Ze betekenen allebei veel te veel voor me.' Lillian bedwong een snik.

'Ik weet dat ze veel voor je betekenen. Het schilderij betekent ook voor Truman heel veel. Hij is er bijna ziek van dat het gestolen is, maar om de vrouw op het schilderij geeft hij nog meer. De rest is gewoon doek met vegen verf erop.'

Lillian schudde haar hoofd. 'Nee, geen vegen verf op een doek. Het was prachtig. Het heeft ons bij elkaar gebracht.' Gefrustreerd stak ze haar handen in de lucht. 'Het heeft meer betekenis dan ik kan uitleggen. Ik weet dat het dwaas klinkt, maar het is meer dan gewoon een voorwerp waarmee Tru en ik te maken hebben.'

'Nee, dat is het niet, Lil', zei Paige. 'Het is maar een schilderij. De enige reden waarom het er iets toe doet, is omdat jij op die bewuste dag in de galerie zijn leven binnenliep.'

'Misschien komt Tru terug als ik het schilderij kan vinden.'

'Dat zal hem niet terugbrengen', zei Paige. 'Snap je het niet, Lil? Het enige wat hem terug zal brengen, is dat jij hem vol geloof en vertrouwen in je leven toelaat.'

'Ik moet hem zien.' Lillian greep haar tas.

'Hij is al weg tegen de tijd dat je daar bent.'

'Dan bel ik hem wel', zei Lillian, en ze grabbelde in haar tas naar haar telefoon.

'Hij heeft geen mobiele telefoon, weet je wel?'

Lillian werd steeds wanhopiger. Een snik ontsnapte haar. 'Ik wil niet dat hij weggaat.'

Ze liet zich op de bank zakken, en Paige ging naast haar zitten. Lillian begroef haar gezicht in haar handen. Hoe kon ze het zo volkomen bij het verkeerde eind gehad hebben?

Paige omarmde Lillian liefdevol en liet haar uithuilen tegen haar schouder. Ze zei verder niets meer, wat een zegen was voor Lillian. Ze had het niet kunnen verdragen als iemand tegen haar gezegd had dat het allemaal wel weer goed zou komen.

'Hé, Gracie.'

Gracies glimlach was breed en hartelijk, terwijl ze heen en weer schommelde in de geverfde schommelstoel. Ze was opgewonden, want Kitty had gezegd dat ze overal mocht komen bij Rose House, als ze maar niet naar binnen ging.

Charles ging naast haar zitten in een van de grote schommelstoelen op de veranda. 'Mooie stoelen zijn dit', zei hij, en hij begon te schommelen in hetzelfde tempo als de kleinere schommelstoel.

'Deze is precies groot genoeg voor mij', giechelde Gracie. 'En die is groot genoeg voor jou.'

Charles glimlachte. 'Ja, het is net alsof ze voor ons gemaakt zijn, hè?' Hij liet zijn ogen door de tuin gaan. 'Waar is Kitty?'

'Weet niet. Papa is onze lunch gaan halen. We gaan picknicken. Zij maakt hem klaar.'

Gracie gooide haar benen in de lucht onder het schommelen. 'Hé, Charlie. Kun jij ook komen picknicken met ons?'

Er kwam een brede grijns op Charles' gezicht. 'Ja', zei hij, en hij knikte met zijn hoofd. 'Ja, dat kan.'

Een hele poos bleven ze zwijgend schommelen. De enige geluiden kwamen van een vogel die vlakbij zat te fluiten en van de wind die door de takken fluisterde.

'Gracie,' vroeg Charles, 'ben jij wel eens in Rose House geweest?'

Ze schudde haar hoofd, en haar krullen dansten om haar heen. 'Nee', zei ze ernstig. 'Kitty zegt dat dat niet mag.'

'Wat jammer', zei hij. 'Ik ben benieuwd hoe het er vanbinnen uitziet. Denk je dat we wel door het raam mogen kijken?'

'Laten we dat doen.' Ze sprong overeind.

De schommelstoelen, verlaten nu, schommelden nog een hele poos door.

'Waar heb je haar dan achtergelaten?', vroeg Mark, zijn stem op het randje van paniek.

'Hier op de veranda, in de schommelstoel.' Kitty fronste haar wenkbrauwen en zette de picknickmand neer op de veranda. Ze zette haar handen in haar zij en keek om zich heen. 'Ik zat met mijn hoofd helemaal bij de zorgen om Truman en zo.' Ze liep het trapje van de veranda op en liet haar blik in het rond gaan.

'Gracie', riep Mark zo hard als hij kon.

Kitty duwde een rozentak opzij, hield haar hand boven haar ogen en keek door het raam. 'Ik heb hen gevonden.'

'Hen?' Mark sprong de veranda op en ging bij Kitty voor het raam staan.

Kitty schudde haar hoofd, haar handen weer stevig in haar zij. 'Die twee stoute kinderen. Hoe zijn ze binnengekomen?'

Ze probeerde de deurknop, maar de deur was afgesloten. Ze haalde een sleutel uit haar zak, draaide de deur van het slot en zwaaide hem open. Charles en Gracie keken op van een oud bordspelletje dat ze in het huis gevonden hadden. Gracie had een opgewonden uitdrukking op haar gezicht. Charles keek gealarmeerd.

'Jongeman,' zei Kitty, 'is je zus hier ook?'

Hij schudde zijn hoofd en trok wit weg. 'Nee, ma'am. Kara had het druk in de galerie, en ik ben een eindje gaan lopen.'

Mark vroeg luid: 'Helemaal hiernaartoe, Charlie?'

Charles knikte. Zijn onderlip trilde. 'Heb ik weer iets verkeerd gedaan?' Ineens leek hij niet zo erg meer op een volwassen man.

Kitty ging het huis binnen, dat nog steeds warm en gezellig was ingericht, en vlekkeloos schoon. 'Dat is iets van jou en je zus, Charlie. Kom nu naar buiten.' Allemaal liepen ze de veranda op, en Mark nam Gracie even apart om haar te onderhouden over ongehoorzaamheid aan volwassenen.

'Ik ben me halfdood geschrokken', zei hij.

'Maar u bleef zo lang weg. Ik verveelde me', riep Gracie terug.

Mark boog zich voorover en gaf haar een kus op haar wang. 'Al goed. Nu kunnen we gaan picknicken.'

Kitty keek Gracie en Charles allebei streng aan. 'Jullie mogen nooit in Rose House komen. Goed begrepen?'

Ze knikten. 'Het spijt me', zei Charles. 'Het was niet mijn bedoeling iemand ongerust te maken.'

Kitty knikte. 'Het is goed, Charles, maar je moet voorzichtig zijn. Dit soort dingen brengt je in de problemen. Kara zal hier niet blij mee zijn.'

Hij fronste zijn voorhoofd. 'Nee, dat denk ik ook niet.'

Mark, die er de hele tijd zwijgend bij gestaan had, pakte Gracies hand. 'Laat het niet nog eens gebeuren. Als je Gracie nog eens meeneemt zonder het iemand te vragen, vertrouwen de mensen je niet meer.'

Charles knikte, de frons in zijn voorhoofd nog dieper. 'Het spijt me.'

'Het spijt mij ook, papa.' Gracie glimlachte naar haar vader. 'We deden alleen maar een spelletje.'

Mark gaf haar een tikje onder haar kin. 'Ik weet het, schatje.'

Kitty draaide de sleutel om in het slot en liet hem weer in haar zak glijden. 'Hoe zijn jullie binnengekomen?'

Charles sloeg zijn ogen neer en gaf geen antwoord. Gracie daarentegen wilde het graag vertellen. 'De zijdeur gaat heel makkelijk open. Je hoeft alleen maar aan de knop te rammelen, hè, Charlie?'

Kitty en Mark wisselden een bezorgde blik en richtten hun aandacht weer op Charles.

'Charles,' zei Kitty, 'laten we teruggaan naar het grote huis. Dan kan Blake je terugbrengen naar je zus. Goed?'

'Oké', zei hij. 'Het spijt me echt. Ik bedoelde er geen kwaad mee. We waren zomaar wat aan het rondkijken.' Hij keek haar met bedroefde ogen aan. 'Ik zou nooit iets wegpakken of zo.'

Ze liet hem zijn arm in de hare steken, zodat hij haar naar huis kon escorteren. 'Ik weet het', zei ze. Ze zwaaide naar Mark.

Mark wendde zich tot Gracie. 'Nou, meid, we zijn nog samen over.' Hij woelde door haar krullenbol. 'Wat denk je van die picknick?'

Gracie zette een pruilmondje. 'Maar ik wilde dat Kitty en Charles ook mee zouden doen.'

'Ze moesten weg.'

Gracie keek met vochtige oogjes naar hem op. 'Krijgt Charles straf?' Haar lip trilde. 'Het was eigenlijk mijn idee, papa.'

'Ja, maar Charles is ouder dan jij, Gracie. Hij moet beter weten.'

Ze vouwde haar handjes voor haar borst. 'Maar hij wilde u en Kitty niet ongerust maken.'

'Dat weet ik, schatje. Maar weet je nog dat Charles in de problemen kwam toen hij jou naar Lillians huisje had gestuurd zonder mijn toestemming? En dat hij je toen een pop had gegeven?'

Ze knikte enthousiast. 'Ik houd veel van mijn pop.'

'Het is wel goed dat hij je een pop heeft gegeven, maar de

mensen snapten niet dat hij jou iets heeft laten doen wat je niet aan ons gevraagd had. Snap je dat?'

Ze schudde haar hoofd. 'Papa, ik snap er niks van.'

Mark tilde de picknickmand op en wandelde met Gracie naar een picknicktafel. 'Gracie, wij moeten Charles helpen, zodat hij niet opnieuw in de problemen komt.'

'Waarom?'

'Omdat de mensen hem soms niet begrijpen en vinden dat hij iets verkeerd doet, terwijl hij zelf denkt dat hij iets goed doet.'

'Dat is niet eerlijk', zei Gracie.

'Nee, schatje, dat is niet eerlijk. Je moet goed onthouden dat je het tegen hem moet zeggen als je weet dat je iets niet mag. Oké?'

'Oké, papa', zei ze, maar Mark betwijfelde of ze geluisterd had, toen ze haar hand losmaakte uit de zijne en naar de picknicktafel rende.

Hoofdstuk
41

Het geluid van kletterende borden klonk door de eetzaal van *Carlos' Diner*, en de geuren van knoflook, gegrild vlees en versgebakken brood deden Lillian het water in de mond lopen. Paige vouwde de menukaart open.

Lillian glimlachte en volgde haar voorbeeld. 'Ik neem pannenkoeken met aardbeien', zei ze. 'Daar ben ik dol op.'

'Als lunch?'

'Ik neem altijd een ontbijt als lunch wanneer ik hier met Truman kom.'

'Heb je al iets van hem gehoord?'

Lillians hart ging sneller slaan. 'Zo af en toe.'

Paige keek Lillian met een onderzoekende blik aan. 'Dat heb je helemaal niet verteld. En ik me maar zorgen maken om jou.'

Lillian koesterde iedere brief die ze van Tru kreeg, net als de paar korte telefoongesprekjes die ze met hem had gevoerd. De laatste keer wilde hij alleen over haar praten. Hij moedigde haar aan zich niet ongerust te maken over zijn wegblijven, maar te proberen te ontdekken hoe ze nu echt verder wilde met haar leven.

'Dat wilde ik niet', zei Lillian. 'Bovendien loopt mijn hoofd om. Ik voel me zo warrig over wat ik moet doen met mijn leven, en daar zou ik liever met je over willen praten.'

'Wat is er dan?'

Lillian dacht aan de laatste keer dat ze chef George aan de lijn had gehad.

'George doet zijn uiterste best om me weer bij hem aan het werk te krijgen. Hij heeft het er zelfs over gehad dat ik hem zou kunnen helpen een nieuw restaurant te beginnen.'

Paige was onder de indruk. 'Dat klinkt als een verbijsterende kans.'

'Dat is het ook, maar wat dan als Tru terugkomt, en ik ben niet meer in La Rosaleda?'

'Dan komt hij naar je toe, waar je ook bent.' Paige wierp haar een plagerige glimlach toe. 'Misschien stuurt hij je wel weer een geheime boodschap in een schilderij.'

Lillian rolde met haar ogen. Paige zag overal romantiek. 'En als hij dat niet doet?'

'Dan heeft het niet zo mogen zijn, maar ik kan me niet voorstellen dat hij niet terugkomt, Lil. Hoe vaak belt hij?'

'Nu en dan', zei Lillian. 'En soms stuurt hij me een brief.' Lillian droeg alle brieven die hij haar gezonden had, bij zich in haar tas. Er waren schetsen bij van bloemen, van de zee, kleine portretjes van haar en ook tekeningen van hen beiden op plaatsen waar ze nog nooit geweest was. Plaatsen, zo fantaseerde ze, waar hij haar op een dag mee naartoe zou nemen. 'Hij heeft me gisteren bloemen gestuurd.'

'Zie je nou wel', zei Paige ademloos. 'Het is zo romantisch, Lil. Hoeveel mannen doen zo veel moeite?'

Lillian haalde eens diep adem. Paige had gelijk. Tru was anders dan alle mannen die ze gekend had, behalve in één ding. 'Hoeveel mannen laten de vrouwen van wie ze houden, alleen achter?'

'Dat weet ik niet,' zei Paige, 'maar hoeveel mannen als Tru zijn er nou? Wees eerlijk tegen jezelf. Hij is niet weggegaan omdat hij niet bij je wilde zijn.'

Dat was waar. Hij was weggegaan omdat hij er niet zeker van was of Lillian bij hem wilde zijn. Hij had zelf ruimte nodig, en hij gaf haar ook de ruimte.

'Maar misschien', zei Lillian met vochtige ogen, 'komt hij tot de ontdekking dat een vrouw met zo'n last op haar schouders voor hem het wachten niet waard is.'

'Als hij ooit terugkomt, Lil, en dat zal hij, denk je dat jullie dan zullen trouwen?'

Lillian dacht terug aan gesprekken over het huwelijk die ze met Tru had gevoerd, luchthartig maar ook serieus. Ze keek op en voelde zich warm worden vanbinnen, maar er kwamen rimpels in haar voorhoofd toen ze over Paiges schouder keek.

'Geena.'

'Hé, Lillian.' Geena bleef naast hun tafeltje staan. Ze droeg een schort en had een pen en een notitieblokje in haar hand.

Lillian deed haar mond open om iets te zeggen, maar sloot hem weer.

'Ik hoorde jullie over Truman praten', zei Geena. 'Alles goed met je?'

Lillian vroeg zich af wat er bij Geena achter zat. Wilde ze het echt weten? Of probeerde ze stiekem informatie los te krijgen om tegen Tru te gebruiken in haar persoonlijke strijd met hem?

'Is hij nog steeds niet terug?' Ze schudde meewarig haar hoofd en legde een perfect gemanicuurde hand op de ronding van haar heup. Haar rode nagellak accentueerde het gebaar. 'Wat een hork, Lily lief. Ik heb geprobeerd je te waarschuwen. Gaat het goed met je?'

'Prima', antwoordde ze zachtjes. 'Wat doe je hier eigenlijk?'

'Werken.'

Lillian zette grote ogen op. Het was al een poosje geleden dat ze in *Carlos' Diner* gegeten had. Niet meer sinds Truman vertrokken was. 'Hoe heb je Carlos zover gekregen dat hij je aannam? Weet hij wel dat je zo'n hekel hebt aan Tru? Ze zijn heel goede vrienden van elkaar, weet je.'

'Eigenlijk heeft niet Carlos me aangenomen, maar zijn bedrijfsleider.' Geena maakte een gebaar naar de bar en zwaaide even naar een knappe Spaans uitziende jongeman die duidelijk alleen maar oog had voor Geena.

'Mario heeft een goed woordje voor me gedaan.' Ze glimlachte in Mario's richting. Mario salueerde.

Lillian bleef zwijgend zitten. Ze wist niet wat ze tegen Geena moest zeggen. Het was onmogelijk haar in vertrouwen te nemen na al haar bedriegerijen.

'Hé, zus,' zei Geena, 'ik wil met je praten over tante Bren en de dominee, maar je belt maar niet terug. Ze maken zich zorgen om ons, en ik heb hun beloofd dat ik het goed zou maken.' Ze greep een doek uit de band van haar schort en begon een vlek op hun tafeltje weg te poetsen. 'Dus ik blijf hier totdat alles tussen ons is opgelost.'

Paige kwam tussenbeide. 'Wie denk je wel dat je bent, dat je Lillian zo kunt lastigvallen? Je bent weggelopen toen ze je het hardst nodig had, en wij konden de brokken bij elkaar rapen zonder ...'

Geena bracht haar gewicht over op haar andere been en wees met haar pen naar Paige. Ze konden elkaar duidelijk niet luchten of zien. 'Wat gaat jou dat aan, kleine ...'

Lillian gebaarde Paige en Geena op te houden met ruziën. Ze keken haar alle twee met strakke gezichten aan.

'Ik ben het geruzie moe', zei Lillian met spanning in haar stem.

Paige viel bijna van haar stoel. 'Hoe kun je haar nu vertrouwen?'

'Ik weet niet of ik dat kan,' zei Lillian, 'maar ik kan niet meer vechten.' Ze streek een lok haar achter haar oor. Ze wist dat het Paige heel raar in de oren moest klinken, maar Paige had nooit een zus gehad.

Geena keek Paige zeer zelfvoldaan aan.

'En', zei Lillian met haar ogen op Geena gericht, 'ik zou het op prijs stellen als jullie beiden ook niet aan het ruziën slaan.'

'Prima', zei Paige, en ze greep haar menukaart.

Geena stond klaar met haar pen boven het notitieblokje en keek Paige venijnig aan.

'Laten we verdergaan met onze lunch', zei Paige. 'Ik heb nog meer te doen.' Ze keek niet op naar Geena terwijl ze haar bestelling opdreunde. 'Ik wil graag de kalkoensandwich, geen mayonaise, geen uien, maar de rest wel.'

Geena krabbelde iets op haar blaadje. 'Iets drinken?'

'Thee.'

'We hebben Earl Grey, Engelse, citroen en munt.'

'Munt alsjeblieft.'

'En jij?', vroeg ze aan Lillian.

'Pannenkoeken met aardbeien.'

'En drinken?' Ze keek Lillian niet aan. 'Ook muntthee misschien? Carlos kweekt de munt zelf.'

Lillians mond viel open, en voor het eerst dacht ze erover op te springen en haar zus een klap te geven. Speelde ze een spelletje met haar? 'Dat is zeker een grapje, Geena.' Misschien had Paige gelijk, en was Geena niet te vertrouwen.

Een minuut lang leek Geena oprecht in de war, maar toen ontmoetten haar ogen die van Lillian. Ze wisselden een blik van verstandhouding, en Geena werd lijkbleek. Ze wist het weer.

'Of beter', zei Geena, 'Earl Grey? Je ziet een beetje pips. Je zou de cafeïne goed kunnen gebruiken.'

Lillian zuchtte. 'Houd het maar op sinaasappelsap.'

Nadat Geena de menukaarten had aangepakt, bogen Paige en Lillian zich naar elkaar toe om te kunnen praten. Lillian probeerde Paige duidelijk te maken dat het goed was zo. Onverwachts voelde ze een hand op haar schouder.

'Helaas' – Geena's stem klonk suikerzoet toen ze zich tot Paige richtte – 'kan ik je geen muntthee brengen. Het spijt me. Ik kan hem nergens vinden. Hij moet opgeraakt zijn.'

Paige keek haar wantrouwig aan. Lillian vond het vervelend voor haar. Die arme Paige had er geen idee van waarom Lillian zo'n hekel had aan muntthee, en ze had ook geen idee van het spelletje dat Geena met Lillian aan het spelen was, deze keer met de bedoeling het goed te maken met haar. Maar Paige had wel nog altijd een goede neus voor halve waarheden.

'Helemaal geen munt? En je zei net dat die uit Carlos' eigen tuin kwam.'

Geena haalde haar schouders op en wierp Lillian een knipoog toe. 'Het is allemaal weg. Ik kan geen munt vinden.'

Paige sloeg demonstratief de menukaart open die Geena haar

gegeven had. 'Dan moet ik maar citroenthee nemen.' Ze gaf de kaart weer aan Geena.

'Dat is een betere keus', zei Geena. Ze glimlachte verontschuldigend. 'We hebben helemaal geen muntthee meer, en ik weet niet wanneer er nieuwe voorraad komt.' Ze draaide zich om, en haar sportschoenen maakten een piepend geluid toen ze wegliep.

Paige schudde haar hoofd terwijl ze haar servet openvouwde en op haar schoot legde. 'Jouw zus is me er een, Lillian. Ik kan haar niet volgen.'

Lillian concentreerde zich op het gladstrijken van haar servet, een klein lachje op haar gezicht. 'Ik ook vaker niet dan wel.'

Nu ze Geena in het restaurant had zien werken, drong het tot Lillian door hoe leeg haar eigen dagen geworden waren. Zonder Tru in de buurt om tijd mee door te brengen had het geen zin lanterfantend door de dagen te gaan. Daarom had ze Paige gevraagd of ze in het pension kon werken.

'Ik hoef er niets voor te hebben', had Lillian gezegd.

'Doe niet zo wanhopig. Je bent aangenomen.'

Daarna vulden Lillians dagen zich met het organiseren van het ontbijt in het pension. Paige hielp haar als ze tijd had, maar ze was blij dat ze alles, van de inkoop tot het bereiden van de maaltijden en het plannen van de menu's, aan Lillian kon overdragen.

'Dit hadden we veel eerder moeten doen', zei Paige terwijl ze op een dag na het ontbijt een tafeltje schoonveegde. 'Het opruimen vind ik niet erg, maar ik ben nooit zo goed geweest in het klaarmaken van een ontbijt als jij.'

'Dat is helemaal niet waar', zei Lillian, die eieren aan het tellen was voor de volgende dag. 'Jij kunt heerlijke omeletten maken, en dat weet je best.'

'Dat is zo', gaf Paige toe. 'Maar meestal maakte Mark die in mijn plaats. Ik heb het gewoon te druk. Het is zo heerlijk nu, dat ik 's morgens, wanneer ik wakker word, wat tijd met Gracie kan doorbrengen. Ik heb mijn handen vol aan haar op deze leeftijd. Ze heeft mijn aandacht echt nodig.'

Lillian glimlachte, maar haar hart sloeg een slag over. Haar eigen kinderen zouden de leeftijd van Gracie nooit bereiken.

'In het najaar gaat ze naar de basisschool', zei Paige. 'Ik kan nauwelijks geloven dat het al zover is.' Ze liep naar de gootsteen om haar doekje uit te spoelen voordat ze een andere tafel afveegde. 'Ik heb wel eens gehoord dat sommige moeders huilen op de eerste schooldag van hun kind. Ik kijk er niet naar uit, moet ik zeggen.'

Lillian liep terug naar de koelkast en deed alsof ze druk bezig was met de inventarisatie van de overige ingrediënten die ze de volgende ochtend nodig zou hebben voor het klaarmaken van wentelteefjes met sinaasappel. Het was een gespreksonderwerp waarmee ze niet vertrouwd was, want Sheyenne en Lee waren nooit naar de basisschool geweest. Toen ze zich weer omdraaide met haar gezicht naar de eetzaal, stond Paige daar. Het doekje lag ongebruikt op het tafeltje naast haar.

'Het spijt me', zei Paige. 'Eén minuut dacht ik er niet aan. Ik wilde alleen ... Ik wilde niet ongevoelig overkomen.'

'Het is al goed', zei Lillian. 'Ik verwacht niet dat je de hele dag op eieren loopt.'

Paige pakte het doekje op en liep in de richting van de keuken, terwijl ze onderweg hier en daar dingen schoonveegde die niet schoongeveegd hoefden te worden. Ze hoestte en bleef uiteindelijk midden in de keuken staan. Ze keek naar Lillian alsof ze een draai om haar oren verwachtte.

Lillian legde het notitieblok en de pen neer die ze gebruikte voor haar boodschappenlijstje. Ze gebaarde dat Paige moest komen zitten en schonk twee mokken koffie in. 'Zitten', zei ze, 'en ophouden je er druk over te maken.'

Paige ging op een barkruk zitten, sloeg haar lange benen over elkaar en draaide rond om haar mok op het werkblad te zetten. 'Lillian, het dringt net tot me door dat ik iedere minuut van iedere dag loop te kletsen en op te scheppen over mijn meisje.'

'Niet iedere minuut', verbeterde Lillian haar. 'Maar wel het grootste deel van de tijd.'

Je kon aan Paiges gezicht zien dat ze zich schuldig voelde.

'Ik plaag je maar', zei Lillian. 'Ik vind het, eerlijk gezegd, niet erg. Ik vind het leuk die verhalen over Gracie aan te horen.' Ze schepte een dot slagroom op haar koffie, en het lepeltje tinkelde toen ze snel even roerde. 'Op een bepaalde manier helpt het me dat Gracie in de buurt is.'

Paige nam een slokje van haar koffie. 'Het moet heel moeilijk zijn. Gaat er wel een ogenblik voorbij waarin je niet aan je kinderen denkt?'

Lillian legde het lepeltje op een servetje en pakte haar mok op. 'Niet veel', zei ze. 'Ik moet echt helemaal in iets opgaan, wil ik niet aan hen denken. En dan nog, ze zijn altijd op de achtergrond aanwezig.'

'Hoe voelt dat?', vroeg Paige.

Lillian dacht na hoe ze haar gevoelens het best kon uitleggen. 'Het is moeilijk', zei ze. 'Het is moeilijk dat ik niet …' Haar stem brak, en ze schraapte haar keel. 'Het is heel moeilijk te beseffen dat ik hen nooit meer zal kunnen vasthouden of hun een kus zal kunnen geven.'

Lillian stak haar handen uit, alsof ze iemand wilde omhelzen, en vouwde ze daarna over elkaar tegen haar borst. 'Mijn armen zijn altijd leeg.' Ze huiverde. 'Maar het helpt dat ik Gracie kan vasthouden. Ik hoop dat dat jou niet vreemd in de oren klinkt. Ik weet dat Gracie van jou is, niet van mij.'

Paige snoof heftig en gaf het op te proberen haar eigen emoties onder controle te houden. Ze sloeg een arm om Lillian heen. 'Het zou alleen vreemd klinken voor een moeder die zich niet kan voorstellen hoe het moet zijn een kind te verliezen.' Ze trok haar stevig tegen zich aan. 'Je mag Gracie net zo vaak vasthouden als je wilt.'

Paige klemde Lillian nog een keer vast in haar armen en stond op om haar koffie op te warmen in de magnetron. 'Nu is de koffie koud. Zal ik die van jou ook opwarmen?', vroeg ze.

Lillian gaf haar mok aan Paige.

Paige keek haar berouwvol aan. 'Het spijt me, Lillian. Ik zou het nooit aankunnen. Moge God verhoeden dat zoiets Gracie overkomt.' Ze drukte op een knopje van de magnetron.

Dat verhoede God inderdaad, dacht Lillian. 'Het zal Gracie niet overkomen', zei ze. 'Maar op mij kun je rekenen, net zoals ik op jou.'

'Ik was er helemaal niet bij toen het gebeurde', zei Paige, en ze opende het deurtje van de magnetron. Ze gaf Lillian haar mok terug. 'Had je eigenlijk wel iemand die je hielp het allemaal te verwerken?'

'Tante Bren is overgekomen voor de begrafenis, en we hebben via de telefoon heel wat afgepraat. Dat doen we nog steeds.'

'Maar niet met vrienden?'

'Een poosje wel, ja.'

Paige leunde tegen het werkblad met haar gezicht naar Lillian gekeerd. 'Ik zou willen dat ik toen bij je was geweest, Lil.'

'Je bent er nu.' Lillian gaf haar vriendin dankbaar een kneepje in haar hand, en toen dronken ze zwijgend hun koffie op. Af en toe hoorde Lillian Paige snuffen, en ze wist wat er door haar heen ging: de grootste angst van alle moeders.

Toen Lillian haar schort afdeed en op weg ging naar het huisje, had ze het gevoel dat ze heel wat werk had verzet.

'Lily, een brief voor je.' Gracie lachte trots en stak Lillian een envelop toe.

Lillian draaide zich snel om. 'Dank je wel, Gracie. Wat lief dat je me die komt brengen.'

'Mammie zegt dat hij van Truman is.'

Lillian wierp een blik op de brief. Haar polsslag versnelde. Het poststempel was uit Maine, met een postbusnummer als afzender. Haar hart sprong op. Ze had ernaar verlangd hem een brief te schrijven. Nu had ze een adres, en zou dat kunnen.

'Bedankt, Gracie.' Ze gaf het meisje een tikje onder haar kin. 'Een fijne dag nog, hè?'

In het huisje sneed ze de envelop open en begon ze de brief te lezen, nog voordat ze haar slaapkamer bereikt had om haar schoenen uit te schoppen en op haar rug dwars over het bed te gaan liggen.

Hallo Lil,

Ik ben benieuwd wanneer je deze brief krijgt. Als je besluit het aanbod van chef George aan te nemen, moet Paige hem je misschien wel nasturen. Daarom vraag ik me af: heb je de baan aangenomen? Je zou je talenten moeten gebruiken, Lil. Hoe langer ik weg ben, des te meer valt het me op hoe gemakkelijk jij je eigen leven opzijzette om bij mij te zijn, terwijl ik gewoon doorging met schilderen. Nu spijt me dat. Het zou van twee kanten moeten komen, en als je ervan droomde echt zelf chef te zijn is dit misschien het goede moment om dat door te zetten. Denk erover na.

Lillian rolde zich op haar buik. Ze vroeg zich af wat Tru bedoelde. Vond hij dat ze zonder hem verder moest gaan?

Gisteren hebben Cody en ik drie verschillende vuurtorens bezocht. Het is adembenemend te zien hoe die gebouwd zijn. En binnen is het helemaal verbijsterend. Vandaag heb ik vanuit een vuurtoren een walvis gezien, en ik probeerde me voor te stellen dat ik daar een schilderij van maakte. Hoe bijzonder ook, het was niet de walvis zelf, die me inspireerde. Maar de vuurtorens vormen een heel ander verhaal.

Ik heb er nooit over nagedacht hoe belangrijk vuurtorens zijn. Als je vanuit de vuurtoren uitkijkt over de oceaan, en je voorstelt dat er een storm woedt over de golven, kun je echt ervaren hoe zwaar dat weegt. Ik sluit een schets in die ik van een ervan gemaakt heb.

Ze bladerde door de velletjes en vond de tekening. Net als de andere had hij haar teruggebracht tot ongeveer twaalf bij twaalf centimeter. De vuurtoren stond hoog en sterk midden in een stortvloed van golven en regen. De lucht op de achtergrond was donker, en de zee was woest. Het gele licht dat naar buiten scheen uit de ramen van de vuurtoren, vormde het enige plekje kleur in de verder met potlood gemaakte tekening.

Als ze niet gewend geraakt was aan verborgen voorstellingen in Tru's werk had ze die gemakkelijk kunnen missen. Ze streek voorzichtig de vouw in het midden glad om de vage verschijning in het raam van de vuurtoren beter te kunnen zien. Het was moeilijk te zeggen wat Tru er deze keer mee bedoelde, maar op Lillian maakte de verschijning een ontspannen indruk, veilig beschut tegen de storm. Ze tuurde nog scherper, maar het figuurtje leek meer op een man dan op haarzelf.

Ik zou willen dat je hier was ...
Tru

Hoofdstuk

42

'Ben je verliefd op die Truman Clark?' De stem van tante Bren klonk een beetje te hard in Lillians oor, en haar zuidelijke accent kwam duidelijk in haar woorden mee. 'Weet je zeker dat dat een verstandig besluit is, lieverd?'

Lillian glimlachte om de botte reactie van tante Bren.

'Ja, tante Bren. Truman is een geschenk van boven, behalve dat ik hem heb weggejaagd door mijn onzekerheid.'

'Dankzij Robert', probeerde tante Bren.

'Dankzij hem', stemde Lillian met haar in.

Lillian liep verder terwijl ze praatte met tante Bren. Aan het einde van de oprit sloeg ze af in de richting van het stadsplein van La Rosaleda.

'Ik weet niet of het wel wijs is voor jou de strijd aan te gaan en te besluiten hem te vertrouwen', zei tante Bren. 'Word je nog steeds gevolgd?'

'Dat geloof ik niet', stelde Lillian haar gerust. 'Daar lijkt een einde aan gekomen te zijn. Misschien hebben ze hun lolletje gehad, als het tenminste al echt zo was.'

'Dat hoop ik dan maar', zei tante Bren. 'Maar Geena zegt ...'

Lillian probeerde niets te laten merken van haar frustratie over de verhalen waarmee Geena tante Bren en de dominee zo bezorgd maakte. 'Luister maar niet naar haar, tante Bren. Ze kan zo dramatisch doen.'

'Ja, maar dat komt doordat ze zich zorgen maakt om jou. Ze is naar La Rosaleda gegaan om het goed te maken met je, weet je.'

'Het gaat best met Geena en mij, tante Bren.' Lillian zuchtte. 'Natuurlijk wil ik niet zo hard van stapel lopen, maar dat komt alleen maar doordat ik mijn vingers al zo vaak aan haar gebrand heb.'

Lillian ontweek behendig een wandelwagen en stak het plein dwars over. Ze vond een bankje bij de eendenvijver.

'Geena is je vijand niet, Lillian. Die meid heeft erg haar best gedaan om alles weer in orde te krijgen.'

'Dat weet ik wel,' zei Lillian, 'maar misschien is het te laat om alles in orde te krijgen, tante Bren. Ik moet het loslaten.'

'Nee, ik neem aan dat ze het nooit meer goed kan maken, vooral niet omdat ze de zondebok is voor een dode man.'

Lillian keek naar de telefoon. Dat was niets voor tante Bren.

Tante Bren ging verder. 'Het enige is ... Ik zal je iets vertellen, Lillian. Ik denk dat Robert Hastings je echt met het een en ander heeft opgezadeld, niet? Hoe langer het geleden is dat hij gestorven is, des te bozer word ik.'

'Ik ook', zei Lillian.

'En vertel me nu eens,' zei tante Bren, 'heb je al iets gehoord over dat gestolen schilderij?'

'Ik heb tegen Kitty gezegd dat ik Trumans aanbod van een beloning wilde verhogen tot vijfduizend dollar.'

'Liefje, dat hoef je niet te doen. Is het zo veel wel waard?'

'Voor mij is het nog veel meer waard.'

'Dat is misschien precies de reden waarom het gestolen is ... jouw geld.'

'Het is maar geld, tante Bren. En ik heb er geen idee van waarom iemand het schilderij gestolen heeft, maar vast niet voor het geld.' Van waar ze zat, kon ze de galerie zien, en ze vroeg zich af hoe de dader binnengekomen was en waarom hij het gedaan had.

Terwijl ze luisterde hoe tante Bren het gesprek op de handwerkcursus bracht die ze gaf voor jonge moeders uit de gemeen-te, zag Lillian mensen de galerie in en uit lopen. Ze was verrast te zien hoeveel mensen de galerie bezochten en vroeg zich af of het iedere dag zo druk was.

Charles kwam naar buiten met Kara vlak achter zich aan. Hij stak zijn arm naar haar uit om haar een hand te geven. *Hij lijkt zo lief*, dacht Lillian. Ze zou willen dat Geena het kon zien.

Ze richtte haar aandacht weer op wat tante Bren vertelde over de diverse vrouwen die deelnamen aan de cursus. Toen Lillian weer opkeek, dacht ze dat ze Tru uit de galerie zag komen. Ze keek nog eens. Het hoofd van de man was kaalgeschoren, en hij zette een fedora op die er net zo uitzag als die van Tru. Lillian sprong overeind toen hij weg leek te gaan.

'Tante Bren, ik moet weg. Ik bel nog wel.' Ze liet tante Bren achter ergens tussen het breigaren en de brownies en liep snel het plein over om de man te pakken te krijgen.

'Tru', riep ze, maar het geluid werd overstemd door een ijsco-wagen die de hoek om kwam. Ze begon te rennen.

'Tru', riep ze nog een keer, in de overtuiging dat hij het was, maar hij hoorde haar niet. Toen hij een steegje in dook, bleef ze even staan om op adem te komen. Ze schudde haar hoofd en vroeg zich af wie dat geweest was. 'Wat vreemd.'

De bel aan de deur van de galerie rinkelde toen ze er binnenliep. Ze verwachtte Louise daar te zien, maar er zat niemand achter de balie.

'Jake.'

Hij leek net zo verrast haar te zien als zij het was hem te zien.

'Mevrouw Hastings.'

'Mevrouw Diamon', verbeterde ze hem, en ze probeerde te glimlachen, maar dat lukte niet helemaal.

'Natuurlijk.' Hij grijnsde breed. 'Mevrouw Diamon. Mijn ex-cuses. Oude gewoonten zijn hardnekkig. Ik neem aan dat u zich afvraagt wat ik hier doe?'

Ze wierp een blik op haar telefoon, alsof ze keek hoe laat het was. 'Niet echt. Ik ben alleen verbaasd je hier te zien. Meer niet.'

'Ik heb vandaag iemand hiernaartoe gereden. Ze is nu aan het winkelen. Ik wilde alleen even rondkijken, maar er schijnt niemand te zijn, hè?'

Lillian, nog steeds een beetje in de war, knikte instemmend. 'Maar Louise zou de galerie nooit onbewaakt achterlaten. Ik wed dat ze er wel is. Ik ga even kijken.'

Lillian ging de opslagruimte binnen en vond Louise daar. Ze was iets aan het zoeken in een kast. Snel draaide ze zich om. 'Lillian.' Louise legde haar hand op haar borst. 'Ik schrik me dood.'

'Dat spijt me, maar weet je dat Kara is weggegaan en dat er een klant wacht in de galerie?'

'Nee, natuurlijk niet.' Gejaagd liep ze Lillian voorbij naar het winkelgedeelte. Jake stond waar Lillian hem had achtergelaten. 'Kan ik u helpen?', vroeg ze.

'Eh, ja. Ik heb gehoord dat u hier een schilderij hebt dat ik graag wil kopen.'

'Van welke schilder?', vroeg ze.

'Van Truman Clark.'

Lillian stond hem aan te gapen totdat ze tot het besef kwam dat dat onbeleefd was. Waarom kon Jake niet net zo geïnteresseerd zijn als iedereen in het werk van Truman? Lillian wist dat zijn werk als chauffeur goed betaald werd en dat hij veel fooien kreeg van zijn klanten. Waarom mocht hij zijn geld niet aan kunst besteden?

Jake wierp een blik op Lillian, alsof hij erop wachtte dat ze wegging. Op dat moment besefte ze dat hij zich misschien ongemakkelijk zou voelen als hij een aankoop deed in het bijzijn van een van zijn klanten.

Ze wees naar de deur achter haar. 'Ik denk dat ik maar eens ga. Ik kwam alleen maar hierheen omdat ik dacht dat ik iemand zag die ik kende.'

'Wie dan?', vroeg Louise.

'Ik dacht dat ik Truman de galerie uit zag komen', zei Lillian.

Louise sperde haar ogen wijd open. 'Hij is hier niet geweest', zei ze. 'Hij is toch nog de stad uit?'

Lillian knikte. 'Ja. Het was dwaas van me. Ik dacht dat ik hem zag. Nu ga ik', zei ze, en ze liep achteruit naar de deur. Toen kwam Jake naar haar toe en hij greep haar hand.

'Het was fijn u te zien, mevrouw Diamon. Ik hoop dat alles goed is met u.'

Haar hart smolt toen ze terugdacht aan alle keren dat Jake in de auto geduldig op haar had zitten wachten bij de begraafplaats, en net gedaan had of hij haar tranen niet zag. Hij was altijd zo'n betrouwbaar iemand geweest.

'Ik heb u gemist', zei hij. 'Bel me gerust op ieder moment dat u me nodig hebt. Ik zal graag weer voor u rijden.'

Plotseling glimlachte ze. Op een bepaalde manier had ook zij eigenlijk zijn bescheiden en trouwe aanwezigheid gemist. 'Dank je, Jake.' Ze drukte zijn hand. 'Het is niet zo dat ik geen gebruik meer maak van je diensten omdat ik ontevreden ben. Ik probeer alleen meer dingen zelf te doen.'

'Daar ben ik blij om, mevrouw Diamon. Heel blij. En het is fijn te horen dat het niet aan mij ligt dat u al een poosje niet om een chauffeur gebeld hebt.'

'Nee, Jake.' Ze glimlachte geruststellend, verdrietig dat hij zich dat afgevraagd had. 'Helemaal niet.'

Hij knikte, en een moment dacht ze dat zijn ogen vochtig werden. Ze zei gedag en liep naar buiten, het zonlicht in. Wat raar, haar voormalige chauffeur tegen te komen in La Rosaleda. En hij reed nu iemand anders? Bij die gedachte schoot ze in de lach.

'Ik ben vervangen', zei ze hardop, met een luide grinnik. Dat was weer een teken dat ze verdergegaan was met haar leven. Opnieuw een stap weg van de akelige situatie waarin Robert haar had achtergelaten en waarin ze bijna was verdronken.

'Hoe gaat het met die oude Jake?', vroeg Geena. Ze zat die avond met haar benen over elkaar geslagen op het werkblad, terwijl Lillian vlot de ingrediënten klaarzette voor het ontbijt van de volgende dag.

'Geena, wil je alsjeblieft van dat werkblad af gaan. Als serveerster zou je beter moeten weten.'

Geena sprong zorgeloos naar beneden, alsof ze zojuist helemaal geen standje van Lillian had gekregen. 'Wat moest hij hele-maal hier?'

'Het leek heel goed met hem te gaan', zei Lillian. 'Hij had iemand hiernaartoe gereden om te winkelen.' Lillian brak een paar eieren boven een glazen kom en begon te kloppen. 'Het was echt leuk hem weer te zien. Ik ben blij dat het hem goed gaat.'

'Ik ook', zei Geena. 'Het was altijd een aardige jongen. Een paar keer hebben Robert en ik iets met hem gedronken en ...' Ze hield pardoes haar mond.

Lillian bleef eieren kloppen, alsof ze Geena helemaal niet ge-hoord had, maar dat had ze wel. Misschien was Jake daarom altijd zo bijzonder aardig tegen haar geweest. Hij wist meer van Ro-berts wangedrag dan zij.

'Het spijt me', zei Geena.

Lillian schudde haar hoofd. 'Vergeet het maar. We moeten ver-der.' Ze keek Geena scherp aan en hield haar gezicht zorgvuldig neutraal. 'Maar je kunt er niet iedere keer mee op de proppen komen, Geena. Ik ben van mening veranderd. Ik weet alles wat ik weten wil. Meer hoef ik niet te weten.'

Geena liep naar haar toe en nam de kom van haar over. 'Ver-tel me wat ik moet doen. Ik wil je helpen.'

'Nee, dank je', zei Lillian, en ze trok de kom weer naar zich toe.

'Maar dat wil ik graag', zei Geena. 'Ik heb me afschuwelijk ge-dragen. Laat me het nou goedmaken door je te helpen. Ik wil meer voor je doen.' Ze reikte weer naar de kom, net toen Lillian eraan trok, en het hele ding tuimelde op de grond. Slijmerige ei-eren bedekten de vloertegels.

Ze stonden allebei naar de vloer te kijken, toen Paige binnen-kwam.

'Ik denk niet dat dit een goed moment is om jullie te vragen of jullie goed genoeg met elkaar overweg kunnen om nog wat extra catering van me over te nemen', zei Paige.

Ze keken haar beiden aan alsof ze gek geworden was.

'Een grapje zeker?', vroeg Lillian. 'Wil je dat ik met haar samen maaltijden ga verzorgen?'

'Ze is een goede serveerster', zei Paige. 'En bovendien, ik ben niet degene die gezegd heeft dat jullie relatie versterkt moest worden. Dat was je eigen idee.'

'Hé,' riep Geena uit, 'we zitten nu niet op jouw commentaar te wachten, Paige. Zie je niet wat een bende het hier is?'

Paige liep de provisieruimte in en kwam terug met een mop en een emmer. Ze gaf de mop aan Geena. 'Jij hebt troep gemaakt in mijn keuken, jij ruimt het ook op.'

Geena reageerde verongelijkt en wees naar Lillian. 'Het was ook haar schuld.'

Lillian keek haar aan en stak haar handen uit met de handpalmen naar boven. 'Het spijt me', zei ze. 'Het is ook mijn keuken. En bovendien, ik ben haar lievelingetje.' Paige viste daarop nog een mop uit de provisiekamer en gaf die aan Lillian.

Nu was het Lillians beurt om beledigd te reageren, waarop Paige in de lach schoot. 'Ik snap niets van jullie beiden, maar het lijkt me beter als jullie je krachten bundelen. Dit weekend moet ik onverwacht de catering verzorgen voor een huwelijk, en ik wil niet zo'n puinhoop als dit. De moeder en de schoonmoeder zijn nogal pittig. We willen dat zij tevreden zijn.' Bij die woorden draaide ze zich om en wandelde ze weg, Geena en Lillian hoofdschuddend achterlatend.

Een paar minuten lang kwamen ze geen van beiden in beweging om de rommel op te ruimen. Uiteindelijk begon Geena door het eimengsel te vegen. 'Eigenlijk heb ik wel viezere dingen opgeruimd in mijn carrière dan rauwe eieren. Dit stelt niets voor.'

Lillian begon ook haar mop te bewegen. 'Ja, ik ook.'

'Ik wed dat ik smeriger dingen heb opgeruimd.'

Lillian verbeet een glimlach. 'O ja? Ik heb de ingewanden van een vis opgeruimd die op de grond waren gevallen en heel de keuken ondergespetterd hadden.'

'Echt waar?', vroeg Geena, maar ze was blijkbaar niet onder de indruk. 'Je zou eens moeten proberen de dansvloer schoon te krijgen als de gasten te veel gedronken hebben. Je mop wordt …'

Lillian stopte midden in haar beweging en hield haar hand omhoog. 'Oké,' zei ze, 'jij wint.'

Ze gingen beiden verder met schoonmaken, totdat Geena een klein lachje uitstootte. 'Ik win.'

Lillian rolde met haar ogen en probeerde haar te negeren terwijl ze haar eigen mop uitwrong.

'Ik win', zei Geena proestend. 'Ik win nooit.'

Lillian was geschokt. 'Ben je gek? Jij wint altijd.'

'Nietes, jij.'

'Nee,' zei Lillian, 'ik niet. Jij.'

Geena giechelde, en deze keer werkte het aanstekelijk. Lillian lachte mee.

'Nou,' zei Lillian toen ze uitgelachen waren, 'gaan we echt de catering van een huwelijk doen met Paige?'

'Zeker', zei Geena. 'Op mij kun je rekenen, als je me tenminste niet de hele tijd tegenspreekt.'

Lillian zond haar een waarschuwende blik. 'We krijgen geen ruzie als jij die idiote gedachte opgeeft dat Tru en Charles op een of andere manier proberen mij kwaad te doen.'

Geena haalde haar schouders op. 'Oké, maar iemand anders misschien wel.'

'Dat was zo', zei Lillian. 'Laten we het maar vergeten. Tenslotte is er in maanden niets meer gebeurd.'

'Oké,' zei Geena, 'ik zal het uit mijn hoofd zetten, als jij belooft dat je me niet steeds zo op mijn lip blijft zitten. Je bent behoorlijk normerend, zus. Ik probeer te veranderen. Ik heb al heel lang geen alcohol of wijn gedronken, en hier tussen de wijngaarden is dat geen geringe prestatie.'

'Eerlijk is eerlijk', zei Lillian. 'Ik zal je af en toe je gang laten gaan.'

Geena grijnsde naar haar. 'En', voegde ze er nog aan toe, 'je zou me wat geld kunnen lenen, zodat ik iets leuks kan kopen om te dragen wanneer ik moet bedienen.'

Lillian kon een schaterlach niet tegenhouden. 'Sommige dingen veranderen nooit.' Ze haalde een paar briefjes van twintig uit haar portemonnee en gaf ze aan Geena.

Geena propte de biljetten in haar zak. 'Bedankt, zus. Ik betaal je terug.'

'Nee, dat doe je niet', zei Lillian. 'Je betaalt me nooit terug.'

'Deze keer wel', zei Geena.

'Ik wil het niet eens', zei Lillian terwijl ze de mop nog een laatste keer over de vloer haalde.

'Maar ik nu wel.'

'Iets willen en iets doen zijn twee heel verschillende dingen. Ik heb geld genoeg, en jij niet. Houd het nou maar. Goed?'

'Bedankt, zus.'

'Niets te danken.' Lillian hielp Geena de moppen terug te zetten.

Geena lag in bed. Met Mario's hulp had ze uiteindelijk een fatsoenlijk appartement gevonden in La Rosaleda. Mario zou het zeer op prijs gesteld hebben als ze bij hem ingetrokken was, maar op het laatste moment had Geena besloten dat geld besparen niet zo belangrijk was als een goed begin maken met haar relatie met Mario.

Als ze een nieuwe relatie had, was ze tot nu toe altijd bij haar vriend ingetrokken, maar deze keer vond ze dat haar kerel wat meer zijn best moest doen. Ze had genoeg van de manier waarop mannen haar behandelden. Ze was hierover gaan nadenken bij *Safe Circle*, toen iemand haar vroeg waarom ze zichzelf altijd in een positie plaatste waarin mannen haar konden gebruiken en misbruiken.

Sindsdien had die gedachte haar niet meer losgelaten, en ten slotte had ze ingezien dat het haar nooit veel had opgeleverd als ze introk bij een man die ze niet kende. Waarom zou ze het niet een keer op een andere manier proberen? Op Lillians manier. Ze draaide zich om in haar bed en nestelde haar hoofd in het kussen. Ze had Lillian altijd verweten dat ze zo gauw nijdig was, en ze had zich wijsgemaakt dat dat de reden was waarom Robert haar boven Lillian verkozen had.

Geena snotterde een beetje, haar gedachten bij Robert. Had hij haar ook gebruikt? Of had hij van haar gehouden? Had hij nog van Lillian gehouden? Ze zou het nooit weten. Ze vroeg zich af of haar gedachten dezelfde vragen bevatten als die Lillian over

Robert had. Ze voelde zich er niet beter door dat ook zij de antwoorden nooit zou krijgen. Maar nu had Lillian iemand anders gevonden om van te houden.

Geena was opgehouden met haar kleingeestige commentaar op Truman. Misschien had ze wel zo'n hekel aan hem omdat ze jaloers was. Het leek niet eerlijk dat Lillian met Robert getrouwd was geweest en nu ook Truman nog kreeg. Wat was er eerlijk aan dat één vrouw twee opmerkelijke mannen kreeg in haar leven?

Hoofdstuk

43

Tot Lillians verrassing verliep de catering van het huwelijk vlekkeloos. Het werd gesloten in een plaatselijke wijngaard, ongeveer net zo groot als Frances-DiCamillo, maar in Lillians ogen niet half zo mooi.

De taart, die binnen heel korte tijd door Lillian zelf gemaakt was, werd verrukkelijk gevonden door de beide moeders van het gelukkige stel, en de van een suikerlaagje voorziene rozenblaadjes die in kleine kommetjes op iedere tafel waren gezet, smaakten heerlijk. De gasten waren weg van de schalen garnalen met helemaal zelf gemaakte cocktailsaus, waarvan Geena steeds een likje proefde als er niemand keek. Het zelfgebakken brood was in vierkantjes gesneden om te dippen in verschillende soorten olijfolie, waaraan diverse smaken waren toegevoegd. Het teriyaki-rundvlees vond gretig aftrek bij de bruidegom en zijn vrienden.

Op een zondag na de kerkdienst vertelde Lillian aan Kitty hoe succesvol de catering verlopen was. Lillian had Kitty geholpen met opruimen toen iedereen naar huis was gegaan, en was haar daarna naar buiten gevolgd naar Rose House. Kitty gaf haar een snoeischaar, en deze keer wist Lillian precies wat de bedoeling was.

Terwijl ze de uitgebloeide rozen afknipte en in Kitty's mand deponeerde, besefte ze ineens dat ze maar doorratelde over hun laatste bruiloft.

'En je had de bruidegom moeten zien met de taart bij ons laatste huwelijk', riep ze uit. 'Ik had medelijden met die arme bruid.' Lillian schudde haar hoofd. 'Ik denk dat we een soort regel moeten opstellen dat het verboden is ons taartglazuur te gebruiken om de make-up van de bruid te ruïneren.'

Kitty bleef staan en haalde een geborduurd zakdoekje uit haar zak. Ze wreef ermee over haar voorhoofd en keek naar Lillian.

'Jullie hebben in heel korte tijd een aardige reputatie opgebouwd, meiden, als het gaat om de catering voor bruiloften.'

'Dank je wel', zei Lillian. 'We genieten ervan. Ik wil nog steeds graag op een dag mijn eigen restaurant, maar voor nu lijk ik mijn draai gevonden te hebben.'

'Kara gaat over een paar maanden trouwen, en voor die gelegenheid mag ze de wijngaard gebruiken. Maar degene die de catering zou verzorgen, is ermee gestopt, en daar is ze helemaal overstuur van.'

'Dat is verschrikkelijk', zei Lillian, en ze vroeg zich intussen af wat er de oorzaak van kon zijn dat een cateraar het midden in een opdracht voor gezien hield. Ze prentte zich in dat ze de boeken moest nakijken en zich ervan moest vergewissen dat alles goed zat voor haarzelf, Geena en Paige.

'Kunnen jullie de catering niet voor haar doen? Ik kan jullie bij haar aanbevelen. Paige weet de weg in mijn keuken al, en jij bent ook aardig op weg.'

Lillian kon een brede grijns niet onderdrukken. Dit was een geweldige gelegenheid. Ondanks al hun pogingen om geen pretenties te hebben vormden Kitty en Blake het meest vooraanstaande paar in de wereld van wijngaarden en wijnmakerijen, en ook in de sociale kringen in de streek. Als ze bij Kara's bruiloft indruk op Kitty konden maken, liepen ze de kans dat ze het zo druk zouden krijgen dat ze personeel moesten aannemen.

'Natuurlijk', zei ze tegen Kitty. 'Ik weet zeker dat Paige en Geena het er ook mee eens zijn. We zouden het geweldig vinden de bruiloft van Kara te doen.'

Kitty glimlachte. 'Fantastisch. Dat is dan geregeld.' Ze ging gewoon weer door met haar werk en leek zich er helemaal niet van bewust te zijn dat ze zojuist een enorme positieve invloed op Lillians stemming had uitgeoefend. Lillian probeerde ook weer verder te gaan met het wegknippen van de verdorde rozen, maar ze kon aan bijna niets anders meer denken dan aan de komende bruiloft.

Ze ging snel de veranda langs en verzamelde een boeket rozen waarvan de blaadjes perfect waren voor de decoratie op de taart waarmee ze bezig was.

Ze bedacht dat ze de taarten als gelukstaarten op de markt kon brengen, als ze ze versierde met rozenblaadjes bij Rose House vandaan. Ze zouden ze in heel de regio kunnen verkopen, en misschien ook wel daarbuiten. Maar op een of andere manier wist ze dat Kitty daar waarschijnlijk niet voor zou zijn. Waar ze wel voor zou zijn, dacht Lillian, was ze te gebruiken voor de taart van Kara.

Het drong tot Lillian door hoe bijzonder het was dat ze nu een boeket rozen plukte bij Rose House, terwijl ze vier jaar geleden, bijna vijf nu, op deze zelfde plaats gestaan had, vol verdriet om het verlies van haar man en kinderen, kort daarvoor. En als ze terugging naar het verlies van haar ouders en broers bij de brand, was ze zelfs nog verder gekomen. Net als nu had ze samen met haar moeder rozen geplukt toen ze nog een klein meisje was, en ze had er geen idee van gehad dat de rozenstruiken zouden vergaan en samen met het huis zouden verbranden in het vuur.

'Heb ik je wel eens verteld over de rozenstruik die mijn moeder had?', vroeg ze aan Kitty.

'Dat geloof ik niet. Mooi?'

'Niet zo bijzonder als deze rozen,' vertelde Lillian, 'maar ja, prachtig. Hij was niet zo erg groot, maar hij was toch omhooggeklommen tot halfweg de zijkant van ons huisje.'

'Welke kleur hadden de rozen?'

'Rood', zei Lillian. 'Bijna wijnrood. Ze zijn verloren gegaan bij de brand, maar een paar jaar later, toen ik ben gaan kijken op de plaats waar het huis gestaan heeft, zag ik dat de struik weer uitgelopen was. Het was maar een klein takje, maar toch. Hoe kan dat nou?'

Kitty zette haar mand op de veranda en ging in een van de schommelstoelen zitten. Ze wuifde zich met haar hand koelte toe. Het was warm geworden, en Lillian had het ook heet. Ze volgde Kitty's voorbeeld.

'Het kan wel', zei Kitty. 'Het hangt ervan af hoeveel van de plant precies verbrand is. Het komt niet veel voor, maar ik heb het weleens eerder gehoord. Mijn moeder vertelde me over een roos die verbrand was samen met een schuur hier op Frances-DiCa-millo. Ze zei dat hij er zelfs sterker uit tevoorschijn was gekomen. Wil je hem zien?'

'Ja, heel graag.'

'Maar eerst gaan we iets drinken. Ik ben uitgedroogd.'

Tot Lillians verrassing haalde Kitty een sleutel uit haar zak en stak ze die in het slot van de voordeur van Rose House. Ze liep naar binnen, en het was duidelijk de bedoeling dat Lillian haar volgde. Lillian bleef op de veranda staan en keek naar haar. Het was één ding dat Charles en Gracie onbewust de regels voor Kit-ty's speciale plek hadden overtreden, maar Lillian voelde zich een indringer.

'Kom maar verder, lieverd.'

Ze schraapte haar keel. 'Oké.'

Aarzelend volgde ze Kitty het huis in, en ze was verbaasd toen Kitty het keukentje binnenliep, de ouderwetse koelkast opendeed en er een kan limonade uit haalde. Ze gaf Lillian een glas aan.

'Wat is er, lieverd? Je kijkt alsof je een spook gezien hebt. Ik heb je toch al gezegd dat die er niet zijn?'

'Niets aan de hand, echt niet. Ik had alleen niet verwacht dat alles hier binnen zo ...' Ze zocht naar het goede woord.

'Je had verwacht dat het hier muf en donker zou zijn, en dat alle meubelen bedekt waren met stoflakens.'

'Ja', zei Lillian voordat ze een grote slok van het koude drank-je nam.

'Nou,' zei Kitty terwijl ze haar voorging naar de woonkamer, 'als het er hier zo uit zou zien, zou ik hier nooit willen komen.'

Ze ging zitten op een bank waar een quilt overheen lag. Lillian nam tegenover haar plaats in een kleine schommelstoel.

'Kom je hier vaak?'

'Alleen als ik iets wil drinken of als Blake en ik weg willen uit dat grote oude huis om elkaar te kunnen vinden', zei ze grinnikend. 'Sommige mensen hebben campers. Wij verblijven gewoon een paar dagen in Rose House. We moeten er natuurlijk wel rekening mee houden dat we dat doen wanneer er geen bezoekers zijn.'

'Het is fijn hier', zei Lillian. 'Zo eenvoudig.'

'We leefden ook eenvoudig toen we nog jong waren. Dat proberen we in het grote huis ook, maar voor ons is het niet hetzelfde als toen we alles zelf deden. Blake heeft ieder stukje hiervan zelf gemaakt, met hulp van mijn vader.'

Lillian keek om zich heen. Quilts, vermoedelijk door Kitty gemaakt, lagen over de meubelen heen. Lillian verbaasde zich over het grote aantal schilderijen dat de muren bedekte. Het leken allemaal portretten te zijn van dezelfde persoon.

'De meeste daarvan zijn van mijn dochter Ruby', zei Kitty. 'Mijn kleindochter Lucy heeft ze geschilderd. Een paar ervan zijn gemaakt door Ruby zelf.'

'Ik wist niet dat je kunstenaars in je familie had.'

'O, ja', antwoordde ze. 'Ik heb ook geschilderd toen ik jong was, maar ik vond quilten het allerleukste.'

Lillian probeerde het feit tot zich te laten doordringen dat ze echt in het beroemde huis zat te genieten van het gezelschap van Kitty en de eenvoudige schoonheid om haar heen.

'Kitty, wat denk jij dat de reden is waarom iemand het schilderij gestolen heeft?'

'Wie zal het zeggen, lieverd? Geld, aandacht, misschien een of andere rare bevlieging voor Truman of jou.'

Lillian lachte, maar haar lach had een holle klank.

'Als je bang bent, lieverd, kun je zo bij mij en Blake in het grote huis komen logeren. Of je neemt je intrek in het grote huis van het pension in plaats van in het huisje. Dat vindt Paige vast wel goed. Zou dat helpen?'

'O, ik ben niet bang', zei Lillian. 'Ik heb al lang geen enkel teken gezien dat erop wijst dat iemand me volgt. De diefstal van het schilderij is de enige vreemde gebeurtenis de laatste tijd. En die heeft er vermoedelijk niets mee te maken.'

'Gelukkig maar. En hoe gaat het verder, lieverd? Mis je Truman?'

Lillians ogen werden vochtig. 'Verschrikkelijk', zei ze. 'Soms vraag ik me af of hij ooit nog terugkomt.'

'Lieverd, alles komt goed. Je moet het alleen uithouden totdat het zover is. Als ik ooit de tijd krijg om je mijn hele verhaal te vertellen, zul je zien dat op het oog akelige dingen toch goed kunnen uitpakken.' Ze gebaarde naar de kamer om haar heen. 'Kijk waar ik nu ben. Ik dacht altijd zeker te weten dat mijn verhaal heel anders zou eindigen.'

'Het is veel bescheidener dan ik had verwacht', zei Lillian. 'De eerste keer dat ik Rose House van de buitenkant zag, vond ik het prachtig. Ik werd overvallen door het gevoel dat er nog mooie dingen voor me waren overgebleven, ook nadat mijn kinderen waren gestorven. Ik weet niet of dat door de schoonheid van de rozen kwam of doordat ik de ranken zo volhardend vond in de manier waarop ze over het hele huis heen groeiden.' Lillian dacht er even over na en besefte dat dat het was. 'Ze hebben de tijd doorstaan, hè? Hoe oud zijn die struiken eigenlijk?'

Kitty slaakte een diepe zucht en keek naar een van de portretten aan de muur, alsof ze de jaren probeerde te tellen. 'Het is moeilijk te zeggen, lieverd, maar ik denk dat ze vijfendertig tot veertig jaar oud zijn. Blake heeft ze jaren achtereen bijgehouden, en nu help ik hem. Blake is begonnen met drie planten, en toen hij zag dat het goede klimmers waren, is hij begonnen het latwerk aan te brengen aan de zijkanten van het huis. Toen hij had vastgesteld dat de planten gezond waren, heeft hij bij dezelfde leverancier meer planten besteld. Hij heeft ze om het hele huis heen gezet en door de jaren heen als baby's gekoesterd. Hij heeft zelfs latwerk op het dak gemaakt zodat de rozen over de nok heen konden klimmen.'

'Heeft hij dat allemaal alleen voor jou gedaan?'

'Voor mij en voor onze dochter Ruby. Ik denk dat we ze ook blijven verzorgen voor Lucy. Wanneer ze hier op bezoek is, slaapt ze weleens in Rose House in het oude kamertje van haar moeder.'

'Ik vroeg me al af of er nog weleens iemand in het huis logeerde', zei Lillian, en ze probeerde haar schommelstoel, waarbij een paar planken in de vloer begonnen te kraken.

'O, er zal altijd in het huis gewoond kunnen worden. Daar zullen we voor blijven zorgen. Dat hoop ik tenminste', zei Kitty. 'Degene die het gemaakt heeft, zou het nooit expres aan zijn lot kunnen overlaten. Voor Blake heeft het een hoge gevoelswaarde gekregen. Het is een symbool geworden, of een soort eerbetoon eigenlijk. Ik denk dat, als wij er niet meer zijn, Lucy voor de rozen zal zorgen, nu ze het geheim kent.'

'Is er een geheim?'

Kitty schoot in de lach, alsof ze het geheim in haar ogen verborgen hield. 'O, zeker, lieverd. Er is een geheim, maar dat betreft niet alleen het verzorgen van de rozen. Er is meer, en jij hebt er een klein stukje van ontdekt op het moment dat Truman je schilderde. Er is een geheim in dit huis voor iedereen. We vinden hier allemaal onze eigen waarheid.'

Lillian glimlachte. Iedereen werd dus geacht hier iets vandaan mee te nemen. Voor sommigen was het gewoon een mooi huis, misschien het resultaat van goed tuinmanschap. Voor anderen was het een symbool dat een diepere betekenis had. Zoals het schilderij die voor Lillian had. Het verbeeldde de tragedies die in haar hart verborgen lagen, maar stond ook voor hoop en overleven. Het vertelde van haar dromen.

'Ik zou willen dat we het schilderij konden vinden', zei Lillian.

'Maak je geen zorgen, Lillian. We zullen het op een dag wel vinden. Wees voor dit moment maar blij dat we de belangrijkste twee onderdelen ervan nog hebben: jou en het huis.'

Lillian dacht aan de eenzame figuur op de tekening van de vuurtoren. 'Maar Tru hebben we niet', zei ze schommelend.

Kitty keek naar haar met een verdrietige blik op haar gezicht, maar reageerde niet met haar gebruikelijke wijze woorden, raadgevingen of bemoediging. Ze sloot haar ogen, alsof ze even wilde slapen.

Lillian deed hetzelfde, en het kraken van de planken onder de schommelstoel vormde het enige geluid.

Hoofdstuk
44

De voorbereidingen voor Kara's huwelijk namen Lillian de volgende paar weken in beslag. Zelfs de zaterdagen werden ervoor gebruikt, en ze moesten strikt de hand houden aan hun beleid geen nieuwe opdrachten aan te nemen als er niet genoeg tijd voor was. Op een bepaalde zaterdag was Lillian de lijsten aan het bestuderen die ze steeds weer moest doorlopen. Ze begreep niet waarom ze zich zo afschuwelijk voelde. Ze was in een akelige stemming wakker geworden. Het was niet gewoon een slecht humeur, maar het grensde aan wanhoop. Ze had zich lange tijd niet meer zo gevoeld.

'Goedemorgen, zus.' Geena kwam de keuken binnenlopen, op de voet gevolgd door Paige. Geena gaf haar een kaart. 'Deze is van ons.'

'Wat is dit?' Lillian pakte de roze envelop aan. De kaart was bedekt met vrolijke viooltjes in paars en geel. Binnenin hadden ze beiden hun naam geschreven onder wat een korte opmerking leek. Toen keek Lillian beter naar wat Geena had opgeschreven.

We zullen hen nooit vergeten.

Lillian barstte in tranen uit. Beelden van Sheyenne en Lee dansten om haar heen. Toen ze zich weer onder controle had, keek ze Geena en Paige aan. 'Ik was het vergeten', zei ze. 'Hoe kon ik het vergeten?' Ze was zo druk geweest dat de dag van het ongeluk was gekomen zonder dat ze eraan gedacht had.

Paige kwam naast haar zitten. 'Och, liefje.' Ze sloeg haar arm om Lillian heen, en Geena deed hetzelfde aan de andere kant. 'Je was het blijkbaar helemaal niet vergeten. Anders voelde je je niet zo akelig.'

Lillian snufte. 'Je hebt gelijk. Ik vroeg me al af waarom ik me vandaag zo rot voelde. Wat zijn jullie lief. Bedankt.'

'Ga je vandaag naar de begraafplaats?', vroeg Geena. 'Wij redden het hier wel terwijl jij weg bent. Zo lang hoeft dat niet te duren.'

'Maar neem je tijd', zei Paige. 'Al duurt het de hele dag.'

Geena knikte en binnen een halfuur was Lillian in de auto onderweg naar Sacramento. Nu Tru weg was, had Lillian niets bijzonders te doen op zaterdag. Dus vond ze het best in de weekenden te werken. Alleen ging ze wel naar de wijngaard voor de diensten.

Ze trapte het gaspedaal in toen ze La Rosaleda uit reed en glimlachte bij het zien van de voorbijglijdende wijngaarden. Het was al even geleden dat ze op de begraafplaats was geweest, de langste periode ooit zonder de kinderen. Hoe dichter ze bij het kerkhof kwam, hoe sneller haar hart begon te kloppen. Het zou haar goeddoen alleen al de stenen aan te raken. Ze moest eraan herinnerd worden dat ze moeder was geweest, en zelfs als ze nooit een ander kind zou krijgen, zou ze in haar hart altijd de moeder van Sheyenne en Lee blijven.

Koude rillingen liepen over haar armen en gaven haar een ijzig en troosteloos gevoel. De bloemen die ze zo liefdevol rondom de graven geplant had, lagen verstrooid om de stenen heen, de wortels blootgesteld aan de lucht. Het was alsof kluiten modder met opzet over Roberts graf waren gegooid, maar bij de graven van Sheyenne en Lee was het nog erger. Kleurige bloemblaadjes waren verpulverd en over de grond gestrooid. De pas omgewoelde aarde zag er nog vochtig uit.

Een moment bleef Lillian gewoon staan kijken naar de bende.

Ze probeerde zich voor te stellen wie zoiets kon doen. *De man aan de telefoon*. De gedachte deed haar huiveren. Had Geena steeds gelijk gehad? Nerveus keek ze om zich heen, haar hand voor haar mond geslagen. Toen hief ze haar beide handen op en masseerde ze haar slapen. 'Laat me met rust', fluisterde ze, en toen riep ze luider, haar stem echoënd over de begraafplaats: 'Laat me met rust!' In stilte bad ze dat het vandalisme toeval was. Ze viel op haar knieën en huilde openlijk terwijl ze van de ene steen naar de andere kroop en de plantjes bij elkaar raapte totdat ze op een hoopje naast haar lagen.

Toen ze de slappe plantjes verzameld had, haalde ze een paar flessen water uit de kofferbak van haar auto en rende ze terug. Hartstochtelijk werkte ze met haar handen in de grond. Ze zette ieder plantje terug, plukte de dode blaadjes en bloemen eraf en gooide ze weg. Ten slotte goot ze water over de opnieuw omgewoelde aarde.

Toen ze klaar was, ging ze op haar hurken zitten en bekeek ze haar werk. Het was alsof er een kleine tornado over de drie graven heen gegaan was, maar een paar plantjes leken al op te fleuren. Ze was nog steeds razend, maar ze voelde zich iets beter. Ze kroop over de graven van Sheyenne en Lee en kuste de stenen. Het gevoel van het koude marmer tegen haar lippen troostte haar een beetje.

Ze raakte ook Roberts steen aan, maar daar ging geen geruststelling van uit. Ze zou er alles voor gegeven hebben hem weer op aarde te krijgen, maar ze zou nooit weten of hij echt van haar gehouden had. Ze zou nooit zijn geheimen kennen.

Ze streek met haar hand over de gladde steen en fluisterde zachte woordjes. 'Ik heb verdriet om de pijn die je in je leven gevoeld moet hebben. Het spijt me als iets daarvan mijn schuld is geweest.'

Voordat ze besefte waarmee ze bezig was, trok ze in een opwelling de plantjes die ze zojuist bij Roberts steen gezet had, er weer uit. Ze schuifelde naar de stenen van de kinderen en zette ze daar neer. Ze duwde de losse grond bij Roberts steen aan en klopte haar handen af.

Ze negeerde Roberts steen en zette de verse bloemen die ze uit La Rosaleda had meegebracht, in de vazen op de graven van Sheyenne en Lee. Daarna ging ze weer naar het graf van Robert en legde ze een gele roos die ze nog overhad, in het gras voor zijn steen. Het zou de laatste keer zijn dat ze bloemen voor hem zou achterlaten.

Ze drukte een kus op haar handpalm en legde haar hand op zijn steen. Haar hartslag kwam tot bedaren. Er waren veel vragen die nooit een antwoord zouden krijgen, maar Geena had er genoeg beantwoord om haar duidelijk te maken dat hun huwelijk, als Robert was blijven leven, niet minder dan een wonder nodig had gehad om in stand te blijven. Robert had zelfs wel in de gevangenis terecht kunnen komen.

'Dag, Robert', fluisterde ze. Dat was het wonder, besefte ze, dat ze verder kon met haar leven.

Ze kon Geena vergeven, wat met iedere nieuwe dag die voorbijging, minder moeilijk was geworden, en ze had nieuwe vrienden in Paige en Kitty. Tante Bren en de dominee, die haar hadden grootgebracht, had ze nooit verloren, en zelfs chef George was een echte vriend van haar geworden. Maar het grootste wonder was dat ze Tru gevonden had.

Zelfs Tru kon geen schilderij maken van hoe haar leven gegaan zou kunnen zijn, maar als ze geluk had, of gezegend werd, zoals tante Bren zou zeggen, zou hij de kans krijgen om het te proberen. Zodra ze terug was in het huisje, ging ze hem een lange brief schrijven.

Onderweg naar de uitgang van de begraafplaats minderde Lillian vaart om langzaam langs een begrafenisstoet te rijden. Ze voelde mee met de vrouw met de zwarte jurk en de donkere zonnebril. Ze was zelf in die situatie geweest. Ze stak haar hand uit om het raampje omhoog te draaien, toen ze Jake zag staan, haar vroegere chauffeur. Hij stond bescheiden naast een van de zwarte sedans. Hij was gekleed in zijn uniform, en toen hij zich naar haar toe draaide, zwaaide ze even naar hem. Hij leek haar eerst niet te herkennen, maar toen zond hij haar een verrast glimlachje. Even was het alsof hij naar haar auto toe zou komen, maar hij nam zijn plaats weer in en maakte een miniem gebaar van herkenning.

Wat kon het raar lopen in het leven, peinsde Lillian. Ze was dolblij dat ze zelf achter het stuur zat.

Hoofdstuk

45

Halverwege La Rosaleda schoot Lillians hand naar haar nek. De hanger. Ze voelde overal langs haar hals en op de stoel naast haar. Omdat ze slingerde, zette ze de auto aan de kant. Ze liet de motor lopen, maar stapte uit om haar kleding te inspecteren. De hanger was nergens te bekennen.

Ze stapte weer in de auto en keek overal op de vloer en tussen de zittingen. Ze maakte zelfs de achterbak open en keek erin, omdat ze dacht dat de hanger misschien was gevallen toen ze de flessen water eruit haalde. Nog steeds geen hanger.

Ze voelde aan de plaats op haar borst waar de hanger steeds tegen haar huid gelegen had.

Ze zuchtte. Waar was hij? Ze liep terug naar de bestuurderskant, stapte in en bleef bewegingloos zitten. Tranen trokken een spoor over haar wangen en vielen op haar borst. Ze maakten precies de plek nat waar de hanger altijd hing.

Ze vroeg zich af of hij gevallen was bij de graven, en keerde. De zeventig kilometer leken er wel zevenhonderd. Onderwijl stelde ze zich voor dat iemand anders de hanger gevonden had. Haar hart bonsde. Misschien zou iemand hem vinden en inleveren. Ze huiverde bij de gedachte dat een medewerker hem zou aanpakken en misschien zou weggooien.

Terug bij de begraafplaats reed ze naar de plek waar haar kinderen begraven lagen. De begrafenis van de stoet waar ze langs was gereden, was kennelijk voorbij. Het versgedolven graf lag er verlaten bij, met uitzondering van de vrouw in het zwart die geknield naast het graf lag, met een zakdoek tegen haar gezicht gedrukt. Lillian zou willen dat ze naar haar toe kon gaan om haar te vertellen hoelang het soms kan duren voor je ook maar het gevoel hebt dat je het kunt overleven, en om tegen haar te zeggen dat ze de hoop nooit moest opgeven.

Met haar eigen droevige herinneringen aan de begrafenissen weer vers in haar geheugen parkeerde ze de auto, en ze strompelde naar de graven toe. Ze keek overal, woelde zelfs de grond om in de hoop de hanger te vinden, maar ze had geen geluk. Na een uur zoeken ging ze op haar hurken zitten huilen.

Ze had beloofd Robert los te laten, zich heilig voorgenomen haar leven weer op te pakken en haar hart te openen voor Truman, maar het loslaten van Sheyenne en Lee was nooit in haar gedachten opgekomen. Ze kon niet zonder de hanger.

Huilend keek ze omhoog. *Dit is te veel, Heer.* Ze veegde de tranen van haar gezicht. Waarom gebeurde dit allemaal? Eerst het schilderij, dan Truman, nu de hanger. Alle dingen die haar meest gekoesterde gevoelens en hoop vertegenwoordigden.

Ze hief haar nog vochtige gezicht omhoog en keek naar de toppen van de bomen die hier en daar op het kerkhof stonden. *Alstublieft, geef ze terug.*

Hoofdstuk
46

De klok van het grote huis luidde herhaaldelijk. De echo weer-
kaatste over Frances-DiCamillo. Het juichende geluid herinnerde
vrolijk aan eerdere huwelijken en was tot in La Rosaleda toe te
horen.

Lillian had Kitty een keer naar de klok gevraagd. Vroeger was
hij gebruikt om de arbeiders in de wijngaard te melden dat het
etenstijd was, maar wat belangrijker was, ook om bijzondere gelegenheden aan te kondigen aan de gemeenschap. Als mensen in
La Rosaleda de klok hoorden luiden, wisten ze dat er iets bijzonders aan de hand was, meestal een geboorte of een bruiloft.

En opnieuw was het een teken van een viering die beloofde
een feestelijke gebeurtenis te worden. Lillian was nog nooit zo
opgewonden geweest. Ze was heel zenuwachtig dat er dingen mis
zouden gaan, maar ze had alles samen met Paige en Geena tot in
de puntjes geregeld. Ze waren er helemaal klaar voor.

Bedrijvig inspecteerde ze de ruimten die ze zouden gebruiken
om zich ervan te vergewissen dat alles in orde was. Er waren ten-
ten opgezet om een tiental tafels te beschutten die vol stonden
met schalen heerlijke hapjes. Op een ervan stond de bruidstaart
met vanille en kaneel, die versierd was met tere, van een suikerlaagje voorziene rozen van Rose House. Lillian had uren aan de

taart besteed. Ze had persoonlijk ieder rozenblaadje gesuikerd, en ze was heel gelukkig met de reactie van de bruid.

'Komen deze rozenblaadjes van Kitty's Rose House?', riep ze uit. Toen Lillian bevestigend antwoordde, barstte Kara uit in tranen van geluk, wat precies de reactie was waarop Lillian had gehoopt. Ze vertelde niemand dat ze chef George had geraadpleegd voor het volmaakte recept voor de vanille-kaneeltaart en de rozendecoratie. Het was lastig geweest hem eruit te laten zien als een bruidstaart en toch de smaken kaneel en vanille te behouden, maar ze waren eruit gekomen.

Ze keek om zich heen en zag chef George met zijn vrouw, Barbara, in gesprek met Blake Birkirt. Hij was op haar verzoek gekomen om het resultaat te beoordelen en eventuele verbeteringen te bespreken voordat ze haar bedrijfje in wording met Geena en Paige naar het volgende niveau zou brengen. De reden die George voor zijn aanwezigheid had, was natuurlijk dat hij Lillian probeerde te verleiden met hem in zaken te gaan, of door terug te komen in zijn restaurant of door een nieuwe zaak te openen in een ander deel van Sacramento.

Ze wendde zich weer naar de tafels en haastte zich naar Geena, die stond te flirten, gekleed in een chic zwart jurkje waar alleen een serveerster met haar ervaring mee wegkwam. Geena had er een elegant schortje overheen vastgemaakt en droeg een witte hoed. Lillian zelf had een mouwloos blauwzijden jurkje uitgekozen dat beter paste bij een evenement in een tuin, maar ze droeg ook een witte hoed, net als Paige. Kitty had hun uitdrukkelijk gezegd dat Kara graag wilde dat alle vrouwen en meisjes onder haar gasten een hoed zouden dragen.

'Laten we dan alle drie een witte hoed opzetten om ons te onderscheiden van de rest van het gezelschap', had Paige geopperd. Lillian vond dat Paige er schattig uitzag met haar hoed en haar zachtgele jurkje. Ze zag het gouden kruisje dat Paige aan een kettinkje om haar hals droeg, een cadeau dat ze van Mark en Gracie voor Moederdag gekregen had.

Automatisch ging Lillians hand naar haar hals, die bloot aanvoelde zonder de zilveren hanger die tot aan het ongeluk door

Sheyenne gedragen was. Ze had hem niet meer teruggevonden. Hij was gewoon verdwenen, alsof hij nooit bestaan had, bijna net als Sheyenne zelf. Gelukkig had ze nog wel steeds het autootje van Lee, dat veilig weggestopt zat in haar tas, samen met de schetsen van Tru. Daar was ook de laatste bij die ze ontvangen had, een eenvoudige tekening van Rose House, die leek op de foto die ze op een keer aan de zonneklep in zijn auto had vastgemaakt.

'Hoe staat het met de warme hapjes?', vroeg ze aan Paige.

'Gaat allemaal goed.' Paige glimlachte breed. 'Ruikt het niet verrukkelijk? Je bent fantastisch, Lil. Chef George mag wel met een goed bod komen als hij je terugkomst wil verdienen.'

Lillian wuifde het compliment weg met haar handen, waarvan de nagels keurig roze gelakt waren. 'Dat is het punt niet. Het gaat erom dat ik iets doe waar ik van houd.'

'Truman zou trots op je zijn', vond Paige.

Lillian lachte flauwtjes. Ze had Paige niet verteld dat ze al meer dan een week niets van Tru had gehoord. Ze wist nogal zeker dat Tru, wanneer hij terugkwam, niet zou willen dat ze in Sacramento voor chef George zou gaan werken, maar het begon erop te lijken dat hij nooit meer terugkwam. Er waren maanden voorbijgegaan. Zelfs de bladeren aan de wijnstokken begonnen te verkleuren, ondanks de hoge temperaturen in La Rosaleda.

Lillian had geprobeerd iets van de verkleurende bladeren weer te geven in haar gerechten, in de kleuren en de presentatie. Kara wilde smaakvolle dingen, maar wel op een ontspannen manier. Daarom had ze gekozen voor een grote verscheidenheid aan gerechten. Schalen pasta met knoflook en geitenkaas, stukjes Mongoolse gemberbiefstuk en garnalen met kokos en een zoete curry waren een paar van de gerechten die ze voor de grote dag had klaargemaakt. Kara had voor het dessert speciaal gevraagd om Mexicaanse bruidscakejes en mantecada's naast de limoencakejes en geflambeerde ijstorentjes. De gasten zwierven al om de tafel met desserts en vertelden elkaar luidkeels hoe zalig het er allemaal uitzag.

Terwijl er nog meer gasten arriveerden, hadden Geena en Lillian er plezier in de hoeden van de dames te bewonderen. Het zag ernaar uit dat ze aan de wens van Kara hadden voldaan. Toen Lillian tussen de gasten door liep, ving ze op dat sommigen van hen hun hoeden speciaal uit Engeland hadden laten komen, terwijl anderen de hunne gevonden hadden in winkeltjes in het centrum. Ze zagen er allemaal prachtig uit, vooral die van de kleine meisjes.

'Vindt u mijn hoed mooi?', riep Gracie. Het was een strooien hoed met een rode roos zo groot als Gracies hele gezichtje, maar hij stond schattig bij haar roze zonnejurkje. Gracie pakte Marks hand. 'We gaan Charlie zoeken', riep ze achterom.

'Heel lief', zei Lillian, en ze keerde terug naar haar werk. Samen met Paige en Geena controleerde ze of het eten warm bleef tot de receptie.

'Het wordt stampvol.' Het huilen stond Geena nader dan het lachen toen ze het terrein overzag. 'Zouden we wel genoeg hebben?'

Ze had gelijk, zag Lillian. Behalve familie en vrienden waren er ook arbeiders uit de wijngaard met hun gezinnen en ook toeristen die het geluk gehad hadden Kitty tegen te komen op straat. Ze waren komen opdagen in hun beste vakantiekleding, en hun werd vrolijk een keuze geboden uit de hoeden die Kitty in stapels hoedendozen naast de cadeautafel had klaargezet.

De trouwerij zelf was een bloemenfantasie. Kara zag eruit als een bloemenfee in een iriserende ivoorwitte strapless japon, versierd met een corsage van wijnrode rozen opzij ter hoogte van haar taille. Lillian glimlachte bij het zien van de trotse blik op het gezicht van Charles toen hij zijn zus aan zag komen over een met keien bestraat pad naar Rose House dat speciaal voor de bruiloft was aangelegd.

Lillian moest lachen toen het gezelschap aanmoedigingen schreeuwde naar het paar toen ze elkaar mochten kussen. Het was een prachtige dag. Het enige wat er voor Lillian aan ontbrak, was Tru. Ze dacht dat hij wel trots zou zijn op haar cateringbedrijf, maar ze zou moeten accepteren dat hij, net als het schilderij spoorloos verdwenen, misschien nooit deel zou uitmaken van haar toekomst.

Ze draaide zich om om naar de cateringruimte te gaan voordat de mensen haar voor zouden zijn, en zag chef George staan. Voordat de bruiloft voorbij was, zou ze tegen hem zeggen dat ze zijn aanbod aannam, met slechts een kleine wijziging in zijn plannen.

'De volgende keer hebben we meer eten nodig', riep Geena uit in een korte periode van rust tijdens de receptie.

'Nee, hoor', zei Paige, die glazen vulde met champagne en aardbeien. 'Er zal de komende honderd jaar niet meer zo'n grote bruiloft plaatsvinden.' Ze stopte even met wat ze aan het doen was en keek het pad af. 'Of misschien toch wel', mompelde ze. Er kwam een brede glimlach op haar gezicht. Ze droogde haar handen af aan een handdoek en schoot de tent uit.

'Waar gaat die naartoe?', vroeg Lillian, die zich snel omdraaide. Ze liet een opscheplepel in het gras vallen, en haar handen vlogen naar haar mond. Ze hapte naar adem.

Geena keek naar Lillian. 'O, lieve help, Lily lief. Je ziet zo bleek als een doek. Gaat het wel?'

Lillian opende haar mond, maar ze kon niets zeggen. Ze wendde zich van Geena af en begon bedrijvig te controleren of de gerechten nog warm waren. Gasten zwierven om haar heen terwijl ze wachtten totdat ze aan de beurt waren om hun borden opnieuw te laten vullen met de gerechten van hun keuze, en ze werkte snel, blij dat ze een excuus had om zich niet te hoeven omdraaien.

Ze voelde een hand op haar schouder maar weigerde haar werk in de steek te laten.

'Lillian, draai je om.'

Bij het horen van Paiges stem draaide Lillian zich om. Ze zag haar vriendin dicht bij zich staan.

'Het is in orde', zei Paige. 'Ik dacht dat het Truman was, maar het was alleen maar iemand die op hem leek.'

Lillian ging op haar tenen staan en rekte zich uit om over Geena en Paige heen te kijken.

Geena trok rimpels in haar neus. 'Hij heeft zelfs net zo'n hoed als Truman en hij is kaal.'

'Geena', tikte Paige haar op de vingers. 'Tru is niet kaal. Hij scheert alleen zijn hoofd.'

Lillian schudde haar hoofd en gebaarde dat ze stil moesten zijn. 'Ik heb die man eerder gezien.' Ze vertelde hun over de dag waarop ze gemeend had Truman te zien, maar dat die man degene was die ze de galerie uit had zien komen. 'Hij verdween in een steegje. Daarna heb ik hem niet meer gezien.'

'Truman zou nooit een zwartleren jasje dragen. Dat is veel te hip voor hem', zei Paige.

'Die man is beslist niet gekleed voor een bruiloft', vond Geena.

'Ik vraag me af wie hij is.'

'Laten we het aan Kitty vragen.' Paige draaide zich om en wees naar Kitty, die naar hen toe kwam lopen.

'Dames, jullie hebben jezelf overtroffen.' De volgende paar minuten putte ze zich uit in complimenten over de receptie, en de drie vrouwen uitten hun lof over de bruiloft en zeiden tegen haar hoe prachtig ze eruitzag en hoe mooi de plechtigheid was geweest.

Toen zei Paige: 'Kitty, wie is die man?'

Kitty draaide zich om in de richting waarin de drie vrouwen wezen. Precies op dat moment kwam de man naar hen toe. Ze lieten alle drie hun armen zakken, terwijl Kitty hem met een warme glimlach verwelkomde.

'Wel, Tom Bentley, wat doe jij hier?' Ze strekte haar armen uit en trok hem dicht tegen zich aan.

'Hallo, Kitty. Fijn je te zien.' Hij had een wat nasaal stemgeluid. Lillian had meteen een hekel aan hem. Misschien omdat hij haar de beide keren dat ze hem gezien had, aan Tru had doen denken, maar hij het natuurlijk niet haalde bij Tru. Ze wierp een blik op Geena, die hem, aan de frons in haar voorhoofd te zien, ook niet mocht. Nu was dat bij Geena meestal het geval wanneer ze iemand voor het eerst zag. Haar mening was dus niet echt doorslaggevend.

Kitty wendde zich tot de drie vrouwen. 'Dit is Tom Bentley, een van mijn meest geliefde klanten. Je zou kunnen zeggen dat hij de galerie draaiende houdt met zijn aankopen.'

'Tenminste, van degene die ze wil verkopen', zei Tom met een knipoog.

Paige stak haar hand uit. Geena en Lillian glimlachten alleen maar. Hij keek hen een beetje vragend aan. Zijn ogen rustten iets te lang op Lillian naar haar smaak. Ze wilde haar hand in haar zak steken om te verbergen dat ze vrijgezel was. 'Bent u kunstverzamelaar?', vroeg ze.

'Ja. En u?' Hij glimlachte naar Paige.

'Een beetje', antwoordde die. 'Ik heb u hier nog nooit gezien. Waar komt u vandaan?'

'Uit Sacramento', zei hij. 'Ik heb van Louise gehoord over Kitty's galerie.'

Toen tot Lillian doordrong dat hij bevriend was met Kitty en Louise, ontspande ze zich, maar ze wilde nog steeds dat ze een ring om had. De belangstellende blikken waarmee hij haar bestookte, maakten haar nerveus.

Bentley wendde zich weer tot Kitty. 'Ik wilde de bruiloft niet verstoren. Ik was in de buurt en dacht even bij je langs te gaan om te praten over een paar schilderijen waarover we het gehad hebben de laatste keer dat ik in de stad was.'

'Geen probleem', zei Kitty en ze maakte een gebaar naar het eten. 'Pak iets te eten.' Ze hield haar rok iets omhoog, zodat ze over het grasveld kon lopen zonder te struikelen. 'Als ik een momentje overheb, kunnen we praten in mijn kantoor.'

Hij knikte.

Op dat moment kwamen Gracie en Charles over het grasveld aanrennen, en ze bleven vlak voor Paige staan.

'Kijk,' riep Gracie, 'Charlie heeft een vlinder gevangen.'

Ze keken allemaal naar Charles, Bentley incluis, en Charles boog zich een beetje naar voren en opende met een verwonderde uitdrukking op zijn gezicht zijn handen en liet de blauwgroene vlinder weer vliegen. Ze keken hem na totdat hij tussen de bladeren van een boom verdwenen was.

'Dat was fantastisch', zei Paige, en ze sloeg haar arm om Charles heen.

'Wauw', zei Lillian. 'Zo'n mooie vlinder heb ik nog nooit gezien.' Het viel Lillian op dat Geena geen woord zei tegen Charles. Dat deed ze nooit. Het stoorde Lillian dat haar zus wat bevooroordeeld scheen te zijn tegenover mensen als Charles, maar ze had gehoopt dat Geena in de loop van de tijd daarin zou groeien en Charles aardig zou gaan vinden, want hij was een goede vriend van de Tenneys.

'Dat was nog eens wat', zei Bentley. 'Hoe heb je dat voor elkaar gekregen?'

Gracie en Charles struikelden over hun woorden toen ze erover wilden vertellen. 'We hebben hem gevonden bij Rose House', riep Gracie. 'Wilt u het zien?'

Paige waarschuwde haar alvorens terug te gaan naar de tafels met eten. 'Denk erom dat jullie niet weer stiekem naar binnen gaan.'

'Hij lijkt best aardig,' fluisterde Paige, 'maar het verraste me wel toen hij dichterbij kwam en ik zijn gezicht kon zien, dat hij Truman niet was.' Ze wierp over de tafel heen een blik op Lillian. 'Wist je dat je vroegere chauffeur, Jake, hier ook is? Volgens mij heeft hij Bentley gereden.'

Lillian keek op, toch een beetje verrast. Maar de laatste keren dat ze hem gezien had, was hij steeds onderweg geweest met nieuwe klanten.

'Geena en ik moeten hem even gedag zeggen. Waar is hij?'

Paige keek op van haar werk en wees naar de parkeerplaats. 'We gaan toch opruimen', zei ze. 'Gaan jullie maar.'

Lillian glimlachte naar Bentley, die Charles en Gracie vermaakte met zijn eigen verhalen over vlinders. Ze zaten allebei geboeid naar hem te kijken.

Jake stond bij een grote zwarte sedan. 'Jake', riep Geena.

Er verscheen een glimlach op zijn gezicht, en hij deed een stap in hun richting. 'Mevrouw Diamon.' Hij keek naar Lillian. 'En mevrouw Diamon.'

Ze begroetten elkaar en praatten even, totdat Jake zijn vinger opstak alsof hem ineens iets belangrijks te binnen schoot. 'Mevrouw Diamon,' zei hij tegen Lillian, 'ik heb iets voor u.'

Hij stak een hand in zijn zak, en toen hij hem weer tevoorschijn haalde, liet hij een met een rode steen bezette hanger aan een glinsterend kettinkje bungelen. De rode steen schitterde in de zon terwijl ze strak naar het kruisje keek, met haar ogen wijd open.

'Ik denk dat dit van u is.'

Een brede glimlach verscheen op Lillians gezicht terwijl ze naar de hanger keek.

'Op de dag dat ik u op de begraafplaats ontmoet heb, ben ik na de begrafenis een eind gaan lopen. De weduwe deed er lang over afscheid te nemen. Toevallig kwam ik langs de graven van uw man en kinderen, en toen zag ik dit in het gras liggen. Ik herkende het als iets van u.'

Met één hand pakte ze het kruisje en bracht ze het naar haar lippen. Lachend keek ze omhoog in de stralend blauwe lucht.

Dank U.

Opnieuw bracht ze het kruisje naar haar lippen.

Dank U.

Geena hield Lillians hand vast toen ze het pad op liepen. Ze glimlachte toen ze zag hoe Lillian met haar hanger speelde, duidelijk nog steeds verrukt dat ze hem terug had.

'Het is bijna tijd om de taart aan te snijden', zei Lillian. 'Gaat het wel goed met je?'

Geena keek Lillian aan, verrast dat ze zo in haar gedachten was opgegaan. 'Ja, prima. Ik ben alleen moe.'

'We zijn de hele dag bezig geweest', zei Lillian. 'Neem maar een paar minuten de tijd om wat op adem te komen. Paige en ik kunnen het wel aan.'

'Dank je wel', zei Geena. 'Met een paar minuten ben ik er weer.'

Lillian liep terug, en Geena ging zitten op een boomstronk die midden tussen de madeliefjes en de viooltjes stond. Ze zag hoe gasten de limousine versierden en vroeg zich af hoe het zou zijn als je van iemand hield die met je wilde trouwen en een echte bruiloft met je wilde vieren.

Ze boog zich voorover om een viooltje te plukken. Ze had altijd gevonden dat het net bloemen met een baard waren. Ze glimlachte en keek de oprit af. Een blauwe jeep kwam de poort binnenrijden.

Met haar hand boven haar ogen probeerde Geena te zien wie het was. De jeep stopte op de parkeerplaats, en het portier aan de passagierskant zwaaide open.

'Mario!', riep ze, en ze rende naar hem toe. 'Wat doe jij hier?'

'*Mi corazón!*' Hij spreidde zijn armen uit. 'Ik ben met hem meegekomen.'

Ze draaide zich om en zag Truman Clark tegen de jeep leunen. Het viel Geena op dat hij er nog beter uitzag dan de laatste keer dat ze hem gezien had. Zijn ogen stonden helder in zijn gebruinde gezicht, en ze dacht niet dat hij die spieren met schilderen gekweekt had.

Hij plantte zijn hoed op zijn hoofd en grijnsde naar haar. Het verwonderde haar dat ze ooit hadden kunnen denken dat de hoed van Bentley op die van Truman leek. Ze waren heel anders.

'Juffrouw Diamon', zei Truman.

Ze voelde hoe het bloed uit haar gezicht wegtrok en wachtte totdat hij haar aan stukken zou scheuren. Dat verdiende ze voor alles waarvan ze hem beschuldigd had.

Hij liep naar haar toe en bracht haar hand even naar zijn lippen.

'Toen Mario me vertelde dat hij de vrouw van zijn dromen had ontmoet, had ik er geen idee van dat hij jou bedoelde.' Hij keek haar in de ogen. 'Ik moet erkennen: het verrast me altijd weer hoe weinig we van iemand weten totdat de tijd voorbijgaat en het ons duidelijk wordt.'

Geena glimlachte met waardering voor zijn humor. 'Inderdaad, meneer Clark.' Ze gaf hem een knipoog en stak haar arm in die van Mario.

Halverwege het pad draaide ze zich om om te zien of Truman hen volgde. Hij stond nog op de parkeerplaats en wist blijkbaar niet wat hij doen moest.

'Kom op, Truman Clark', riep ze. 'Je hebt heel wat tijd goed te maken.'

Hij keek naar Mario en Geena, en in zijn lange gestalte was plotseling goed zichtbaar hoezeer hij aan zichzelf twijfelde. Hij keek van hen weg en zei, zo zachtjes dat Geena hem nauwelijks kon verstaan: 'Wat moet ik tegen haar zeggen?'

Ze schudde haar hoofd. 'Geen idee, Truman, maar wanneer het zover is, weet je het wel.' Ze keek op naar Mario en glimlachte. Hij was een van de weinige mannen met wie ze iets gehad had die langer waren dan zij. 'Ja toch, Mario?'

'Vast.' Blij dat hij terug was bij Geena, zond Mario Truman een bemoedigend lachje. 'Kom, we gaan.'

Lillian was lege dessertborden aan het verzamelen toen ze zich omdraaide en Geena en Mario zag aankomen.

'Fijn,' plaagde ze, 'komen opdagen wanneer alles gedaan is, zus.'

Op Geena's gezicht was een enorme grijns geplakt, wat een beetje vreemd aandeed. Toen ze dichterbij kwamen, lieten Geena en Mario elkaar los en wendden ze zich van Lillian af. Ze volgde hun blik.

Ze zag dat hij naar haar toe kwam, maar ze had het vast mis. Misschien was het Bentley. Toen ze om zich heen keek om te zien waar die was, was hij nergens te bekennen. Ze zag de man dichterbij komen. De manier waarop hij liep kwam haar steeds meer bekend voor. Voordat ze zich kon vermannen, was hij bij haar en pakte hij haar hand.

Half in shock zag ze hoe hij zijn hoofd naar haar toe boog en zijn lippen op de hare legde voor een kus, maar ze was te gespannen om die te voelen.

'Lillian', zei hij, zijn stem diep en vertrouwd, maar toch vreemd. Ze liet het over zich komen.

'Tru?', fluisterde ze. Ze schraapte haar keel en slikte. 'Tru ... Ik dacht dat je nooit meer terug zou komen.' De tranen sprongen haar in de ogen.

Zijn duimen streelden haar handpalmen, en zijn ogen boorden zich diep in de hare. 'Ik heb je brief gekregen.'

Ze glimlachte. Ze had erg haar best gedaan om uit te leggen wat er op de begraafplaats gebeurd was, in de hoop dat Truman haar zou begrijpen. Het was heel moeilijk geweest haar gevoelens op papier te zetten, maar ze had gehoopt dat hij voldoende tussen de regels door zou kunnen lezen om te begrijpen wat ze zelf maar nauwelijks begreep. Dat ze vrij was. Haar hart was vrij van alle dingen die in de weg gestaan hadden.

Hij was zo dicht bij haar dat ze zijn diepe ademhaling kon horen, en toen ze de blos op zijn wangen zag, besefte ze dat hij zenuwachtig was. Die gedachte gaf haar kracht.

'Blijf je daar gewoon zo staan?', vroeg ze. Ze had besloten dat een plagerijtje de spanning wat zou verminderen.

Hij verzette geen stap, maar in zijn ogen zag ze hetzelfde verlangen als zijzelf voelde om hem aan te raken.

'Tru?'

Hij zond haar een scheef glimlachje en opende zijn armen. Toen ze bij hem kwam, klemde hij haar tegen zich aan. Ze verborg haar gezicht tegen zijn borst, niet in staat te geloven dat Truman daar stond met zijn armen om haar heen geslagen. Ze snoof diep en genoot van de vertrouwde geur van zijn aftershave, zeep en een zweem van verf die altijd om hem heen hing.

Hij hield haar strak vast en tilde haar van haar voeten. Toen ze er zeker van leek te zijn dat hij er echt was, zette hij haar zachtjes neer. Hij boog zich voorover, kuste haar licht op haar lippen en zei: 'Ik heb hier nog veel meer van.'

Op magische wijze verscheen Paige. 'Dag, Truman', zei ze op een plagerig toontje.

Hij wendde zich van Lillian af en sloot Paige in een berenomhelzing. Het bericht dat hij terug was, ging rond als een lopend vuurtje, en iedereen kwam aanlopen.

'Het spijt me dat ik zo laat ben', zei hij schaapachtig, toen Kitty eraan kwam.

'Ja, dat zou ik ook zeggen', zei ze, leunend op haar stok, maar ze wisten allemaal dat ze er niets van meende.

Lillians hart bonsde terwijl ze toekeek hoe Truman, geliefd bij zo velen, de ronde deed.

'Heb jij Gracie gezien?'

Lillian wendde zich tot Paige. 'Nee, maar ze was daarnet samen met Charles.'

'Ik ga haar zoeken', zei Paige. 'Ze zal het geweldig vinden oom Truman weer te zien.' Ze gaf Lillian een klopje op haar schouder. 'Ik ben zo blij voor je, Lillian.' Ze omhelsden elkaar. Toen liep Paige weg om Gracie te zoeken.

'Je ziet er prachtig uit.' Truman nam haar elleboog en leidde haar weg van de feestgangers naar een van de hekken die toegang gaven tot de wijngaarden. Vlak voor een van de rijen wijnstokken bleef hij staan.

'Doe je schoenen eens uit.'

Lachend trok ze haar schoenen uit. Ze keek naar haar roze teennagels en betreurde het verlies van haar pedicure. Genietend van de koele aarde onder haar voeten dacht ze terug aan de picknick bij hun eerste ontmoeting. Hij nam haar bij de hand, en ze liepen langs de rijen wijnstokken met druiven die bijna rijp waren voor de oogst.

Terwijl ze dieper in de wijngaarden doordrongen, liet Truman haar hand los en legde hij zijn arm om haar middel. Hij trok haar dicht tegen zich aan. Langzaam liepen ze heen en weer tussen de rijen door.

'Ik heb je gemist, Lil.'

Hij pakte haar zachtjes bij haar schouders en draaide haar naar zich toe. Hij boog zich voorover en streek met zijn mond langs haar lippen, maar ze duwde hem zachtjes terug.

In zijn ogen lag een mengeling van spijt. Hij wendde zich af en keek uit over de golvende heuvels met wijnstokken. 'Het spijt me, Lillian. Ik probeerde me een weg naar je hart te forceren.' Zijn borst ging op en neer door een diepe zucht. 'Nadat ik je geschilderd had, was me duidelijk hoe groot je verdriet was. Ik had mezelf nooit mogen toestaan verliefd op je te worden en zo nog meer inbreuk te maken op je leven.'

Truman begon weer te lopen. Lillian volgde hem en zag de spanning in zijn schouders, het verdriet in zijn manier van lopen.

'Je hebt niet eens geprobeerd het me uit te leggen voordat je wegging', zei ze.

Hij stond stil, wilde zich omdraaien, maar liep weer door. 'Het spijt me, Lillian.'

'Het deed pijn. Je had me de kans moeten geven eruit te komen zonder me alleen achter te laten', riep ze hem achterna.

'Ik wilde je de ruimte geven door te vertrekken', legde hij uit.

Ze rende om hem in te halen. Ze moest toegeven dat het waar was dat ze, omdat hij weggegaan was, gedwongen was geweest na te denken over wat ze wilde met haar leven, nu Robert en de kinderen er niet meer waren.

'Truman, sta stil', riep ze.

Hij verstijfde.

'Wil je me alsjeblieft aankijken?', smeekte ze.

Hij draaide zich langzaam om, en de pijn die ze op zijn gezicht las, verscheurde haar.

'Als je me verteld had wat je dacht, hadden we misschien een andere manier kunnen bedenken in plaats van deze' – ze stak haar handen in de lucht – 'deze krankzinnige eenzaamheid.' Haar stem brak.

Hij zei niets. Ze vroeg zich af of hij er anders over dacht.

'Ik heb het voor jou gedaan', zei hij met een hese stem. 'Ik wilde je de tijd geven die je nodig had. Ik verafschuwde het feit dat ik jouw leven was binnengedrongen met nauwelijks een gedachte aan jouw verdriet en aan de vraag of je er al aan toe was verder te gaan met je leven.'

'Maar dat verdriet zal altijd blijven', zei ze zachtjes. Het medeleven in zijn blauwe ogen ontroerde haar. Ze wilde dat hij haar stevig in zijn armen zou nemen, maar hij bleef staan waar hij stond.

'En', zei ze, 'als je me ervan op de hoogte gebracht had dat je zou terugkomen, had ik chef George niet verteld dat ik met hem in zee zou gaan. Het zou nu wel eens ingewikkeld kunnen worden dat je terug bent. Misschien ben je het niet eens met mijn plannen.'

Zijn ogen ontmoetten de hare. Zijn gezicht straalde een zee van rust uit. 'Ik ben trots op je, Lillian. Je verdient een eigen zaak.'

'Maar het zou zo fijn geweest zijn als ik er samen met jou over had kunnen beslissen.'

Hij stopte zijn handen diep in zijn zakken en schudde zijn hoofd. 'Lil, ik beeld me niet in dat ik ieder facet van je gevoelens kan begrijpen. Ik ben niet goed in details, maar wat je ook besloten hebt, we lossen het wel op. Tenzij …' Er trok een schaduw over zijn gezicht. 'Tenzij je dat niet wilt.'

Ze lachte. 'O, Tru, het spijt me.' Ze legde haar hand in de zijne. 'Ik ben zo blij dat je terug bent. Ik had er al niet meer óp gerekend. Je bleef zo lang weg.'

Toen trok hij haar wel in zijn armen, en ze bleven een hele tijd zo staan.

'Waar ben je geweest?', vroeg ze met haar hoofd tegen zijn schouder.

'Op heel veel plaatsen, en ik heb veel nagedacht. Ik hoop dat we een zee van tijd krijgen om te praten over alle plaatsen waar ik geweest ben. Cody en ik.'

'Waar is Cody?'

'Hij is thuis, maar we hebben iets voor je.'

Hij dook met zijn hand in zijn broekzak. 'Ik heb gehoord dat vrouwen hun eigen ring willen uitzoeken, en daarom heb ik dit daarvoor in de plaats gekocht.' Hij haalde een zilveren collier tevoorschijn met een hangertje in de vorm van een stralende vuurtoren. 'Misschien helpt dit je de weg te vinden naar de toekomst.'

Lillians ogen werden vochtig toen ze zich omdraaide en haar haar omhooghield. Treuzelend maakte hij de ketting vast.

'Dit soort klusjes valt niet mee voor grote handen', klaagde hij. Ze huiverde toen ze onverwacht zijn lippen voelde in het kuiltje van haar nek. Ze legde haar hoofd achterover zodat hij met zijn mond haar wang kon bereiken. Toen draaide hij haar langzaam naar zich toe en legde hij zijn lippen op de hare. In het begin heel licht en onzeker, maar toen kreeg het verlangen in hen beiden de overhand, en werd de kus intenser. Ze waren helemaal van de wereld toen de eerste kreten op de wind naar hen toe gedragen werden.

'Wat is dat?', vroeg Lillian.

'Ik weet het niet.'

'Het is net alsof mensen Gracie roepen.'

Truman trok wit weg. 'Denk je dat ze zoek is?'

Lillian was te ingespannen aan het luisteren om te kunnen antwoorden.

'Kom', zei hij. Hij pakte haar hand, en ze renden het hele eind terug.

Hoofdstuk

47

Toen ze het terrein om het huis bereikten, hadden mensen zich verzameld bij het begin van de wijngaarden. Ze stonden druk te praten.

'Charles is ook weg', zei Geena. 'Misschien … Misschien heeft hij Gracie bij zich.'

Kara's stem klonk schril toen ze nijdig tegen Geena snauwde. 'Wat probeer je daarmee te zeggen? Het is mijn broer.' Ze droeg haar trouwjapon nog, en door de tranen liep de mascara uit over haar gezicht.

'Misschien heeft hij haar meegenomen', zei Geena.

De mensen om hen heen begonnen tegen elkaar te mompelen. De meesten vonden dat Geena wel eens gelijk kon hebben.

Kara greep de hand van haar man stevig vast. Haar stem was beverig toen ze smekend tegen de mensen zei: 'Alstublieft. Hij zal haar echt niets doen. Hij is niet een soort' – ze spuugde het woord uit – 'eng roofdier.'

Truman liep naar Geena toe. 'Ho, allemaal. Wacht even. Waarom geven we Charles al de schuld, terwijl we er nog geen idee van hebben wat er gebeurd is? Laten we geen tijd meer verspillen en die twee gaan zoeken.' Hij legde zijn hand op Kara's schouder. Lillian kwam erbij staan en gaf haar een knuffel.

'Wanneer ze allebei terecht zijn, hebben we het er nog wel over.'

Terwijl ze nog aan het praten waren, dook Blake op. 'Laten we in de wijngaarden beginnen.' Hij begon de mensen in groepjes te verdelen en vertelde in welke gedeelten van Frances-DiCamillo nieuwsgierige kinderen verstopt konden zitten.

'Hij is geen kind meer', begon Geena weer.

'Houd op', zei Lillian tegen Geena, hoewel op dat moment alles nog mogelijk was. Ze verafschuwde de gedachte dat Charles misschien verantwoordelijk was voor Gracies verdwijning. Ze keek om zich heen en zag Mark Tenney staan, met een strakke uitdrukking op zijn gezicht. 'Waar is Paige?' Ze wendde zich tot Geena.

'Bij Kitty,' zei Geena, 'in het huis. Ze is natuurlijk helemaal overstuur, en Kitty vond het het beste haar mee te nemen naar binnen.'

'Heeft iemand de politie gebeld?', vroeg Truman.

'Nog niet', zei Blake. Hij knikte naar iemand die zijn mobieltje pakte.

'We gaan', riep Truman.

Lillian liep achter Truman aan, heen en weer geslingerd tussen de wens naar Paige toe te gaan en te helpen Gracie en Charles te zoeken. De tranen prikten in haar ogen terwijl ze haar mogelijkheden overwoog. Na het ongeluk waarbij haar eigen kinderen omgekomen waren, was ze niet blind meer voor wat kinderen kon overkomen. Ze kon niet langer geloven dat het leven ieder kind waarvan ze hield, alle narigheid zou besparen.

En ze hield van Gracie. Plotseling besefte ze dat het kleine meisje zo'n deel van haar leven was geworden dat het net was alsof ze familie was. Haar keel snoerde dicht. Ze dacht aan het gesprek dat ze maanden daarvoor met Paige had gehad. Paige had over Lillians verlies gesproken en dat betrokken op haar eigen angst – de angst van iedere moeder – dat zij haar kind zou verliezen.

Lillian veegde haar tranen weg en knikte tegen Geena, die

onderweg was naar het gebied rondom Rose House. Lillian versnelde haar stap in de richting van de tuinen.

Ze wilde helpen Gracie te vinden. Dat wilde ze doen. Dat moest ze doen.

Geena ging naar Rose House, de plek waar Blake haar naartoe gestuurd had.

'Kijk door de ramen naar binnen', had hij gezegd. 'Misschien hebben we de eerste keer iets over het hoofd gezien.' Hij had haar een sleutel toegegooid. 'Ga, bij nader inzien, maar gewoon naar binnen.'

Truman riep naar iemand dat hij op de parkeerplaats moest gaan kijken. Geena draaide zich snel om. 'Praat met de chauffeur van de zwarte sedan.'

Truman keek haar wat spottend aan. Dat sloeg op bijna een kwart van de auto's op de parkeerplaats. Ze onderdrukte de neiging met haar ogen te rollen. Blijkbaar hadden ze nog wel een paar stapjes te zetten voordat ze elkaar konden verdragen.

'Praat vooral met een man die Jake heet, als hij er tenminste nog is. Hij komt uit Sacramento. Laat hem de parkeerplaats doorzoeken.'

Truman knikte naar Mario, die wegsprintte in de richting van de parkeerplaats.

Geena sjokte het pad af, haar ogen gericht op de rozenstruiken en de bloemenborders om te zien of er een klein meisje in verstopt kon zitten. Ze vond het ongelooflijk dat Kara en Truman zo koppig waren wat betreft de mogelijkheid dat Charles Gracie iets zou hebben aangedaan.

Het was toch logisch? En als hij dat gedaan had, waren de foto's misschien ook wel niet zo onschuldig als ze geleken hadden. En Charles kon ook wel iets te maken hebben met het verdwenen schilderij. Hebzucht? Een obsessie voor Lillian?

Allerlei mogelijkheden van kwaad dat door Charles was aangericht, schoten door Geena's hoofd. Misschien werd hij wel gebruikt door de man die Lillian net na Roberts dood zo veel angst had aangejaagd. Ze bleef staan onder aan het trapje van de veranda en draaide haar hoofd om naar de parkeerplaats. Het kippenvel stond op haar armen.

Jake. Jake had in de afgelopen vier of vijf jaar heel veel kilometers afgelegd met Lillian in de auto.

Ze schudde haar hoofd bij de herinnering aan de woede van Kara toen zij, Geena, Charles beschuldigde. De gedachte dat de chauffeur die Lillian jarenlang veilig overal naartoe gereden had, haar zou hebben achtervolgd, was belachelijk. Haar hart protesteerde fel toen ze dacht aan de keren dat hij Robert en haar ergens heen gereden had zonder ooit één vraag te stellen.

Ze liep de treetjes op en gluurde voorzichtig naar binnen; ze ging van het ene raam naar het andere. Jake was beslist van geheimen op de hoogte geweest, besefte ze. En dat waren niet de meest bewonderenswaardige. Maar toch, ze kon zich niet voorstellen …

Ze hapte naar adem toen ze beweging zag in het huis.

Ze rimpelde haar neus. 'Wat ruik ik?' Ze snoof. 'Benzine?'

Haar hart bonsde in haar oren.

Toen ze beter keek, maakte Geena's hart een sprongetje. Gracie zat in elkaar gedoken op de vloer. Haar normaal olijfkleurige gezichtje was doodsbleek. Haar wangen waren nat, en ze leunde tegen Charles' knie.

Geena draaide zich om en schreeuwde naar de anderen. 'Hier zijn ze.'

Ze pakte snel de sleutel en ramde hem in het slot. Hij leek te blijven steken. Geena rammelde eraan. Die benzinelucht kon niet veel goeds betekenen. Ze voelde het slot meegeven en duwde de deur open. Staalharde ogen keken in de hare.

Ze voelde een ruk aan haar arm, en ineens was ze binnen.

Wat was dat? Ze kreeg een klap op haar achterhoofd.

Gracie.

Geena probeerde haar naam te roepen en vocht om overeind te blijven, maar haar benen begaven het onder haar.

Truman had het schreeuwen gehoord en haastte zich naar Rose House, op de voet gevolgd door Mark en Lillian. Hij duwde een rozentak opzij en gluurde naar binnen. Hij draaide zich om naar Lillian, en zijn gezicht was asgrauw.

'Waar is Mario?'

'Ik weet het niet', zei ze. 'Hij is niet teruggekomen van de parkeerplaats.'

Trumans stem klonk rauw. 'Bel de politie.'

'Die is al onderweg', herinnerde ze hem.

'Bel nog een keer.'

Ze gaf het bericht door aan de mensen die, nog in hun feestkleding voor het huwelijk, deelnamen aan de zoektocht.

Door de tuinen klonk geschreeuw, en Blake kwam bij Truman op de veranda staan.

Kitty, met Paige aan haar arm, kwam leunend op haar stok naar hen toe gehinkt. Lillian liet haar ogen even op Kara rusten, die daar stond met een vertrokken gezicht, en haar haar tegen haar wangen geplakt door de tranen. Lillian wilde dat ze haar kon troosten.

Blake zocht in zijn zak naar de sleutel van Rose House. Hij rammelde aan de deurknop en leek verbijsterd.

'De deur is gebarricadeerd. We proberen de achterkant.'

Lillian tuurde naar binnen. Haar bloed werd als ijs toen ze Gracie zag.

Charles streelde Gracies haar en probeerde haar blijkbaar op haar gemak te stellen. Het hart zonk Lillian in de schoenen. Toen ze zich omdraaide om te vertellen wat ze zag, stond Paige onder aan de verandatrap. Haar ogen ontmoetten die van Lillian.

Paige snikte en begon te gillen. Lillian liep de verandatrap af en pakte haar bij de schouders. 'Sst.'

Ze dwong Paige haar aan te kijken. 'Je kunt dit aan, Paige. Je mag het niet opgeven. Gracie is daarbinnen. Ze kan je horen.'

Paige raakte met haar vingertoppen haar lippen aan. 'O, mijn God. Je hebt gelijk.'

'Haal diep adem', zei Lillian. 'Blijf kalm. Als je dat niet kunt, ga dan met Kitty en haar vrienden van de kerk bidden, een eindje verderop.'

Paige knikte vastbesloten. 'Ik ga hier niet weg.'

Lillian begreep haar volkomen. 'Ik weet het.'

De tranen stroomden over Paiges wangen. 'En ik zou niet kunnen bidden, al zou ik het willen. Ik kan niet denken.'

'Ik weet het', zei Lillian weer. 'Laat ons maar voor je bidden.'

In de moeilijkste tijden van haar leven had Lillian de energie en de concentratie niet gehad om te bidden. Soms het verlangen niet eens. Als tante Bren niet …

Een gil die alleen maar van Gracie kon komen, verscheurde de lucht.

Lillian rende naar het raam, en Paige zonk op haar knieën. Gracie zat niet meer op de grond aan Charles' voeten. Lillian kon dwars door de kamer heen kijken en zag aan de achterkant van het huis Blake en Tru aarzelen voor een raam.

Waarom zat Charles daar zo? Ze keek de kamer rond op zoek naar Gracie. Ze was nergens te zien. Lillians blik viel op een groot schilderij dat tegen de stoel naast Charles was neergezet.

Ze hapte naar adem. *Beauty and the Beast Within.* Waar kwam dat nou vandaan? Had Charles het voor de grap meegenomen?

Lillian gebaarde naar Truman achter het raam tegenover haar. Zijn blik ging naar het schilderij. Hij leek van zijn stuk gebracht. Hij schudde even zijn hoofd en wendde zijn blik naar een gedeelte van het huis dat Lillian niet kon zien.

Kon hij Gracie zien? De magische verschijning van het schilderij had kennelijk nauwelijks indruk gemaakt op Truman. De vorige dag had Lillian nog gehoopt dat het schilderij weer zou opduiken. Vergeleken met de veiligheid van Gracie was het nu plotseling veel minder belangrijk geworden.

Ze zag Truman en Blake ineens achteruitspringen. Tru keek Blake waarschuwend aan.

Truman begon op het raam te bonzen. Lillian werd misselijk toen ze zag hoe hij met zijn elleboog het glas brak. Hij had net zijn hand naar binnen gestoken om de kruk om te draaien toen een gestalte dichterbij kwam en Trumans arm met een knuppel bewerkte. Truman trok zich terug en verdween.

Al snel dook hij weer op aan de voorkant van het huis. 'De deuren zijn gebarricadeerd!', schreeuwde hij. Binnensmonds uitte hij een paar krachttermen. 'Er is iemand binnen bij hen', riep hij. 'Ik weet niet wie het is.'

Kara zond de verzamelde schare een triomfantelijke blik toe, alsof ze wilde zeggen: 'Zie je wel.' Maar toen het tot haar doordrong dat Charles in gevaar verkeerde, ging haar hand geschokt naar haar mond.

'Waar blijft de politie?', schreeuwde Blake, en zijn getaande rimpelige wangen kleurden rood. 'Hebben ze alleen jou maar gestuurd?', riep hij tegen Peter, de politieagent, die in z'n eentje aan kwam sjokken over het pad.

Hij rende hem tegemoet. Ze spraken snel met elkaar. Peter draaide zich onmiddellijk om en zei iets in zijn radio.

Truman ving Lillians blik en gebaarde haar van de veranda af te komen. Lillian schrok van zijn autoritaire gedrag, maar liep toch het trapje af. Ze pakte Paiges hand.

'Gracie', was alles wat Paige kon zeggen. Lillian wilde tegen haar zeggen dat alles goed zou komen, maar zij was wel de laatste persoon die geloofde dat dat altijd waar was.

'Ga Geena zoeken en blijf bij haar wachten', stelde Lillian voor. 'Heb je haar gezien?'

Paige schudde haar hoofd. 'Het gaat wel. Ik ga nergens heen.'

Voortdurend hield Lillian Truman in het oog. Hij riep iets naar iemand in het huis. Ze wist dat Truman, als ze de veranda weer op zou lopen, haar gewoon zou wegduwen.

Ze haastte zich naar de achterkant van het huis. Een akelig voorgevoel van hoe moeilijk het moest zijn voor Gracie en Charles, vervulde haar.

Toen ze bij de achterdeur kwam, prikkelde de geur van benzine haar neusgaten. Ze probeerde het stuk te zien dat vanaf de andere kant onzichtbaar was geweest, maar ze wilde niet te dicht bij de gebroken ruit komen.

Wie is die andere figuur in de kamer?

Ze zag Charles nog steeds stil in de stoel zitten, zijn gezicht zo wit als een laken. Even dacht ze dat hij sliep, maar toen viel haar de frons in zijn voorhoofd op.

Een zware klap verscheurde de stilte. Lillian sprong achteruit.

Ze zag de voordeur versplinteren en bijna de lucht in vliegen. Hij bleef hangen aan een scharnier en ging piepend en knarsend heen en weer.

Een gestalte rende naar de deur. Lillian nam haar kans waar en keek om een hoekje. Misselijkheid overviel haar. Geena zat op een rood en blauw geverfde stoel en was vastgebonden. Een roze gebloemde sjaal die Lillian als een van de hare herkende, was in haar mond gepropt.

Lillian hapte naar adem. Gracie zat nu naast Geena's stoel en klemde zich vast aan Geena's been. Ze leek niets te mankeren, behalve een blauwe plek op haar wang.

Geena's ogen flikkerden toen ze Lillians blik ontmoette. Ze rukte aan de touwen. Ze keek omlaag naar Gracie en probeerde iets te zeggen, maar de prop in haar mond deed zijn werk. Ze gromde en kreunde totdat Gracie langzaam opkeek. Ze keek een hele poos naar Geena.

Lillians hart bonsde in haar oren. Ze durfde Gracie niet te roepen omdat de andere persoon in het huis haar dan zou horen. *Sta op, Gracie!*

Tergend langzaam stond Gracie op. Ze legde haar hand op Geena's schouder. Geena worstelde om zich naar haar toe te draaien. Gracies ogen waren groot van angst. Lillian wilde het kleine meisje heel graag in haar armen nemen om de angst te verdrijven.

Eindelijk trok Gracie de prop uit Geena's mond. Geena beloonde haar met een geforceerd glimlachje en zei iets tegen haar. Gracie knikte. Ze stak haar arm uit en stopte de prop weer in Geena's mond. Toen draaide ze zich om naar de deur.

De ontzetting in Gracies ogen verscheurde Lillian. Ze spreidde haar armen uit en glimlachte haar bemoedigend toe.

Gracie zette een paar stapjes. Lillian keek steels naar de voordeur. Truman en Peter leken met de man te praten. Haar ogen ontmoetten Trumans blik. Hij zag Gracie.

Net toen de man zich weer naar Gracie leek te zullen omkeren, deed Truman een poging om hem nog even aan de praat te houden.

Lillian slaakte een diepe zucht.

Gracie was nog een paar stapjes bij Lillian vandaan, toen ze plotseling stilstond. Ze draaide zich om en keek naar Charles. Lillian raakte in paniek. Ze begreep dat Charles Gracies vriend was, maar het meisje moest nu regelrecht naar haar toe komen.

Lillian schudde voorzichtig haar hoofd en gebaarde Gracie bij haar te komen. Charles, die eindelijk opkeek en Lillian zag, wapperde met zijn handen om Gracie duidelijk te maken dat ze naar Lillian toe moest gaan.

De tranen sprongen Gracie in de ogen, maar ze gehoorzaamde.

Lillian stak haar hand naar binnen om de deurknop om te draaien. Langzaam opende ze de deur. Hij piepte luid. Lillian verstijfde.

De man draaide zich snel om. Hij werd razend en stormde op hen af. Lillian rende naar binnen, greep Gracie om haar middel en dook naar de deur. Ze voelde dat iets haar voet beetpakte. Ze begon te schoppen en hield Gracie stevig vast.

O God, riep ze in stilte. Help me.

Ze hoorde een doffe dreun. Iemand kreunde, en haar enkel was vrij. Ze wankelde door de achterdeur naar buiten, recht in de wachtende armen van Truman. Terwijl hij Gracie van haar overnam, draaide Lillian zich om. Ze was net op tijd om te zien dat een man Charles in zijn gezicht stompte.

Het was Charles nooit geweest. Haar hart sprong op van vreugde. Ze wilde het liefst naar Kara toe rennen om haar te vertellen wie degene was die haar in werkelijkheid gevolgd had, maar ze moest zich eerst op Charles en Geena richten.

Lillian rende roekeloos op het huis af, maar Truman greep haar bij haar arm.

'Hoe is Geena daarbinnen bij hen terechtgekomen?', riep ze.

Hij trok haar achteruit, en ze belandde op de grond in een kluwen van armen en benen. Truman schreeuwde haar toe, terwijl hij naast haar naar de grond dook. 'Hij heeft een pistool.'

Lillian hapte naar adem.

Nog steeds was er niet meer politie gearriveerd. Ze kon niet geloven dat het stadje zo klein was dat ze een ontvoering niet aankonden. Peter kwam aanlopen van de zijkant van het huis en wierp haar een veelbetekenende blik toe.

Ga daar weg.

Ze kroop achteruit, weg van het huis, naar een boom, maar ze had de tranen over Charles' wangen zien lopen. Ze leefde met hem mee en dacht aan Kara. Van hen allebei bevond zich een familielid in het huis, samen met een heel gevaarlijke figuur.

Peter boog zijn hoofd en zei iets in de radio die aan zijn shirt was vastgemaakt. Hij gebaarde naar Truman dat hij dichterbij moest komen. Hij ging niet wachten totdat er hulptroepen zouden arriveren.

Van waar ze stond, dacht Lillian dat de benzinelucht sterker geworden was.

Ze kroop naar voren. Peter en Truman hadden weer gezelschap gekregen van Mario.

Lillian was dichtbij genoeg om naar binnen te kunnen kijken als ze op haar tenen ging staan. Geena zat heel stil, met haar ogen wijd open. Charles huilde. Lillian volgde zijn gekwelde blik naar een leeglopend benzineblik onder Geena's stoel. Hij had een aansteker in zijn hand. Hij klikte hem open en dicht. Met iedere klik kwamen er meer tranen.

Lillian kneep haar ogen tot spleetjes. Iemand probeerde hem zover te krijgen dat hij de aansteker liet ontbranden. Charles was dan misschien niet zoals een ander, maar hij was niet dom. Eén vonk van de aansteker zou hemzelf en Geena in vlammen doen opgaan.

'Lillian!' Het nasale stemgeluid klonk door de tuin.

Truman en Peter keken elkaar aan met een akelig voorgevoel.

'Lillian! Kom met me praten, Lillian.'

Charles wendde zich naar de groep mannen en hield zijn ogen op hen gericht. Hij hief zijn hoofd omhoog en wilde iets zeggen, maar Truman legde een vinger tegen zijn lippen.

Lillian rende naar voren. Misschien kon zij de man afleiden zodat de anderen Geena en Charles konden bevrijden.

Trumans arm schoot uit. Hij probeerde haar met een ruk naar

achteren te trekken. Ze probeerde hem weg te duwen, maar dat had geen zin.

'Ik ben hier', schreeuwde ze.

Trumans mond viel open. Hij schudde krachtig zijn hoofd. Ze moest hem wel negeren. Het was haar zus daarbinnen. En iemands broer.

'Hier ben ik', schreeuwde ze nog een keer. Deze keer kwam de man naar de deur.

Bentley liet zijn ogen over haar gestalte gaan. 'Waarom ontloop je me, Lillian?' Zijn ogen stonden glazig, en de glimlach die zich over zijn gezicht verspreidde, leek de lucht om hem heen te verkillen.

Alle vreemde gebeurtenissen in Sacramento vlogen door haar hoofd als in een film, maar ze kon geen verband leggen met deze man.

'Als je gewoon in Sacramento was gebleven, was het allemaal een stuk gemakkelijker geweest.' Hij gebaarde om zich heen. 'Een schilderij, een achterlijke jongen, jij met je heen en weer gereis.'

Charles hief zijn hoofd op. Zijn wangen waren rood van schaamte.

Een moment liepen Lillians ogen vol tranen. Ze kon voelen hoe het was in Charles' schoenen te staan. Ze wierp een blik op Geena, die met diep medelijden naar Charles keek.

'Praat niet zo over hem.' Lillian verhief haar stem.

'Hoe bedoel je?'

'Je weet best wat je over hem zei.' Ze ging nog luider praten. 'Praat niet zo over hem.'

'Waarom niet, Lillian? Op het wereldtoneel stelt hij niets voor.' Truman hield haar hand stevig in zijn vuist.

'Ja, dat doet hij wel, en ik wil dat je hem laat gaan.'

'En dan, Lillian?'

'Dan ...' Ze keek Truman aan. 'Dan kom ik naar je toe.'

Een brede grijns trok over Bentleys gezicht.

Truman hield haar hand nog steviger vast.

'Ben je gek, Lillian? Je weet niet wat je ...' Peter schudde heftig met zijn hoofd. 'Absoluut niet. We gaan niet onderhandelen.'

De man strekte zijn hand uit, en Lillian stapte naar voren. Truman trok haar achteruit.

'Laat haar gaan', schreeuwde de man.

Lillian wist niet wat ze moest doen. *O God*. Ze bleef staan en haalde diep adem.

'Ik kom alleen als je Charles naar buiten laat gaan.'

Bentley keek haar onderzoekend aan en overwoog haar voorstel. Na een hele poos greep hij Charles bij zijn arm. Charles wankelde naar Lillian toe, en de man hield hem tegen op een meter van de deur.

'Kom naar binnen', zei hij.

'Tegelijk met Charles', reageerde ze.

Hij knikte. Ze wrong zich los uit de greep van Truman en liep naar voren over de drempel, waar hij tegelijkertijd Charles naar buiten schoof en haar naar binnen rukte.

Hij hield haar vast bij haar arm en trok haar zo dicht naar zich toe dat ze neus aan neus stonden. Hij rook naar alcohol. Eerder op de receptie had ze dat niet gemerkt. Ze keek hem brutaal recht in de ogen, al voelde ze haar knieën knikken.

Wanneer had ze hem gezien vóór vandaag? Voor de galerie?

Haar hersens zochten wanhopig naar een antwoord, ook al werd ze steeds misselijker van de benzinelucht en kon ze nauwelijks op de been blijven.

Ze wierp een blik op haar zus, die ook groen zag achter de prop in haar mond.

'Wat is er aan de hand?' Kitty's stem kwam boven in haar geheugen. 'Waarvoor ben je op de vlucht, liefje?'

Bijna vijf jaar geleden. Het begon haar te dagen. De man met de hoed en het leren jack die praatte in zijn mobiele telefoon. Hij was degene die haar gevolgd was. Ze keek weer naar Geena, terwijl haar hersenen de herinneringen aan die dag naar boven probeerden te halen. Charles moest de man met de camera geweest zijn die foto's van haar genomen had, maar Bentley was er ook geweest.

De vage herinnering werd snel helderder, en ze zag weer voor zich hoe de man zo'n anderhalve meter achter Charles bij Rose

House had gestaan op die dag, vier jaar geleden. Zijn gezicht kon ze zich niet meer herinneren, maar toen hij naar haar toe was gekomen, was ze weggelopen. Toen had ze Kitty voor het eerst ontmoet.

Nu herkende ze hem. Haar gezicht, dat inwit was geweest, begon te gloeien van woede. Dus Tom Bentley was haar kwelgeest geweest na de dood van Robert: de brieven, de lege autobanden, de krant, de achtervolging.

Bentley duwde haar naar de stoel waarin Charles gezeten had. Hij schopte tegen het schilderij en wendde zich daarna weer tot Lillian.

'Laten we de fik erin steken.' Op zijn gezicht brak de wrede glimlach van een krankzinnige door, en niet die van een kunstverzamelaar.

Lillian voelde dat hij het schilderij wilde gebruiken om haar te manipuleren, en dus probeerde ze onverschillig haar schouders op te halen. Haar hart brak als ze eraan dacht dat het schilderij verpulverd zou worden tot as, maar ze zou het ruilen voor de levens van de mensen van wie ze hield. Ze keek naar Geena, en haar hart voelde zwaar aan in haar binnenste.

'Kan me niks schelen', zei Lillian. 'Verbrand het maar.'

Ze zag verrassing op Bentleys gezicht, dat nat was van het zweet. 'Ik dacht dat je het schilderij wilde hebben. Het was niet gemakkelijk het hier te krijgen, zelfs niet met de hulp van die kinderen. Heb ze verteld dat het een verrassing was.' De kwaadaardige trek op zijn gezicht werd tot een grimas toen hij zijn ogen op Geena richtte.

'Jij' – hij spuwde naar Geena – 'het is jouw schuld. Jij had met hem moeten sterven bij dat auto-ongeluk. Toen je daar levend uit tevoorschijn kwam, werd je nieuwsgierig.' Hij keek Geena dreigend aan. 'Ik heb dat bericht ingesproken om je te laten ophouden met rondsnuffelen.' Zijn gezicht vertrok krampachtig, en zijn ogen schoten alle kanten op, waarna hij ze weer op Geena richtte. 'Waarom hield je er niet mee op?', gromde hij.

Geena was verstard. Ze probeerde iets te zeggen van achter de prop in haar mond. Hij liep naar haar toe en rukte hem weg. Ze boog zich voorover, hoestend en spugend.

Lillian keek steels naar de deur. Truman, Peter en de andere mannen stonden klaar om onverwacht binnen te vallen.

Uit het niets toverde Bentley een nieuwe aansteker tevoorschijn, precies dezelfde als die Charles in zijn hand had gehad. Hij begon hem open en dicht te klikken. Peter gebaarde naar de mannen dat ze achteruit moesten gaan.

Lillian negeerde de ijsvingers die langs haar ruggengraat naar boven kropen. Ze probeerde haar tijd af te wachten door op een enigszins vriendelijke manier te blijven praten.

'Kende u mijn man, meneer Bentley?' Triest genoeg wist ze het antwoord al.

Bentley keek haar aan alsof hij overwoog of hij antwoord zou geven of niet.

'Of ik je man kende? Natuurlijk kende ik hem. We zaten samen in zaken.' Bentley liep naar de muur en leunde ertegen. 'Totdat hij probeerde me te bedriegen.'

'Dat heeft hij niet gedaan', zei Geena, rukkend aan haar touwen. 'Jouw mensen hebben hem erin laten lopen.' Maar Lillian wist dat Geena het bij het verkeerde eind had. Robert had een dubbelleven geleid.

Hij schudde zijn hoofd, liep naar Geena toe en streek met zijn hand langs de zijkant van haar gezicht. Geena probeerde weg te buigen van zijn aanraking. 'Nee, ik was het niet, liefje. Niemand wilde naar me luisteren, maar hoewel ik probeerde een goede deal voor Robert te sluiten, gooide hij me eruit.'

Geena keek hem strak aan. 'Hoe kan het dan dat ik je nooit eerder gezien heb?'

'Het was niet de bedoeling dat iemand mij zag.'

Hij ging terug naar Lillian. Haar ogen werden groot toen hij zijn hand uitstrekte naar het benzineblik. 'Maar jou vond ik aardig. Ik bedacht dat ik jou wel voor mezelf wilde hebben.'

Lillian vroeg zich af of ze zou moeten overgeven. Bentley baadde in het zweet. Hij had zijn jack uitgedaan, en er verschenen grote vochtplekken onder zijn armen.

'Ik heb je in de gaten gehouden', zei hij, 'om er zeker van te zijn dat je te vertrouwen was.'

'Heeft Robert je gevraagd dat te doen', vroeg ze, 'toen hij nog leefde?'

Hij glimlachte bedroefd, en zijn ogen kregen een glazige blik. Ze vroeg zich af hoe ze hem voor Truman had kunnen houden.

'Dat hoefde hij niet te vragen', zei Bentley. 'Ik wilde het zelf. En het was gemakkelijk je te vinden via je chauffeur. Als ik je kwijt was, bracht hij me weer op het goede spoor.'

'Jake?' Lillians hart zakte in haar schoenen.

'Ja,' zei Bentley, 'hij wilde je beschermen.' Hij lachte spottend. 'Ik denk dat hij met je te doen had. Hij wilde niet dat iemand anders je reed.'

'Ik vroeg naar hem', zei Lillian.

Bentley leek haar niet te horen. 'Dus legde ik contact met hem. Ik liet hem voor mij werken.'

'Is hij jouw chauffeur?', vroeg Lillian.

Bentley schoot in de lach. 'Dat klinkt teleurgesteld.'

Hij hield het benzineblik schuin en sprenkelde het restje benzine rond in het huis. Lillian keek toe hoe Kitty's antieke spulletjes, haar kunstvoorwerpen en haar quilts doordrenkt raakten met de vloeistof.

'Hij wist niet wat ik van plan was', zei Bentley. 'Als dat wel zo was geweest, weet ik zeker dat hij iets verzonnen had om me tegen te houden.'

'Dus jij … Jij hebt mijn gezin vermoord?' Lillian had hem alleen maar aan de praat willen houden. De rest was toevallig naar buiten gekomen.

Hij lachte spottend, terwijl hij het benzineblik met een bons op de grond zette. 'Het was niet de bedoeling dat Sheyenne en Lee ook zouden sterven, mevrouw Hastings.' Ze kromp in elkaar bij het horen van hun namen uit zijn mond. 'Ik houd van kinderen. Het spijt me van hen.' Hij pakte de aansteker weer op, en zijn ogen puilden uit, wat hem veranderde in de psychopaat die hij zo lang verborgen had weten te houden.

'Maar u kunt ervan op aan dat ik niet alleen handelde.' Hij hield de aansteker omhoog. 'En u kunt er ook van op aan, mevrouw Hastings, dat uw man het verdiende.'

Lillian wilde uit alle macht protesteren tegen de waarheid, maar haar mond klapte stijf dicht.

Hij wierp een blik op Geena. 'En jij had ook dood moeten zijn.'

Geena ziedde van woede. 'Maar dat ben ik niet.'

'Nee,' zei Bentley, 'we zullen eens zien wat we daaraan kunnen doen.' Hij hield de aansteker vlak voor Geena's gezicht. Toen hij hem openklikte en wilde gebruiken, stormden de mannen door de deur naar binnen.

Bentley draaide zich om en hield de vlam in hun richting. 'Stop', zei hij.

Hij keek Truman strak in de ogen. 'Dat is mijn hoed.'

Truman stak zijn hand omhoog en pakte de hoed van zijn hoofd. 'Wil je hem terug?'

Bentley keek ernaar. 'Bij nader inzien, hij is niet van mij. Maar ik vind de jouwe mooier. Gooi hem deze kant op.'

Truman gooide de hoed naar hem toe, en hij kwam voor Bentleys voeten op de grond terecht.

Lillian zag spetters benzine opspringen toen de hoed de grond raakte, maar Bentley had zo'n wilde blik in zijn ogen dat hij het niet merkte. Hij raapte de hoed op en zette hem op zijn hoofd, al die tijd met de vlam in de lucht.

Terwijl iedereen met ingehouden adem toekeek, stak Bentley de hand met de aansteker erin omhoog, waarschijnlijk alleen om de hoed recht te zetten, maar niemand zou het ooit weten.

De hoed ontplofte. De schrik trok in golven over Bentleys gezicht. Hij trok de hoed van zijn hoofd en gooide hem van zich af, maar het huis was doordrenkt met benzine en de quilts aan de muur begonnen te branden.

De vlammen likten aan de muren en verspreidden zich snel door het hele huis.

Lillian gilde. Peter en Mario stormden naar binnen en werkten Bentley tegen de grond. Truman en Blake renden naar Geena, maar Lillian bereikte haar als eerste. De vlammen likten langs Geena's benen.

'Geen tijd', gilde Geena. 'Pak gewoon de stoel.'

'Pak de stoel', gilde Lillian.

Binnen enkele seconden stonden ze allemaal buiten op het gras. Bentley vloekte luid tegen Lillian en Geena, terwijl de politieagenten, die ten slotte toch nog verschenen waren, hem de handboeien omdeden. Ze zetten hem in een politieauto die dwars over Kitty's grasveld gereden was.

Lillian keek toe hoe de vlammen steeds hoger werden, en wenste dat de brandweer zou verschijnen voordat het hele huis in vlammen zou opgaan.

Toen ze Geena's armen en benen losgemaakt hadden, klampte ze zich aan Lillian vast.

Die trok zich terug en zag Geena's gezicht verstrakken. 'Heb je pijn?'

Geena knikte. 'Mijn benen.'

Kitty verscheen naast hen. 'Er is een ziekenauto onderweg, Geena. We zullen voor je zorgen.' Ze omhelsde hen voorzichtig. De tranen stonden in haar ogen. 'Ik ben blij dat jullie verder ongedeerd zijn. Ik ben een poosje doodsbang geweest.'

Lillian glimlachte schaapachtig. 'Het spijt me van je huis, Kitty.'

Kitty deed een stap achteruit, duidelijk verrast. 'Wat?' Ze schudde afkeurend haar hoofd. 'Het is maar een huis. Waar ik me druk om maakte, waren de mensen die binnen waren.'

Lillian vergewiste zich ervan dat het goed ging met Geena en liep weg om Truman te zoeken. Hij was niet bij hen in de buurt, en ze strompelde naar het huis. Er was één ding dat ze wilde zien.

Iemand trok haar terug, maar ze wrong zich los uit zijn greep. Ze hoorde sirenes in de verte, en uit haar ooghoeken zag ze hoe de rozentakken verteerden en de doorns wegbrandden; de bloemen leken weg te smelten en gingen onmiddellijk in rook op door de hitte. Ze hield even haar pas in, overweldigd door de vlammen die het huis nu helemaal in hun greep hadden. Toen ze nog binnen was, was ze bang geweest dat Geena en zij zouden omkomen in de vlammen, net zoals hun ouders en broers. Het was de tweede keer, besefte Lillian, dat God hen gespaard had voor het vuur.

Voorzichtig liep ze naar de achterdeur, en ze gluurde naar

binnen. De hitte deed haar achteruitdeinzen. Ze beschermde haar ogen tegen het vuur en probeerde door de deuropening naar binnen te kijken. Het schilderij was nergens te bekennen. *Beauty and the Beast Within* was al verbrand. Ze voelde de pijn van het verlies, ook van het verlies van Rose House, maar op een vreemde manier kwam er ook een gevoel van rust over haar, toen ze besefte dat noch het schilderij noch het huis echt van belang waren. Wat belangrijk was, was waar het huis voor stond, met de rozen en de doorns naast elkaar, net als Truman een beest in haar had gezien, samen met schoonheid. Nu was *Beauty* gered, en het beest was eindelijk verdwenen.

Haar schouders en benen voelden zwaar aan toen ze wegliep van het huis naar de betrekkelijke koelte van het grasveld, bij de hitte van de vlammen vandaan. Ze kon niet zeggen of het lege gevoel in haar borst nu vrees of vrijheid betekende, terwijl ze naar het huis stond te kijken.

Alles wat het schilderij voor haar betekend had, het huis zelf, goed en kwaad, wervelde rond in slierten rook die brandden in haar neusgaten.

Toen ze terugkwam bij de voorkant van het huis, zag ze Kitty en Blake een beetje opzij staan. Allebei lachten ze opgelucht tegen de overlevenden. Ze leken nauwelijks notitie te nemen van het gebrul van de vlammen in en om Rose House.

Geena was neergestreken op een brancard en maakte ruzie met het ambulancepersoneel, dat wilde dat ze ging liggen. Mario was bij haar, wat Lillian een warm gevoel gaf. Geena verdiende een nieuw begin. Misschien zou Mario daar deel van uitmaken.

Ze keek om zich heen, en haar oog viel op Charles. Hij probeerde zijn zus te troosten, maar Kara kon niet ophouden met huilen.

'Mevrouw Lillian heeft me gered. Alles is nu weer goed.'

Lillian vroeg zich af of hij enig idee had van het gewicht van de emoties die door Kara heen gingen. Toen hij Lillian zag en haar beloonde met de breedste glimlach van het hele universum, kwam ze tot de conclusie dat hij het wel degelijk begreep.

Bij een andere ziekenauto zat Gracie lachend op haar eigen

brancard. Paige en Mark overstelpten haar met liefdevolle knuffels. Terwijl ze toekeek hoe Paige met haar dochter bezig was, haar krullen naar achteren streek en haar voortdurend op haar hoofd kuste, voelde ze een diepe vreugde. Ze was blij dat ze nooit gezien had wat Geena had gezien onder de lakens op Mosquito Road. Ze was blij dat er ook voor Paige geen bloederige lakens waren.

Paige zag Lillian en wees Gracie op haar. Gracie strekte haar armen naar Lillian uit.

Lillian zag haar beide kinderen, hun lach alleen voor haar, hun mollige kinderhandjes naar haar uitgestrekt. Ze liep naar de brancard toe en sloeg voorzichtig haar armen om Gracie heen. Ze voelde het zachte wangetje, de warmte van het lijfje, en stond zichzelf toe zich voor te stellen dat het Sheyenne of Lee was die ze vasthield.

Toen sprak ze duidelijk Gracies naam uit om de betovering te verbreken.

'Gracie, ik houd heel veel van je.'

'Ik houd ook van u, tante Lily.'

'Wanneer is ze jou tante gaan noemen?', vroeg Truman.

Gracie trok zich los en strekte haar armpjes uit naar Truman.

'Toen jij weg was', zei Lillian. 'Er is heel veel veranderd in die tijd.'

Hij gaf haar een knipoog. 'Ik popel om het allemaal te horen.' Hij wendde zich tot Paige. 'Ik weet dat mammie haar meisje graag voor zichzelf wil hebben, maar voordat jullie allemaal vertrekken met die ziekenauto, is hier iemand die iets tegen Gracie wil zeggen.'

Lillian legde haar arm om Paige heen terwijl ze toekeken hoe Truman Gracie naar Charles toe droeg. Ze konden niet horen wat Charles Gracie in het oor fluisterde, maar allemaal hoorden ze Gracies geschater. De mensen glimlachten en knikten goedkeurend toen Gracie zich naar voren boog en Charles een kus gaf. Daarna gaf ze hem een tikje op zijn wang.

Hun onschuldige vertoon van vriendschap zou de meest geharde toeschouwer ontroerd hebben, maar toen ze tranen zag in de ogen van Truman, kon Lillian de hare ook niet droog houden. Zelfs Charles en Gracie zouden een nieuw begin krijgen.

Toen alle opwinding een beetje bedaard was, wandelden Truman en Lillian weer arm in arm tussen de wijnstokken door naar de top van de heuvel. Vandaar konden ze over de wijngaarden heen kijken en Rose House zien liggen. Terwijl ze stonden toe te kijken, begon het huis in te storten. Het zou tot de grond toe afbranden.

'Daar zijn we dan weer', zei Truman, en hij trok haar dicht tegen zich aan.

Lillians stem klonk schor, een gevolg van het inademen van de rook. 'Ik had me nooit kunnen voorstellen dat het huis er niet meer zou zijn', zei ze.

'Of het schilderij.'

Ze bleven naar de vlammen staan kijken. Het gebouw veranderde in een gloeiende berg stenen waaruit zwarte rookpluimen opstegen in de prachtig blauwe lucht boven de uitgestrekte wijngaarden.

'Het valt niet mee het te zien branden', zei Truman.

Lillian merkte dat hij er verslagen uitzag. Zijn schouders hingen af door het gewicht van een last waarvan ze wenste dat ze die van hem kon afnemen.

Ze leunde tegen hem aan. 'Het is maar een huis. Zelfs Kitty zei dat.'

'Maar als ik het nooit geschilderd had, jou nooit geschilderd had, dat schilderij nooit had afgestaan …' Zijn stem stokte.

Lillian keek naar hem op. 'Jij denkt dat het jouw schuld is dat dit is gebeurd?'

'Dat is het ook', zei Truman met een diepbedroefde klank in zijn stem. 'Niets van dit alles zou gebeurd zijn als ik me met mijn eigen zaken bemoeid had. Dat ik in jouw leven binnengedrongen ben, heeft ertoe geleid dat de hele gemeenschap is aangetast. Het heeft de levens in gevaar gebracht van mensen van wie ik houd.'

Lillian ging met haar hand naar haar hals, waar nu twee hangers bungelden aan het zilveren collier: het kruisje en de vuurtoren. Gek genoeg voelde ze zich niet zo verdrietig om het huis als ze had verwacht.

Ze wendde zich tot Truman. Hoe kon ze hem uitleggen dat het zijn schuld niet was? 'We kunnen onszelf iedere dag van van alles de schuld geven, en er zal niets door veranderen.' Ze keek naar wat ooit Rose House was geweest. 'We zouden Geena de schuld kunnen geven. We zouden Robert de schuld kunnen geven. Ik ben er vrij goed in geworden iemand de schuld te geven, Truman.'

Ze zag hoe zijn kaakspieren zich spanden om de emoties te bedwingen waarvan ze wist dat hij ze al maanden met zich meedroeg.

'Gek genoeg', zei ze, 'ben ik lang niet zo verdrietig om het verlies van Rose House of het schilderij als je zou denken.' Ze strekte haar arm uit in de richting van de rokende stenen.

'Ik voel me bevrijd, Truman, alsof het beest dat je zag toen je me jaren geleden schilderde, met Rose House mee verbrand is. Maar' – ze zuchtte – 'laat me nooit meer alleen achter, Truman Clark. Daar kan ik niet mee omgaan.'

Hij probeerde te lachen, maar er kwam alleen een krakerig gemompel uit. Hij schraapte zijn keel. 'Nooit van mijn leven', en hij trok haar hoofd tegen zijn borst.

Haar hart sprong op bij deze belofte van een nieuw leven. Ze was dicht bij de dood geweest en had het overleefd. De gloeiende vlammen hadden haar angsten weggebrand en de waarheid aan het licht gebracht.

Epiloog

De lens zoomde in op Lillian in haar lange zijden trouwjapon. Tussen haar krullen reflecteerden blonde plukjes tegen de roze babyroosjes en het gipskruid in haar haar. Terwijl de fotograaf langzaam uitzoomde, verscheen de ontspannen glimlach van een gelukkige Truman naast die van Lillian. Geena stond naast hen en zag er ook verbluffend mooi uit in een knielange zwarte japon met een snoer parels erop.

Kleine Gracie straalde. Ze had een overdadig boeket van dezelfde roosjes als die in Lillians haar in haar handjes.

Paige, Mario en Mark maakten ook deel uit van het trouwgezelschap. De lens zoomde nog wat verder uit en ving de dominee met een bijbel in zijn hand. Naast hem stond tante Bren te huilen, tranen van geluk zo te zien.

Nog verder zoomde de camera uit. Een vergulde lijst verscheen om het beeld, met daarin Trumans laatste meesterwerk, een schilderij van de eenvoudige maar smaakvol verzorgde bruiloft van hem en zijn bruid, die op Frances-DiCamillo gehouden werd.

Klik.

De camera ging verder langs de muur met schilderijen en stond stil bij een ander werk. Truman en Lillian waren getrouwd in de tuinen, vlak bij de plaats waar eens Rose House stond. Na het huwelijk hadden Truman en Lillian een wandeling gemaakt naar die plek, omwille van vroeger tijden.

Waar eens Rose House stond, bevond zich een stukje omgewoelde aarde met een wit paaltjeshek eromheen. In het midden stond een heel jong rozentakje, dat dankzij een wonder dat alleen Lillian en Kitty schenen te begrijpen, maanden na de brand naar boven was gekomen.

'Voorzichtig nu, Charles. Deze foto's moeten perfect zijn, want ze zijn voor de website. Oké?', zei Geena.

Klik-klik.

'Oké, mevrouw Geena. Het komt goed.'

Charles liet de camera draaien om het interieur van het restaurant te fotograferen. *Klik.* De eetzaal was groot, met een stenen haard tegen één wand en openslaande deuren met uitzicht op de wijnkelder aan de andere kant. Ze vierden de grote opening, dus Charles moest er zeker van zijn dat hij de tafeltjes met alle eregasten op de foto had.

Hij zoomde in op Kitty en Blake, die er plezier in leken te hebben dat ze dit mogelijk konden maken. *Klik.* Ze waren Lillian als een dochter gaan beschouwen, en hadden haar met evenveel aandacht overladen als ze hun kleindochter Lucy gaven. Dit was een goede gelegenheid voor hen allen. Ze hadden allemaal eenzelfde soort verlies geleden in hun leven. Geliefden die er niet meer zijn, kunnen nooit vervangen worden, maar je kunt je gevoelens over die lege plaats wel delen. Dat is tenminste hoe Kitty het had uitgelegd.

Kitty en Blake zaten aan tafel samen met de dominee en tante Bren, die het geen enkel probleem vonden Lillian te delen met het andere stel. Als ze er al iets van vond, had tante Bren hardop gezegd, was het dat ze zich er beter bij voelde te weten dat er nog anderen waren die een oogje op Lillian hielden. *Klik.*

Charles ging met zijn camera naar Paige en haar gezin. Gracie lachte vrolijk. Ze zwaaide in de richting van de camera. Charles was blij dat Gracie en hij zulke goede vrienden waren. *Klik.*

De lens ging verder de ruimte door: Carlos, Louise, Jake, zijn zus Kara en haar man, ze straalden allemaal vreugde uit terwijl ze van de maaltijd zaten te genieten. Kara bond haar kleine zoon een slab voor. *Klik*.

Charles liep in de richting van de keuken en zoomde in op Geena. Ze had Charles haar excuses aangeboden voor haar dwaze beschuldigingen tegen hem, en hij had haar vergeven. Hij had medelijden met haar toen ze wegging om verscheidene maanden in een ontwenningskliniek door te brengen. Ze had hem uitgelegd dat ze het zelf zo wilde. Ze hadden elkaar geschreven toen ze weg was, en toen ze terugkwam, verraste hij haar met een foto van haar en Mario in een mooi ovalen lijstje. Ze was zo onder de indruk geweest van zijn kunnen dat ze hem had gevraagd de foto's voor de nieuwe website te maken.

Mario wreef met zijn neus langs Geena's hals. Ze sloeg speels naar hem met een theedoek. *Klik*.

De dubbele deuren naar de keuken vlogen open, en Lillian kwam de zaal binnen. Ze zag er knap en chic uit in haar helder witte kokskleding met een hoge koksmuts op. Chef George liep naar haar toe en schudde haar de hand. *Klik*. Lillian had hard gewerkt om haar droom te verwezenlijken. Truman deed wat hij kon om te helpen, en chef George was haar partner in de onderneming, maar iedereen wist dat het restaurant geheel en al op de visie van Lillian gebaseerd was. *Klik-klik*.

Charles ging de deur uit en liep naar de overkant van de straat om een foto te kunnen maken van het vooraanzicht van het gebouw. Die wilde hij op de hoofdpagina hebben.

De zon begon te zakken en de straatlantaarns gingen aan om het plein te verlichten. Het restaurant, dat associaties opriep met een Spaanse villa en dat op een hoek van het stadsplein van La Rosaleda stond, vulde zijn hele beeld. *Klik*.

Erboven hing een met de hand geschilderd uithangbord, een kunstwerk op zichzelf, een wapenschild met *The Rose* erop geschilderd.

Truman had vele uren aan het bord besteed en had het een paar weken daarvoor met veel vertoon aan Lillian aangeboden. Charles had er foto's van gemaakt, en Laura, de journaliste, had ze zelfs in de krant laten zetten met de kop: *Muze van plaatselijke kunstenaar opent restaurant*. Lillian gaf er niet meer om dat mensen haar ermee plaagden dat ze Trumans muze was. Tenslotte was het zo. *Klik-klik*.

De lens zoomde uit, en toen weer in op een raam meteen links naast het uithangbord. De helder verlichte kamer vulde het beeld. Truman stond in zijn nieuwe atelier voor een groot doek. Het beeld werd scherper om te kunnen zien wat zijn onderwerp was. Hij was bezig met een scène waarin Lillian op een blauw geverfde schommelstoel zat. Op het portret hield Lillian een slapend kindje in haar armen. *Klik*.

Op de achtergrond van het schilderij bevond zich een plank met een assortiment knuffelbeesten, een glimlachende pop met krullen en een kinderboek dat *Rose House* heette. Trumans penseel ging langzaam naar het doek om kleur toe te voegen aan het wangetje van het kind. *Klik*.

Truman keek omlaag en glimlachte. De camera volgde zijn blik naar een blauw bedje dat zorgvuldig beschilderd was met rozentakken en kleine rode roosjes. Truman legde zijn penseel weg en stak zijn hand uit om de schommelwieg in beweging te brengen. In de wieg lag zijn dochtertje, helemaal in een witte deken gewikkeld. Alleen haar kleine vuistje stak naar buiten, en daar lag ze vol overgave op te sabbelen. Op het hoofdeind van het bedje, boven het hoofd van het kind, was in schuine letters haar naam geschilderd: *Rose*.

Klik.

De camera zoomde uit. Nog één opname van het restaurant. *Klik*. Charles draaide met de camera langs de straat, voortdurend opnamen makend, en ving het plein in de gedempte warme gloed van de avondzon.

De lens maakte een cirkel en ving de zonsondergang boven de wijngaarden rondom La Rosaleda.

Klik.

Er waren dingen in La Rosaleda, zoals de zonsondergangen boven de wijngaarden, die beloofden nooit te zullen veranderen, dankzij mensen als Truman en Lillian. Zij hielden zo veel van de streek dat ze deden wat ze konden om La Rosaleda in grote lijnen te behouden zoals het was, met uitzondering van de landbouw en de industrie, die van levensbelang waren voor de regio, om het nog maar niet te hebben over het historische belang.

De met wijnstokken bedekte heuvels golfden vloeiend in de richting van de donker wordende bossen in de verte, en de camera kwam terug bij *The Rose* en ving in de lens de vrolijke mensen binnen.

Klik.

Ze wisten allemaal dat Charles overal rondzwierf om foto's van de opening te maken, maar ze gingen zo op in het feest dat ze er geen erg meer in hadden. En Charles was daar op een of andere manier blij om. Hij had ontdekt dat het, als mensen in de gaten hadden dat er naar hen gekeken werd, moeilijker was de waarheid van dat moment op hun gezichten op de foto te krijgen. Truman had Charles geleerd naar manieren te zoeken om met zijn foto's de waarheid te laten zien.

Truman zelf zou er waarschijnlijk nooit meer zo goed in slagen de waarheid te vangen als hij had gedaan met *Beauty and the Beast Within*, maar hij had een nieuwe, meer bespiegelende waarheid gevonden om te schilderen. Zijn nieuwste schilderijen bevatten scènes die sommigen als gewone huiselijke toneeltjes beschouwden, maar degenen die meegroeiden in liefde voor zijn werk, ontdekten dat er altijd een geheim in lag. Ze leerden beter te kijken om te zien of er ergens in de kleurige penseelstreken een verschijning verborgen was die een diepere bedoeling aangaf, een soort geheime boodschap voor de bewonderaar.

Klik.

De lens van de camera ving de vreugde op de gezichten van al Lillians gasten en legde het moment vast waarop hun levens, en dat van haar, zweefden aan de rand van een leeg doek, wachtend om geschilderd te worden met de rijke schaduwen en kleurschakeringen van een oogverblindend nieuw tafereel.

Klik.

De lens ging van raam naar raam en ving de blije mensen in de zaal die met hun glazen omhoog een klinkende toost uitbrachten en meer vierden dan alleen de opening van een restaurant.

De camera zoomde in op Lillian. Haar hand ging omhoog naar de twee hangers die ze altijd droeg.

Klik-klik.

Niemand in La Rosaleda had haar ooit zo in vrede met zichzelf en haar leven gezien als die avond. Het beest was weg, en zijn plaats was ingenomen door niets anders dan pure schoonheid.